OKIKO MIYAKE

イギリスの子どもの本の歴史

三宅興子〈子どもの本〉の研究

1

翰林書房

子どもの本と五〇年

『くつ二つちゃん』の変遷

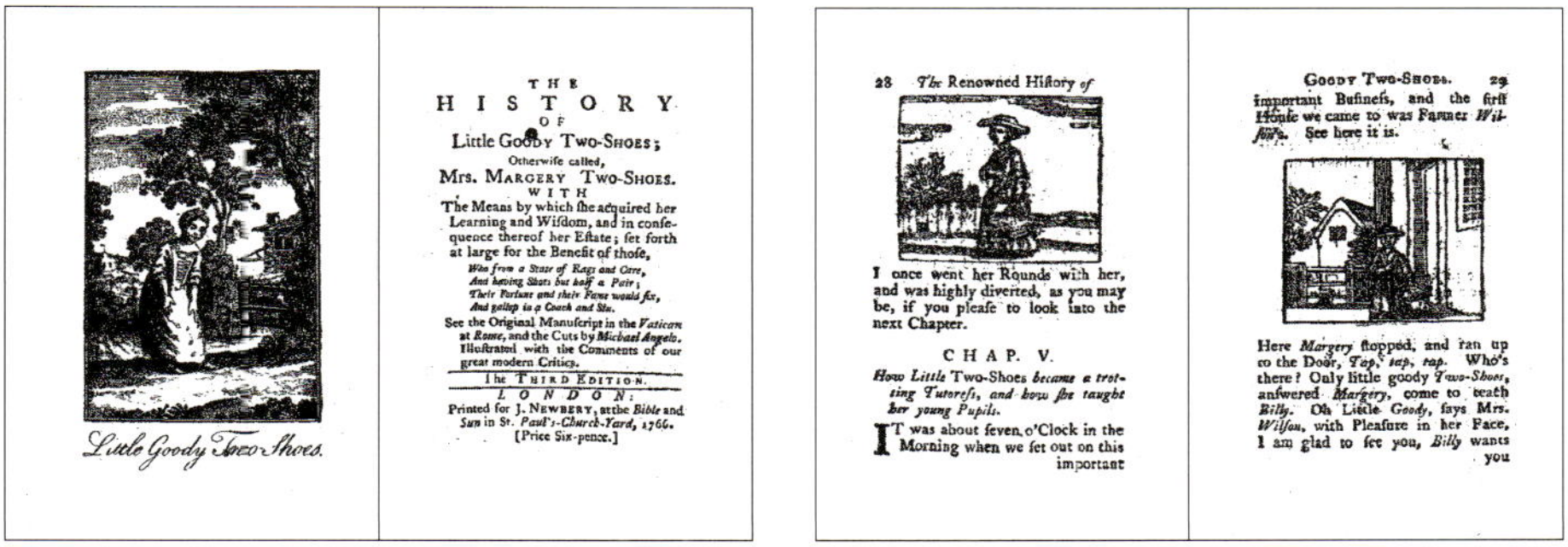

THE
HISTORY
OF
Little Goody Two-Shoes;
Otherwise called,
Mrs. Margery Two-Shoes.
WITH
The Means by which she acquired her Learning and Wisdom, and in consequence thereof her Estate; set forth at large for the Benefit of those,
Who from a State of Rags and Care,
And having Shoes but half a Pair;
Their Fortune and their Fame would fix,
And gallop in a Coach and Six.
See the Original Manuscript in the *Vatican* at *Rome*, and the Cuts by *Michael Angelo*. Illustrated with the Comments of our great modern Critics.
The Third Edition.
LONDON:
Printed for J. Newbery, at the Bible and Sun in St. Paul's-Church-Yard, 1766.
[Price Six-pence.]

28 *The Renowned History of*

I once went her Rounds with her, and was highly diverted, as you may be, if you please to look into the next Chapter.

CHAP. V.
How Little Two-Shoes *became a trotting Tutoress, and how she taught her young Pupils.*

IT was about seven o'Clock in the Morning when we set out on this important

Goody Two-Shoes. 29

important Business, and the first House we came to was Farmer *Wilson's*. See here it is.

Here *Margery* stopped, and ran up to the Door, *Tap, tap, tap*. Who's there? Only little goody *Two-Shoes*, answered *Margery*, come to teach *Billy*. Oh Little *Goody*, says Mrs. *Wilson*, with Pleasure in her Face, I am glad to see you, *Billy* wants you

1. 1755年初版　140頁にわたる物語

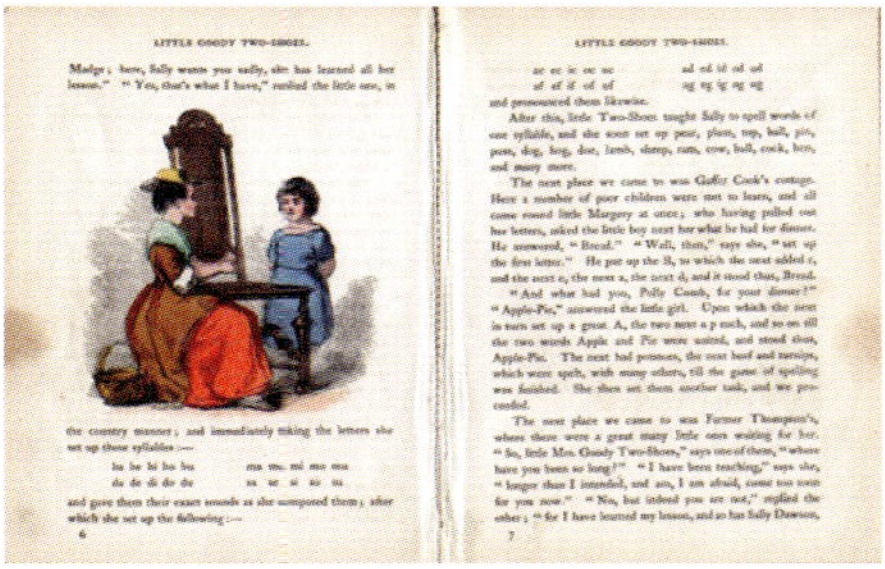

LITTLE GOODY TWO-SHOES.

Madge; here, Sally wants you sadly, she has learned all her lesson." "Yes, that's what I have," replied the little one, in

the country manner; and immediately taking the letters she set up these syllables:—

and gave them their exact sounds as she composed them; after which she set up the following:—

6

LITTLE GOODY TWO-SHOES.

and pronounced them likewise.

After this, little Two-Shoes taught Sally to spell words of one syllable, and she soon set up pear, plum, top, ball, pin, puss, dog, hog, doe, lamb, sheep, ram, cow, bull, cock, hen, and many more.

The next place we came to was Gaffer Cook's cottage. Here a number of poor children were met to learn, and all came round little Margery at once; who having pulled out her letters, asked the little boy next her what he had for dinner. He answered, "Bread." "Well, then," says she, "set up the first letter." He put up the B, to which the next added r, and the next e, the next a, the next d, and it stood thus, Bread.

"And what had you, Polly Comb, for your dinner?" "Apple-Pie," answered the little girl. Upon which the next in turn set up a great A, the two next a p each, and so on till the two words Apple and Pie were united, and stood thus, Apple-Pie. The next had potatoes, the next beef and turnips, which were spelt, with many others, till the game of spelling was finished. She then set them another task, and we proceeded.

The next place we came to was Farmer Thompson's, where there were a great many little ones waiting for her. "So, little Mrs. Goody Two-Shoes," says one of them, "where have you been so long?" "I have been teaching," says she, "longer than I intended, and am, I am afraid, come too soon for you now." "No, but indeed you are not," replied the other; "for I have learned my lesson, and so has Sally Dawson,

7

2. 1851年には　16頁に

3. ウォルター・クレインの大型絵本（1874年）になる

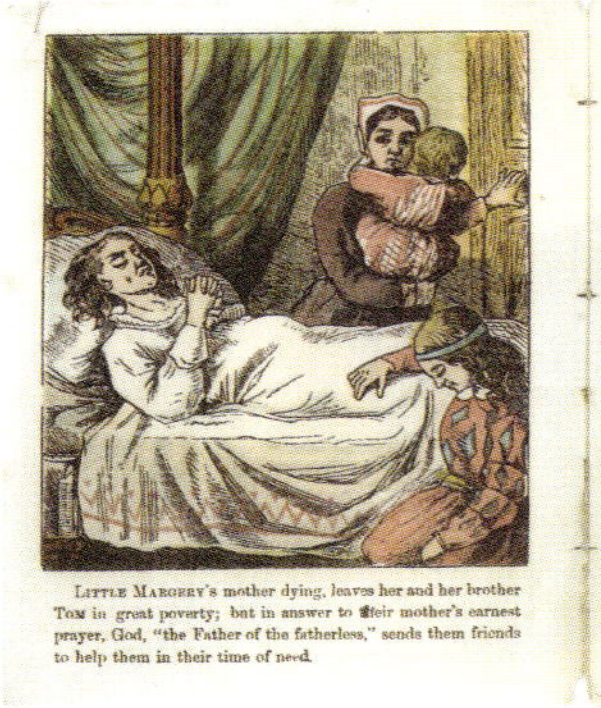

1

2

3

4

5

6

4. 1840年代から1860年代にかけて、8頁の小型絵本やチャップ・ブックになって流布する。

5. 6場面になった小型絵本の例

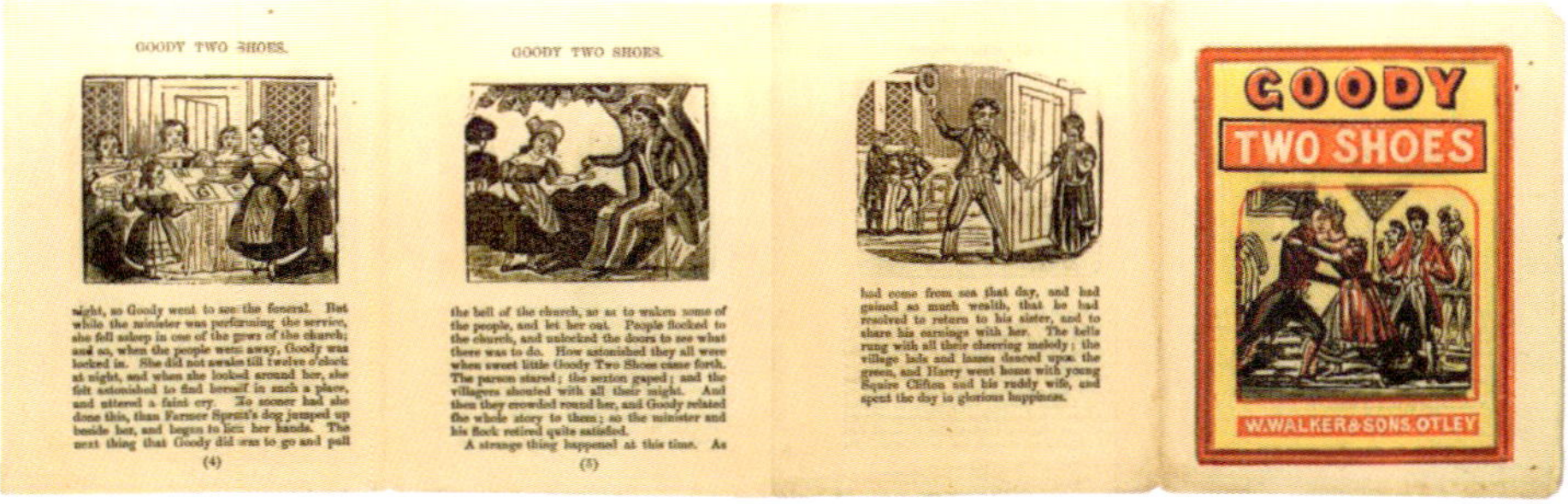

6. 表と裏に印刷された後期のチャップブックの例

7. アメリカ版1860年代出版　弟の冒険にインディアンが登場している

7と**8**は表紙も出版社も違うが、中身は手彩色で、上記とほとんどが同じ絵同じ文章である。どちらかが「海賊版」の「海賊版」である。

9. 同時代に「シェイプ・ブック」にもなっている

8.

絵本をつくってきた画家・クロウクィル

10.『うっかりやのヒヨコ』(1853年)

全14場面のうち、7場面をあげているが、

絵だけでもプロットがわかるように出来ている。

絵本をつくってきた画家・C・H・ベネット

11.『かえるくんよめとりに』（1857年）

11b. 動画の一瞬のような表現が新しかった　**11a.**

イギリスの子どもの本のなかの日本および日本人

12.『小さい人たち：ＡＢＣ絵本』(1901年) より

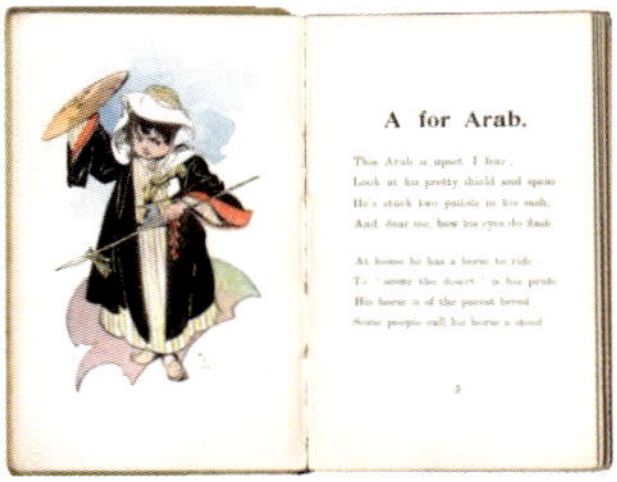

12b. アラブ人

12a. 日本人

12d. カフィール人

12c. アメリカ人

13. 『世界の赤んぼう』(1909年) より

13b. 日本の赤んぼう
着物・おんぶ・傘

13a. 『世界の赤んぼう』表紙

13d. アメリカの黒人の赤んぼう
夜のようにまっ黒でも、わが子が
一番かわいい

13c. イギリスの赤んぼう
どこの国の赤んぼうもかわいいが、
イギリスが一番

日本にやってきたゴリウォグ一行

14.『ゴリウォグの自転車クラブ』(1896年) より

14a. 芸者に迎えられる

14b. 富士山、寺院、人力車、日傘が描かれている

15. 『人形の本』(1902年) より日本人形

15b. ジャッピーナ

15a. ジャッピー

16. 『人形のパーティー』(1895年) 表紙　日本人形が主人役をつとめている

17. 『ある日本人形の冒険』
（1901年）より

17a. 表紙

17b. 人形師の仕事場

17c. 二人のおかしなアフリカの黒人の子ども出会う

18.『プープータウンのトートーさん』より

トートーさんの求婚者は、中国人形のヤン・フーと日本人形のシマ

19.『世界めぐり』(1911) より　富士山・寺院・おんぶ・タコあげ

JAPANESE CHILDREN FLYING KITES

20.『東洋のワンダーランド』より

1904年版

1882年版

1904年版

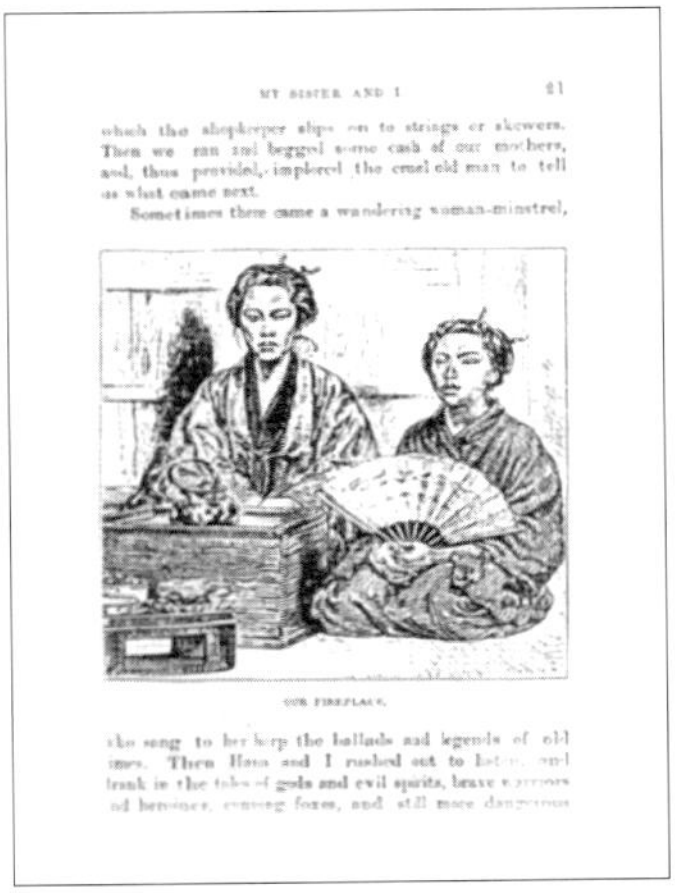

MY SISTER AND I 21

which the shopkeeper slips on to strings or skewers. Then we ran and begged some cash of our mothers, and, thus provided, implored the cruel old man to tell us what came next.

Sometimes there came a wandering woman-minstrel,

OUR FIREPLACE.

who sang to her harp the ballads and legends of old times. Then Hana and I rushed out to listen, and drank in the tales of gods and evil spirits, brave warriors and heroines, cunning foxes, and still more dangerous

1882年版

1904年版

甘酒売りの写真をとるにあたって、富士山を背景に、赤ちゃんをおんぶし、日傘をさす「演出」がされている。文章では新しい情報が入っているが、写真になると図像の対象はかわらない。

21.『すばらしい国の人と子ども』(1927年) より

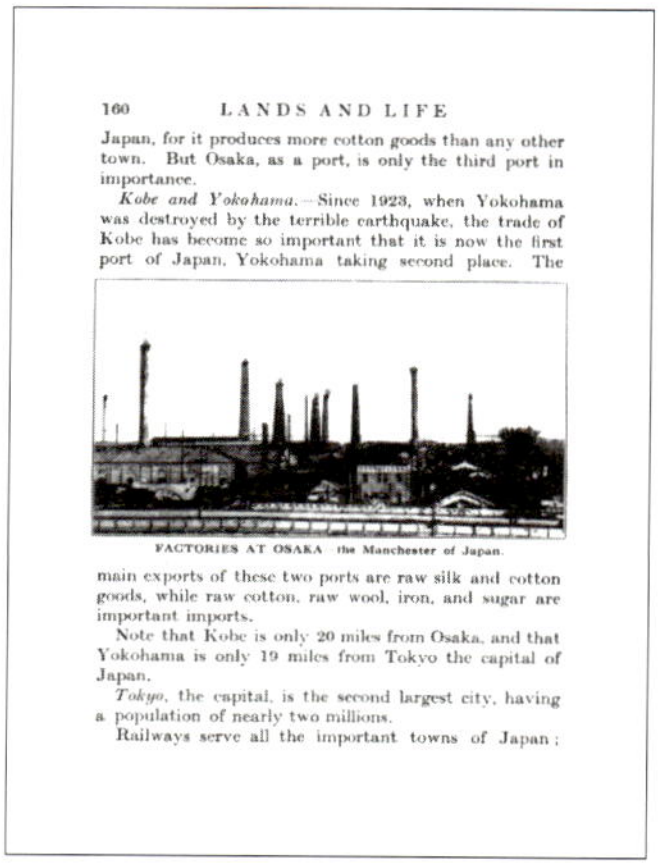

160 LANDS AND LIFE

Japan, for it produces more cotton goods than any other town. But Osaka, as a port, is only the third port in importance.

Kobe and Yokohama.—Since 1923, when Yokohama was destroyed by the terrible earthquake, the trade of Kobe has become so important that it is now the first port of Japan, Yokohama taking second place. The

FACTORIES AT OSAKA the Manchester of Japan.

main exports of these two ports are raw silk and cotton goods, while raw cotton, raw wool, iron, and sugar are important imports.

Note that Kobe is only 20 miles from Osaka, and that Yokohama is only 19 miles from Tokyo the capital of Japan.

Tokyo, the capital, is the second largest city, having a population of nearly two millions.

Railways serve all the important towns of Japan;

A RIDE IN A RICKSHAW.

21b. 大阪を日本のマンチェスターと紹介

21a. 人力車

第二次世界大戦後もステレオタイプは続く

First published in 1998
This edition published in 1999 by
Parragon
Queen Street House
4, Queen Street
Bath
BA1 1HE

Copyright © Parragon 1999

All rights reserved. No part of this publication may be reproduced, stored in a retrieval system or transmitted, in any form or by any means, electronic, mechanical, photocopying, recording or otherwise, without the prior permission of the copyright holder

ISBN 0-75253-076-3

Printed in Italy

Produced by Miles Kelly Publishing Ltd
Unit 11
Bardfield Centre
Great Bardfield
Essex
CM7 4SL

Designer: Diane Clouting
Editor: Linda Sonntag
Artwork commissioning: Branka Surla
Project manager: Margaret Berrill
Editorial assistant: Lynne French
with additional help from Jenni Cozens and Pat Crisp

Contents

22.『世界の国と人びと』(1999年) の目次

The“NurserySeries”と「世界の子供叢書」の場合

村岡花子訳の『世界の子供叢書』

『水の上の支那の子阿福』1927年訳

23a. 1922年刊

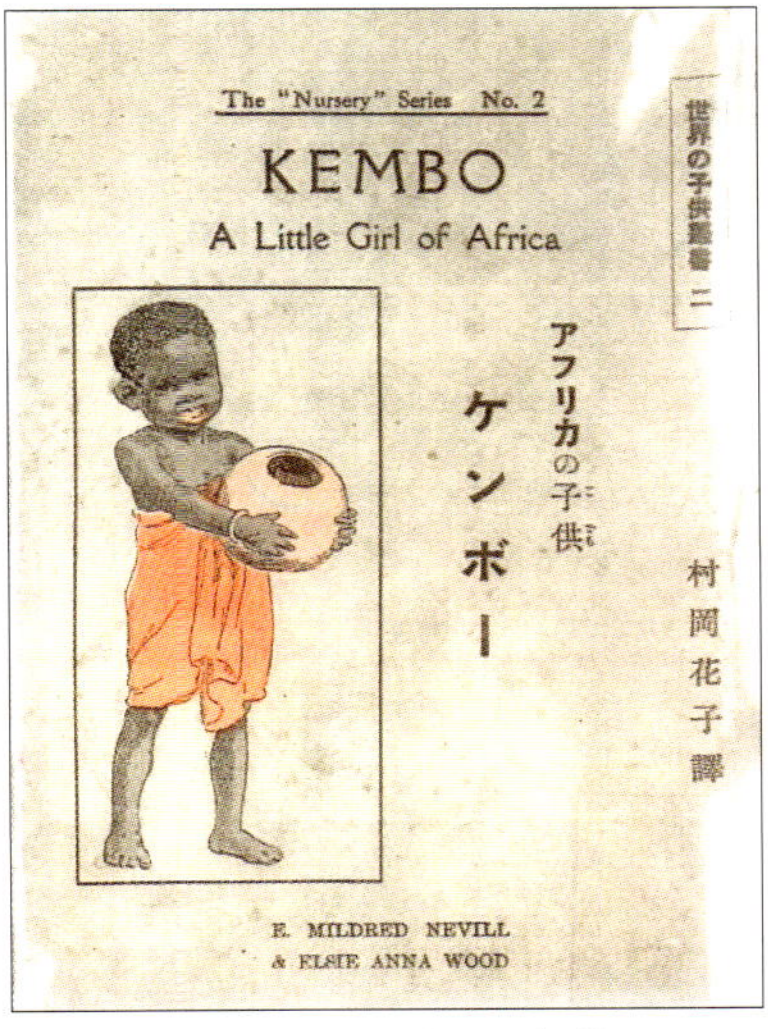

『アフリカの子供ケンボー』1927年訳

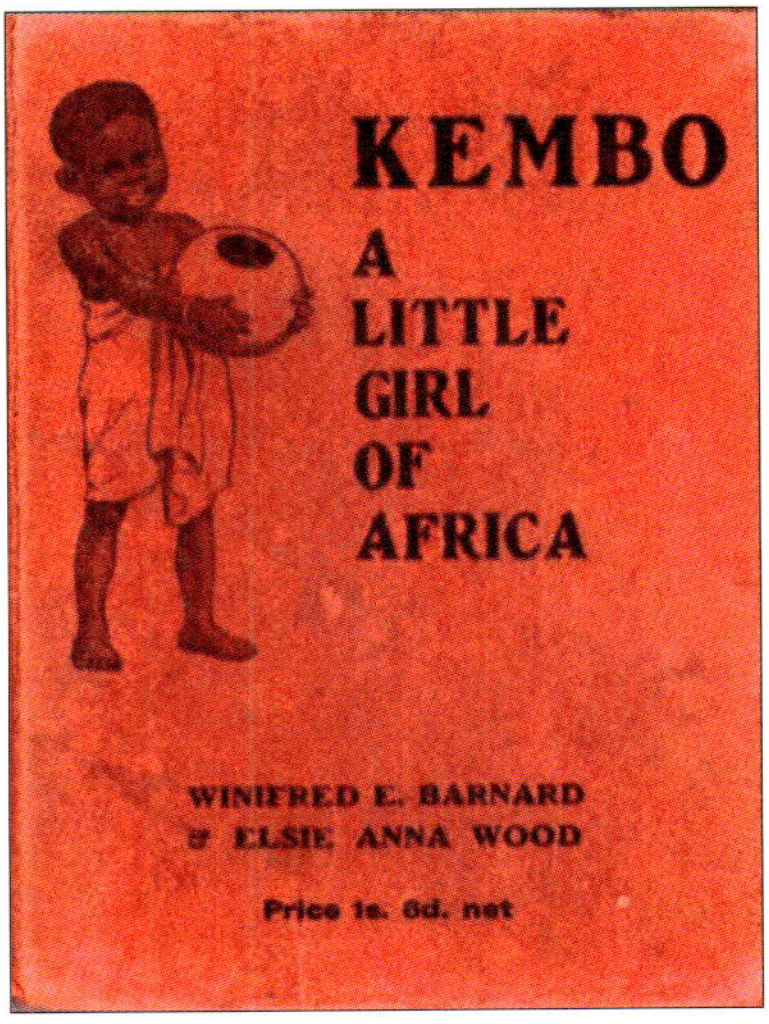

23b. 1924年刊

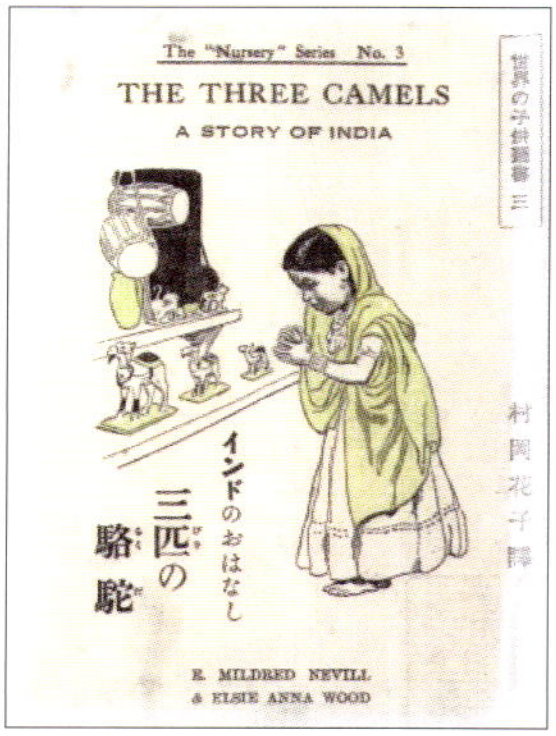

『インドのおはなし　三匹の駱駝』1927年訳

23c. 1925年刊

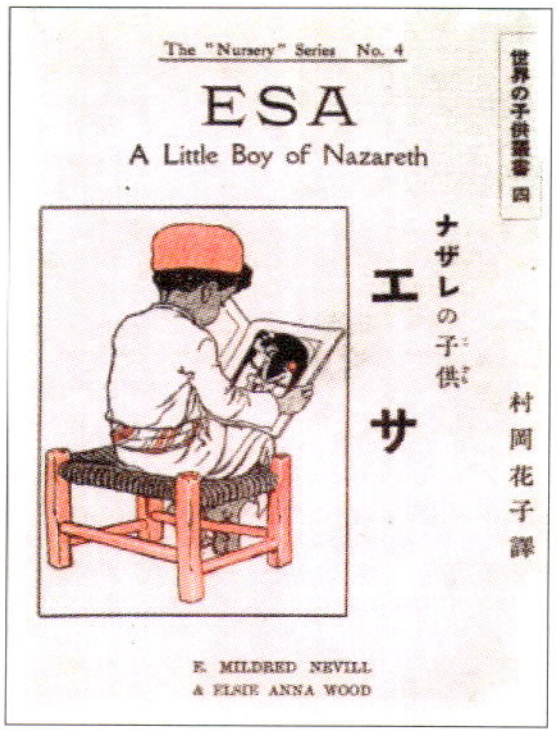

『ナザレの子供　エサ』1927年訳

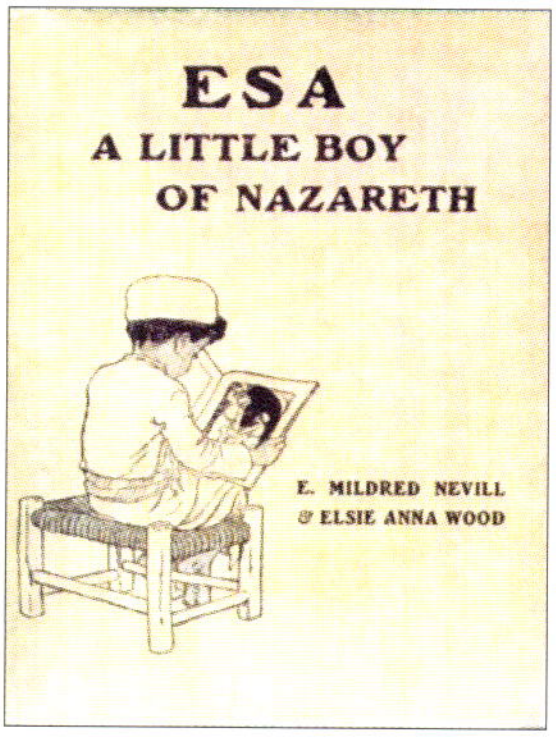

23d. 1926年刊

24. 子どもに絵本を手渡す母親へのメッセージ

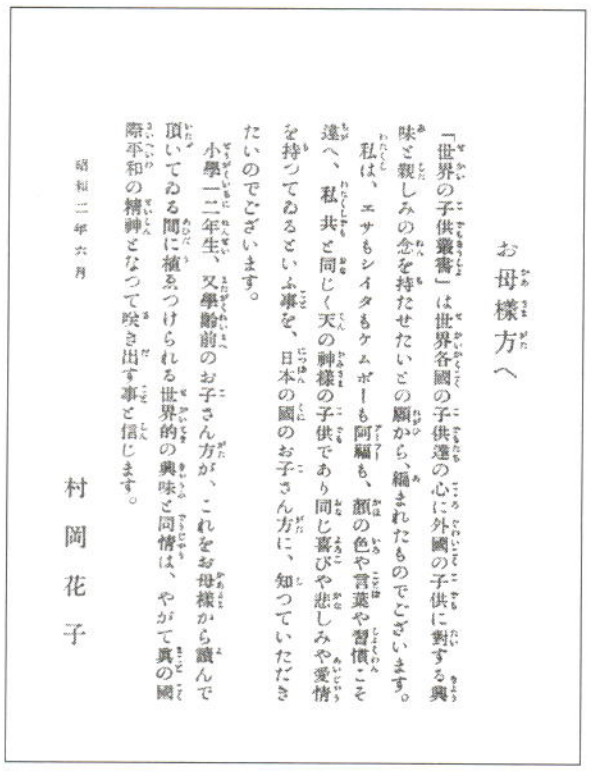

お母樣方《かあさまがた》へ

「世界《せかい》の子供叢書《こどもそうしよ》」は世界各國《せかいかくこく》の子供達《こどもたち》の心《こころ》に外國《がいこく》の子供《こども》に對《たい》する興《きよう》味《み》と親《した》しみの念《ねん》を持《も》たせたいとの願《ねがひ》から、編《あ》まれたものでございます。

私《わたくし》は、エサもシイタもケムボーも阿編《アーアー》も、顔《かほ》の色《いろ》や言葉《ことば》や習慣《しふくわん》こそ違《ちが》へ、私共《わたくしども》と同《おな》じく天《てん》の神様《かみさま》の子供《こども》であり同《おな》じ喜《よろこ》びや悲《かな》しみや愛情《あいじやう》を持《も》つてゐるといふ事《こと》を、日本《につぽん》の國《くに》のお子《こ》さん方《がた》に、知《し》つていただきたいのでございます。

小學《せうがく》一二年生《ねんせい》、又學齡前《またがくれいまへ》のお子《こ》さん方《がた》が、これをお母樣《かあさま》から讀《よ》んで頂《いただ》いてゐる間《あひだ》に植《う》ゑつけられる世界的《せかいてき》の興味《きようみ》と同情《どうじやう》は、やがて眞《まこと》の國《こく》際平和《さいへいわ》の精神《せいしん》となつて咲《さ》き出《だ》す事《こと》と信《しん》じます。

昭和二年六月

村岡花子

1927年版

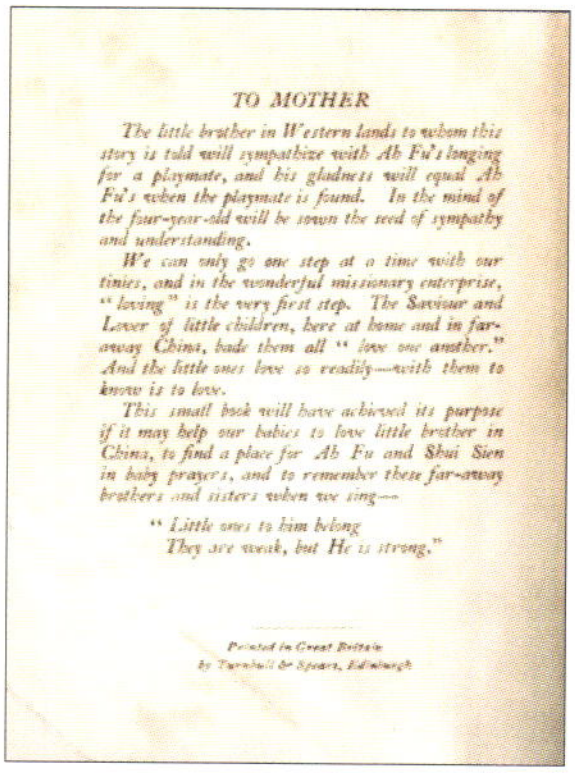

TO MOTHER

The little brother in Western lands to whom this story is told will sympathize with Ah Fu's longing for a playmate, and his gladness will equal Ah Fu's when the playmate is found. In the mind of the four-year-old will be sown the seed of sympathy and understanding.

We can only go one step at a time with our tinies, and in the wonderful missionary enterprise, "loving" is the very first step. The Saviour and Lover of little children, here at home and in far-away China, bade them all "love one another." And the little ones love so readily—with them to know is to love.

This small book will have achieved its purpose if it may help our babies to love little brother in China, to find a place for Ah Fu and Shui Sien in baby prayers, and to remember these far-away brothers and sisters when we sing—

"Little ones to him belong
They are weak, but He is strong."

Printed in Great Britain
by Turnbull & Spears, Edinburgh

1922年版

25. 『阿福』より

26. 『ケムボー』より

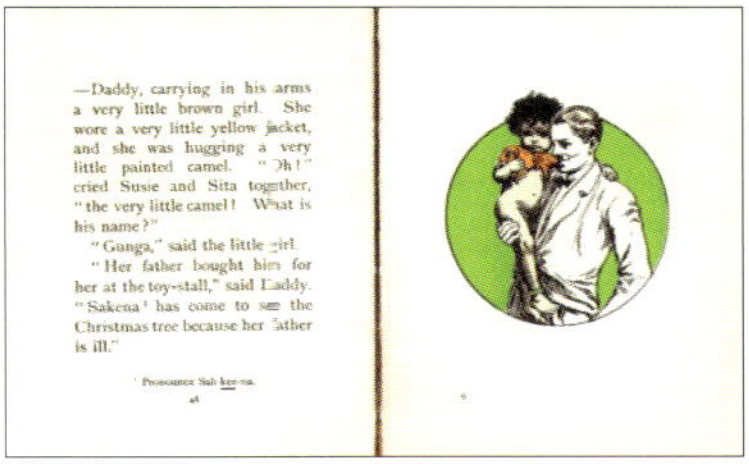

27. 『三匹のラクダ』より

28. 未訳の二冊

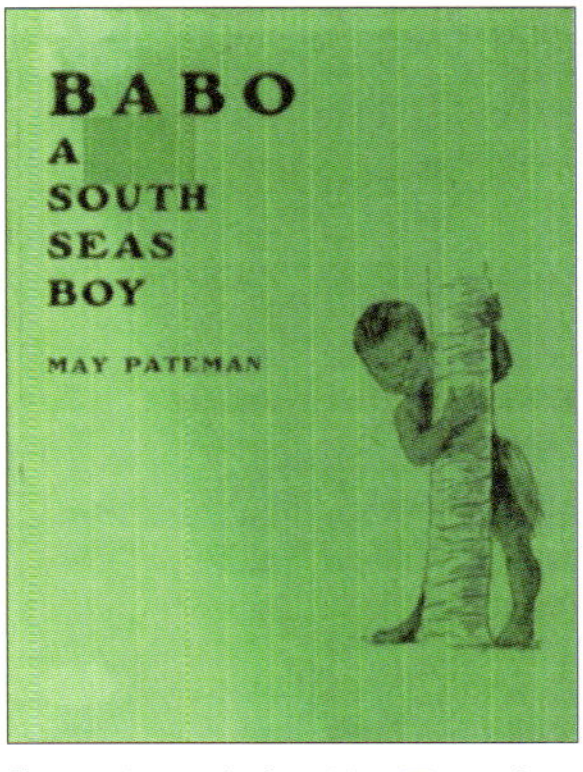

『バーボー—南太平洋の男の子』
1930年刊

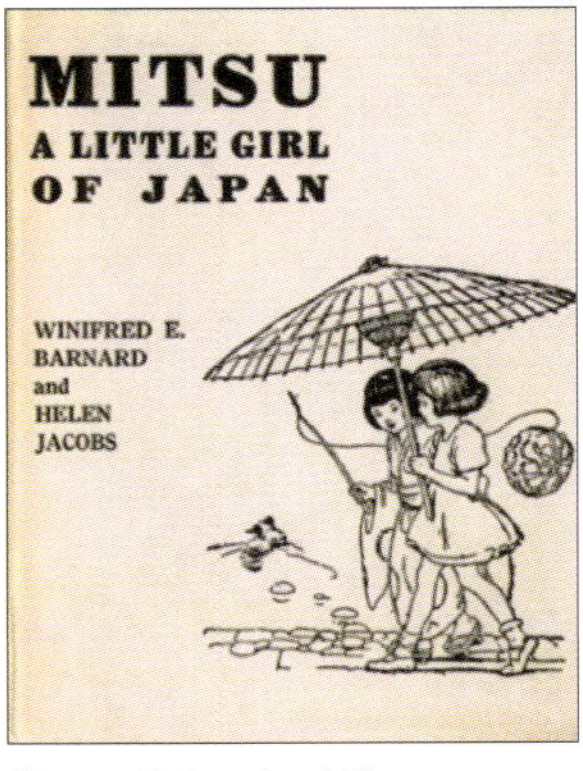

『ミツ—日本の女の子』
1938年刊(初版1928年)

児童文学者としてのE・V・ルーカス

F・D・ベッドフォードとの仕事から

28. *The Book of Shops* のお菓子屋さんの場面

29. *Four and Twenty Toilers* より　目次

三宅興子〈子どもの本〉の研究 ❶

イギリスの子どもの本の歴史◎目次

I

文化史的研究

解題

◆**退職記念講演◆「子どもの本と五〇年」**は、二〇〇六年、退職時の最終講義で、副題を「イギリス児童文学史再構築論への道程」としている。それまでの研究でやってきたことを振り返り、今後の研究の方向を示唆しているが、残念ながら、再構築への終点は、まだはるか遠くにある。

◆**「他国のイメージはどのようにつくられたか」**は、一九九七年六月から五カ月、Roehampton Institute London にResearch Fellowとして滞在し、そこで初めて講演をしたテーマで、その後、資料を充実させて、国際児童文学学会で発表したものである。一度定着したイメージの守旧性の実証を目的とした。

◆**多文化理解と子どもの本――パーキンズの『日本のふたご』を読む**は、他国のイメージのつくられかたの各論にあたるもので、アメリカでロングセラーになり、イギリスでも刊行された「各国のふたごシリーズ」から、日本を選択して、日本人の眼から検証している。

◆**多文化理解と子どもの本――The"Nursery"Seriesと「世界の子供叢書」の場合――**は、恐らくわが国最初の原著に忠実な翻訳絵本と思われる『水の上の支那の子 阿福』をはじめとする「世界の子供叢書」(村岡花子訳、一九二七)を紹介し、第一次世界大戦後、キリスト教を布教する側のされる側を見る眼差しが変化してきたことを指摘している。また、翻訳意識についても考察してみた。

◆**日独シンポジウム報告書から◆児童文学にみる今日の〈こども〉**は、一九八八年開催のシンポジウムにコーディネーターとして関わった基調報告である。三宅興子とR. タッベルト、村瀬学とH・ヘングスト、佐野洋子とビネッテ・シュレーダー、上野瞭とペーター・ヘルトリングの組み合わせで論議した貴重な三日間であった。日独児童文学を比較して論じ、共通の話題を引き出そうと試みている。

退職記念講演

子どもの本と五〇年──イギリス児童文学史再構築論への道程

はじめに

早いもので、児童文学を自分の専門分野にしようとおもいたってから、今日まで、約五〇年が経っています。そして、大学で児童文学を教え始めてから四〇年になります。本当にこんな長い歳月が経ったんだなと、あらためて感じました。最終講義という場を与えていただき、様々なことを顧みることができましたことを、とても感謝しております。

いつも、読みたい本があり、それらについて語りたい人がいました。はじめは、児童文学が自分の仕事になるとは、全く考えてもいませんでした。どのようにして、「児童文学研究事始」に至ったかは、本日、この最終講義を聴いてくださるみなさまへのお礼として机上に置きました『児童文学の愉楽』[*1]の「序」にしるしております。この論集は、主に、梅花女子大学に移籍する前に発表したもので、「賞味期限」切れのものも多々混じっていますが、手探りで奮闘していた時期の痕跡が濃厚にのこっていますので、過去を振り返る今日の記念には、許されるかと考えたのです。お荷物になりますが、お納めくださいますようにお願いいたします。

わたしが、今日ここで、こうした機会をえましたことのお礼は、まず付き合ってくださった学生のみなさまに申し上げたいと思います。初めて児童文学の授業をもった大谷短大のゼミの学生、また、梅花の児童文学科に、全国から集まった「子どもの本が好き」という学生たち、非常勤講師で教えた多くの学生など、本当にいい学生に恵まれ、鍛えられました。

また、小さいときから、先生方にも恵まれました。私は幸運なことに、節目節目で生涯の師と仰ぐ方に出会っています。

小学校時代の森茂一郎先生、中学校では森口侃先生、この方には英語の手ほどきをしていただきました。それから高校では川谷とせ先生、川谷先生は国語の先生で文学の味わい方を教えていただきました。大谷女子短大では飯田順先生、青木幸子先生にお世話になりました。大学では厨川文夫先生、それから、この一一月一八日にお亡くなりになってしまわれましたが、渡辺茂男先生に、いろんな資料を惜しみなく見せていただきまして、指導していただきました。梅花女子大学へかわる時には、弥吉菅一先生に本当にお世話になりました。石澤小枝子先生をはじめ、同僚の先生方……色々な意味でいい時代でした。

もう一つ大きかったのは、一九七〇年代から、各地で始まった「家庭文庫」のお母さん方との交流でした。「子どもと本を読む」という体験から学んだことは大切でした。また、図書館の司書の方々との勉強会も楽しいものでした。一番新しい本を教えてもらい、読みあうことで、いわゆる権威による推薦よりも自分の読みを大切にできるようになりました。いろいろのご縁から、今江祥智さん、上野瞭さん、灰谷健次郎さん、斎藤壽始子さん、あまんきみこさん、今関信子さんといった関西在住の方々と交流ができ、仕事もご一緒できたことは、ありがたいことでした。

こうして、振り返ってみますと、自分のなかに、多くの方からいただいた栄養が渾然となって、いまに続いているのがわかります。

イギリス児童文学の研究へ

大学で「児童文学」を教えはじめた一九六七年から、一九八三年、梅花に移籍するまでの一五年あまりの期間は、いわば、何を見ても読んでも、おもしろい時期でした。私の研究史が、一九八〇年代に変化していった理由は二つあります。その一つは、梅花が、「児童文学科」という児童文学に特化されたユニークなところだったおかげで、「児童文学概論」といった入門的な科目も受け持ったものの、ゼミを中心にしてイギリス児童文学を教えることができるようになりました。特に大学院ができてからは授業で古い時代のものも読みました。もう一つは、それまでは、イギリスの児童文学史を読んでも、そこに書かれている作品が手に入らないので、書かれていることを鵜呑みにするほかなかったのですが、自由に海外に行けることになり、実際に、自分の目で読み、どういうものかを判断することができるようになったことがあげられます。そうして、実際に作品を読んでいくと、それまでの文学史で「常識」のように踏襲されてきたことが、それでいいのかなという疑問をもつことが出てまいりました。今日は、そのなかから、二つの論点を選んでお話してみます。ひとつは、「教訓物語」という一八世紀後半から、一九世紀にかけて出された物語です。文学史では、否定的にしか扱われてきませんでしたが、当時の子どもにとってはどうだったのかという疑問です。当時の作品の中にもよく読まれるものもありました。後でお話しする『くつ二つちゃん』などは、百年以上も読まれています。どうしてこんな面白くないものがそんなに長い間読まれたのだろうか、という疑問でした。もう一つは、さし絵のことです。子どもの本には、早くから、絵がはいっていまして、それも、子どもの本を論じるときの大きい論点になる筈ですのに、「文学史」ですから、テキストのみで評価されていたのです。恐らくこの二点は、子どもの本を、読み手である当時の子ども読者から考察することをしないで、その時点の文学観から論じていることからきていると思います。

「警告物語」の系譜

まず、教訓的な作品から述べてみます。これまでに、いくつかの論文を発表していますが、その一つに「詩集『デイジー』考」があります。「梅花児童文学」の第二号（一九九四）に、「イギリス児童文学史研究ノート2」として書かれたものです。その論文の書き出しに次のような文章を書いています。

(41)
XIX.
Miss Sophia.
MISS SOPHY, one fine sunny day,
Left her work and ran away ;
When soon she reach'd the garden gate,
Which finding barr'd, she would not wait,

図1◆『デイジー』(1807) より

(59)
XXIX.
Poisonous Fruit.
As Tommy and his sister Jane
Were walking down a shady lane,
They saw some berries, bright and red,
That hung around and over head ;

図2◆同右

子どもが愛読してきた本を、時代順に並べてみると、そこには大人の感覚では理解しがたくなっているある系譜が続いていることに気がつく。それは、教訓的であって残酷で、しかも、子どもを脅すような恐いお話よりなる物語群である。

愚かな行動や軽はずみが原因の事故にあったり、親の言いつけを守らないため危険に陥り、後悔することになるという教訓物語や詩が、一八世紀後半から一九世紀にかけて盛んに出版されていたのです。ソフィアちゃんは、外にでようと門に登って服にくぎが引っかかって、落ちて怪我をします（図1）。トミーと妹のジェインは、道端の毒を含む実を食べて死んでしまいます（図2）。そして、一八世紀後半から一九世紀にかけてこういうものが盛んに出ているのを見ると、「やってはいけない」という禁止を破ることの面白さと怖さが、子どもにはとても魅力があったのであり、その当時の退屈な教訓よりはよほど面白かった、ということが分かってきました。わたしにとってこの論文は、子どもによく受容されたものを、「系譜」でみていく重要性を教えてくれた記念碑的なものになりました。

『くつ二つちゃん』でわかったこと

もう一つは、刊行時の形が、そのまま、読まれることは、殆どなく、短くされたり、再話されたり、話の枠組みだけにされ、絵本化されて、何年も、何十年も読み継がれていく例です。一九九二年に発表しました『くつ二つちゃん』（口絵1）に関するものです。

『くつ二つちゃん』は、一七六五年に出版され、二〇世紀に入っても、まだ、読まれていたロングセラーなのですが、文学史でみると、教訓的な作品のなかでは、よく読まれたということ以外はわかりませんでした。一八八一年に復刻版がでているので、入手して読んでみると、文学史家の述べているように、そんなにおもしろい物語ではありません。さし絵が入っていて、プロットに変化はあるとはいえ、主人公が「出世」していく過程が不自然です。では、どうして、百年以上も読みつがれたのでしょうか。その答えは、すぐに判明しました。退屈なところを省略したものが流布していったのです。今回は、四種をもってきました（口絵2、4、5、6）。いずれも、一八二〇―四〇年代のものです。一五〇頁以上ある物語が、たったの六頁の絵本になっています。一八世紀の小説の影響を受けた作品が、見事にキャラクターになって、生き延びているのです。

口絵5の小型本（11×14㎝）を例にします。六場面になっています。

1. 親の死
2. 親切な人に助けられて、靴をもらって、両足が揃っていることに感動して、"Goody-two-shoes"と叫んで、それがニックネームとなった。
3. Margery は、動物にやさしくする。
4. また、勉強をして字を覚え子どもに教える。

5．貴族にその goodness を認められ結婚

6．そこへ、行方不明になっていた弟が紳士としてあらわれ、めでたし、めでたしとなります。

こういう教訓的な話で、何十年も、あるいは百年以上も読まれているものは、必ずといっていいほど省略されたり、形が変えられています。そして物語の根幹部分である、貧しく生まれ、幸せになって終わるという、昔話などでもよくある形に持っていっています。逆にこういう形にできるお話だったので、長く残ったのではないかと考えられます。またこの物語は、ウォルター・クレインも一八七四年に絵本（口絵3）にしています。つまり、骨格のところだけが、『くつ二つちゃん』として、伝播していったのでした。

この事実は、文学史を構築するとき、その作品がどのように読まれた（口絵6、7、8、9）のか、また、どの部分が読者にアピールしたのか、また、何年にも亘って読まれた作品は、どのような形で流布していったのかを考えるきっかけになりました。

こうして、文学史をみるのには、初版だけでなく、その後、どのように「変化」していくのかを見ることが、その作品に迫る有効な手段であることが分かってきました。民衆本のチャップブックに興味を持ったのも、こうした文脈からでした。

また、一九世紀半ばから、カラー印刷が盛んになり隆盛をみることになる「絵本」のなかで、単純化され、わかりやすいプロットにされたため、物語構造が、鮮明にみられることを発見し、児童文学と絵本の研究を同時にやることになっていきます。絵本研究は、それ自体、とてもおもしろいものですので、平行してやっていくうちに類書がないので『イギリスの絵本の歴史』（一九九五）を出版したりもしました。

児童文学の担い手について

警告物語とか、孤児の物語といった「系譜」を辿ることで、みえてきたものを追求する過程で、もう一つの論

点を見出しました。それは、児童文学の担い手は、児童文学を専門に書く作家よりも、自分の子どもとの交流や、身近にいる子どもに語るなどといった、ちょっと離れた位置にあって、具体的に対象とする「子ども」がいるときに、おもしろい作品が生み出されているという事実でした。古くは、ロスコーの『ちょうちょうの舞踏会ときりぎりすの宴会』（一八〇七）にはじまり、ルイス・キャロルと「アリス」（一八六五）、ベアトリクス・ポッターと「ピーター・ラビット」、ケネス・グレアムと『たのしい川べ』（一九〇八）、A・A・ミルンと『くまのプーさん』（一九二六）など、いまでは、「古典」になっている作品の多くが特定の子どもに語るという方法で成立しているのです。

このような論点を考えているときに、神田神保町にある洋書の古書店「崇文荘」のカタログにイギリスの風刺雑誌「パンチ」誌の揃いが出ているのをみつけました。ルイス・キャロルの購読雑誌であり、子どものころのC・S・ルイスもよく見ていたということを知っていましたので、アリスの挿絵をかいたテニエルがどんな風刺画をかいているのかをみたいと、思い切って購入しました。第一号（一八四一）から順にみていくと、文章の比重が年を追うごとに変化し、テニエルが一頁大の絵を毎号かいていることや、文と絵のバランスが対等になっていくさまがよくわかりました。「文と図像的イメージの共生関係の歴史」が、具体的にみえてきたのです。最初は、作家名も画家名もはいっていないので、気付かなかったのですが、少しずつ子どもの本を余技で書いている作家や画家が関係していることに興味をもつようになりました。そして、「パンチ」誌の系譜としてみることができるという確信をもつに至りました。このテーマは一〇年ばかりかかって、『もうひとつのイギリス児童文学史』（二〇〇四）にまとめることができました。

「パンチ」誌にかかわった作家・画家の系譜から『もうひとつのイギリス児童文学史』をつくる作業

突出した作品をつないでできている文学史を、それらを支えている、いまでは知られなくなった作品も含めてみることで、そこに関わった子ども読者もすこしは、見えるようになりました。「パンチ」は、風刺雑誌ですから、「子ども」を「大人」を風刺するために使っています。また、赤頭巾ちゃんやシンデレラなどを使って、権威あるものや、世の風潮を笑い飛ばします。そこには、子どもに支持されてきた児童文学のおもしろさのひとつである、「価値の転倒」がしばしば生じます。また、随所で、当時の教訓的な子どもの本をめった切りにして、「よい子主義」といったものを笑いの種にします。大人を笑う「ユーモア」は、パンチ系の作家の得意技でした。『アリス』や『くまのプーさん』を「パンチ」の系譜で考えてみました。また、日本の児童文学に多大な影響を与えた『ちびくろサンボ』もまた、関連があります。それらは編集者として「パンチ」の寄稿者として当時は著名だったE・V・ルーカスに注目することでわかってきたのです。

マーク・レモンの先駆性

この文学史のなかから、ファンタジーというイギリス児童文学の特産品ともいえる作品群が生まれてくるさまを、マーク・レモンとサッカレーという対照的な作家で述べてみます。

マーク・レモン（一八〇九―七〇）は、パンチの初代編集長でした。レモンは、誰でもが知っている妖精などの登場する伝承の物語を消えてほしくないという意識をもっており、使われ方によっては、思いもかけない深層を描くことができるものと考えていました。ディケンズの二人の娘への献辞がついている『魔法の人形』（一八四九）は、後世の人から「妖精画家」といわれているリチャード・ドイルのさし絵が二四葉はいっているリアリズムの小説的な手法をつかったファンタジーの初期作品です。人形師ジェイコブの心の闇を描いた作品で、ブラック・フェアリーが活躍するなど「暗い」ものです。レモンは、あきらかに、子どもに対して語っているのですが、性格のよい勤勉なライバルのトニーを嫌悪する主人公の心のいやらしさが迫力をもって展開していきます。レモンは、人生経験豊かな大人の態度をくずそうとはしていません。文体が難解なため二〇世紀初頭で、読まれなくなりますが、非常に先駆的な作品です。それから二〇年後、六人の孫たちに語った『タイニーキンの変身』

（一八六九）を刊行しています。森番の夫妻に、妖精がみえる力のある男の子がうまれ、「タイニーキン」と名づけられます。男の子は、妖精の女王タイターニアに気に入られます。空を飛びたいというと、小鳥に変身させてくれ、危険から守ってくれます。魚になったり、鹿になったりと変身を楽しみます。あるとき、王の娘が森でいなくなり、森番の父が牢獄にいれられるという事件がおこります。日ごろから、母に暴力をふるい、自分にもつらくあたっているにもかかわらず、タイニーキンは、父のために、王の娘を救助しようと大活躍、最後には、その娘と結婚するという伝承文学の形をふまえた物語になっています。タイニーキンが陸、海、空と大きい空間で活躍する一方、親との葛藤や父の家庭内暴力を描くなど、内面の問題も出されています。前近代的な伝承文学の物語性とキャラクター、特に妖精を、子どもに伝えようと意識した点と、主人公が遍歴をへて成長する姿を描いた点で先駆性の認められる作品です。

W・H・サッカレーのおもしろさ

次にとりあげたのは、サッカレーです。日本では、『虚栄の市』の作家として知られていますが、ここで論じるのは、『バラとゆびわ』というクリスマスに自分の娘や身近な子どもを前に演じられたドタバタ喜劇を物語にまとめたものです。一八五五年の刊行です。サッカレーは画家でしたから、絵も自分でつけています。巻頭の場面に、王様とお后様とお姫様の絵がありますが（図３）、お后様の前には卵がたくさんあって、非常に食欲旺盛な人だと分かります。その横で、あきらめたような顔をして王様が書類を読んでいます。お姫様はつつましく食事をしています。絵をみれば、どんなキャラクターか一目でわかるのです。「黒杖」という魔女が、それをもっていると美しくみえるという「バラとゆびわ」を結婚式の贈物にし、それが、あちこちにいくことで混乱するという物語です。「黒杖」が物語を動かしているので、読者は、そのドタバタを楽しむことができるのです。そして、そのドタバタのなかにも、普通の人々の税制への批判や、体制への批判などもきちんとはいっています。大人のスタンダードと子どものスタンダードが両方入っている作品です。

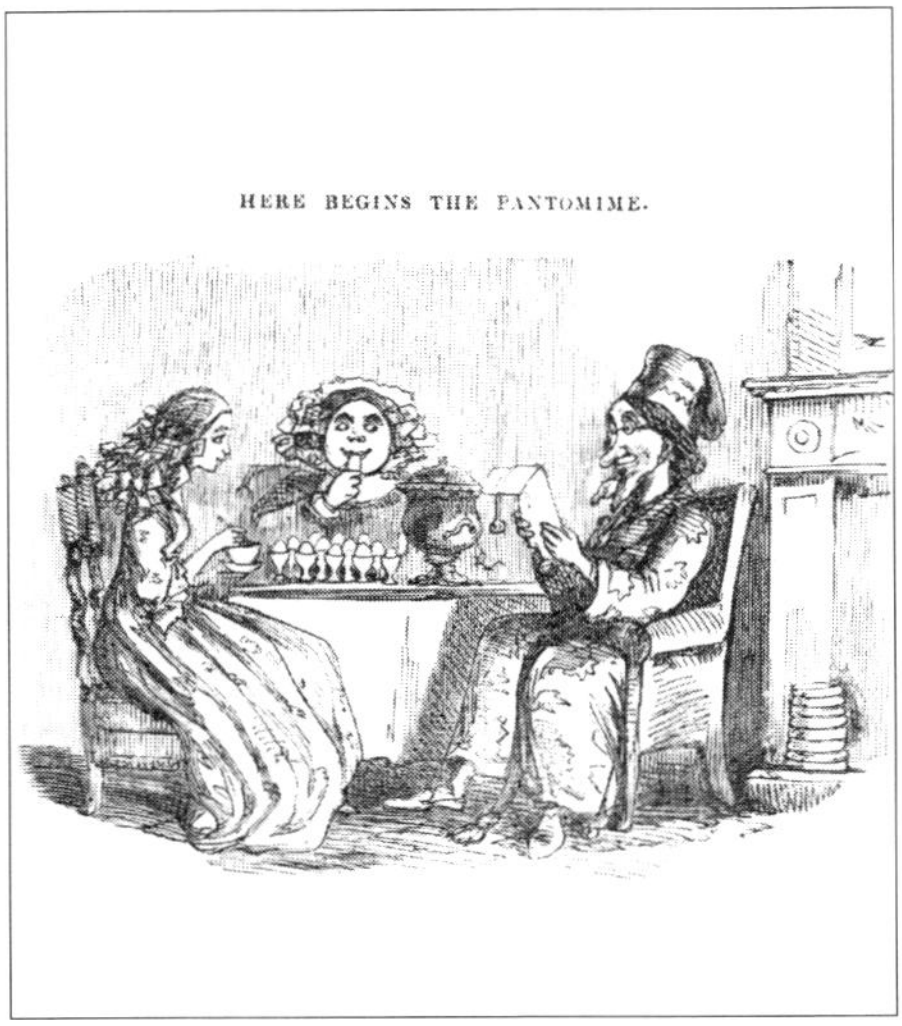

図3◆『バラとゆびわ』冒頭部分の挿絵

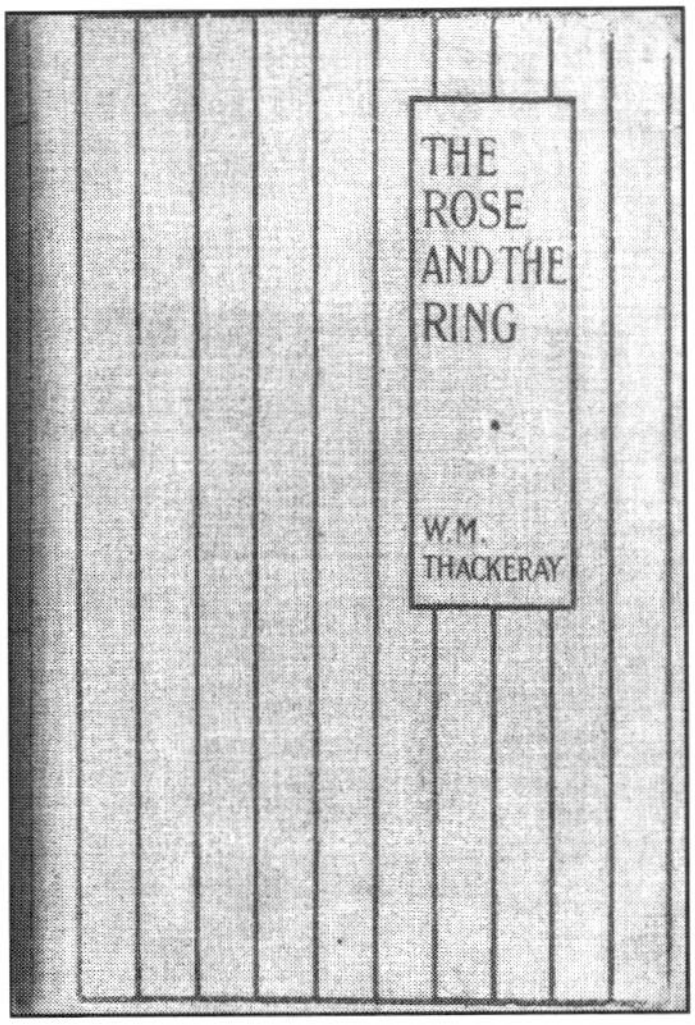

図4◆1902年版

この作品は、ライト・ファンタジーというジャンルの先駆的な作品といえます。何度も、版をかさねていまして、現代でも残っている作品ではあるのですが、ここに挙げたのは、一九〇二年版（図4）グラント・リチャールズという、子ども読者にとって何が面白い本かを、手探りで出していた小出版社のものです。この本は、『ちびくろサンボ』がはいっているシリーズの年長向き *The Larger Dumpy Books for Children* で刊行されました。

A．A．ミルンの場合

『クマのプーさん』も、パンチに連なる作品です。ミルンは、学生のころから、パンチにあこがれて寄稿をはじめていましたから、「パンチ」の申し子のような存在です。図5は、一九二四年の「パンチ」誌からとっていますが、いまでは、こどもの詩集とおもわれています『ぼくたちがとてもちいさかったころ』の初出です。「パンチ」は、一家で楽しむ週刊誌でもあったのです。ミルンがE・H・シェパードと組んで出版した四冊の本は、全く教訓臭がなく、「おもしろい」ものです。ミルンがパンチで腕を磨いてきた「ライト・バース」（軽い詩）

図5◆「パンチ」誌より（1924年2月13日、6月18日）

「ライト・ファンタジー」（軽いファンタジー）の結晶したものといってもいいものになっています。『プー横丁にたった家』の結末で、クリストファー・ロビンが、学校にいくために、プーさんと遊んだ世界をでていきますが、そのシーンによって、「子ども時代という普遍的な意味がよくわかる作品」になりました。それまでは、作品を道徳教育として、また何の役に立つのか、といったことで考えてきた長い歴史がありました。この作品は、やっとそれを全て外すことができた記念碑的な作品だったのではないでしょうか。それをここまで完璧に仕立て上げられたのは、やはりミルンが「パンチ」誌上で、大人も楽しめ、子どもも楽しめるものを作っていく技を磨いていたからだったと思います。ミルンは、『クマのプーさん』について「あんな単純なものを作って」と言われ続けたようですが、軽く楽しく書くには、非常に技がいるのに、それを皆は分かっていないと感じ、気分を悪くしていたらしいことは、その自伝で分かります。なんでもなく軽く書くということが、児童文学にとっての大きなテーマだったのだということに、この作業をして改めて気が付きました。

「パンチ」の画家たち

次に、画家のことにも簡単にふれておきます。

リチャード・ドイルは「パンチ」の表紙を描いた画家です。その表紙は百年以上続けて使われました。現在では、羽をつけたかわいい格好をしている花の妖精などが、あちこちで商業的に使われていますが、リチャード・ドイルはそういうものを絵で表現し始めた時代に、一番人気のあった画家でした。『妖精の国』(一八六九)という、とても大判の妖精画集のようなものを残しています。マーク・レモンとの間に宗教上の不一致があり、途中から「パンチ」を抜けていますが、初期の頃には一番活躍した画家です。

それから、『アリス』の挿絵を描いたジョン・テニエル。『アリス』の挿絵は、今も全然古びていません。テニエルは後に、挿絵の仕事で「サー」という尊称を拝受しますが、早い時期から「パンチ」の顔として、カトゥーンという一枚絵をたくさん出しています。少し線は固いけれど、一目でテニエルと分かる、個性的な、そして「パンチ」の読者である保守層の感覚にあった風刺画を描いた人でした。ルイス・キャロルがそれを見ていて、自分の「アリス」を本にする時にテニエルに頼んだのです。そしてあの不朽の名作が生まれました。テニエルの絵がなかったら、これだけ成功したかどうかは分かりません。二人のコンビは二冊で終わりましたが、キャロルの著作で、今もよく読まれているのはその二冊なのです。このコンビの絵と文章の共生関係、文が主でもない、絵が従でもない対等の関係は、二度とできないものだと思います。『アリス』は、ナンセンスとしても空前絶後の作品でしたが、出版された本としても空前絶後のものではないでしょうか。クロウクィルとベネットについては後で触れます。それからグリゼという人がいますが、この人はもう少し高く評価されてもいい人です。先ほど触れた、ミルンと組んだシェパードは、絵は平凡なのですが、ミルンと組むとほんわかとして、とてもいい味が出てきます。最近活躍している人に、クエンティン・ブレイクがいます。ロアルド・ダールの作品の絵を描いていますが、非常に「パンチ」的な線画を描く人です。このように、イギリスの挿絵史・絵本史の中心にある人たちの多くが、「パンチ」と関係しています。これは偶然ではないと思います。「子どもだから」という絵を全然描いていないのです。

絵本をつくってきた初期のふたりの画家とその作品の一端にふれておきましょう。まず、クロウクィルの絵本『うっかりやのヒヨコ』（口絵10）（一八五三）を見てください。クロウクィルは、「パンチ」での活躍期間は長くありませんでしたが、面白い絵を描く人でした。最初の絵では、お母さんのまわりにひよこがいますが、一羽だけ向こうを向いていて、この子は問題をおこすと一目で分かります。そしてこのひよこがトコトコとよそへ行ってしまい、出てきたキツネに誘われてついて行き、食べられそうになるという話です。クロウクィルの上手さは、キツネの描き方を見れば分かります。キツネはなぜか洋服を着て、紳士の格好をしており、非常に紳士的にひよこを誘いますが、目がいやらしいのです。キャラクターが非常に良く出た、表情に富んだ絵で、細かい所を発見できる面白さもあります。一八五〇年代に、こんなに完成度の高い絵本が出ていたのだな、と思いました。私の読んできた文学史では、まるで、ウォルター・クレーンとか、コルデコットとか、ケイト・グリーナウェイといったプロの画家が、絵本を創ったように書いてありましたが、もっと早く、おそらく一九世紀の初め頃から、少しずつこういうものがあって、そこに印刷の質が向上し、大型化したため、三人が有名になったのだと考えられます。

もう一人、C・H・ベネットの絵と絵本を見ていただきます。ベネットは「パンチ」でも非常に活躍した人です。自分の子どもに絵本を描き、息子が喜ぶなら他の子どもも喜ぶだろうから刊行する、といった序文を書き残しています。若くして亡くなったのが、非常に残念に思われます。この人に長生きをしてもらって、色彩印刷がもっと進んだ時代に活躍してくれていたら、イギリス絵本史は違ったものになっていたでしょう。これは『かえるくん、よめとりに』という題で、かえるくんが求婚にネズミの家に行って、そこへ猫がやってきて話がぶちこわしになるという伝承の物語詩を絵本にしたものです。母親がえるの絵なども、表情といい、着物といい、抜群に上手いです（口絵11ａ）。また、口絵11ｂの上の絵では猫の手が少しだけ出ていて、下の絵では全身の猫が飛び出てくる、そしてネズミはしっぽだけを描いて、必死で逃げていることを語るといった、絵本的な、今で言えば動画的な描き方も、この時代にはっきりとありました。絵本史の中でしっかり評価されてもいい人なのです。

「パンチ」の系譜からみえたこと

「パンチ」に関わった作家と画家の残したものを辿ってきて、最後にいきついたところは、「ライト・バース」「ライト・ファンタジー」というそれまでの「児童文学」では、評価されてこなかった「笑い」「ユーモア」という言葉で説明するとわかりやすいものでした。また、グロテスクなおもしろさにも注目しています。そういうものから、もう一度文学史を見直してみたら、もっと面白い「新しい」児童文学史ができるのではないでしょうか。また、これまでの文学史は、頂点に立っていた作品を点でつないだものでしたが、そのすぐ下ぐらいの所をつないでみると、また別のものが見えてくるのでは、とも考えるようになりました。

イギリス児童文学史の構築

英語圏に生まれたのではないことは、いろいろと不利なことも多いのですが、逆に、そうだから「わかる」ということもあるのです。石井桃子さんが『クマのプーさん』の翻訳の苦労をカナダでお話になったとき、きいていた英語圏のひとたちは、「クマのプーさんが日本語をしゃべるなんて、ありえなーい！」と大笑いになったということです。確かに、英語そのままのおもしろさを伝えるのは不可能ですが、日本語で通じる（ということは、他の文化圏でも通用する）おもしろさもあるということに気付きます。母国語でないものを読む、楽しむことの可能性はまだまだあるとおもいます。

私の最近の論文に「イギリスの子どもの本にあらわれた日本」というテーマがあります。これは、私が日本人であるので、文献にあたっているときに、見つけた「日本」関連のものを論じたもので、大英帝国の国際理解の限界を結果的に語ることになりました。母国語でない国の新たな文学史をつくるという可能性は、あるとおもいます。

文学史を構築するためには、「パンチ」以外にも、あたっておきたい文献は山のようにあります。これまでに、論文にしたものとしては、「人形絵本論」があります。これは一九世紀を通じて出版された「人形が主人公の絵本」に焦点をあてたものですが、子ども部屋の成立のことや、子どもの友だちとしての意義や、時代がたつことで進化していくさまが浮き彫りになりました。また、子ども部屋にはいってきた他国の人形たちの役割もまた、おもしろいテーマになりました。

また、「あべこべの系譜」では、「パンチ」出身の作家アンスティの『あべこべ物語』を軸に、あべこべをテーマにした本の系譜を辿ったものですが、子どもに喜ばれる本のひとつの系譜が「あべこべ」という視座で語ることができました。「価値が転倒」することで、子ども読者の喜びと繋っていくことができるのです。

ひとつの視座にしぼって縦断的に論じるということのおもしろさは格別ですので、もう少しこの路線でやっていくつもりでおります。

おわりに

これまで、過去を振り返ったことはありませんでしたが、こうして、自分の道程を辿っていますと、まだまだ、未知の領域が広がっていることに気がつきます。神さまがどれだけ余命をくださるか、計り知れないことですが、いまあることを大切にして、毎日を新たに送っていきたいと、こころしています。

稲田浩二先生は、昔話の研究者でいらっしゃいますが、『昔話通観』という大著を刊行されたあと、ヨーロッパ中心の昔話研究にたいして、アジアからの視点をもった全く新しい「タイプインデックス」を構築する研究をなさっておられます。その先生から、「座右の銘」をいただいていまして、書斎の机の眼の前に貼り付けています。それは、杉田玄白の『蘭学事始』の文言で、「首めて唱ふる時にあたりては、なかなか後の誇りをおそるる様なる碌々たる了見にては企事は出来ぬものなり」とあります。「はじめてとなふる」ということには、困難があり、生半可の了見では、できないということを、噛み締めておられるのです。先生のようにはいきませんが、先生を目標に、今後オリジナリティーのある研究を大切にして続けていければと考えています。できるだけ専門用語や難解な理論用語を使わず、平易な言葉をつかった、新しい視点からのイギリス児童文学史を書くことが、これからの課題であることをお話しいたしました。

五〇年、子どもの本の研究ということを、飽きずに面白くやってきまして、まだ飽きていない自分がいます。皆様の支えでここまでやってくることができました。本当に長い間ありがとうございました。これで今日のお話を終わらせていただきたいと思います。つたない私の研究の歩みをご静聴くださいまして、ありがとうございました。

注

＊1　翰林書房、二〇〇六年刊

他国のイメージはどのようにつくられたか

――イギリスの子どもの本のなかの日本および日本人を中心に

私たちは、他の国についてのイメージをどのように形成していくのだろうか。幼いころに何らかの「すりこみ」がなされると仮定して、どのように他国のイメージ（ここでは日本）が伝えられてきたかを、イギリスの子どもの本を使って考察してみた。

まず、子どもの本には、読者である子どもの世界を広げ、本による体験によって、自分とは異なった生活や価値観を知るという機能があることを、体系的な児童文学論のなかで明快に位置づけたのは、メイ・ヒル・アーバスノット May Hill Arbuthnot（一八八四―一九六九）の『子どもと本』*Children and Books* で、出版は一九四七年であった。「異なった時代と場所」Other Times and Places として、歴史物語とともに、「異なった国」Other Lands（四一二―四二一頁）を背景とした子どもの本を紹介している。最初に詳細に論じられているのはドッジ Dodge の『ハンス・ブリンカー』*Hans Brinker*（一八六五）とシュピリ『ハイジ』*Heidi*（英訳一八八四）である。両書は「アメリカの子どもたちに、本物のわくわくする外国の生活を伝え、その子どもたちと知り合いになり、まるで隣りに住んでいるように思わせる」“～give American children authentic and exiting accounts of life in foreign lands and acquaint them with children who seem as real as the children next door.”（四一二頁）と解説している。また、「この分野の初期の作品は通常のものを犠牲にして、絵になるものを表現する傾向にあった」“The early books in this field had a tendency to present the picturesque at the expense of the usual.”（四一四頁）とも述べている。アーバスノットは、文学として、プロット、性格描写、正確さ、文体の四つの要素を当てはめて、作品の良否の判断基準としてあげている。しかし、彼女が取りあげた八人の作者の作品のうち二〇世紀末まで読み継がれたものは殆どない。アーバスノットは、文学作品という点を強調したが、ノン・フィクションとして、または、情報を届けることを主目的とした物語づくりという側面から「異なった国」を舞台としている作品も数多くあり、ある期間よく読まれるものの次の世代に手渡されることなく消えていく作品群も同じ路線のものとして考えてもよいだろう。このジャンルがどのように成立したかについては、次の記述がわかりやすい。

一九〇〇年代のはじめ、「るつぼ」という言葉がアメリカにおける人種の混成をのべるのにつくられ、さまざまの人種よりなる人々が共通の理解をえることの必要性が顕在化してきた。児童文学は、常に必要とされることに鋭敏に反応していくので、異なった国に住む子どもたちの物語が、この時期に出現し、第一次大戦後にあふれるように出てくるこうした本の先駆けとなった。（『批評的児童文学史』三五四頁）

In the early 1900's the term "melting-pot" was coined to describe the mingling of races which was America, and the need for common understanding among people of various races became manifest. Childrens' literature has been sensivive always to felt needs, and there appeared in this period stories of children in other lands which were prophetic of the outpouring of such books which was to come after the First World War. *A Critical History of Children's Literature,* (p.354)

イギリスにおいても、多くの人々が、植民地に行き来したこともあって、数多くの異なった国を背景とする物語が誕生しているが、アメリカのものと決定的に違うのは、帝国主義的な眼を持って（ある意味では、優越感ともつながりうる）異なるものを眺めるような視点をもっているものが多いといえる点である。アメリカでの必要性は、さまざまの文化を背負ってやって来た人々が、アメリカのなかにその遺産をもちこんでいることに根ざしており、より多文化理解において、共通基盤に立ちやすいといえる。

また、ドイツで活躍したレップマン Jella Lepman（一八九一―一九七〇）は、第二次世界大戦の直後からその反省をこめて「平和」を願い、ミュンヘン青少年図書館 Internationale Jugendbibiliothek（一九四九年設立）をつくり、国際児童図書評議会ＩＢＢＹ（一九五二年設立）を組織した。その理念は、「子どもの本を通しての国際理解」を深めるという点にあった。

以上のことから、こうした考えは、第一次世界大戦の体験から意識されはじめ、第二次世界大戦後、顕在し、具体的な呼びかけや組織的な努力がされるようになったといえる。しかし、これまで、子どもの本がどのようなイメージを送り出してきたか、そして、それがどのような形で他国の理解につながっていくかは検証されてきたとは思えない。「子どもの本を通しての国際理解」とは、具体的にはどのようなことであるのかが十分に語られてきたとはいえないのである。

そこで、イギリスで出版された子どもの本が、どのように、他国について表現してきたかの歴史を、日本および日本人を中心にして辿り、イメージの伝播、変通のなされかたをみていくことで、スローガンではなく、読み見ることが、どのように文化の偏見を生み、また理解をさまたげてきたかをふくめて語ることで、「国際理解」に近づくヒントを探っていきたいと考えている。

一九六〇年に出版されたファスコ・マラニー Fosco Marani による英文の日本論『日本との出会い』*Meet with Japan* のカバーのうらの説明に、「世界中で、日本人より私たちからかけはなれ、理解することが困難な人々はいません」"Perhaps no people in the world are more remote from us, more difficult to understand, than the Japanese" と記載されている。恐らくは、長期にわたる鎖国（一六三五―一八六五）によって、独自の文化をつくりあげてきたことから、一八五〇年代から始まった日本との交流記の数々による印象が長く続いていたのがその原因の一つともいえよう。一度、記憶されたイメージは、守旧性が強くなかなか変えることができないのである。

「世界」のイメージ提示

まず、子どもの本で、世界の国々のイメージを紹介したのはいつだろうか。「世界」ということでは、コメニウスComeniusの『世界図絵』*Orbis Sensualium Pictus*(一六五八)が思い浮かぶ。絵と言葉で、この世界全体を提示した画期的なものであったが、この書は、国や民族でできているのではなくコメニウスの神学による「唯一の国」でできていた。一九世紀に入ると、例えばアイザック・テイラーIssac Taylor(一七五九―一八二九)のように、『ヨーロッパ状況』*Scenes in Europe*(一八一八)からはじまって、アジア、アフリカ、アメリカと地図付きで「家にいる子どもの旅行者の楽しみと学習のため」"for the amusement and instruction of little tarry-at-home travelers"と書かれた子ども向きの旅行記が刊行されるようになった。一八二一年にこれらを集めて二巻として『世界状況』*Scenes All the World Over*が出版されている。いろいろの旅行記を参考にして、子ども読者の興味をひくよう工夫されていた。

一八五〇年代前後から、珍しい国や土地を舞台にした少年向けの冒険物語が輩出するようになり、日本を舞台としたおそらくは最初の物語は一八五八年、ウィリアム・ドルトンWilliam Daltonの『日本にいったイギリス少年』*The English Boy in Japan*(図1)だと考えられる。サブタイトルに「あの風変りな帝国の王子・僧・人びとのなかでのマーク・ラッフルズの危険と冒険」"The perils and adventures of Mark Raffles among princes, priests and the peoples of that singular empire."とあり、三〇八頁にも及ぶ複雑なプロットの物語である。イギリスの少年マークが、日本で行方不明になった船長の父を探すために、日本語や作法を完璧に学んで、日本の少年に変装して上陸し、あちこち旅をし、将軍によって投獄されている父親を救出するまでの冒険が語られてい

図1◆『日本にいったイギリス少年』口絵（刀を左手で握っているのが主人公マーク）とタイトル・ページ

る。しかし、日本の読者からすると、おかしいと思われるところも多く、日本についての知識が断片であったことがわかる。イギリスの少年がいくらうまく変装しても東洋人になることは困難であるし、マークが学ぶことのなかから「扇の作法」"the fan exercises"を最優先し、扇は婦人・兵・僧"ladies, soldiers, and priests"などみんなが携帯しているとのべられている。また、マークの口を通して、友人は別として、日本人はどこかあやしいところのある信用のおけない奇妙な人々という不安が表明されている。マークの父が救助されるのは、「地震」がおこって、牢がこわれるからとなっている。「扇」と「地震」は、日本について簡潔に語るときにもしばしば出現してくる。

一九世紀末から二〇世紀にかけて、絵本が発達し、「世界」"World"とか「全世界」"All-Nations"という語が出てくるようになった。イギリスはその植民地主義がピークに達した時であり、絵本にみられる「世界」というテーマは、二〇世紀前後に出版された絵本の新しい題材になった。異なった国やその文化を理解する題材が、年少の読者を対象とするものの中にも数多くみられるようになってきたのである。

世界は具体的にはどのようなイメージで伝えられたのだろうか。『ちびくろサンボ』*The Story of Little Black*

Sambo（一八九九）が入っている「子どものためのダンピー・ブック」“*Dumpy Books for Children*”シリーズの第十一巻で一九〇一年刊行の『小さい人たち・ABC絵本』*Little People : An Alphabet.*（Pictures by Henry Mayer, Verses by T.W.H.Crosland）をみてみよう。“J for Japanese”（口絵12a）は傘をさし、扇をもった男の子が立っている。黒い目、黒い髪に「着物と髪の毛がマッチしています」“Their robes are black to match their hair.”と入っている。“A for Arab”（口絵12b）と“U for United States”（口絵12c）も例示しておく。“A for Arab”からはじまり、“Z for Zany”に終わる各国や異民族の子ども（適当な単語がないQやZのような例外もある）を紹介する絵本である。Kの項（口絵12d）のように当時のイギリス人にとっては、ユーモアのつもりの名前でも、今日では笑えないものなど、植民地主義が顕示している項もはいっている。『世界の赤んぼう』*Babies of All-Nations*（一九〇九）(by May Byron, illust. by Rosa C. Petherick)（口絵13）では、作者は次のように書いている。

Wherever you go, the whole world round,
There are dear little babies to be found,
Round and sweet as sugar plums,
Kicking their toes, and sucking their thumbs.

まあるい世界、どこにでも、
ちいさい、かわいい赤んぼうがいる、
あめ玉のように、まあるくて、とろけるよう、
足をばたつかせ、指しゃぶりする。

そして、最初の出てくる「ニグロの赤んぼう」“The Negro Baby”（口絵13d）で次のように述べる。

It doesn't really matter if a baby's pink and white,
With golden locks, —— or woolly-haired, and black as blackest night;
Its mother lives it just the same, and think it is the best

That any one has ever seen, and hugs it on her breast.

赤んぼうは、ピンクいろでも、白くても、
金髪でも――羊毛のような髪でも、夜のようにまっ黒でも、
おかあさんには、同じようにいとおしく、うちの子が一番、
どこの子よりも、そしてその胸に抱きしめる。

つまり、違いよりは、赤ん坊のかわいさの類似性を強調しているのである。しかし、「イギリスの赤んぼう」"The English Baby"（口絵13c）のところをみると、「茶色、黒、黄色、いろんな赤んぼうがいるなかで――やっぱり、／イギリスの赤んぼうが一番きれい、――イギリスの子はピンクいろ」"Of all the babies, brown, and black, and yellow, --well I think, /The English one is prettiest, --the English one is pink.--"といっており、建て前と本音の違いがくっきりと出ている。

「日本の赤んぼう」"The Japanese Baby"（口絵13b）「誰もしかったり、いじめたりしない。／みんな赤んぼうが喜ぶようにしてあげる。／赤んぼうは、お菓子もおもちゃもいっぱいもっている」"There's no one to scold him, no one to tease him, / People do just what they think will please him. / He has lots of sweets, and lots of toys, とあり、家には、カーペットもテーブルもイスもなく床にすわって食事をとるとつづく。日本の子どもが欧米人の眼からみて明るく幸せであるという観察は、初代イギリス駐日大使オルコックの『大君の都』*2 *The Capital of Tycoon*（一八六三）で紹介されて以来、通説となっており、ここでも、その通説のように、「日本の赤んぼうは、金持でも貧乏でも／陽気で、楽しく、満足している」"He's a merry, jolly, contented chap. / Whether rich or poor, is the baby Jap. と紹介されている。

オランダの子どもは水車を背後に民族衣装を着て、手にはチューリップをもっているし、中国人の子どもは弁髪で登場するといったステレオタイプの国のイメージが出来てきているのがよくわかる。国を表徴するイメージは、第一次世界大戦ごろまでに、かなり出来上がっていたといえる。

人形絵本のなかの国

次に人形の絵本を取り上げてみたい。人形遊びは、古くからあるが、「子ども部屋」におもちゃやゲームがおかれ、独自の子ども文化が成立していくのが一九世紀後半であり、各国の人形が出現するようになってくる。そのため世紀末から、絵本のなかに、急に「人形の絵本」が数多く刊行されはじめる。子ども部屋で、各国の人形と遊ぶということが普及してきたからであると思われる。よく読まれたものに「ゴリウォグ」Golliwog のシリーズがある。アプトン Upton の第一作である一八九五年に出版された『二つのオランダ人形の冒険』*The Adventures of Two Dutch Dolls* には黒い人形のゴリウォグが登場する。その外観のグロテスクさに加えて、一緒にいるととてもおもしろいので人形キャラクターとして、オランダ人形たちの主人公よりも人気が出、第二作から主人公として世界各地を冒険することになっていく。ゴリウォグとオランダ人形のシリーズは一三冊もあるのだが、北極やアフリカ、無人島、オランダなどをはじめとして、日本にも来ている。第二作目の『ゴリウォグの自転車クラブ』*The Golliwogg's Bicycle Club*（一八九六）である。ゴリウォグとオランダ人形の姉妹は、当時流行の自転車に乗って日本に上陸するが、そこで「芸者」Geisha-girls の出迎えを受ける（口絵14ａ）芸者は、日本のはきものではない靴をはいた姿で描かれている。ゴリウォグは人力車 Rickshaw（口絵14ｂ）をひっぱって日本案内をしている。その背景に描かれているのは、富士山 Mt. Fuji に中国の寺 pagoda である。この組み合わせ、富士山、お寺、芸者、人力車は、これ以後、日本に関するイメージづくりに必ずといってよいほど出てくる。人力車は、一八七〇年に発売され、一九二〇年代を過ぎると使われなくなるが、丁度、日本紹介が海外に向けてなさ

図2◆チョコレートのブランド・ネームとなっている「ゲイシャ」

れた時期だったこともあって、人が車をひくという後進性のあるインパクトの強いイメージを提供した。また、お寺は異教のシンボルとして出てくるのであろう。芸者については、日本人の女性のイメージとして、今も人気があるが、例えば、フィンランドで出ているチョコレートの名前になって残っている（図2）し、イギリスで出ている「ぬり絵」でも必ず芸者の姿が描かれる。このことは、日本の女性にとって、非常に複雑な思いをかきたてる。芸者というのは、男性の前で「芸」をみせ、サービスする仕事で、日本女性の美しさを表現しているのであるが、第一次世界大戦以前の時代には、人身売買や売春にかかわることもあったという複雑な歴史を知っているからである。こうしたイメージは一八六五年に開国されて、それ以後、多くの外国人が日本を訪れ、旅行記や報告書のようなものが出版されるようになっていくなかで、その相手をした女性は限られており、売られている浮世絵などが日本の女性のイメージとして流布したものと思われる。また、ロンドンの万国博覧会などで、日本からの輸出品が多く出まわり、そうした会場では、踊ったり楽器を演奏できる女性が愛敬をふりまいたのも、一つの原因であろう。その輸出品のなかに、日本人形が含まれていた。日本人形には、西洋の人形にはない風変わりな美しさ、可

図3◆人形ごっこは地理の勉強だった

愛さがあり、人形遊びには欠かせないものとなっていく。一八九三年の『我らの可愛いもの』*Our Darlings* では、ずらりと並べられた子ども部屋の人形をみて、女の子が「勉強もできるし、遊べるの」"I believe I can learn and play too." と言っている場面が描かれている（図3）。「地理の学習」Geograpy Lesson として、「おもしろくて、ためになる」amusement and learning の流れのなかで人形が考えられていたことがわかる。

人形を集めたものは、数多くあるが「子どものためのダンピー・ブック」シリーズの第十五巻『人形の本』*Dollies*（一九〇二）(illust. by Ruth Cobb, text by Richard Hunter) を取り上げてみる。世界の民族人形づくしで、二四種の人形が描かれている。看護婦やサーカスのクラウンの人形なども含まれており、黒人の人形としては Man Friday と Blackie が入っている。東洋からは、中国と日本の人形が入っている。日本人形は Jappie と Jappina（口絵15）の二体が入っているのはそれだけ流布していたからであろう。Jappie は「この風変わりな小さいひと」"This odd little man." と説明がついており、それは、一九一〇年ごろの出版と考えられる後述の描写と合致している。

次に、人形絵本のなかで、「子ども部屋の国際交流」といったコンセプトのものをみていきたい。「タックおじさんのホリディーシリーズ」Father Tuck's "Holiday" Series の『おどる人形』*The Dancing Dolls* は、人形店で、子どもに床に落とされたべべ Bebe という人形がクリスマスイブに妖精によって生きかえり、みんなで楽しいダンスパーティーをしたり、ティーパーティーをしたりする。ここで描かれているのは、子ども部屋で人気のある人形たちであった。一八九五年の『人形のパーティー』*Doll's Party*（口絵16）も類書といえる。また、イーデス・ネスビット E.Nesbit が物語をつくった『反乱をおこした五体の人形』*The Story of the Five Rebellious Dolls* では、おじさんやおばさんから世界各地のおもちゃをもらっているエバ Eva の子ども部屋の人形たちのうち、幸せでない五体の人形が冒険する話になっている。興味をひくのは、中国人形の Quang Hi である。その美しいキモノをエバが針刺しをつくるのに使ったため、日本人形の着物を着せられておもしろくないという設定になっている。ヨーロッパの人々からみたら、中国も日本もはるか遠い国なので、どちらでもかわりがないが、当事者にとっては、重要な問題であることを語っている。

日本人形が主人公である絵本も多いが、それらは、くっきりと二つの見方にわかれる。一つは、日本人形を「美しいもの」としてみる見方で、もう一つは「奇妙でおかしいもの」とする見方である。「美しいもの」の代表としては一九〇一年のヘンリー・メイヤー Henry Mayer の『ある日本人形の冒険』*The Adventures of a Japanese Doll*（口絵17）である。一二七頁もある大型絵本で、絵は、日本美術からの強い影響がみられる。余白の使い方、透明感のある色使い、月・花・木・鳥などの描き方などである。一つ一つ美しいイメージを描いているので、当時の読者は、現在「ジャポニズム」という美術用語で知られるようになった新しい美と出会ったことと思われる。チリンチリン Ting-A-Ling という日本人

図4◆雑誌に掲載されたアーサー・ラッカムのさし絵。京都の理髪店の店内の図（雑誌、*Little Folks,* 1904）

形が誕生し、親切なコウノトリの背中にのって世界中を旅するという物語であるが、日本人の読者からみると、奇妙な図が多い。誕生の場面で、人形師は立ってサンダルをはいて人形を作っており、人形師の仕事部屋に、女性の鏡があったり、サムライの着るヨロイ・カブトがあったりしている（口絵17b）。恐らくは、輸入された品を寄せ集めてイメージをつくったものと想像される。こうした混乱は、アーサー・ラッカム Arthur Rackham のさし絵でも指摘できる（図4）。京都の理髪店の店内が、そうは見えず、イスにいたってはイギリスのウィンザー・チェアといわれる形になっている。チリンチリンが冒険していく先々のイメージでも、恐らく、その国の読者がみれば、奇妙なものであろう。例えば、「二人のおかしなアフリカの黒人の子どもに出会う」“They meet Two Little Foolish Blackamoors”（七五頁）（口絵17c）は実に奇妙な図である。テニスコート（?）で遊ぶアフリカ人の子どもとライオンと争うコウノトリが描かれている。冒険の最後で、彼女は、ロンドンのチェルシーの骨董屋で、首ふり役人 The Nodding Mandarin と再会する。日本美術を学んだメイヤーであるが、中国名と日本名の区別がつかずに使われている。

面白く使われているものも多いが、型ぬき本 Shape Book の『ただの日本人形』*Only a Jap Dollee*（一九〇四）(illust. by E.A Cooks) は形の魅力で購入したものであるが、なかの絵は粗く描かれており、背景は日本のようであるが、判然としない。しかし、日傘と人力車（「小型の馬のかわりに小男に車を引かせます」“But for little horse you see they've get a little man”）は描かれている。お茶の場面も立って飲むなど奇妙なものとなっている。楽しい気持ちをおこす絵本としてつくられたものであろうがとまどいが残る。

『ジャッピィ・チャッピィはドリーが大好き』*Jappie Chappie and How He Loved a Dollie* (by E.L.Shute) は、日本人形のジャッピィ・チャッピィが、イギリス人形のドリーに一目ぼれするものの、「あんたといるとこなんか見られたくないわ、／切れ目の、ふくれつらの、デブ。／あっちいってよ、二度とこないで」“How could I ever be seen with you,/Still eyes, moon-faced, and fat?/Begone! Away! Never again”とにべもなくふられる。

しかし、ドリーが怪物におそわれたのを、傘でなぐりかかって助けたため、見直されハッピーエンドになるものの、安易な物語づくりである。かなり入り組んだ物語の『プープータウンのトートーさん』*Miss Toto of Pooh-Pooh Town*（一九〇八）（Langham Series for Children）（口絵18）もラブストーリーである。トートーの求婚者は日本人形のシマと中国人形のヤン・フーで、ステレオタイプの弁髪・人力車・傘・腹切りなど、めまぐるしく出てきて、異国趣味を満足できる物語になっている。人力車と弁髪が、物語づくりの重用な要素となっているが、その使われ方は「おもしろくする」ためだけで、異文化への敬意は全く入っていないものである。

このように人形絵本は、ある時は、地理の勉強に、ある時は、異なった美への導入に、ある時は、「みんな仲良く」のイメージづくりに使われてきたといえる。人形絵本にとりあげられている他国のイメージは、断片的で正確ではなかった。

文化の理解の上で、絵が果たす役割は重要であるが、絵に描くことは、文章にするよりも、具体的でごまかしようのない作業であるため、総合的な理解が要求される。具体的なものである傘や扇や人力車や富士山は、使いやすいので多用され、絵によるイメージの守旧性は、文よりもより強くなる。

人形という輸入品による世界のイメージづくりは、不十分ではあるものの、世界にはいろいろの国や民族があり、顔つきも、衣装も異なっていることを刻印することになった。こうした刻印は、現在まで続いており、子ども向きに販売されているリンツLindtのミルクチョコレートのパッケージなどにも見られる。

知識の本のなかの日本

最後にいわゆるノン・フィクションとして刊行されているなかから、日本への言及を取り出し、どのように紹介されていったかを辿ってみる。一九世紀後半に、キリスト教の伝道のため、日本を訪れた人がその体験記を、子ども向きの雑誌に掲載している例をあげる。彼らは、来日以前に、アジアの奇妙さや特異性、神秘的でグロテ

A STREET SCENE IN JAPAN.

図5◆子ども向きの雑誌から　（「日本の街並み」1880）

スクな矛盾だらけの、文明化してあげなければいけない国という認識をたたき込んでいるので、キリスト教の伝道という使命をはたすために、ことさらに異教的なイメージを探し、それを来日してから再確認する。福音Gospelを知らないために、みじめmiserableで無知で罪深いignorant and sinfulと日本人をみなしていた。一八八〇年一〇月号「子どものための落ち穂集」*Gleanings for the Young*の二つの記事を見てみる。これは、イギリス長老教会Presbyterian Church of Englandが子どものために発行していた雑誌である。三頁にわたる比較的長い日本紹介「世界に入っていく」Go Ye into All the Worldでは日本が古い民族であること、「芸術にすぐれており」"very clever at the arts"、「日本人はイギリスを高く評価している」"they are much thought of England"と書き出しているものの、その後には文字の説明があり、日本語に翻訳された聖書を人々が競って買うこと、三千人の洗礼をほどこした成果を語っているのみである。もう一つの短い記事「日本人囚人に対する福音の影響」Influence of the Gospel on Japanese Prisonersでは、牢獄で火事があった時、囚人が逃げ出さず、鎮火したのは、新約聖書を読んでもらっていたからだと断言している。前者には「日本の街並み」A Street Scene in Japan（図5）という挿絵が入っており、それは明らかに吉原のおいらん道中を描いたものであり、もう一枚の「日本の婦人」A Japanese Ladyという絵もおいらんである。吉原は、有名な遊郭であり、その絵を子どもの雑誌に大きくのせているのは、雑誌に記事を送った人が、どんな場所かわかっていなかったからと推察される。後者には、「日本の囚人」Japanese prisonersと「裁判をうける日本人」A Japanese on his trialの図版が入っている。

グロテスクな国であるというイメージとは多少違うニュアンスを伝える例として、一八九六年の『少年と少年——宣教師の本』*Boys and Boys: A Missionary Book*の第八章、「日本の少年」Japanese Boys by a Missionary in Japanをあげる。序文に「この本では、大きく二区分される少年——クリスチャンでない少年とクリスチャンの少年について語られている。……キリストの側に立つ少年は、勝利者の側にいることを、覚えておきましょう」"For the book really tells of two great divisions of boys—boys who are not Christians and boys who are……"Remember, the boys who have ranged themselves on Christs side are on the winning side."とあり、西アフリカ、ウガンダ、パレスチナ、ベンガル、セイロン、日本、アメリカ・インディアンが報告されている。日本の少年は、「まず、日本の少年は少女のようである」"To begin with, they look very much like girls."とあり、小さくて、おとなしく、礼儀正しく、「日本の男の子が悪い言葉を使うのをきいたことがない。……日本語には、ののしり言葉がないのである」"He is never heard to use bad words…indeed, there are no words for oaths in the Japanese language."と続いている。勿論、日本語には多くの激しい悪口ことばがあり、外国の宣教師の前でいい子をしていた少年たちの姿が想像される。同じ「宣教師の本」*A Missionary Book*一八九六年の『少女と少女』*Girls and Girls*の方では、筆者が、女学校で教えているので女性問題に着目している。「キリスト教の影響のもとで、これらの優雅で機転のきく日本の少女たちは、責任感や女性の可能性について知り、人形となるか、奴隷のように働くかよりは、もっとましな人生のあることがわかり目覚めていく」"These graceful, quick-witted Japanese girls, under the influence of Christianity, are waking up to know the responsibilities and possibilities of womanhood, to see that life has something more for them than to be either a doll or a drudge."（二三頁）と強い使命感をもって、少女の啓発にあたっている。その国に滞在しているにもかかわらず、「使命」を中心にしたため、見えるものも、見ないという状態は、第一次大戦頃まで続いている。

宣教師たちのレポートには、異なった文化を認めようとしない文化帝国主義 cultural imperialism がはっきりと映し出されているのである。

二〇世紀に入って

二〇世紀に入って「風変わり」strange で「奇妙な」curious な文化の紹介が、少しずつ違った different ものという認識に変化していくところを辿ってみる。まず、一九一一年の『世界めぐり』*Round the World*（口絵19）では次のように紹介されている。

> 日本は、イギリスと同じような小さいがよく耕作された島国である。時には東洋のイギリスとよばれている。人々は、われわれの意見によると、風采が上がらない。丸くのっぺりした顔、あぐらをかいた鼻、浅黒い皮膚の色をしている。その上、非常に小さい。日本の大人でも、イギリスの大柄の少年ほども大きくない。しかし「小さくて善良」は、日本人の処世訓であるようだ。彼らは、かしこくて、活気がある。勇敢で丈夫である。霜や雪の中でも、殆ど裸で畑で働く。……

Japan is a group of islands, small and well cultivated, like Britain. It has sometimes been called the Britain of the East. Its people are not good-looking, according to our notions, for they have round, smooth faces, snub noses, and dusky skins. Besides they are very small. A full-grown man of Japan is not taller than a big boy with us. But "little and good" seems to be their motto. They are brave and hardy as well as clever and active. In frost and snow they can work in the fields almost naked;…. (p. 72)

二頁にわたる短いものであるが、この後、子どもの祭日、凧揚げを好むこと、衣服が男女とも似ていること、おんぶの習慣、家が紙で出来ているのは、地震のためであることが述べられている。一九一四年のG・E・ミトンG.E.Mittonの『すばらしい世界めぐり』*Round the Wonderful World*（三三一—三四四頁）でも「小さい人々の国」"Land of the Little People"として人力車、富士山、神社の鳥居、ゲタをはくなどが詳しく紹介されており、読者はこうした絵をみたことがあるでしょうが、もっと詳しく述べると、こうですよ、という説明になっている。

もっとも興味深い例は、アンガスD.G.Angusの『東洋のワンダーランド』*The Eastern Wonderland*である。これは、語り手がロンドンにいる日本人で、知り合いのアンガス教授の娘ネリーNellyに『ふしぎの国のアリス』*Alice in Wonderland*よりふしぎな国、日本のことを話してあげるという構成になっている。一八八二年初版、二版が一九〇四年、そして一九一〇年に「新しい日本」"The New Japan"という一章を付け加えた改訂版の出ているロングセラーである。作者は、宣教師で、八歳から一四歳の子どもたちを読者として想定していると序文に述べられている。文章は、殆ど変更されていないが、初版のさし絵が二版ではすべて写真に入れ替えられている。しかしながら、文では、主人公の家族の話をしているところで、さし絵が芸者風であったのが、実写も芸者遊びになっているという具合で、文と絵とのギャップは、非常に大きい（口絵20）。アンガスが、異なった文化を伝える困難について充分意識していたことは、序文でもうかがえるが、日本が大きく変化していっている時代にあって、テキストでは新しい見方を紹介できても、写真の方は被写体として古いイメージを切り取ることにとどまっている。二〇〇頁余りの本文では、語り手がイギリスの娘であるネリーに日本を紹介し、農夫の息子が封建制の支配する江戸時代（一八五〇年）に生まれ、開国とともに志をたて、クリスチャンとなって留学し、新しい日本をつくっていくという物語を、語っていく。政治や結婚制度もきちんと語っているにもかかわらず、絵や写真は追いついていない。例えば甘酒売りSweet-Wine Sellerという写真（口絵20）では、子どもの姿は明治後期と思われるが、写真をとるにあたって富士山を背景とし、赤ちゃんをおんぶし、日傘をさすという演出がなされている。

日本の一人の子どもを主人公として、日本についての情報をえるという形式の物語は二〇世紀に入って、数多く出版されている。「いろんなところの子ども」"Little People Everywhere"（Wells Gardner, Darton&Co.）や「こども宣教師シリーズ」"Children's Missionary Series"（Oliphant, Anderson & Ferrier）などである。それらをみていると、共通したイメージが頻出しているのがわかる。富士山、寺、芸者、人力車、凧揚げ、おんぶなどである。

第一次大戦後になると、戦争体験をふまえて世界を子どもに語ろうとする情熱は高くなっていき、ヴィジュアルな教材づくりが盛んになっていく。一九二七年に第一巻が出て、一九三四年までに七巻のシリーズとして、流布していた「土地とくらし」――人文地理"Lands and Life"――Human Geographiesをみてみる。第一巻の『すばらしい国の人と子ども』*People and Children of Wonderful Lands*には、「先生へ」（"To the Teacher"）という次のような序言がついている。

> 本書は、ふしぎな国や人や動物の大きい世界への入門書としてつくられている。それらはすべて幼い子どもの想像力に強く訴える。

This book is intended as an introduction to the large world of strange lands, peoples, and animals ——all of which appeal so strongly to the imagination of the young child.

そして、まず「小さい子どもが世界を一つのユニットであるという考えを受け入れることができる」"The young child may receive some idea of the world as a unit" ように、全体を読むことをすすめ、次いで一つ一つの章を取り上げるようにと指導している。世界という概念を一つのものとして認識する具体的な方法が示されたわけである。一三ヶ国が記述されているが、第一一章の「日いずる国」"The Land of the Rising Sun"（一二三―一三六頁）をみてみる。これが、一九世紀から続いてきた日本のイメージの総集編になっているのには驚くほかはない。「日本では背が高い人はいない」"No one ever grows very tall in Japan"、衣服はみんな同じようで、絹でできている、ひな祭りがある、家は紙、地震、床にすわる、花を愛する。クーリー Coolie が人力車をひく（口絵21a）、「聖なる山」"The Sacred Mountain" がある、などである。文末の課題にも「人力車の絵を描きなさい」"Make a drawing of rickshaw" などが入っている。同じシリーズの中の『アフリカ、アジア、オーストラリア』("Africa, Asia and Australasia")（一四六～一六一頁）は、一九三一年の出版で地図が入っており、地理らしい体裁になっているものの、写真が入っているのは、富士山と人力車である。農業と工業の紹介のところで、「今日の日本」"Japan Today" として、大阪を日本のマンチェスターとして紹介している（口絵21b）。この図には、さぞ学習者はとまどったことと思われる。これ以後、今日に至るまで、古い日本、それは奇妙で神秘的な国であって、それが生み出した浮世絵や工芸物からくる美（そこには芸者と富士山も含まれるが）を語り、その後に少しだけ先進国として精密工業や新幹線に代表されるハイテク技術にすぐれた国であることを付記するという形が定着している。一度定着したイメージの守旧性は高いといえる。

ヴィクトリア時代に出来上がったと思われる、イギリスは世界の中心であり、そこからすべてのものが世界にむけて発信され、高度な文明を未開・野蛮に届けるという観念は、子どもの本のなかの世界を丹念にみていくと

図6◆『妖精の鶴の国』(1991)表紙

鮮明に反映されていた。その後、イギリスの国力が下がり、第一次世界大戦という大きい体験をし、世界のあり方のイメージにも変容が迫られてくるようになっていく。一九二〇年代に出された「子ども部屋」シリーズ“The Nursery” Seriesという小型絵本には、「大人の読者の方へ」“To the Grown-up Reader”として「私たち西洋の子どもたちは、ミツやエサ、ケンボーなどと喜びや悲しみ、毎日のくらしをわかちあえるだろう。自分たちと同じではあるが、異なっているところが子ども読者を魅了するだろう」“Our western children will come to share in the joys and sorrows of Mitsu and Esa, Kembo and the others, and in the happenings of their daily lives —— so like their own and yet with a difference that makes them fascinating”とあり、おもちゃやペットという共通の興味を通して差異を語るという方法の有効性がのべられている。違いをグロテスクとかストレンジという言葉ではなく、違っていておもしろい楽しいという気持ちをわきおこす導入を意識している。このシリーズは第一巻『アー・フー』*AH FU*をはじめとして四冊が村岡花子によって日本語に翻訳されている。[*3] 文化の差異をどのように表現するかが、意識しはじめられたころ第二次世界大戦が勃発してしまい、この課題は戦後に持ち越されることになる。はじめに述べたように、一九五〇年代から、「本による国際理解」というモットーは、私たち子どもの本に関わる者にとって共有される課題となっている。その努力もあって、納得のいく世界の国々、人々のシリーズも出版されるようになってきているが、少なくともアジア人の眼からは、問題が払拭されたとはいえない。

例えば、一九九九年に出版された『世界の国と人びと』*Lands and People*（Parragon）を例にしよう。歌舞伎Japanese Theatreが紹介されており、他国の人々の姿も描かれているものの、ステレオタイプな像もそのまま使っている（口絵22）。また、『妖精の鶴の国――日本の子ども時代』*Land of the Fairy Crane ―― Childhood in Japan*（図6）のように、一九九一年イギリスで繰り広げられたジャパン・フェスティバルJapan Festivalを機につくられ、日本人が関与しているものであるが、ここでも、これまでにつくられた古いイメージに日本の側もあわせてつくられており、一九世紀から続くイメージが再生されているのがわかる。

世界の新しいイメージが、いまほど求められている時はないといえるだろう。子どもの本は社会の動きを当然のように反映しているのだが、こと、さし絵などによる視覚イメージに関しては一度定着したイメージがくり返し再生されていき、文に沿った新しいイメージを作るのを邪魔しているという意識は、これまであまりなされてこなかった。こうした研究が、自らの守旧性をチェックし、新しいイメージづくりのエネルギーになることを切望している。

注

＊1　『大君の都――幕末日本滞在記――』下巻（山口光朔訳　岩波文庫、一九六二）の記述（二二六頁）は次の通りである。

イギリスでは近代教育のために子供から奪われつつあるひとつの美点を、日本の子供たちはもっているとわたしはいいたい。すなわち日本の子供たちは、自然の子であり、かれらの年齢にふさわしい娯楽を十分に楽しみ、大人ぶることがない。かれらはひょうきんな猿を背負った旅芸人を追っかけてゆくし、そのような楽しみからえられるような幸福より重厚な幸福は望まない。

また、一九一九年出版のJohn Finnemore:*Japan*, "Peeps at Many Lands" A.C.Blacks p. 4にも、「世界中の国で、

日本の子どもほど幸せな子どもはいない」"In no country in the world do children have a happier childhood than in Japan"と出ている。

＊2　一九六四年、筆者がはじめてアメリカに留学したとき、まだ日本人女性は、すべて小さくて、かわいらしく、従順であると思われており、「お前は、日本人らしくない」といわれたことをなつかしく思い出す。

＊3　三宅興子「多文化理解と子どもの本――The"Nursery"Seriesと『世界の子供叢書』の場合――」梅花女子大学文学部紀要32（児童文学編15）、本書六五―八一頁参照。

引用作品リスト

May Hill Arbuthnot: *Children and Books*. Scott, Foreman 1947

Cornelia Meigs and Others : *A Critial History of Children's Literature*. Macmillan 1953

Fosco Marani : *Meet with Japan*. Readers Union, Hutchinson 1960

Issac Taylor: *Scenes All the World Over*. Vols2. Harris&Son 1821

William Dalton: *The English Boy in Japan*. T.Nelson and Sons 1858

T.W.H.Crossland: *Little People: an Alphabet*. Grant Richards 1901

May Byron : *Babies of All-Nations*. Hodder & Stoughton 1909

Upton: *The Adventures of Two Dutch Dolls*. Longmans Green 1895

Upton: *The Golliwogg's Bicycle Club*. Longmans Green 1896

Colouring Doodles : Oriental. Nutshell Ltd. [1997]

"The Geography Lesson" *Our Darlings*, p.398 1899

Richard Hunter : *Dollies*. Grant Richards 1902

The Dancing Dolls Father Tucks Holiday Series No.6864 [1908]

Doll's Party Deans Gold Medal Series, No. 35 [1895]

E.Nesbit : *The Story of the Five Rebellious Dolls.* Ernest Nister n.d.

Henry Mayer: *The Adventures of a Japanese Doll.* Grant Richards 1901

"In the Land of the Mikado : Tales of the New Japan" Little Folks. 1904

C.A.Cook : *Only a Jap Dollee.* Raphael Tuck & Sons [1894]

E.L.Shute: *Japppie- Chappie and How He Loved a Dollie,* Frederick Warne. n.d.

Miss Toto of Pooh-Pooh Town. Langham Series for Children No.5 Siegle, Hill & Co. 1908

Gleanings for the Young, Vol. II British and Foreign Bible Society Oct. 1880

Boys and Boys: A Missionary Book. Church Missionary Society 1896

Girls and Girls: A Missionary Book. Church Missionary Society 1896

Ascott R. Hope : *Round the World.* Blackie and Son [1911]

D.G.Angus : *The Eastern Wonderland.* Cassell., Petter, Galpin&Co. 1882

D.G.Angus: *Japan the Eastern Wonderland.* Revised ed. Cassell Galpin 1904

D.G.Angus: *Japan the Eastern Wonderland.* New ed. Cassell 1910

Janet Harvery Kelman : *Children of Japan.* Oliphant, Anderson & Ferrier 1914

"Lands and Life" —— Human Geographies. The Grant Educational Co

vol. 1 E.C.T. : Hornblow : *People and Children of Wonderful Lands,* 1927

vol. 5 E.C.T. : Hornblow : *Africa, Asia and Australasia.* 1931

Rosalind Shipsides : *Land of the Fairy Crane : Childhood in Japan : Exhibition and Activity Guide* The Japam

Festival 1991
Philip Steele : *Lands and People.* Parragon 1999

※本稿は、二〇〇三年八月一二日、ノルウェーのAgder University Collegeにおいて開催された第十六回国際児童文学学会大会において英語による口頭発表を行ったものを、日本語論文として書き直したものである。

パーキンズの『日本のふたご』を読む——多文化理解と子どもの本1

多文化理解と子どもの本

子どもの本には、読者である子どもの世界を広げ、本による体験によって、自分とは異なった生活や価値観を知るという機能がある。このことを、体系的な児童文学論のなかで明解に位置づけたのは、メイ・ヒル・アーバスノット May Hill Arbuthnot（一八八四—一九六九）の『子どもと本』[*1] *Children and Books* で、出版は一九四七年であった。十九章あるなかの第十五章を「異なった時代と場所」“Other Times and Places”として、歴史物語とともに、「異なった国」“Other Lands”を背景とした子どもの本を紹介している。

また、『批評的児童文学史』[*2]（一九六九）において、こうしたジャンルが成立した背景として二〇世紀はじめのアメリカの状況がもたらしたものとしている。この論では、二〇世紀前半にアメリカでよく読まれ、イギリスでも受容されたルーシィ・フィッチ・パーキンズ（一八六五—一九三七）の「ふたご」シリーズ[*3]に着目し、なぜ、よく読まれたか、またアーバスノットの評価した文学とは違うコンセプトでつくられた作品の意味をおってみたい。『批評的児童文学史』ではパーキンズの物語のよく読まれた理由を手ぎわよく次のようにまとめている。

パーキンズ夫人の異なった国の物語は、低学年の子どもたちに、何代にもわたって好まれている。その理由として、物語が、日常体験のなかからおなじみのものと、なじみのないものを結びあわせて、簡潔に表現し、細部にも関心を払っていることがあげられる。

Mrs. Perkins' stories of other lands have been favorites of generations of younger children because they combine the familiar and the unfamiliar aspects of everyday experiences with simplicity and attention to details.（p. 335）

普通の人々の普通のくらしの描き方に工夫がされているというのである。

「ふたご」シリーズの成立要因

まず、パーキンズが何故「ふたご」シリーズを営々と書きついでいったのか、その理由を、本人の書き残した自伝*4と、雑誌記事*5を手がかりに探ってみよう。

画家であったパーキンズが、「ふたご」シリーズを書き始めた動機として、まず一九一〇年代のアメリカの状況をあげているのは納得できる。「われわれが平和に生きていくためには、異なった国籍をもっている人々の間に相互の尊敬と理解が必要」“the necessity for mutural respect and understanding between people of different nationalities if we are ever to live in peace”であり、「子どもの興味をひき、共感を得るやり方で書けば、大きいテーマでも、子どもに理解できるだろう」“a really big theme can be comprehended by children if it is presented in a way that holds their interest and engages their symphathies.”と考えたことにある。二番目に作品のアイディアのもとになった自身の体験があった。一つは、パーキンズの住んでいたシカゴにおける学校訪問があげられている。その学校には、二七ヶ国の子どもたちが学んでおり、それぞれの国からもたらされる「良質」“in the best qualities”なものを子どもに伝えたいと思ったという。もう一つは、ニューヨーク湾の移民検疫所のあったエリス島を見学したことにあった。そこで、「この国に群れをなしてやってきた意気消沈し窮乏した人々」“the oppressed and depressed of all nations flocking to our shores”に出会ったのである。「どうやったら異なった材料から、一つの均質な国ができるか」[*6]"How could a homogeneous nation be made out of such heterogeneous material?"を考えた結論が、「ふたご」シリーズになったということである。

避難してきた人々の楽園となり、機会均等の国でもあるアメリカの理想の姿を求めて、民族の異なった国と国の友好と理解を深めるために、低学年の年齢の子どもたちにも読めるようにと工夫をこらしたという。もともとは、アメリカにいる多民族の人々の理解と、アメリカへ来た人々にアメリカを理解するという二つの目的をもっていたため、シリーズは二つのグループにわけられる。「地理的、経済的基盤にもとづくものと、アメリカ人のくらしをいろいろの時代において描いた歴史的背景にもとづくもの」[*7]"——one with a geographical and economic foundation, the other with an historical background giving a picture of different periods in our national life."である。

したがって、作者の意図としては、アメリカの子どもたちを読者対象とし、未来の理想のアメリカづくりに役立ってほしいと願うところにあった。しかも、類書で推薦できるものがなかったこともあって、イギリスでもよく読まれ、一九五〇年代まで版を重ねていった。[*8]

『日本のふたご』の分析

「ふたご」シリーズが第一次と第二次の世界大戦の間でよく読まれたのは、時代の要求ではあったが、それでは何故このシリーズがよく読まれたのか『日本のふたご』に則して考察してみる。アメリカでの初版は一九二二年で、今回使った版は一九三六年にイギリスで出版されたものである。その序に、ローダ・パワー Rhoda Powerが、おばさん(godaunt)が六歳から一〇歳までの名付けっ子に安心してプレゼントできる本という紹介文を書いており、一つ一つの異文化紹介が物語にうまく織り込まれている点を評価している。

ここでは、異文化紹介がどのようになされ、子どもが体験する共通で普遍的な要素とどのように関連づけられているかを中心にみていきたい。

『日本のふたご』は、一九一一年出版の『オランダのふたご』に続く第二作目であったため、タイトル・ページの前に四頁分とり、三頁目（四頁目は白紙）に、「オランダのふたごとその友だちへ」という作者からの献辞が入っている（図1）。その図では、赤ちゃんをおんぶしている女の子が描かれており、日本のふたごへと巧みに導入されている。

全体は、八章でなっており、タロ、タケという五歳のふたごに、ジロ（みんなは、ボッチャンとよぶ）が生まれ、父、母、祖母との一家のくらしぶりが紹介されていく。

「第一章　日本のふたごとボッチャン」では、物語は次のようにはじまる。

図1◆

遠く遠く、ずっと遠くの太平洋の西の国々の近くに、幸せの島、子どもの天国がありました。

A way, away, ever so far away, near the western shores of the Ocean of peace, lie the Happy Islands, the Paradise of Children. (p.19)

太陽が明るく輝き、人々は楽しそうに、ほほ笑みをかわし、子どもたちは、戸外で親にしかられることもなく遊んでいる国…と続いている。「子どもたちは、一度だって、おしりをぶたれたことはありません」"And they are never, never spanked!"と強調している。日本の子どもが欧米人の眼からみて、自由で幸せだという観察は、さまざまの日本滞在記[*9]にみられ、二〇世紀初頭には定説になっていた。きびしいしつけ教育はなされていないと思われていたのである。

大きい都会に近い小さな町に「ガーデン」があってそのなかに一軒の家があり、そこにタロとタケという男女のふたごがいるという設定になっている。父と母と年とった祖母とともに幸せにくらしている二人のところにもっともっとすばらしいことがおこりますといって、「第二章　赤ちゃんのくる日」とつながる。お手伝いのナツが何かつつんだものを運んできて、二人にあてっこさせる。それが赤ん坊とわかり、友だちのお菊さんを羨んでいたタケは大喜び。小犬だといいと思っていたタロも喜ぶ。二人は、赤ちゃんが木の根っ子から生まれると聞かされており、ボッチャンの木を探しに行く。そこで、いい枝をみつけ、床の間に飾り、蔵から掛け軸を出し、ともに鑑賞する。蔵は地震があるので、どこの家でもあると説明されている。父は、刀をとり出し、由来を説明する。今はもうサムライの身分はないが、その精神は刀とともに受け継いでいると話す。

この章では、赤ちゃんが生まれるという普遍的な事件を設定し、そこに、家の構造の違い、地震や火事の対策のために蔵のあること、床の間のことなど異文化をたくみに入れこんでいく。あてっこをしている時の二人の気持ちを、「クリスマスの朝、みなさんがくつ下をみるときに感じるのと同じ」"～, they felt just exactly the way you feel when you look at your stocking on Christmas morning."（二六頁）という比喩を使い、共通の心情をもっていることを理解させる。

以下「第三章　小さい家の朝」「第四章　お寺まいり」「第五章　雨の日」「第六章　タケの誕生日」「第七章　学校へ行く」「第八章　タロの誕生日」とつづく。それぞれに世界中の子どもが体験することを、著者が日本固有ととらえた種々相を織り入れて語って行く。わかりやすくするため、各章をまとめた〔表〕をつくってみた。

章	共通	異文化
1	家族構成（父、母、ふたご、弟、祖母）	名前
2	赤ちゃん誕生、犬や猫に興味をもっている	床に直接すわる、ペットや枕の違い、盆栽の木、床の間、生け花、掛け軸、蔵、地震、紋、日本刀
3	朝、家の掃除をする、ペットにエサをやる	ふすま、雨戸、着物、ゲタ、箸
4	寺まいり、曲芸師、動物園、ミニチュアの庭	人力車、観音さま、富士山、おじぎ、物売りの姿
5	雨の日に、絵をかいたり、お話をきく	障子、火鉢、ふとん、こたつ、親孝行
6	誕生日を祝う、人形ごっこ、人形の家	日本では女の子の誕生日には、ひなの節句を祝う
7	学校に行く、文字を習う	お風呂の違い、学校にもっていくもの（紙の傘、お米、習字帳、ソロバン）、先生への態度
8	誕生日を祝う、国旗を出す、戦争ごっこ、コマ、さるまわし、母親が友だちにお菓子を出す	日本では男の子の誕生日は、端午の節句に祝う、鯉のぼり

表◆『日本のふたご』の普遍的要素と異文化的要素

こうして取り出してみると、一九世紀末あたりにみられた異なったものをグロテスクに拡大してみせる——人力車、芸者など——作品とは違い、子どもの日常を描くという点でうまい物語づくりがされているのがわかる。馬ではなく人が車をひき、人を運ぶという人力車は、異文化紹介のなかでは必ず出てくるものだが、この作品ではお寺まいりにいく時、三台やってきて、父、ふたご、母・祖母・ボッチャンに分かれて乗る。ふたごには、はじめての心おどる体験であったと語られている（図2）。そして、二頁後に図3のさし絵が入っている。このなわとびをしているタケは、本文に言及されていないので、とまどうところである。ボッチャンをおぶって、なわとびをする絵がまず描いてあって、どこかで使おうとして出来ず、このところに挿入されたものと思われる。この絵に、著者パーキンズのアイディアが具現されていると考えられる。遊びという共通項を設定し、そこに異なった文化をあらわす風俗や事物を入れていくのである。

図2◆人力車

図3◆なわとび

図4◆白鳥の池

しかし、この技術は必ずしもすべての場面で成功しているのではない。お寺参りに行ったとき、近接する公園に動物園があって、そこに池があり、白鳥が泳いでいることになっている（図4）。この場面は恐らく西洋の子どもたちと同じ環境にタケのいることを示すために出されているのだが、背景づくりとして不自然になってしまった。同じことが、タケの誕生日に父親からプレゼントされたミニアチュア・ハウスにもあらわれている。タケの住んでいる家をそのまま縮小した形で精巧にできていると表現されているが、ひな壇の人形との関連もなく、西洋の子ども部屋の備品としてのドールズ・ハウスを念頭においているものの、この素材を物語のなかで、いかすことができなかった。

このことは、学校の場面でも露出している。先生がこられる前に学校に来て、先生がこられると、「先生のご入場」（"Please make your honourable entrance."）（一八六頁）といって道をあけ、おじぎをすることになっている（図5）。そして床に座布団を敷いてすわる。習字をするが数千もの文字を覚えるのは、二六文字とは違ってどんなに大変かとのべている。しかし、筆をつかって字をかくということの行為が正しく伝えられないのである（図6）。

最終章のタロの誕生日でも、蔵にいき、まず旗を出すことから一日がはじまると描写されている。長い丈のポールに男の子の数だけの魚がつけられている。タロも人形を持っているが、それは、兵隊の人形で部隊を形成している。木の刀をさしてタロは通りへ飛び出していき、大将になったつもりで行進する（図7）。一家総出でそ

図5◆先生におじぎする

図6◆習字をするタロ

図7◆行進するタロ

の行列を見学し、「バンザイ!」と叫ぶ。タロの友だちにおやつを出す。午後、タロは、コマをまわし、さるまわしを楽しむ。夕食の時間となって一日がおわる。伝統的な端午の節句のはずが兵隊ごっこになり、さるまわしという興味性へと流れていっている。

結末は次のようになっている。

小さい庭では陰が長くなっていった。小鳥がねむたげに、フジ棚で鳴きかわしている。ショウブの花は紫の頭をさげ、池にいる小さい金魚にうなずいている。あらゆるものが静かで動かない。

ふたりは、夕食の前に、身をかがめて小さい庭をながめている。

「おやすみ、美しい世界」ふたりはいって、手をふった。

The shadows in the little garden were growing long. The birds were chirping sleepily to each other in the wisteria vine. The iris flowers were nodding their purple heads to the little goldfish in the pond. Everything was quiet and still.

The Twins stooped to look at the little garden before they went in to their supper, "Good night, pretty world," they said, and waved their hands.

あくまでも、ハッピーアイランド日本というイメージに忠実に、終わっている。

一つ一つの日本の事物や行事などの描写はほぼ正確であるものの、タロ、タケのくらしが立体的には浮かび上がらせないままに、抒情的に結末をつけている。いわば、点と点を結ぶ絲がみえず点だけがちらばっていたのを、子どもが興味をもつ生活のテーマで強引につないでいるのである。

恐らくは、日本に関する情報を数多く集め、日本滞在記などをチェックしたものと思われる。そこに顔をだす子どもの姿は、節句という行事であり、通りで遊んでいる姿で構成されていただろう。パーキンズはそれを五歳の子どもの視点で再構築しようとしたのだった。くらしを垣間見ただけという印象を与えるのは、五歳の子どもたちの実態が断片的にしか記録されていなかったことにあると考えられる。

礼儀正しさと侍精神

『日本のふたご』のなかで、パーキンズが特に力点をおいて描いた日本人の特長と考えられている精神構造がある。一つはpoliteという言葉で表現されている「礼儀正しさ」であり、もう一つは、侍の末裔のタロに教えられる精神である。

最初に出てくるのは、お菊さんが赤ちゃんをおんぶさせてくれないことを、「お菊さんが赤ちゃんをかしてくれないのは、失礼だわ（not polite）」（二八頁）とタケがいうところで、相手の気持ちを思いやることのできない、そして礼儀をわきまえていない友だちへの不満が表明されているところである。他にも数多く使われている。

- The Japanese are so very polite that they often call each other "honourable."（p. 101）
- It would be impolite in Japan to call anything good that you had made yourself.（p. 102）
- Take answered politely.（p. 127）
- "It wouldn't be polite for me to have my breakfast before the Emperor and Empress have theirs,"（p. 150）
- It is very polite of you to praise my poor work!（p. 158）
- "Ow! ow! Honourable Mother!" as one might have thought such a very polite boy would do.（p. 164-65）

図9◆蔵から刀を出して話をする父親

図8◆熱いお風呂に入るタロ

・In Japan this is a polite thing to do.（p.168）

（下線部筆者）

主なところを抜き出してみたが、特に後半部で強調されており、日本人の礼儀正しさは、相手を呼ぶのに、尊敬語をつけてよび、また、反対に、自分に関することは、決してよいようにいわない。また、自分より身分の高い人や年長の人には、道をあけたり、食事を先にとらなかったりする。タロとタケの祖母も、年長であるがゆえに大切にされている。この礼儀正しさが行きすぎてこっけいになるさまは、お風呂に入ったタロ（図8）があまりの熱さにうだり、母親をよぶのに、「礼儀正しい子どもだったらそうするだろうと思われているように」"as one might have thought such a very polite boy would do."（一六四―一六五頁）敬語をつけて"Honourable Mother!"とよぶことをしなかったというエピソードに描かれている。タケは、「サムライの子というものは、どんなきびしい運命でも決して文句をいわない」"because a son of the Samurai never complains, no matter how hard his lot,"（一六六頁）と、タロのつらさを理解する。

このタロの理解は、「赤ちゃんのきた日」の章で、父親が蔵から刀を出し、ふたごに教える場面にも出て来ている。父は、タロの祖父が侍でこの刀をいつも帯びていたことを話し、現在は使わないが、行動により侍の息子であることを示すことができると語る（図9）。

サムライは、いやしいことはしない。サムライはその人生を、刀のように清潔で輝かしいものにすべきである。それが自分にとって最善であるかどうかより、日本にとって最善であることをしなければならない。

A Samurai should never do a mean thing. He should keep his life clean and shining, like the sword. And he must always do what is best for Japan, whether it is best for him or not.（p. 48）

ふたごは、四つの耳で一生懸命聞いたが、よくわからなかった、と著者は書いている。ただ、タロは自分が勇敢なよい子になれば、その刀にふさわしい人間になれると理解したとつけ加えている。このことからも、著者がタロとタケの視点で物語を運んでいるのではないことがわかる。「礼儀正しい」ということと、「サムライ」であるということは、どちらも、自分という個よりも、相手（特に年長者）や国の方を大切に考えることに価値をおく思想である。アメリカの文化のなかに、こうした思想の入りうる場をみつけようとすることは、それ自体、矛盾していることでもあった。

パーキンズは、異なった文化の紹介という仕事をするときに、日本を理解するならここを押さえておくというポイントとしてこの二つの要素を選んでみたものの小学校低学年の子どもたちに理解してもらえる表現方法をみつけることができなかったといえる。子どもたちの視座に立って、それをつらぬき、文化の根幹にふれることは課題として残された。

『日本のふたご』のおもしろさ

『日本のふたご』は、二〇世紀前半にあって、数多くの子どもの読者に、日本を伝える役割をはたした。パーキンズのさし絵の魅力に助けられ、日本という国へと誘われたものと思われる。

しかし、例えば、タロとタケという「ふたご」は、男の子、女の子というだけで「ふたご」としてのおもしろい物語づくりはなされていない。むしろタケが父親にも自分もサムライの子でないのかと尋ねる場面などで日本における男女差が強調されている。

また、雨の日に母親がふたごにきかせる話（『二十四孝』）に、ジャングルで父親がトラに襲われかかった時、娘が自らの身を投げ出して父親を逃がしたという孝行話に、タケが拒絶反応を示すところがある。母親は、「女の人の命は、男の人の命ほどは値打ちがない」"The lives of women are not worth so much as those of men."（一三六頁）と信じており、タケの態度にショックをうけたと述べられている。タケの質問と拒絶反応は著者パーキンズの日本文化をみる眼と、等質であった。この孝行娘の物語は、タケならずとも、深く心にくいこんでくるグロテスクさをもっていて、読者の印象に残るだろう。タロの熱いお風呂でゆだるエピソードとともに焼きつくことと思われる。

「子どもの天国」と紹介されていった日本の国の内面を、五歳というキャラクターと、低学年に設定された読者層を意識して描出するのは、困難な作業であったに違いない。今日の視点からみると、「日本」という国のなかに入った生活が描かれず登場人物の誰にも生活者としてのリアリティーが与えられていない。二〇世紀後半には、読まれなくなった理由でもある。

多民族がそれぞれの文化を保持し、地球規模で共生していく社会を目標にかかげて、二一世紀を迎えようとしている今日、どのようにお互いの理解を深めうるのかは、大きな課題となっている。パーキンズは、一年に一作のペースで異なった時代や異なった国の諸相を紹介し、この種のものでロングセラーとなったが、かろうじて二世代の子どもたちに読まれるにとどまった。文化を内から理解しようとし、その国の「ふたご」を主人公に興味をひくという着想では成功したにもかかわらず、『日本のふたご』にみられたように、理解の質、深さ、その表現技術などが、現代とあわなくなってしまったのである。

ＴＶやその他の映像メディアも含め、子どもたちの世界観を形成するのに、どのようにサポートしていくのか、――試行は続けられている。

テキスト

Lucy Fitch Perkins: *The Japanese Twins.* London:Jonathan Cape 1936 [8],9-192p.p. 21.1 × 13.4cm

注

*1 May Hill Arbuthnot: *Children and Books* Scott. Foresman and Company 1947 xiv, 626p.p. 24.5 × 18.0cm

*2 Cornelia Meigs, Anne Thaxter Eaton, Elizabeth Nesbitt, Ruth Hill Viguers: *A Critical History of Children's Literatures* p.354. Revised Edition. The Macmillan Company 1969 xxvii, 708p.p.

*3 「ふたご」シリーズは、次の二六巻あり、そのうち、アメリカの歴史やくらしを背景にしたものなどが含まれているため、国や民族を物語にしたものは一六巻になる。なお、死後出版の *The Dutch Twins and Little Brother* を含めれば、オランダを主題にしたものが三巻ある。

The Dutch Twins. Boston, Houghton Mifflin, and London, Constable, 1911.
The Japanese Twins. Boston, Houghton Mifflin, 1912; London, Cape, 1922.
The Irish Twins. Boston, Houghton Mifflin, 1913; London, Cape, 1922.
The Eskimo Twins. Boston, Houghton Mifflin, 1914; London, Cape, 1922.

The Mexican Twins. Boston, Houghton Mifflin, 1915 ; London, Cape, 1955.

The Cave Twins. Boston, Houghton Mifflin, 1916 ; London, Cape, 1922.

The Belgian Twins. Boston, Houghton Mifflin, 1917 ; London, Cape, 1940.

The French Twins. Boston, Houghton Mifflin, 1918 ; London, Cape, 1939.

The Spartan Twins. Boston, Houghton Mifflin, 1918 ; London, Cape, 1936.

The Scotch Twins. Boston, Houghton Mifflin, 1919 ; London, Cape, 1922.

The Italian Twins. Boston, Houghton Mifflin, 1920 ; London, Cape, 1952.

The Puritan Twins. Boston, Houghton Mifflin, 1921 ; London, Cape, 1955.

The Swiss Twins. Boston, Houghton Mifflin, 1922 ; London, Cape, 1936.

The Filipino Twins. Boston, Houghton Mifflin, 1923 ; London, Cape, 1949.

The Colonial Twins of Virginia. Boston, Houghton Mifflin, 1924 ; London, Cape, 1949.

The American Twins of 1812. Boston, Houghton Mifflin, 1925 ; London, Cape, 1951.

The American Twins of the Revolution. Boston, Houghton Mifflin, 1926 ; London, Cape, 1943.

The Pioneer Twins. Boston, Houghton Mifflin, 1927 ; London, Cape, 1943.

The Farm Twins. Boston, Houghton Mifflin, 1928.

Kit and Kat : More Adventures of the Dutch Twins. Boston, Houghton Mifflin, 1929.

The Indian Twins. Boston, Houghton Mifflin, 1930; London, Cape, 1938.

The Pickaninny Twins. Boston, Houfhton Mifflin, 1931.

The Norwegian Twins. Boston, Houghton Mifflin, 1933; London, Cape, 1936.

The Spanish Twins. Boston, Houghton Mifflin, 1934; London, Cape, 1952.

The Chinese Twins. Boston, Houfhton Mifflin, 1935; London, Cape, 1936.

The Dutch Twins and Little Brother. Completed by Eleanor Elis Perkins. Boston, Houghton Mifflin, 1938.

＊4 *The Junior Book of Authors*, 2nd ed. p.p.241-43 H.W.Wilson 1951

＊5 "Family Life in the Twin Books" *Horn Book Magazine* May 1937 p.p.177-79.

＊6 ＊4 二四二頁

＊7 ＊5 一七九頁

＊8 *The Junior Book of Authors* の自伝のあとに、特記事項として、一九三五年に「ふたご」シリーズが二百万冊突破した記念行事が催されたという記述が入っている（二四三頁）。その後も一九五〇年代まで刊行されていた。

＊9 イギリスの初代駐日公使オルコックが『大君の都』（一八六二）で、「日本は子どもの天国である」という趣旨の記述をして以来、通説となっている。

The "Nursery" Series と「世界の子供叢書」の場合

——多文化理解と子どもの本2

子どもの本が、多文化理解に役立っているとすれば、それは翻訳という作業を通して子どもの手にわたる外国の本を通してなされることが、大きい比重をしめるだろう。特に、年少の子どもにとっては、絵本が結果的にそうした働きをしていることになると考えられる。

しかし、一九四五年以前に、日本においてもとのものをそのまま、またはそれに近い形で翻訳出版された絵本の数は驚くほど少ない。目下、判明しているものを並べてみると、次の通りである。[*1]

一八八八（明治二一）年　ブッシュ文・画　渋谷新次郎・小柳津要人訳 WAMPAKU MONOGATARI 第Ⅰ、第Ⅱ　羅馬字会

一九二七（昭和二）年　村岡花子訳「世界の子供叢書」四巻　教文館

一九三六（昭和一一）年　ホフマン文・画　高橋広棟訳『ボウボウ・アタマ』曙光会出版部

一九三九（昭和一四）年　M・フラック作　K・ヴィーゼ画　鐡村大二訳『揚子江ノアヒル』

一九四一（昭和一六）年　ショヴォ文・画　山本夏彦訳『年を歴た鰐の話』櫻井書店

一九四二（昭和一七）年　ピーターシャム作　内山賢次訳『地中の寶の話——金と石炭』フタバ書院成光館

イネズ・ホーガン作　光吉夏弥訳『フタゴノ象ノ子』筑摩書房

マンロー・リーフ文　ロバート・ローソン絵　光吉夏弥訳『花と牛』筑摩書房

このリストから判断すると、絵本の翻訳紹介は、昭和一六、一七年から本格的になされ始めたものの、戦争のため中断したことが読み取れる。

そこで、この稿では、はっきりと、多文化理解を目的とした絵本が全訳に近い形で出版された「世界の子ども叢書」に焦点をあて、一九二〇年代にイギリスのキリスト教系出版社から刊行された六冊の The "Nursery" Series を紹介し、それらが日本に移されるにあたって訳者が留意した点や出版事情などを明らかにしていきたい。*2

シリーズの全容

まず、書誌事項を記載しておく。

The "Nursery" Series　大きさ13・7×10・5cm

頁数五九頁〜六〇頁　広告等四〜五頁

定価1シリング半　三色刷り（一巻のみ四色）

「世界の子供叢書」大きさ14・5×10・5cm　村岡花子訳（口絵23参照）

一、『水の上の　支那の子阿福《アーフー》』

二、『アフリカの子供　ケンボー』

三、『インドのおはなし　三匹の駱駝』

四、『ナザレの子供　エサ』

以上、教文館　一九二七（昭和二）年　定価65銭

	書名	文	絵	出版社	出版年
No. 1	*AH FU : A Chinese River Boy*	E. MILDRED NEVILL	ELISIE ANN WOOD	United Council for Missionary Education	1922
No. 2	*KEMBO : A Little Girl of Africa*	WINIFRED E.BARNARD	ELSIE ANNA WOOD	Edinburgh House Press	1924
No. 3	*THE THREE CAMELS : A Story of India*	ELSIE H. SPRIGGS	ELSIE ANNA WOOD	Edinburgh House Press	1925
No. 4	*ESA : A Little Boy of Nazareth*	E. MILDRED NEVILL	ELSIE ANNA WOOD	Edinburgh House Press	1926
No. 5	*MITSU : A Little Girl of Japan*	WINIFRED E.BARNARD	HELEN JACOBS	Edinburgh House Press	1928
No. 6	*BABO : A South Seas Boy*	E. M. PATEMAN		Edinburgh House Press	1930

英語版第一巻の *AH FU : A Chinese River Boy* の出版社名が他の五巻と異なっているが、住所が Edinburgh House となっているので、二巻以降に、伝道教育協会が出版社を兼ねるようになったのであろう。[*3] 日本語版では、第五巻、第六巻の翻訳はなされていない。また、教文館は、一八八五年に日本メソヂスト監督教会を母体として設立されており、このシリーズの翻訳が、ミッション系の出版社のネットワークを通じてなされたものであることが了解できる。そして、訳者村岡花子もこの叢書を刊行した一時期、雑誌「小光子」の編集者として教文館にかかわっていた。[*4] 中国、アフリカ、インド、ナザレ、日本、南洋という地域は、一九世紀半ばから二〇世紀前半にかけて、イギリス伝道協会が宣教師を派遣し、布教に力をいれたところである。

書誌事項でもう一つ指摘しておく必要のあるのは、日本語版の作者名のことである。その表紙には、原著の作者と画家名が英文で明記されており、四巻とも同じコンビで作成されたことになっているが、画家名が同一であったことから四巻とも同じコンビと誤認したと考えられる。第一巻と第四巻はそれでよいのだが、第二巻の作者はWinifred E. Barnard であり、第三巻は、Elsie H. Spriggs が正しい。第二次世界大戦以前の日本の状況として、原著者についてそれほど関心が払われていず、訳者名の方を重視した一例といえる。
なお、第五巻と第六巻が日本で翻訳紹介されなかった理由はわからない。『ミツ』では、女の子間の友情が、『バーボ』では、家族愛がテーマとなっており、キリスト教に関する記述が全くないことが積極的に継続しなかった理由であるかもしれないし、流通の問題であった可能性も大きい。

世界の子どもを紹介する絵本

世界の国々を理解しようという絵本は、世紀末のイギリスの子ども部屋にあらわれるようになり、特に第一次世界大戦後、数多く出版されている。その一端を紹介しておこう。

イギリスにおける海外の伝道活動も、大きくは、帝国主義、植民地主義と深くかかわっているのであるが、交通手段の飛躍的な発展とも相俟って、諸外国についての厖大な情報がイギリスで結果として集積されることになった。必然的に、子どもの本の世界にも、直接体験を伝えるものや、民族衣装をつけた各国の子どもを集めた絵本などが出版されるようになってきた。

　小型本の一例として *The Dumpy Books for Children* で説明してみる。このシリーズは、全四〇巻あるが、第四巻の『ちびくろサンボ』（一八九九）以外は、二〇世紀後半までに姿を消してしまった。そのなかに、第十一巻『小さい人たち』（T.W.H. Crosland : *Little People : An Alphabet.* Pictures by Henry Mayer. London: Grant Richards 1901 96p.p. 12.4 × 7.6㎝）がある。A-ARABからはじまりZ-ZANYで終わるX、Yをのぞいた二十四の民族が紹介されている。ABC絵本にするためQ-QUAKERESS（クエーカー教徒の女の子）のような「苦しい」ページもあるが、口調のよい四行二連の詩とともに、異文化のなかにある子どもの姿にふれることができる（図1）。また、このシリーズには、第十五巻『世界の人形』（Richard Hunter : *Dollies.* Pictures by Ruth Cobb 1902）があり各国の人形

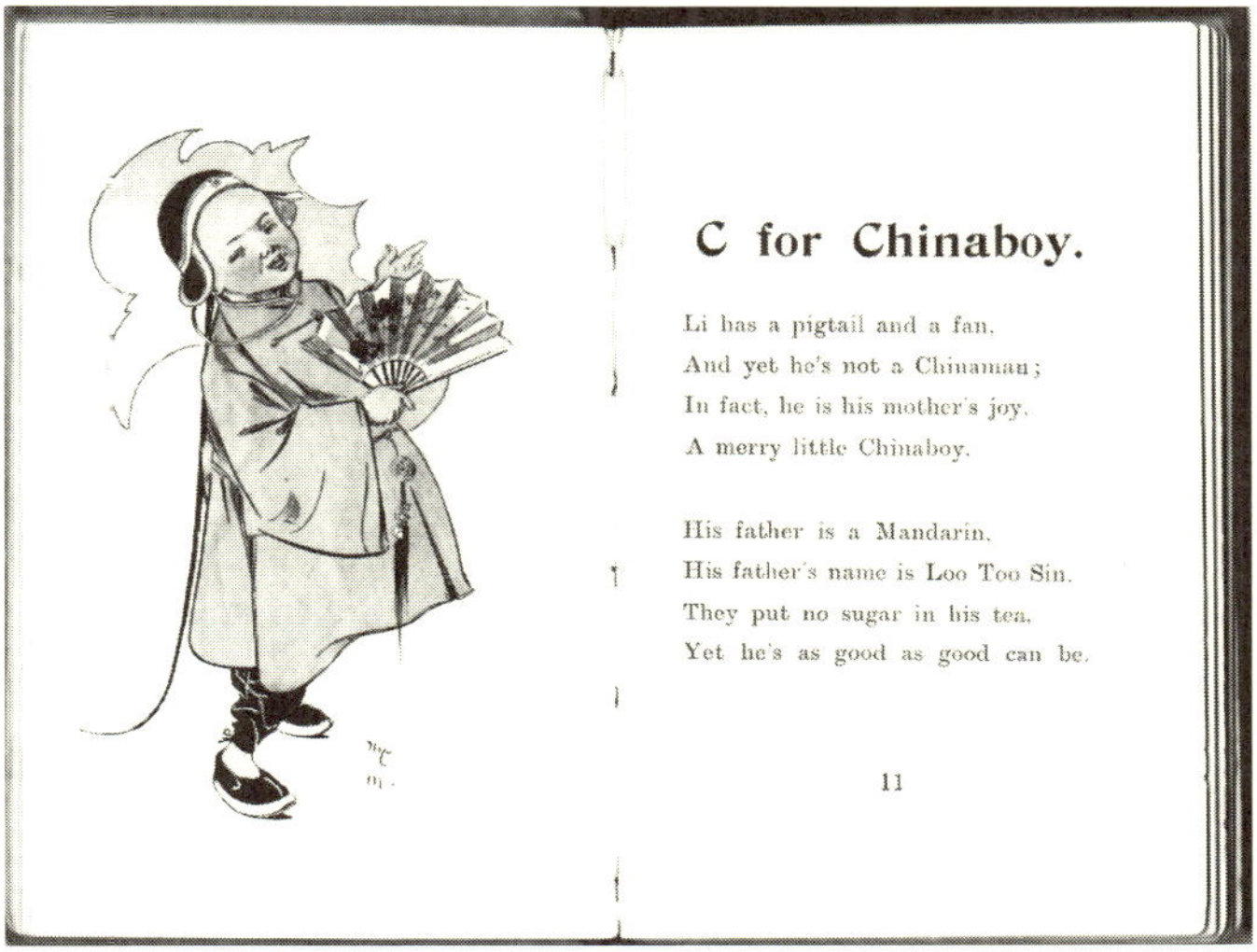
C for Chinaboy.

Li has a pigtail and a fan,
And yet he's not a Chinaman;
In fact, he is his mother's joy,
A merry little Chinaboy.

His father is a Mandarin,
His father's name is Loo Too Sin.
They put no sugar in his tea,
Yet he's as good as good can be.

11

図1◆「Cは中国の男の子」*Little People : An Alphabet*, 1901より

が顔をだしている。子ども部屋の国際化がまず人形にふれることからはじまっているといえる。

大型本の例としては、『世界の赤んぼう』（May Byron : *Babies of All-Nations*. Pictures by Rosa C. Petherick New York & London : Hodder & Stoughton（1909）（54pp.）27.3 × 21.0 ㎝）がある。これも、世界中にはいろいろの赤んぼうがいることを強調しており、コンセプトは『小さい人たち』と同様である。

また、今回取りあげているシリーズの四巻までの絵を担当しているエルシー・アンナ・ウッド（生年不明、もっとも活躍したのは一九二〇年代で、一九五〇年歿。聖書物語のさし絵など多数のキリスト教関連の仕事を残している）にも『ビッグ・ワールド絵本』（*The Big World Picture Book*. London : Edinburgh House Press 1927（12pp.）25.4 × 18.8 ㎝）がある。表紙に七人の子ども（インド・日本・アフリカ・グリーンランド・南洋・イギリス）が手をつないで輪になっている場面を描いている。このことからウッドが、明らかに、子どもに世界平和のメッセージを拓していることが読みとれる。

一九三一年刊行の『青色の仲良し物語』（Mary Entwistle : *The Blue Friendly Book*. London : Edinburgh House Press 64pp. 17.0 × 12.2 ㎝）は、六ヶ国の子どもをめぐる実話風の物語六篇よりなっており、さし絵は、ウッドが担当している。序において、「非キリスト教国に住むキリスト教徒

の子どもたちの物語」"stories about Christian children who for the most part live in non-Christian lands"(二頁)と解説されている。第二巻『黄色の仲良し物語』では、中国が、第三巻の『緑色の仲良し物語』では、インドの村が取りあげられている。いずれも、「世界の子供叢書」より年長の、物語を楽しめる読者層に向けて出版されている。

伝道を通じて知り合った各国の子どもとの直接のふれあいという体験がこうした一群の世界を生み出すエネルギーとなり、キリスト教のネットワークを通して、子ども読者へ届けられたといえる。

シリーズの刊行目的について

英語版の第一巻*AH FU*には、第二巻以降にあらわれるThe"Nursery"Seriesというシリーズ名がなく、巻末に"To Mother"という子どもに絵本を手渡す母親へのメッセージが入っている。第二巻の*KEMBO*には、タイトル・ページにA Companion Volume to *"AH FU:A CHINESE RIVER BOY"*と出ているので、このシリーズは最初からきちんとプランをもってはじまったものではないようだ。大人へのメッセージの英語版・日本語版(口絵24)それぞれの全文を掲載することとする。

英語版では、「大人の読者の方へ」という呼びかけがあり、四、五歳の子どもによんであげられるのは、楽しみを与えるだけでなく「より広い世界の第一歩となる」という目的があることを述べている。次いで、文化の異なったそれぞれの主人公の日常のくらしを通して西洋の子どもたちが、喜びや悲しみを共有できるよう考えていることが述べられ、幼い時期に、共感できるよう基礎づくりをすることが、真のキリスト教による人類同胞主義への先駆けとなると結んでいる。

訳者村岡花子は、こうした趣旨を「お母様方へ」と訳者自らがよびかける形にして、的確に伝えている。村岡花子が、日本において、人々の異文化理解に疑問をもち、問題を感じていたことは、彼女が残した随筆集のあちことに散見される。[*5]「花」というエッセイでは、花道や茶道に精通している人々との座談会に出たときの違和感を次のようにしるしている。

「全くでございますわ。このホテルの食堂にしても、むやみに賑やかな色あひの花ばかりを、豪華に飾るだけで、おもむきといふものはございませんものね」と和する女流大家、遂には世界廣しといへども、美を愛し、藝術を解する者は、日本人よりほかにはないといふ結論に達してしまつた。

かうして壯語する雰圍氣は、凡そ「みやびやかさ」などといふ感覺とはかけはなれた、ひどく通俗的なものであつた。

（『心の饗宴』一二〇頁）

また、逆に「文化外交の刷新」では、西洋人の日本理解に対して、次のようなきびしい記述をしている。

日本という國では行く先々でゲイシャと突き當るのだと思ひ込んでゐたらしいこれらの人々の言葉を聞いて、過去久しきにわたつての日本文化の海外宣傳が皮相的なものであり、いたづらに風光の明媚とムスメの可憐さと、キモノの纖細美に集中されてゐたことへの嘆かはしさを再び痛感した。

（一五四頁）

歐米のいはゆる親日家といふ人たちがどれ程正確な意味においての日本文化と日本精神を理解してゐるであらうか。日本精神卽ちハラキリ、日本文化卽ちタ、ミとキモノとフジヤマとサクラぐらゐのところが一般の親日家の持つてゐる理解だといつても過言ではない現狀である。

西洋人の日本禮讃の言葉を聞きながら、私は折々たまらない不滿を感じることがある。この人こそはと期待してかかつた人でさへ、日本及び日本人に對しての認識は、彼が他のさまざまの事柄に對しての見解とくらべると、實に幼稚であり、淺薄である。『かはいらしい國民、箱庭のやうな美しい風景、世界で一番禮儀

正しいニッポン人』いひ古された愛撫と愛玩の言葉に私どもは倦き倦きしてゐる。（一五六頁）

戦前に出版された翻訳絵本のなかで、異彩を放っている「世界の子供叢書」は、こうした村岡花子の異文化理解への激しい思いを抜きにして翻訳されたとは考えられないだろう。キリスト教主義の学校で学び、やがて子どもの本の創作や翻訳へと導かれた村岡花子には、The *"Nursery"* Series がもっているメッセージを、日本の子どもに伝える素地が十分にあったといえる。

作品の検討

作品は、すべて、左ページに物語、右ページに絵で構成され、わかりやすい子どもの興味をひく要素をふんだんに入れ、誰でもが日常生活で体験することと、そうではなく、その国や土地固有の珍しい風物や習慣をうまく取りあわせることで、物語と絵の組み合わせの妙によって別世界にうまく導入している。このテクニックは、ルーシィ・フィッチ・パーキンズが「ふたご」シリーズで徹底して用いており、この種の物語づくりには不可欠のものであろう。*6

まず導入部の巧みさを引用によって示してみよう。第一巻は、次のように始まっている。

"Happy" was a Chinese boy
and he was five years old.
His mother called him Ah Fu,
which is Chinese for happy, and happy he was.

「阿福《アーフー》」は　今年《ことし》五《いつ》つになつた　支那《しな》　の　男《おとこ》の子《こ》です。「阿福《アーフー》」といふ　支那《しな》　の　お名前《なまへ》は　「仕合《しあはせ》」といふわけ　ですから　日本《にほん》　の　坊《ぼつ》ちやんだつたら「福太郎《ふくたろう》さん」とか「幸三《かうざう》さん」とか　いふのだらうと　思《おも》ひます。

そして　右のページで　にっこり微笑んでいる主人公の上半身が描かれている。身に付けているのは、中国の水上生活者の子どものエプロン様の装束である。豚を運んだり、水に落ちたりしながら、友だちをほしいと思っている。その阿福のもとに、ある日水がめに入れて捨てられた赤ちゃん水仙がやってくる（口絵25）。二人は仲良くくらし、幸せになる。

第二巻は次のようにはじまる。

This is little Kembo, so brown and bonny. Her hair is dark and curly, her eyes are shiny bright. She is smiling so that you can see her teeth, as white as pearls. She is just about as big as you.

これ　は　お顔《かほ》の色《いろ》　の　まつくろ　な　やせつぽち　の　女《をんな》の子《こ》　ケムボー　です。ケムボー　の　髪《かみ》の毛《け》　は　黒《くろ》くて　ちぢれて居《を》り　眼《め》　は　クリクリと　光《ひか》つてゐます。笑《わら》ふと、まつしろな　眞珠《しんじゅ》のやうな　歯《は》が　お行儀《ぎやうぎ》よく　ならんでゐる　のが　見《み》えます。

ケムボー　は　ちやうど　みなさんぐらゐの大《おほ》きさです。

隣のページでは、大きい壺をかかえて、立っているケムボーは、読者の方をむいて恥しそうに笑っている。

頭に籠をのせて荷物を運ぶことや農業の様子、水遊びの好きな子どもたちがいる。ケムボーの兄さんの通っている宣教師の学校へ、ロンドンからプレゼントが届き、ケムボーは美しい緑玉のネックレスをもらう（口絵26）。ケムボーはそれを作ってくれた女の子にお礼をする。女の子二人の交流が描かれている。

第三巻では、がらりと趣向をかえて、店の売物の大中小のラクダの置き物が導入され、それをページ毎に一つずつ描いている。大きいのは、インドの女の子シタが、中のは、イギリスの女の子スージーが買ってもらい、小さいのが残る。結末に近づくと、時はクリスマス、スージーの家にシタが招かれ、父親が小さい女の子サーキーナを連れてくる。その子の手に一番小さいラクダが握られている（口絵27）。つまり、東方の三賢人の物語と、オモチャのラクダ、三人の女の子の友情がうまく重なり合うことでめでたしとなる。

英語版と日本語版の違いのよくわかる場面をあげてみる。図2の本文では、littleという単語を繰り返すことで「とても小さい黄色いジャケット」を着た「とても小さい褐色の女の子」が「とても小さい駱駝」をもっているという音の繰り返しによる音楽性が出、耳におもしろく響くところがある。この効果に訳者は注目していない。図3では、女の子が「ポツン」というという追加された表現や、お父さんが「話して聞かせ」るといった説明的な訳などが目につく。英語版では、名前のよみ方の発音が付加されている。また、この場面では女の子の裸体が自然に描かれていることも、当時としては新しい表現だったといえるだろう。

第四巻は次のようにはじまる。

Esa was feeling very important. Mother had gone to market and Esa was taking care of his tiny baby brother. Baby was only seven weeks old.

"He's just the very best baby in all Nazareth," Esa said to himself.

右の頁には、ストールに腰をおろし、腕組みをしながら、赤ん坊をしっかり見守ってエサが描かれている。

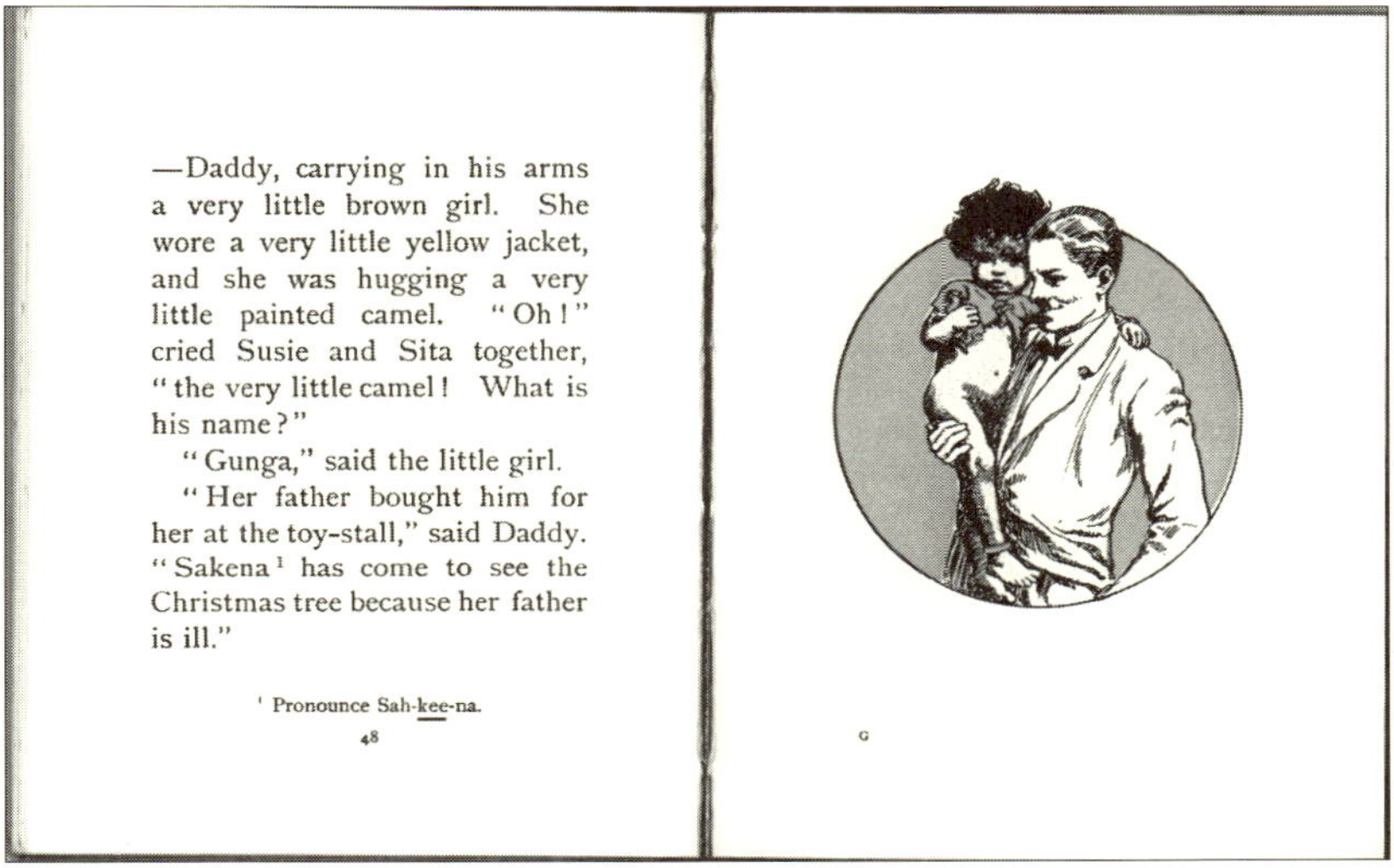

—Daddy, carrying in his arms a very little brown girl. She wore a very little yellow jacket, and she was hugging a very little painted camel. "Oh!" cried Susie and Sita together, "the very little camel! What is his name?"

"Gunga," said the little girl.

"Her father bought him for her at the toy-stall," said Daddy. "Sakena[1] has come to see the Christmas tree because her father is ill."

[1] Pronounce Sah-kee-na.

48

G

図2◆*The Three Camels : A Story of India*より

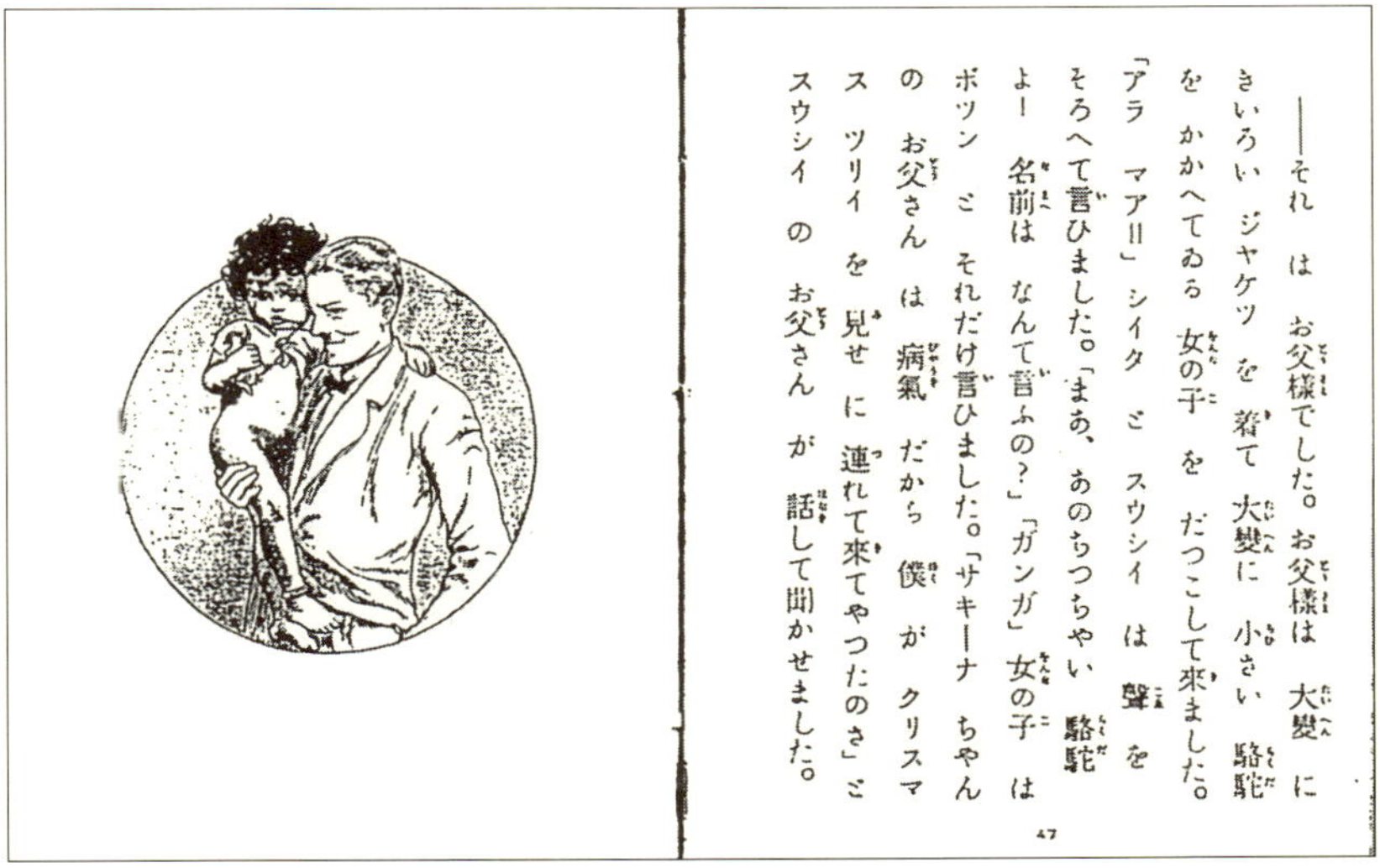

——それ は お父様《とうさま》でした。お父様《とうさま》は 大變《たいへん》 に きいろい ジヤケツ を 着《き》て 大變《たいへん》に 小《ちい》さい 駱駝《らくだ》 を かかへてゐる 女《をんな》の子《こ》 を だつこして來《き》ました。「アラ マア!!」シイタ と スウシイ は 聲《こゑ》 を そろへて言《い》ひました。「まあ、あのちつちやい 駱駝《らくだ》よ! 名前《なまへ》は なんて言《い》ふの?」「ガンガ」女《をんな》の子《こ》 は ポツン と それだけ言《い》ひました。「サキーナ ちやん の お父《とう》さん は 病氣《びやうき》 だから 僕《ぼく》 が クリスマス ツリイ を 見《み》せ に 連《つ》れて來《き》てやつたのさ」と スウシイ の お父《とう》さん が 話《はな》して聞かせました。

47

図3◆『インドのおはなし三匹の駱駝』より(大阪国際児童文学館所蔵本)

赤ん坊の病気のため、行った病院で、エサはデビットと出会い絵本をみせてもらう。美しい赤ちゃん用のゆりとこが作られ、回復した赤ちゃんが帰る。一家は、喜びにあふれる。赤ちゃんにキリストのことを描いた絵本をみせてあげるエサの姿で結末となる。

文化状況の違う四巻で共通しているのは、暖かい家庭が描かれ、主人公に満足いく結末を用意している点である。また、擬音語が効果的に使われていることと、絵の一頁、一頁が単純で美しい構図をとっていることである。

例をあげてみると、幼ないので宣教師の学校にいけずにいた第二巻の主人公ケンボーが、あこがれの学校にいって、美しいネックレスをプレゼントされる場面がある。

It was a lovely necklace of bright green beads. “There!” said Mantu as he slipped it over her curly head, “you do look beautiful.”
Here is Kembo wearing the necklace, and-

“and-”で次頁のめくりとなって、“——here is little Joan who threaded the beads.”（四四頁）と結がっている。この部分の村岡訳は、“you do look beautiful”の部分を省略して「頸《くび》かざり を かけた ケムボー が 此処《ここ》に居ります」となっている。一方、イギリスの女の子“Little Joan”は「可愛らしいジョアン」と訳している。アフリカとイギリスに離れて住む女の子たちの美を愛する共通項を寸断しているのは、惜しまれる。

キリスト教の布教という使命をもった出版社の出版物には、それが前面に出すぎてしまい文学作品としてその形象がくずれることが多いが、このシリーズでは、抑制をきかせており、物語にうまくとけこんでいる。第二巻のイギリスの女の子ジョーンのプレゼントに対して、宣教師学校の先生を通して美しい羽を集めて返礼をするケムボーに、先生はその贈り物はジョーンの赤ん坊人形の枕に入れるのにぴったりと述べる。一方的なキリスト教の押し付けの時代から新しい時代に入っていることをあらわしている場面である。エサの父親が大工なのは、昔、ナザレにいたイエスと同じ環境だという発見を、イギリスの男の子のもっている絵物語を読み合うことで共有するというのも、なかなかの工夫であった。

四巻翻訳されたなかでも、第一巻が読者に支持されたことを、村岡花子の随筆「私の傑作報告」で知ることができる。[*7]

私はもうかれこれ二〇年以上も童話をかいてゐる。その間に一つだけ、明らかに、『あれはたしかに教育的の効果をあげた仕事だつた』と、今になつてつくづく感じてゐるものを書いた。それは、昭和二年七月に出版した『支那の子供アーフー』といふ小さい繪物語である。學齢前の子供に大人が讀んで聞かせるために書いたごく単純な繪噺であるだけに、この本は日本中の幼稚園でずゐぶん歓迎されたらしい。地方へ講演に招かれて行つて、思ひかけぬ僻地の幼稚園でぼろぼろになつたこの本を見ては『まあ』と、驚いた事が度々あつた。

（中略）

日本の幼稚園の子供たちは支那のアーフーちゃんを餘程好きだつたとみえて、方々の幼稚園の先生方から私はなんべんとなく手紙をいただいた。

『けふ、町を支那の子供がとほりましたら、園児たちは、アーフーちゃんがとほつてると言つて大喜び。あの小さい本が日本の子供たちに支那の子供を愛する心を與へてゐることは確かです』

このやうなほほゑましいエピソードをしばしば報じて来た。私の本は多分、版元ではもう絶版になつてゐることだらう。けれども、今なほ日本各地の幼稚園にぼろぼろになつて残つてゐるのもあり、『親支教育』

図4◆『ミツ――日本の女の子』57頁より

のお手傳をしてゐることだらうと、私はいささか誇りを感じてゐる。

この記述から、『アーフー』が翻訳であることを失念しているように読みとれ、また、この作品を「単純な繪噺」としている点、幼稚園でよく読まれた事実などが浮かび上がっている。絵と言葉の比重が同じという作品を、絵物語、絵噺としてとらえていたことで、絵の重要性に対して、それほど意識されていなかったことがわかる。また、「お母様へ」という呼びかけにもかかわらず、幼稚園という集団教育の場で支持されていたことにも興味ひかれる。

翻訳されることのなかった『ミツ――日本の女の子』『バーボー――南太平洋の男の子』（口絵28）にも簡単にふれておきたい。

『ミツ』は、日本に来たイギリスの女の子が、ミツの家を訪れ、それぞれの人形を交換するという物語だが、画家のヘレン・ジェイコブズ（一八八八―一九七〇）によって、細部にわたるまで神経の行き届いた繊細な美しさを描出している。作品のもつ情感を表現している図4でも、庭で満月を背景に花火を楽しむ二人の毛の髪の色の違い、交換した人形のあやし方の違いなど発見が多い。キリスト教に関連した表現が全くないにもかかわらず、このシリーズの目的としている違いを認めながらも、心の交流をなしとげる真のキリスト教精神を内包している。*8

『バーボー』のみ、絵も文も一人でこなした作品である。漁師の卵として勇気を試される五歳の男の子の成長ぶりを描いていて、いつも年齢の小さいことでくやしい思いをしている子どもの共感を誘っている。本文の最後は次のようにしめくくられている。

Never again did folk say,"Babo is too little to do this,"or "Babo is too little to do that."
Instead, grandfather would say, "Our Babo is just enough and brave enough to try."

欠点は、主人公の描き方に、読者をひきつける要素が欠けていることである。

『エサ』が一九二六年にイギリスで刊行されたその翌年に、このシリーズの全四巻が、日本において翻訳されて出版されたことは、特筆に値することである。恐らく、「絵本をまるごと全訳」したという点で、現時点では「日本で最初の全訳絵本」といえるだろう。

第一次世界大戦という体験が、こうした秀れたシリーズをイギリスで成立させた背景としてあったであろう。異なったくらしや文化を認めながら、人間としての共通項をつきとめようとした作者や画家の努力が胸を打つシリーズである。勿論、二〇世紀末となった現在において力を発揮できる作品であるとは、いいがたいが、あえて、現在においてもその精神と絵のもつ格調は、古くなっていないといってみたい気がする。村岡花子という何よりも家庭という基盤を大切にし、時代の先を展望しえた女性の手によって、こうした紹介がなされていたにもかかわらず、世界は、第二次世界大戦の方向に急激に進んでいった。多文化が共生しつつ、平和な世界を保持したいという願いをこめて、こうした「教育的」な子どもの本の役割をみつめていきたいものである。

注

＊1　瀬田貞二「近代日本の絵本」（『復刻絵本絵ばなし集　解説』昭和三三）および『大阪国際児童文学館蔵書・情報目録一八六八―一九四五』（増補改訂版、一九八八）を参照している。

＊2　先行文献として、福島右子「海外絵本の翻訳」『世界の子供叢書』（『彷書月刊』一九九七・八月号　一〇、一一頁）がある。この中で、叢書の　五冊目『ミツ』にふれ、その書が「一九三八年に出版」とのべられている箇所がある。これは拙著『イギリスの絵本の歴史』（一八六頁）によっていると推察される。しかし、これは、筆者の手元にある所蔵本が新版で、初版出版年を調査せずに記載したもので、正確には「一九二八年」とすべきであった。この点をお詫びし訂正するためもあって、本稿ではこの叢書について、知りえた全容を記している。

＊3．英語版のシリーズ第三巻 *The Three Camels:A Story of India* の筆者所蔵本は四刷で、一九二八年に刊行されており、出版社は The Livingstone Press となっている。この社名は、アフリカの開拓伝道で著名なデビット・リビングストン（一八一三―一八七四）に因んでおり、系列の異なったキリスト教系出版社であることから、このシリーズは、伝道にかかわる団体がそれぞれ、信徒の子弟向きに出版していたと推察される。

＊4　『日本キリスト教児童文学全集』第8巻（教文館、一九八三）の略歴に「一九二八年（昭和三）より教文館の「小光子」の編集にあたる」という記述があり、また、折り込みの「月報Ⅸ」にも、村岡みどり「母の思い出」のなかに、「学校を終えるとすぐ、一年ほど甲府の山梨英和で、英語教師をつとめましたが、すぐに上京し、教文館で子供の本の出版にかかわることになりました」と、書き留められている。

＊5　「花」および「文化外交の刷新」の出典は、『心の饗宴――村岡花子随筆集』時代社、昭和一七、第八刷（初版昭和一六）（梅花女子大学図書館所蔵本による）

＊6　パーキンズの「ふたご」シリーズについては、拙稿「多文化理解と子どもの本――パーキンズの『日本のふたごを読む』」（『梅花女子大学文学部紀要』30（児童文学編13）一九九六、五五―七五頁）を参照されたい。（本書に収録）

＊7　『母子随想』時代社、昭和一五、三九、四〇頁（梅花女子大学図書館所蔵本による）

＊8　『ミツ』については「イギリス絵本にみる日本」（『イギリスの絵本の歴史』岩崎美術社、一九九五、一八六、一八七頁）を参照されたい。

児童文学にみる今日の〈子ども〉

――日独シンポジウム・報告書から

関係各位のご尽力によりまして、「日本とドイツの児童文学作品に現われた子ども観や子ども時代に焦点を当て、両国の文化的異相や共通点を浮き彫りにしよう」（「開催要項」より引用）とするシンポジウムが開催されるにあたり、コーディネーターとして参加させていただきますことを、ありがたく、うれしく思っています。比較児童文学という分野は、まだ未開拓ですので、手探りでその作業をはじめる必要があるかと存じます。私は、イギリスの一九世紀児童文学を専門としておりますので、日本の現状を分析し、ドイツ児童文学の日本での受容をどの程度、明確に浮彫にさせられるか、心もとないことです。至らないところが多々あることと思いますが、できるだけ論点をしぼって問題提起をしたいと考えております。

まず、申し上げる必要のあることは、〈今日的な子ども像〉という点では、日本においてもっとも先鋭的にあらわれているのが、TVのアニメーションと、大量に出版されているマンガであることです。TVアニメは、毎日放映されておりますし、マンガは、全出版物の内二〇％近い割合で出版されています（一九八五年一七％）。マンガ週刊誌の「少年ジャンプ」は、一九八四年一二月二一日号が四〇七万部売り、雑誌の記録をつくりました。*1「少年サンデー」「少年マガジン」とともに、三誌だけで八〇〇万部以上を毎週売っているというすごさです。読者層も広く、七～八歳から二四～五歳ぐらいの幅があります。こうした影響を出版物はもろに受けています。活字メディアをいうのに、「軽薄短小」というコトバが流行ったものです。活字を大きくして、かる～い内容をもらなければ売れないという意味です。児童書のさし絵にマンガ家が起用されるようになりました。ページの多い重い内容のものを出版するのがむずかしくなっています。それゆえにこそ、一層児童文学がはたす役割も重くなってきているといえるかと思います。今回は、映画、アニメ、マンガを論議の外において、あえて、「児童文学」という発行部数も少なく、古くさく、かつ、衰退気味のメディアの意味を考えたいと思います。ゴリラや鯨などの稀少動物がとてつもなく貴重に思われる現代ですが、いずれ活字文化もそうなるのでしょうか……。

もう一つ触れざるをえないのは、日本とドイツの児童文学の交流のことです。これは、著しく日本の輸入超過です。最近出版されました『海外で翻訳出版された日本の子どもの本』(*Overseas Editions of Japanese Children's Books*)(畠山兆一郎他編　日本国際児童図書評議会発行 JBBY 1988.5 156p) でみますと、児童文学書であがっているのは、たったの三冊でした。

中川李枝子『いやいやえん』(*Der nein-nein kindergarten*) Cecille Dressler, 1967

松谷みよ子『龍の子太郎』(*Taro das Drachenkind*) Missionhaus-Gabriel, 1969

佐藤さとる『おばあさんのひこうき』(*Die Fleigende Grossmutter*) Cecille Dressler, 1970)

です。絵本は一三八冊あがっていて、国をこえて読まれる絵本の力をあらためてみせつけられたのですが、その中味をみてみますと、日本で議論をよんだものは、殆どなく、無難な美しい絵のものと、聖書のお話が選択されていることがわかります。この資料からは、ドイツの児童観、絵本観がともに、大変保守であることが窺えます。これは、翻訳という作業が一つ加わったからなのか、ドイツの絵本全般にわたっていることなのか、あるいはこちらからの情報不足ということなのか知りたく思います。

さて、本題に入らねばならないのですが、ここで一つ、小さな「事件」について触れておきます。一九八七年、岩波文庫(ドイツのレクラム文庫に範をとって発刊された)が、創刊六〇年を祝って各界にもっとも印象に残っている岩波文庫に何かというアンケート調査をやったその結果のことです。総刊行点数四三八四点のうちもっとも数多くあげられたのは、中勘助の『銀の匙』(一九一三年新聞連載　岩波文庫版一九三五年)という作品でした。『銀の匙』は、作者の幼少時代の自伝ともいうべき作品で、子どもの眼にふれ、感じとった世界そのものを再現したものです。ひよわで病気がちの鋭い感性に恵まれた男の子が、身寄りのないおばさんを乳母として、毎日くらしていくさまを綴ったもので、ごく地味な作品です。第二次世界大戦という激動の時代を越えて、今なおその新鮮さを失わない『銀の匙』は、あらためて子ども時代が驚異にみちて美しく、かつ不安な時代であることを知らせてくれます。時代は違いますが、佐野洋子のエッセイの世界に、現代の大人が深くひきつけられるのも同じ理由でしょう。『こども』（リブロポート、一九八四、二二五頁）に再現されている著者の幼児の記憶の確かさ、強さは読者を圧倒します。時を経たことによって、一つ一つの情景の新鮮さがますような感じがします。子ども時代には、それ自体固有の意味があり、大人になると摩滅してしまう感性のあることが、多くの人々の胸にしみる時代でもあるのです。

次に、ここ十年ぐらいを頭において、児童文学に影響を与えた児童観について述べてみます。

まず第一にあげられるのは、心理学、特に精神分析学の影響です。ユング心理学の研究者であり、臨床心理の実践家でもある河合隼雄の『昔話の深層』（一九七七）や、『子どもの本を読む』（一九八五）を通して私たちが学んだ点は、それまでの大人は、子どもを光のあたるものとして、成長していくエネルギーの方をみてきたのに対して、それだけでは不十分で、光りに対しては、影の部分が存在してはじめてトータルな人間としてみられるという指摘でした。上野瞭は、「なぜ闇なのか」（「思想の三角点＝児童文学の存在」「早稲田大学」一九八一・九月号）で、三田村信行の作品を論じて次のように述べています。

三田村信行は、かつて『おとうさんがいっぱい』（理論社、一九七五）という初期短篇集で、既成の児童文学に手袋を投げた作家である。人間などというものは、きわめて不確定な存在である。子ども大人を問わず常に崩壊の危機をはらんでいる。そこに収められた作品は、そうした主張を内側にひそめることにより、日本児童文学のメイン・カレントとでも呼ぶべきものに向い合ってきた。メイン・カレントとは、この場合、日本の児童文学が、方法・表現の多様性にもかかわらず常に持ち続けてきた使命感だといってもいい。児童文学を人生教示と短絡する発想といえばいいか、児童文学を「向日性の文学」として規定することにより、文学本来の機能である人間の闇への照射を、切り捨てるか軽視した在り方を指している。（二二、二三頁）

「理念や価値観の化身ではないよりトータルな人間像」（二五頁）を描き出してこそ、文学なのだという当然すぎる主張を述べているのですが、児童文学に求められていた「向日性」でなければならないという考えは、現在もなお脈々と続いているので、そういわざるをえないのです。

もう一つ、議論をよんだものに、本田和子『異文化としての子ども』（一九八二）があります。文化人類学者たちは道化やトリックスターに目をつけ、それをあれこれと料理したあとで、子どもに辿りついたようです。子どもの特質をあげて「他者性」「異文化性」「挑発性」に目を向けていったのです。子どもを不完全で発達の段階を踏んで成長していく存在として教育しようとする児童観、あるいは、子どもを純粋無垢で人間の中でもっとも価値のあるものとみるいわゆる童心主義の児童観とは、きわだった違いをもつものでした。子どものありようを「異文化」として説明されることが、その時点で、大変新しい視点であるように思われたのです。

本田和子の弁をひいてみますと、

私どもは、既に秩序社会に与し、文化の内側にある。従って「文化の外にある者」の視座を手に入れ、「非文化」のことばで世界を組み立て直すことは不可能であろう。私どもに出来るのは、暗黙のうちに秩序から排除され、無視されているものを掘り起こし、光りを当てることである。その光は、恐らく秩序社会を逆照射して、私どもに世界を把え返す視力を与えてくれるに相違ない。

子どもという「文化の外なる者たち」の、とりわけ「意味不明」の世界は、そのための恰好のモデルたり得よう。山口昌男の言を借りるなら、「子どもの世界こそ、人間意識の深層の構造が表面化する第三の領域」なのだ。…後略…（『異文化としての子ども』二二頁）

ということになります。しかし、こうした論はレッテルの衝撃性が薄れてくると、子どもの発見の歴史の中ですでに位置づけられていたことがわかってきました。子どもを子ども一般として考えていた時代から、幼児には幼児固有の世界があり、少年には少年の、少女には少女の、そして大人でもない子どもでもない中間年齢の子ども――いわゆるヤング・アダルト――にはその年齢に特有の問題や悩みや世界観があることを多くの大人に認識させてきた歴史の線上でとらえることができる考えであることもはっきりしてきたように思います。児童文学作品に対して、直接的な影響を与えたように思えないのは、文学では、すでに描かれていたことに新しいいい方を導入したのにすぎなかったからでしょう。

今一つ、児童観を進化させたものに、障害者の視座を持つことがその出発点になっている場合があります。村瀬学『初期心的現象の世界――理解の遅れの本質を考える』（一九八一）『理解のおくれの本質――子ども論と宇宙論の間で』（一九八三）から『子ども体験』（一九八四）への思考プロセスにそれが窺えます。村瀬学は、人間を「一者としての多者」とみています。そして「子どもは、多者を現実（リアル）に生き、大人は、一者を現実（リアル）に生きる」とものべています。

（一）大人 ――（直接）→ 生まの子ども

（二）大人 ――→ 想定される子ども（コピー） ――→ 生まの子ども

たぶん、（一）の在り方は成立していないであろう、と。そこで私たちは、私たちが大ない小なり「想定してしまう子ども」のことを通して「子ども」のことを考えてみようと企てた。

（中略）

そういうふうに「想定される子ども」を理解する道筋と、具体的な「ひとりひとりの子ども」を理解する道筋とは違っている。違っているからこそ、ひとりひとりを理解するのに私たちは、私たちの思い描く子ども観に左右されて、うまくひとりひとりの内実に到達してゆけない。問題はたぶん、二つの筋道の間をどこまで行ったり来たりできるかというところにあるのだろう。（『子ども体験』あとがき、二三五、二三六頁）

児童文学作品として、障害をもっている子どもを描いた先駆的な作品に、長谷川集平の絵本『はせがわくんきらいや』（一九七六）があります。

子どもをトータルなひととしてみる、子どもを異文化としてみる、子どもを「多者を現実《リアル》に生きる」ものとしてみる――こうした児童観は、一九八〇年代の文学作品に大なり小なり影響を与えていますし、また、作品を分析していく過程で、新しい児童観を発見していくこともあり、両者は離しがたい関係にあるといえます。

こうした点をふまえて作家と作品を考えてみたいと思います。ドイツ児童文学の紹介は戦前から行われていまして、一九四一年に高橋健二「ドイツの児童文学」（『児童文化』上　教育科学研究会編、西村書店、三八一―三九一頁）が出ています。ヒットラーの時代の影響を色濃く受けたものです。「過去の偉大なドイツ文豪が、甘い少年読物が早くから少年少女に親しまれると共に、ごく新しい純文学も躊躇なく消化されていくのはドイツ少年文学の著しい現象」だと述べられていますが、それがシーラッハ B. V. Schirach ブロックマイエル Brockmeier であるのにいかがなものでしょうか。戦後のものでは、一九七二年の植田敏郎「ドイツ文学に現れた児童観」（『児童文学ハンドブック第七集』日本児童文芸協会　九一―一〇〇頁）があります。戦前のオスカー・ヘッカーとカルル・タラネと、ハンス・バウマンの『コロンブスの息子』とを比較し、ケストナーの『エミールと探偵たち』を後の児童文学を方向づけた作品として位置づけて、ドイツ児童文学を教育性・使命感から論じています。この点では、五〇年代までの記述にとどまっており、ドイツでの現状分析とまだ二〇年以上の差がありました。その後も、紹介や解説記事は、折りにふれて目にとまるものの研究レベルのものは出ていません。それは一九八〇年代に入って、積極的になされはじめました。八二年の中村ちよ「七〇年代のドイツ児童文学と社会化の問題」(『東京女子大学付属比較文化研究所紀要』第四三巻、一九―三五頁)は、七〇年代を児童文学に社会性を帯びたテーマが増加し、読書によって子どもを社会にはいっていきやすいよう導いた時代としてとらえています。ヘルトリングの作品や、『クラバート』、『モモ』がその文脈で分析されていまして、作品が翻訳され、研究される時代のズレが少なくなってきています。八三年には、小山洋子「ドイツ圏青少年文学における少女への視点の変化」(『季刊児童文学批評』六、二〇―三九頁)があります。

右記のような論と、翻訳紹介された作品を読んでみて、日本の児童文学の共通点がいくつか浮かびあがってきます。一つは、リアリズムの児童文学が大部分を占め、目前にあるアクティブな問題に迫ろうとしている点です。ドイツでは、一九七〇年代に出版された二六七六冊の児童文学作品のうち、現代社会がテーマとなっているものが七九%もあって、実生活で直面する問題に対する解答のモデルが示され、自分の採るべき道の手がかりを与えているとのことですが(中村ちよ「同右」、二六頁)、日本でも似た状況にあったかと思います。もう一つの点は、第一の点と密接にからんでいるのですが、その教育性の高さということです。児童文学は、その成立期から子どもを教化しようとする伝統をもっていて、それは何も日独両国の児童文学に固有の性格ではないのですが、ドイツでは教養小説の系譜があり、また日本では、テーマ性の強い戦争児童文学といわれる作品群があるなど、はっきりと、教育性が一つの特徴としてでています。

ここで、日独の作家と作品をあげ、その共通項と差異を比較検討してみます。

さねとうあきら『地べったこさま』(一九七二)とヴェルフェル Ursula Wolfel『灰色の畑と緑の畑』(一九七〇)の場合

「童話」という文学形態は長い歴史をもっていますが、人生や社会の矛盾を象徴的な物語に描き出して議論をよんだ時代がありました。斎藤隆介の『ベロ出しチョンマ』(一九六七)にみられるように民衆のために、他人のために、命を投げ出して惜しまないというテーマを持った短編集の出現がありました。大人と子どもが同じ作品を共有できたことや、作者の人間観に対して共感をよんだものです。反対に、その人間観に異議をとなえる論も展開されました。『ベロ出しチョンマ』のテーマに、もっともきびしい批判をむけたのが、同じ文学形態による、さねとう・あきらの『地べたっこさま』(一九七二)でした。民衆のエネルギーをテーマにしながらも、そこにつきまとうエゴイズム、怨念などの影の部分も語られ、それを認めた上での連帯への志向が示されました。ウルズラ・ヴェルフェルの『灰色の畑と緑の畑』(一九七〇)が日本で受容されてきたものの、いささか図式的でありすぎるという印象をうけたのは、『地べたっこさま』が一つのものさしとして働いたからでしょう。

灰谷健次郎とヘルトリングの場合

灰谷健次郎(一九三四年生まれ)とペーター・ヘルトリング(一九三三年生まれ)は、それぞれ七〇年代に作家活動をはじめ、幅広い読者を得、作品に内在している教育性の高さによって、読者に問題を投げかけ、大きい影響を与えています。

灰谷健次郎の『兎の眼』(一九七四)は、学校が舞台です。新卒一年目で新婚の小谷先生が担任をしている一年生のクラスを中心に物語が展開します。ハエと犬にしか関心をむけない鉄三や知的障害児のみな子の存在がクラスという集団のなかでどのような意味をもつのかを問いかける教育実践記録のような面と、そうした関わりの中で変わっていく先生と子どもたちを描いています。この作品で使われた「やさしさ」というキー・ワードは、七〇年代をよみとく、時代の言葉にもなりました。最底辺の人たちがしいたげられてきたがゆえにもちえた美しい眼と人間としてのやさしさ、子どもがもっている可能性への絶対的な信頼による人間賛美が、高度成長下にあって、社会のさまざまなゆがみ、ひずみが露呈した中で、新しい道徳規範のように幅広い読者に受け入れられたのでした。それは鉄三とみな子をクラスの中心にすえたことによってできたことなのです。

ケストナーの『飛ぶ教室』(一九三三)から、四〇年を経て、ヘルトリングは、『ヒルベルという子がいた』(一九七三)を書き、教師・学校への根源的な問いかけをしました。ヒルベルは鉗子分娩で生まれたさい、頭に傷をうけ、精神障害児として施設で生活を送っています。作者によって作品の意図は、はっきりと、「ヒルベルという子が本当にいたかどうかはそれ程大事なことではない。大事なのは、ヒルベルのように病気だったり、ヒルベルのように病院や施設で暮らさなければならない子どものことを君たちが知ることだ」と述べられています。ヒルベルという子どもの存在を通して、社会のありようを示し、その現実の中で自分たちが何をすべきなのか考えるように作品が構成されています。作品の結末は、読者にゆだねられていますが、ヒルベルに対する作者の思いは、「やさしさ」にみちたもので、それが読者に伝わり、その心を揺り動かします。『おばあちゃん』でも両親をなくしたカレがおばあちゃんの価値観・社会への批判精神を通して、カレに考えさせ、現実をぶつけ、大人になるための教育が行われていきます。子どもをとりまいている種々の問題に気付かせ、それに対処していくエネルギーを養っていきます。

灰谷健次郎とヘルトリングは、同じ時代を共有しているだけで、影響をうけあっているのではないのですが、子どものもつであろう未来を少しでも生きやすいように手を貸したいという共通項を持っています。

上野瞭とネストリンガーの場合

上野瞭とネストリンガーを同一線上でとらえることは、全く無謀なのですが、あえて並べたのは、二人の共通点として、深刻で、全体像をとらえるのが困難な大きい問題を、おもしろいストーリーに仕立てあげることのできる技に非常にすぐれている点にあります。数多く出版されている、いわゆるリアリズムの児童文学の殆んどが、現実に密着するあまり、かた苦しくなったり、現実の表層のコピーに終わっているのと著しく違っています。

上野瞭は『目こぼし歌こぼし』（一九七四）『日本宝島』（一九七六）『さらば、おやじどの』（一九八五）と、俗にちょんまげものといわれる時代小説で児童文学に独自の世界をひらいています。歴史を背景にしているものの、語られている内容は、もっとも今日的な問題であり、歴史は借景にすぎないのですが、いわゆるリアリズムの文学がうける現実の制約をはずし、自在に物語を繰り広げられるという利点があります。『目こぼし歌こぼし』が講談社文庫に入った時（一九七八）、鶴見俊輔は、次のような解説をつけました。

現代の世界は、あまりに複雑になってしまったので、その骨格を単純な仕方でとらえる方法が、二〇世紀以前の人々以上にわれわれにとって必要となる。少年少女小説は、この故に、二〇世紀なかばに、新しい意味をもってあらわれた。

（中略）

上野瞭の『目こぼし歌こぼし』は、今この日本でわれわれが生きるための一つの地図をつくる。それは、こどもむきの地図であるけれども、その地図をこどもとともにおとなが見る時、新聞や新聞小説、テレビやテレビ連続ドラマにはえがかれない、きわめて有効適切な地図が単純な線にかこわれてあらわれてくる。

戦争責任、差別といった重たい問題が、良質のミステリーでもよむような気分で楽しみながらよめるのです。子ども像という点で特筆されるのは、おたまちゃんという女の子の描きかたです。おたまちゃんは、お昼に墓場で死人になったつもりでごろんと横になったところを主人公七十郎にみられ、それからストーリーが動き出すのですが、本当に自由そのもので、明るく活発な女の子です。おたまちゃんの眼を通して世界をみることによって、それまでの男性中心でつくりあげてきた社会の論理がいかにおかしなものであるか気付かされるのです。『日本宝島』は、『宝島』のパロディーなのですが、宝島などなかったという発見をすることによって、宝島を目指さない新たなる旅のあることを考えさせます。『さらば、おやじどの』では、父と子、体制と個人との葛藤を通して、主人公新吾はあくまでも真実にせまろうとしています。

上野瞭のちょんまげにあたるのが、ネストリンガーでは、「みんなの幽霊ローザ」であったり「キュウリの王さま」であったり、「ブラネックさんの自動生徒矯正機」であったり、「かんづめぼうやのコンラート」であったりします。現実には存在しないものを出してきて、現実を混乱させ、その中から真実をさぐっていきます。ネストリンガーも、子どもに視点を据えて書くので、現実の社会の中で急速にリアリティーをなくしている学校やこれまで権威のあるとされてきた体制のもつおかしさをおもしろおかしく俎上にのせることができます。国家や体制を理論としてとらえるのではなく、感性でとらえるあまり、いささか軽すぎ、粗すぎる弱点が目立ってはいますが。

日独の七〇年代の作品から童話、リアリズムの作品、そうしたレッテルをはみ出す作品という三例を出しましたが、八〇年代に入ってもう一つ子どもをとりまく現象の中で注目されていることがあります。それは、一口でいうなら「都市化現象」といわれるものです。核家族化したことからくる家庭の種々相、老人問題、親の離婚問題、人間疎外――いじめや差別の問題――が一層きびしい様相を示し始めたのです。児童文学作品の中でも、アパートや団地、高層住宅に住む孤独な子どもが続々と描かれはじめました。

岩本敏男が『からすがカアカア鳴いている』で町の魚屋一家に視座を据えて、それがスーパーマーケットにとってかわられる時代をくっきりと描いたのは、一九八〇年でした。魚松一家のおじいさんの死が、時代がかわってしまったことを暗示しています。全く心理描写の入っていない文体を使うことで、日本の家族の一つの典型が亡びたことをレポートしたのでした。一九八〇年の統計では、日本の総人口の四五％が大都市に集中しているということです。農村部が老年化していますので、子どもの半数以上は都市に住んでいることになります。上野瞭が『砂の上のロビンソン』（一九八七）で描いてみせた家族は、大都市という大海にぽつりと浮かぶ孤島としての家にやっと漂着したというイメージで描かれています。父親の周平が家出していったのは、駅にある地下街だったのです。現代のロビンソンは、群衆の真っただ中にあって一人漂流していたのでした。

都市化が人にもたらしたものについて山中康裕は、現代高度技術文明と、家庭を包む社会空間の変貌をあげています。（「心を喪った子どもたち――児童精神科医からの発言」『子供と都市』二八八、二八九頁）それによって、「人間らしさ」「子どもらしさ」が喪失し、「大地の喪失」「大地からの喪失」がおこっていると分析しています。都市化の中の子どもは、今後も引き続き描かれていくことでしょう。

次に、日本の児童文学を考える上で興味深い論議をよぶと思われる「戦争児童文学」についてのべてみたいと思います。戦争児童文学という用語は、主に第二次世界大戦にまつわる戦争を描いた作品――とくに反戦というテーマをもつもの――を数多い作品群の中から選び出して、子ども自らは手にしにくい作品を親や教師が子どもの手に渡してきたことから成立してきました。戦争体験をもった書き手による作品が大部分を占めています。

つまり、大人がどうしても子どもに伝えておきたい、知っておいてほしいという欲求の強い分野なのです。大石真は、『街の赤ずきんたち』（一九七七）のあとがきで、「雑誌の編集者から『いま子どもたちに戦争のむごさ、恐ろしさを知らせ、平和というものがどんなにたいせつなことかわからせるような話を書いてくれませんか』と頼まれたとき、わたしは一瞬当惑しましたが、しばらく考えてから、その仕事を引き受けることになりました」（二三〇頁）と書いています。そして「小学二年生」という雑誌に「サトシと赤ずきんちゃん」という幼年童話を三回にわたって連載したのが、『街の赤ずきんちゃん』の原型だと語っています。つまり、子どもに戦争や平和をわからせたい——それも小学校の低学年の子どもにむけて——という大人の意志が作品の出発点なのでした。日本では幼児を含めてその読者だと考えられている丸木俊『ひろしまのピカ』がアメリカでは、成熟した読者でないと与えられないという意見が出て、論争になったのを知り、反戦や反核といったことに早すぎることはないと考えているわれわれを驚かせました。絵本というイメージの種をまいているメディアにおけるテーマや思想性をドイツではどのように考えているのでしょうか。一〇ヶ国以上翻訳されている『ひろしまのピカ』がドイツでは紹介されていないのには、何か理由があるのかも知りたいと思っています。日本では、『あのころはフリードリッヒがいた』は、ロングセラーになっています。「戦争児童文学」は一九六〇年以前のものとくらべ、視点が複雑化しており、被害者が別の方向から光をあてれば加害者にもなりうるといったとらえ方がされるようになり、主人公も、英雄的でないごく平凡な人が選ばれ、時代に翻弄されていくさまが描きだされるようになってきています。

戦争児童文学は、現在においては、反戦を教えるという教育性のほかに、もう一つの意味も考えられるようになってきました。それは、極限状況の中の人間の行動を描くことによって、見えなくなってしまった人間がみえてくるという点です。戦争児童文学に必ず入ってくるのは、食べものがなくて空腹のための争いがおこるという場面です。食べものを摂取するという行為は、こと食べものをとるだけにとどまらず、それをめぐる価値判断もともに受け入れていることになっていくのです。人を殺すという絶対悪の行われている世界の中で、生き延びることの困難さは、学校や家庭という場に置かれている子どもの状況とは相違しているとはいえ、困難さという点でどこかでつながっていると考えてみることもできるのです。

最後に、輸入超過を少しずつ解消していっている日本の絵本に触れておきたいと思います。絵本にも都市の中の子どもは大きい影をおとしています。ドイツ語になったものの中には、村上勉絵の『おおきな木がほしい』

(*Ich wunsche mir einen grossen Baum*)(Wilhelm Heyne)や沢井一三郎絵『おおきくなあれ、みどりになあれ』(*Mein Pony Goro*)(Friedrich Witting)など、自然の風景や大きい木の魅力を語ったものが含まれています。「大地からの離反」が子どもの危機であることを意識しているからに違いありません。ぶんたと犬に託して、都市の子の田舎体験を実に見事に絵本の中で再現しているものに彦一彦《げんかずひこ》『ぶんた いなかだ』(一九八六)があります。この絵本は、絵本が幼児だけのものではなく、大人を含めて都市生活者の胸をうつものをもっていることをわからせてくれます。老人や障害者に焦点をあてた絵本もここ十年いろいろと出ています。長谷川集平の『はせがわくんきらいや』(一九七六)は、森永ヒ素ミルク中毒によって公害病にかかっている「はせがわくん」が級友の眼を通して語られています。あらゆる年齢の人に理解できる表現方法としての絵本の可能性を語るとき、必ずひっぱり出される一冊です。可能性といえば、自己とは何かを問う根源的なテーマに迫った谷川俊太郎の二冊の絵本があります。『わたし』(長新太絵、一九七六)と『あな』(和田誠絵、一九七六)です。『わたし』は、一人の女の子の生活していく上でのさまざまの顔、子ども、妹、めい、となりの子、病気の子、犬の飼い主等々を並列していくことによって、わたしという存在のありように迫ります。『あな』は、一人の男の子があなを掘っている行為をみて、通りがかった父、母、友人などが、さまざまの言葉をかけていきます。男の子は最後にそのあなをうめてしまって「ぼくのあなだ」というのですが、不思議な感動におそわれるドラマです。谷川俊太郎は、内なる子どもを自分の核としてもっているとのべています。もっともシンプルな形で人間とは何か、人間の行為とは何かを表現したのです。

ビネッテ・シュレーダーは、谷内こうたの絵本を「神秘的で心にひびく」(「モエ」一九八八・一一月号)から好きだと語っています。シュレーダーの絵本にも同じことがいえるかと思います。よくシュレーダーの絵本を語るのに「幼児体験」という言葉が使われますが、谷内こうたの世界は、それとは違うようです。日本の絵本の一つの特徴かと思うのですが、これ以上省略できないところまで省略して、抽象化した体験を提示しているとでもいうのでしょうか。谷内こうたの人物には、顔がいっさい描かれていません。誰であってもよいし、誰でもないのです。絵をよむとか、絵が物を語るのではなく、みるものが絵を感じ、顔をつくり、物語をも作れるようにできています。日本の絵本のひとつの特徴です。一人暮らしのおばあちゃんとその老犬が近くの娘の家に柿をむいてもらいにいく『ゆっくらゆっくらよたよた』（渡辺茂男文　梶山俊夫絵、一九八二）をみてみても、そこにはふらふらとあるいているおばあさんと老犬がいるだけです。「おばあさんが／　つえをついて　ゆっくら／ゆっくらあるきだすと／そのうしろから　としよりの／いぬがよたよたあるく。／／ゆっくら　ゆっくら　よたよた／ゆっくらゆっくら　よたよた」という具合です。ねたきり老人を扱った『おばあちゃん』（谷川俊太郎作　三輪滋絵）でも、老人の「異文化」性がうかびあがっています。老人像を通して凝縮された世界観、宇宙観に触れることができるようです。

こうして話を進めてみまして、日本の児童文学に、どのような「子ども」がいて、どのような〈子ども像〉が描かれてきたのか、くっきりしたものを示していないことに気付かざるをえません。幼年文学という分野には、「ちいさいモモちゃん」（松谷みよ子作、一九六四）もいますし、「ペンギンのルルとキキ」（いぬいとみこ作『ながいながいペンギンの話』一九五七）や、「くまの子ウーフ」（神沢利子作、一九六九）などがいます。これらは、いわば、幼児の世界を描いたもので、その世界は、幼児の認識できるものにかぎられています。鳥越信が『世界名作の子ども像』を出版したのは一九六二年でした。日本の児童文学に欠けているもろもろの課題の示唆をえようとする試みでした。鳥越は、現在でもごく普通の会話の中で使われるような、トムやハック、ジョーやヴィーチャーといったキャラクターを日本の児童文学が生み出していないのを残念がっています。

子ども像は、主人公であっても、他の子どもたちとの関係の中でしめされます。那須正幹『ぼくらは海へ』（一九八〇）では、六年生のこどもたちの鬱積した思いを、秘密の場所で船をつくるという行為に発散させていきます。熱心に参加している嗣郎という少年が死に、誠史と邦俊という二人の少年は、つくった船にのって、船出していきます。作品の結末の船出が、映像でなら無理がないし、壮快感も残るのに、その心理をことばで説明してしまうことによって、説得力がうすれているといった読後感をもらす読者もいます。船出は、大人の世界への方向をとっていたのでしょうか。「学校、塾、家庭」対「秘密の埋め立て地での船づくり」という図式は、いわば古典的なものです。しかし、船の進む方向が、その図式からはみ出してしまっているのです。したがって、二人の少年の姿もつかめなくなってしまっています。古田足日の長編ファンタジー『へび山のあい子』（一九八七）のあい子が小学校低学年で描かれていることは注目される点です。船出が大人の世界へなら、もっと小さい年齢で書かないとリアリティーをもたなくなっているのではないでしょうか。このあたりが、このシンポジウムでの、日本の最大テーマといえるかもしれません。

最後に、最近発表されたわが国の体力調査の結果にふれておきます。それによりますと、もっとも体力向上の著しいのは、中年の女性だというのです。なぜ、中年のおばさんが「元気印」などとよばれるのか。男性と子どもは、いったいどうなっているのでしょうか。家庭文庫といった地味な運動を支えているのも、老人問題に取り組んでいるのも、元気でいる必要に迫られているおばさんたちです。ドイツでは、いかがなものでしょうか。

この三日間という限られた中で、できるかぎり論点をしぼって議論することによって、シンポジウムがそれぞれにとって実りの多いものになるようにと願っています。

注

＊1　一九八九年新年号で、ついに五〇〇万部を記録

※「日独シンポジウム――児童文学に見る今日の〈子ども〉――」は、一九八八年一一月一〇日―一二日の三日間、大

阪国際児童文学館講堂で開催された。講師は作家・絵本作家・評論家・研究者で日本から上野瞭、佐野洋子、村瀬学、三宅興子、ドイツからペーター・ヘルトリング、ビネッテ・シュレーダー、ハインツ・ヘングスト、ラインベルト・タッペルト。

Ⅱ

ファンタジー

解題

◆**ファンタジーを整理整頓する**は、「ハリー・ポッター現象」を受けて依頼された原稿で、ファンタジーの歩みを俯瞰したもの。書きあげた後、妙にすっきりした気分になったことを覚えている。

◆**イギリスの幼年童話入門**は、副題を「ストーリー・テリングが生んだ黄金時代」としたことで、童話をラジオで聞いた時代に、おとなの作者や語り手が子どもの反応を受けて、両者で作り上げてきた歴史を確認することになった。

◆**『あるネズミの生涯と遍歴』論、『あるロンドン人形の思い出の記』論、あべこべの系譜**の三編は、いずれも、勤務校に大学院ができ刊行されるようになった「梅花児童文学」に、〈イギリス児童文学史研究ノート〉として連載したものである。「いま」ここにある子どもの本が、どこからどのようにしてやって来たのか、その淵源をそれぞれに辿ろうとした仕事である。**ネズミ**は、幾多の危機を回避してサバイバルする物語として面白かったし、**ロンドン人形**の遍歴を通して、男の子向きの冒険物語では語ることのできない「日常という冒険」「人形の時間」があることを味わい、**あべこべ**では、そのころ知った便利な「価値の転倒」という用語ができてくる現場に立ち会ってレポートしているような状況になった。学生と教員が競い合って論を発表できる場ができたことがきっかけとなった試論である。

◆**マーク・レモンによるファンタジー作品――その先駆性**は、「パンチ」という雑誌のバックナンバーを入手して、「パンチ」に関わった児童文学者を追いはじめたのがきっかけで「発見」したのがレモンだった。レモン作品のもつ先駆性に驚きながら、平易な文体で描かれていたら二〇世紀でも通用できたのに、などと残念に思ったのが、この論につながった。

ファンタジーを「整理整頓」する

はじめに

ハリー・ポッターが登場して以後、次々と、「ハリー・ポッターよりおもしろい」と銘打たれたファンタジー作品が輩出するようになった。それに『指輪物語』の映画化も後押しして、大賑わいである。世は、「軽薄短小」傾向だというのにもかかわらず、重くて厚くて、長編のシリーズも多い。それらが、軽くて薄いものへの批判をこめて出版されている場合もあるだろうが、読み終わった印象では、中味も重厚というのは、むしろ少数であった。戦闘場面が必要以上に長かったり、妖精などのキャラクターを次々と登場させて引っ張っていくという技をつかっていたりして、読んでいるときは、結構おもしろいのだが、後に残らない。

また、あれもこれも「ファンタジー」というレッテルが貼られているので、これってファンタジーかな?と疑問を持ったり、どうしてファンタジーなのかと考えることも多くなっている。頭のなかがめちゃくちゃに散らかった部屋のようになっているので、ファンタジーを整理整頓してみることにしよう。

ファンタジーって何?

ファンタジーは、伝承文学と関係が深いし、「幻想文学」とどこが違うのかというややこしい論議もある。そこで、井辻朱美やブライアン・アトベリーなどの新しいファンタジー理論をチェックしてみたが、結局は、一九六五年にJ・R・タウンゼンドが定義したものとほぼ同じであった。「ファンタジーというのは、現代の形式であって、小説時代のものである。それは、おそろしく多様であって、あたらしい世界の創造もふくんでいれば、私たちが住んでいるこの世界で、たとえば時間をずらすといったように、自然の法則をたったひとつ狂わすだけでいい場合もある」（高杉一郎訳『子どもの本の歴史』上　岩波書店、一二七頁）というのがタウンゼンドの定義である。現実の時間や空間にしばられず、ドラゴンのような存在しないキャラクターを使ったり、空飛ぶベッドや魔力をもつ指輪など魔法グッズを持ち出したり、子どもが国の王になるなどおこりえないことがおこるような物語群を総称した用語なのである。

ファンタジーの全体像を考えるために、一番の近道は、その「進化」過程を辿ることであろう。子どもの本のファンタジー史は、およそ二百年ぐらいであるが、おもしろいことにその歴史は、文学の長い歴史の歩みと重なり、それを凝縮したものになっていたのは、あたらしい知見となった。進化のあとを五つにわけて辿ってみる。

伝承文学からファンタジーへ

ファンタジーの歴史は、伝承文学の復権の歴史でもある。ダイアナ・ウィン・ジョーンズが一九九四年に編纂した *Fantasy Stories*（Kingfisher）では、巻頭にグリムの「農夫と悪魔」がはいっているのも、昔話とファンタジーの区別は、あまり重要ではなく、むしろ、同質と考えても良いのだと語っているといえる。ファンタジーは、新しいタイプの妖精物語であり、一九三九年の講演をもとにしたトールキンの有名なファンタジー理論は『妖精物語の国へ』（杉山洋子訳、ちくま文庫）と名づけられている。それが、「ファンタジー」という用語として使われるようになるのは、『指輪物語』がアメリカでブームになった以後である。リン・カーターが過去の作品をあつめて、一つのジャンルとしてのまとまったシリーズに仕上げたこともあって、読者のファンタジー認識につながっていった。

昔話が進化していく過程で、大きな役割をはたしたのが、H・C・アンデルセンである。アンデルセン童話は、『子どものための童話集』（一八三五）ではじまるが、その四篇のうち三篇が昔話の再話であった。全二一二篇（ハンス・クリスチャン・アンデルセン・センターの索引による）をみても昔話や伝説の枠組みや素材を使っているものが多い。そして、アンデルセン風の作品が世界に広がっていく。これらは現在「童話」というネーミングで語られることが多い。

一九世紀半ば——ファンタジーの成立期

ヨーロッパの流行（ここでは、ロマン主義文学）は、北の端の国イギリスで行き場を失い、そこで、堆肥のようになり発酵し、さまざまの栄養となっていく。『水の子』（一八六三）や『北風のうしろの国』（一八七一）などを読むと、その時代を敏感に感じた作者が、自分の世界観を盛る器としてファンタジーを使っているのがわかる。『ふしぎの国のアリス』（一八六五）や『たのしい川べ』（一九〇八）、『ピーター・パンとウェンディ』（一九一一）は、身近な子どもとのコラボレーションがエネルギーになって成立しているが、いずれも、子どもを不思議な世界に連れ出している。それは、創作の昔話風の作品や動物や人形が擬人化されて、物語空間を自由に動き出していたヴィクトリア時代の子ども部屋と関係が深い。その時代は、食後のひととき父親が子どもに本を読むという習慣があったり、おじさんが子どもの遊び相手として、物語を語ってくれたりと、子どもとの交流につとめたのである。

二〇世紀へ——そしてトールキンの登場

子どものころから言語に興味をもち、神話世界を内に取り込んで自分の神話作りを楽しんでいたトールキンが、その世界の一端を自分の子どもに語ったのが『ボビットの冒険』（一九三七）であったのはよく知られている。しかし、出版当時は、賞の対象にもならず、あまり注目されなかった。その続篇が『指輪物語』全三巻（一九五四—一九五五）として出版されると、文学の新しい形式として一躍注目を浴びることになり、多くの作家に影響を与えることとなった。

トールキンと「インクリングス」という文学同好会の友人であったC・S・ルイスは、競うように『ライオンと魔女』（一九五〇）からはじまるシリーズを一年に一冊のペースで刊行し、全七巻の「ナルニア国物語」に完結させた。彼らは、毎週一度、パブに集まって、自作を朗読して批評しあっていたという。

ＳＦ作家であったル・グウィンが出版社の注文で『影との戦い』（一九六八）から後に延々と書き継がれる「ゲド戦記」に手を染めたのも、出来つつあった別世界ファンタジーという新しい潮流と関係が深いといえる。リチャード・アダムズの『ウォーターシップ・ダウンのうさぎたち』（一九七二）が、最初、児童書として出版されベストセラーとなり、その後、装丁をかえて一般書として販売されたことを記憶している。このころに、子どもの文学と大人の文学の境界が事実上なくなっていたのである。

この別世界をつくるという作業は、フィリップ・プルマンの「ライラの冒険」シリーズ（一九九五―二〇〇〇）や浜たくやの作品群に引き継がれていった。

一九六〇年代前後のこの熱気は、日本でもみられ、佐藤さとるやいぬいとみこ、天沢退二郎や斉藤惇夫が、日本児童文学史に残るファンタジー作品を生み出した時代と重なる。

一九五〇年代から七〇年代にかけて世界的広がりをみせたファンタジー・ブームは、それらの作品を子ども時代に楽しんだ多数の「魔法使いの弟子たち」を生み出していく。

ファンタジーを遊ぶ時代へ

「魔法使いの弟子たち」の代表格は、オックスフォード大学でトールキンやルイスの講義をきいたことがあるというダイアナ・ウィン・ジョーンズであろう。彼女の作品は、レッテルを貼るなら「メタ・フィクション」、それまでにあった文学作品を徹底的にずらしたり、パロディー化したり、ひっくり返したりして自分の作品に取り込み、あらたな「めちゃくちゃな」作品に再生させていく。宮崎アニメの原作『魔法使いハウルと火の悪魔』（一九八六）では、若い主人公が魔法をかけられ老婆になっていきいきと活躍するし、魔法使いや魔女が多数登場する「クレストマンシー」シリーズ（『魔女と暮らせば』一九七七、ほか三巻）でも、既成の物語が換骨奪胎されて、男社会であった魔法界を女性に解放していく。

また、別の一派の弟子たちは、TRPG（テーブルトーク・ロール・プレイ・ゲーム）を考案し、参加型の世界を構築していった。ゲームが複雑になり規模をひろげて、「ダンジョンズ&ドラゴンズ」のようなルールブックが作成されるようになる。ゲームがコンピューターという道具を与えられて広がり、日本でも「ドラゴンクエスト」が一世を風靡したものだ。それらは、「ファンタジー産業」として肥大化いき、活字世界へも影響を与えて、「ネオ・ファンタジー」として理解されている長編（例えば、『アルテミス・ファウル』や『バーティミアス』など）につながっていく。こうして、パーツを補強すれば、延々と継続していけるゲームの申し子たちは、重くて厚いシリーズを量産するのである。

先史や古代史へのまなざしへ

さらなる進化を遂げたファンタジーは、冒険物語の要素を活かす場として全く位相の違う世界を開拓していった。人類の黎明期を舞台とした物語群である。そこでは、人間の本質を描くことが出来、社会の構造を目に見えるように描くことができる。考古学や人類学、民俗学などの知識を駆使してリアリティーを出し、宇宙を体感できる環境に人をおくことで精霊や霊魂、自然の呼びかけなどとともに暮らす存在ともなりうる。おもしろいことに、それによって、「現在」が逆照射されるというしかけである。

『大地の子エイラ』あたりから注目していた「しかけ」であるが、このところ読み応えのある作品が続々と刊行されている。スー・ハリソン『母なる大地父なる空』（一九九〇）、ピーター・ディッキンソン『血族の物語』（一九九八）、ミシェル・ペイヴァー『オオカミ族の少年』（二〇〇四）などである。日本でも、荻原規子や伊藤遊など古代史ファンタジーの力作をだしているし、上橋菜穂子の『精霊の守り人』（一九九六）をはじめとする「守り人」シリーズの異世界は「必読」である。

なぜ、いま、ファンタジーなの？

伝承文学から小説へ、そして脱小説へと文学の歴史そのままに進化してきたファンタジーの流れを整理して気付くのは、ファンタジーには、その時代がわかりやすく、よく映し出されているという点である。

「ハリー・ポッター」のシリーズが空前のベストセラーになったことで、韓国や中国でもポッター風の作品が出版され始めているときく。「ハリ・ポタ」の作者はこれまでのファンタジー作家が切り拓いてきた技術を実に巧みに自分の物語に持ち込んでいる。魔法学校、親のない子、二つの世界、グッズ類、超能力などなどである。昔の作品を読まずとも、そのエッセンスが味わえるお徳な作品として世界をかけまわることができた。

主人公ハリーは、自分が何者かを知らず、わけのわからない力に振り回されている。彼には不安という影がついてまわっている。先が見えず、でも勉強は続けねばならない状況に負けそうになっているハリーは共感を誘う。しかし、最後には勝利してくれるハリーに盛大な拍手を！となる。

作者は、すでに最終巻を描き終えていると発言していると聞く。そこで、どのような世界観が提示されるのか、されないのか、注目したいと思う。「ハリ・ポタ」には、痛いほど「いま」が映し出されているが、それだけに終わらない作品がどうかは、結末にかかっているからである。

ファンタジーの数々は、その楽しみも、世界観も、多彩で多様で、まだまだ、語り尽くせていないといえるようだ。

どれどれ、今夜は、活字版の『ダークエルフ物語』でも解剖してみようか。

イギリスの幼年童話入門

はじめに

ふだん、なにげなく使っている「幼年童話」という用語は、種々の作品をあげて、ある体系としてまとめてみようとすると、いろいろとひっかかる言葉であることがわかる。まず、「幼年」って何歳ぐらいの子どもをさすのか。「幼」という文字からは、学齢前といったニュアンスを感じとるものの、実際には、七、八歳ごろの子どもを中心読者と想定している作品にも「幼年童話」というレッテルが貼られていることが多い。

「童話」の定義となると、さらに混乱してしまい、「子どもの文学」と同義に使われていることもあり、また、象徴性の高い童話の主たる読者を幼年と考えることはむずかしい。さらに、子どもの文学が、最初、大人の小説から分化し、少しずつ年齢の下の読者を開拓していったことを考えてみると、その切れ目のようなものを設定することは、あまり意味のあることのようには思えなくなってくる。英語で、「幼年童話」にあてはまる言葉も思い浮かばない。

そこで瀬田貞二『幼い子の文学』(中公新書)を頭において、文学を読むよりは、まだまだ、読んでもらう方がぴったりの年齢の子どもたちに支持されてきた文学を取り上げてみたい。幼い子の文学の特徴は、耳できいてわかるということにあり、ある特定の子どもに話されたものがもとになっている作品が多い。昔話をはじめとする伝承文学のエコーがあり、主人公には読者に近い年齢の子ども(または小動物、ぬいぐるみなど)が選ばれている。

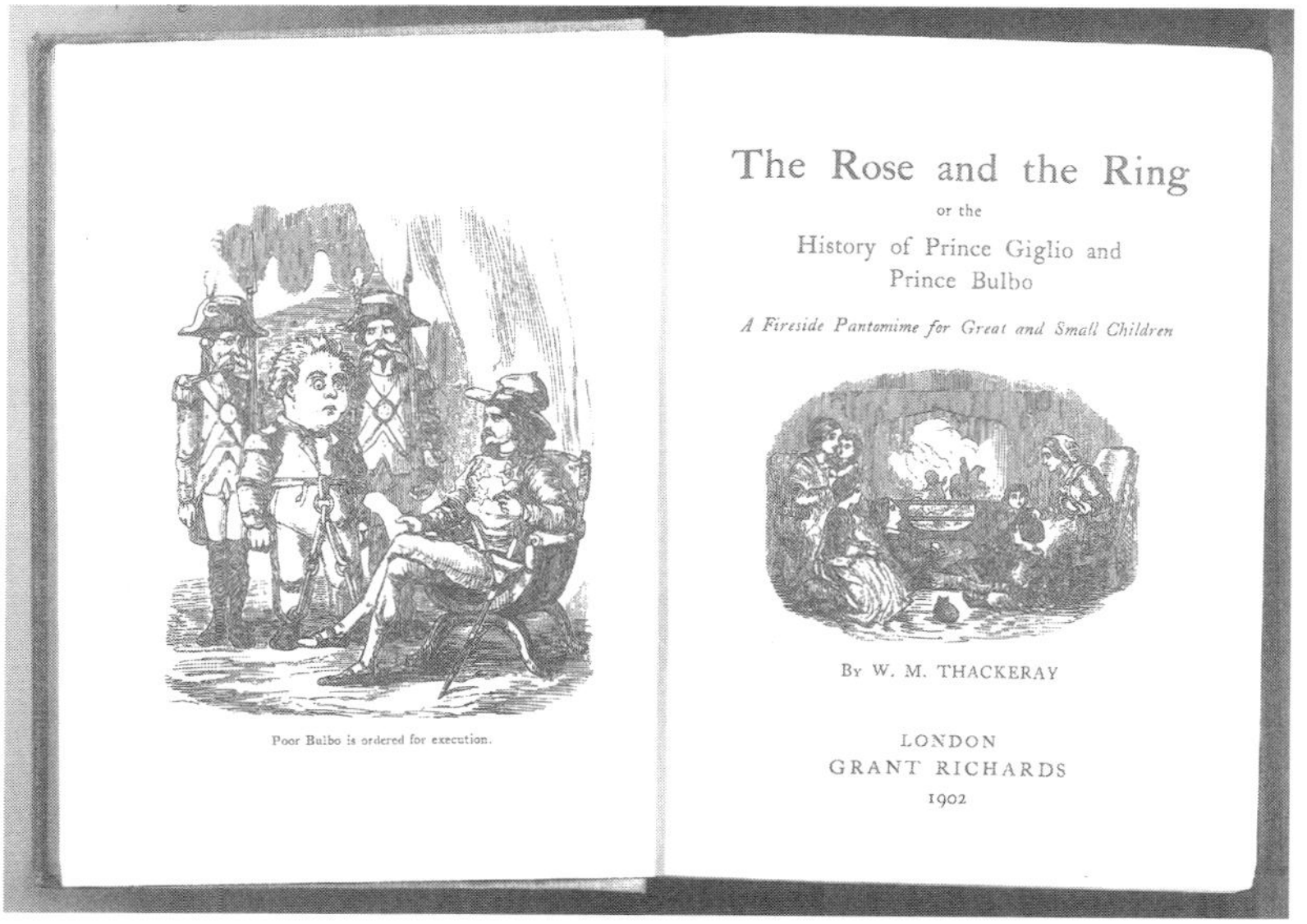

図1◆『バラとゆびわ』扉絵とタイトル・ページ、クリスマスに暖炉の前で読んでもらう物語だった

伝承文学から「童話」へ

グリムとアンデルセンの作品集が翻訳紹介されたイギリスでは、一八五〇〜六〇年代にかけてこの二人の直接、間接の影響をうけた作品が続々と出版されはじめ、「文学」として論じられる作品が成立するようになっていった。幼い子の文学の範疇では、もっとも年齢層の高いものである。

ジョン・ラスキンの『黄金河の王さま』（一八五一）やサッカレー『バラとゆびわ』（一八五五）（図1）などに続いて一八六三年に出たジョージ・マクドナルドの『ふんわり王女』（穐原富美枝訳『マクドナルド全集4』太平出版）は、現代の日本の子どもたちにもよまれている作品である。『ふんわり王女』（「かるいかるいお姫さま」等の訳名もあり。一定していない）は、「むかしのことです。あまりむかしのことなので、いつのことだったか、すっかりわすれてしまいました。とにかく、子どものない王さまとおきさきがいました」とはじまっており、昔話のパターンをもとにしながら、リアリズムの手法で物語づくりをしており、伝承文学とファンタジーの中間で成立している。洗礼式の招待にもれた魔女ののろいによって、全く重力をもたないで成長したお姫さまは、身体が軽いせいで、心も軽薄だという着想がおもしろく、子どもたちを前に得意満面になって作品をよんでいるマクドナルドの姿を思い浮かべることができる。そのお姫さまは王子さまを愛することによって、重力をえるというハッピー・エンドも楽しい。以後、マクドナルドは、お姫さまを主人公とする趣向をこらした長編物語を書いていくのであるが伝承文学を下敷きにして独自の世界をひらいている作品群を楽しむには、より幼い時代に、昔話などの「文学」にふれておく体験が必要であり、かなり高度な文学といえるのかもしれない。

伝承文学から豊かな栄養をえて、あふれるばかりに語ったストーリー・テラーとしては、エリナー・ファージョンがあげられる。『年とったばあやのお話かご』（一九三一、石井桃子訳『ファージョン作品集I』岩波書店）では、子ども部屋でばあやが毎晩お話をしてくれるという形式で、時代をこえ、国をこえたふしぎなお話の数々がくり出されている。『イタリアののぞきめがね』（一九二六）『ムギと王さま』（一九五五）とつづき、空想の世界に遊ぶ喜びを存分に味あわせてくれる。二〇世紀後半に活躍したジョーン・エイキンは、ファージョンとは持ち味が違うものの次から次へと、おもしろい奇想天外な作品をあふれ出させていて、こうした文学伝統をひきついでいるように思われる（『しずくの首飾り』一九六八、猪熊葉子訳、岩波書店など）。

奇想天外といえば、リチャード・ヒューズの『クモの客殿』（一九三一、八木田宜子・鈴木昌子訳、ハヤカワ文庫。幼年向きとして出版されているものに、矢川澄子訳『まほうのレンズ』岩波ようねんぶんこ4、など）がある。幼年のころから詩や物語を書いていたヒューズが父親となり、わが子を前にして話してやったデタラメ話集なのであるが、途方もない物語でありながら、短編としての構造をきちんと持っているという意味で、童話という形式の一つの極に達したものといえるだろう。

ポターとアトリー、そして『クマのプーさん』

瀬田貞二は「幼い、いちばん年下の子どもたちが喜ぶお話には、〝行って帰る〟という単純な構造上のパターンがある」と述べて、そのパターンを完成した作家としてビアトリクス・ポターをあげている。『ピーター・ラビットのおはなし』(一九〇二)にしても『リスのナトキンのおはなし』(一九〇三、石井桃子訳、福音館書店)にしても、これ以上けずれないというぎりぎりの簡潔な文体にのせて、小動物の冒険を、事実をそのままのストーリー展開で語っていく。「あるところに、四ひきの小さなうさぎがいました。……小うさぎたちは、おかあさんといっしょに、大きなもみの木のしたの、すなのあなのなかにすんでいました」という『ピーター・ラビットのおはなし』の冒頭は、昔話そのものの語り出しであり、主人公であるピーターがいってはいけないと固くいわれている禁断の庭に入って、あやうく命を落としかけるというテーマも伝承文学によくあらわれるものである。

ポターが一つの時代をひらいたのは、昔話などの亜流をまねるのではなく、そうした骨組みをきちんとおさえた上で、それをよくよく知りつくしている小動物の世界として描いた点にあった。ポターの作品の舞台となった湖水地方にあるニア・ソーリーの村を訪ねて、絵本の世界そのままの風景、小道具が今もそこにあることに、リアリティーの出所の秘密にふれた思いがしたものであるが、ウサギは、ウサギそのものの属性をもっていて、読者が登場人物と一体化する必要のあるときだけ、擬人化がほどこされるという規律が守られている。

アリソン・アトリーも、「行って帰る」形式の小動物の世界を描いている点では、まさにポターの後継者といえる作家であるが、自然の描き方が違い、自然の呼吸のようなものが作品の中にあって、自然を友として暮らした人間の知恵がぬりこめられている。『チム・ラビットのぼうけん』(一九三七、石井桃子訳、童心社)の最初のお話「チム・ラビット」のウサギとピーターを比較してみると興味深い。『サム・ピッグだいかつやく』(一九四〇、神宮輝夫訳、童心社)では、主人公のサムの年齢が少し上のこともあってきょうだい関係や近隣が語られ、ひびきのいい文章と、豊富な語彙を駆使してくらしの原点を浮き上がらせている。今後、ますます、輝きのます作品集ではある。

伝承文学の色濃い影響のもとにある作品から、殆んど、その跡をとどめないものへ、構造は伝承文学をふまえているが、物語そのものは、独自な観点からとらえた自然の中の小動物の冒険を描いたものへ——と幼い子の文学の歴史は変遷し、少しずつ、日常に材をとった物語、特に、身近なオモチャを擬人化した作品が出るようになってくる。

その中で、もっとも有名なものに、A・Aミルンの『クマのプーさん』（一九二六、石井桃子訳、岩波書店）がある。最近、「クマのプーさんえほん」（全15冊）が一つ一つのお話が独立した多色刷りの絵本として出版されるようになって、読者層がより低年齢化したようである。ミルンの息子、クリストファー・ロビンがかわいがっていたぬいぐるみたちが息を吹き込まれて、活躍する。劇作家であったミルンの性格描写の描き分けの絶妙なことと、そこからにじみ出るユーモアのたぐいまれなことで、国民文学というレッテルも貼られていて、折りにふれて読め、また様々な年齢で別のよみ方ができることでも特筆される。読んでもらうと、四～五歳児にも充分楽しめる世界でありながら、大人の情緒にもたっぷり訴えるものをもっているのは、ぬいぐるみに仮託された人生が、よみ手の側にも、きき手の側にも作用する多様な構造をもっていることによっている。

マージェリー・ビアンコの『ビロードうさぎ』（一九二二）（図2）では、視点をぬいぐるみのビロードうさぎに統一して、かえりみられることのなかったビロー

図2◆『ビロードうさぎ』

ドうさぎが、男の子にかわいがられるようになり、最後には本当の命をえるまでの「一生涯」を語っている。繊細で、美しい愛の物語として、ひっそりと読み継がれてきた作品である。

ストーリー・テリングが生んだ黄金時代

第二次世界大戦のために停滞していた文化の諸活動に再び芽が出、花が咲きはじめた一九五〇年代にあって、イギリスの幼年童話の世界にも、いくつかのみのりがあった。

まず、アンデルセンの系譜につながる作品集『十一わの白いハト』（神宮輝夫訳、新しい世界の童話シリーズ⑥ 学習研究社）で紹介されているジェイムズ・リーブズによる「幼年童話傑作選」とでも名付けるにふさわしい『ゴールデン・ランド』（一九五八）という大部な一冊本の成立である。リーブズは、人間の感覚の中で、「ふしぎさを感じる心」a sense of wonderをもっとも人間らしい感覚であるととらえ、お話の世界を黄金の国と考えた。その国に入りこむためには、何よりも大人が読み聞かせる必要のあることを力説しており、幼年童話の特性が、ここで市民権を確立していることがわかる。

もう一つのみのりは、ＢＢＣ放送の幼児番組「おかあさんといっしょに聞きましょう」というストーリー・テリングの時間が、幼児に支持され、おもに幼児向けの作品を書く数多くの作家を生み出していったことである。ルース・エインワースや、ドロシー・エドワーズ、のちにアニタ・ヒューエットなども加わっている。

実質的なネットワークと貸出冊数では世界一を誇る公共図書館の活動と、幼児教育の普及という裏付けもあって、イギリスの幼年童話は、五〇年代から六〇年代にかけて一つの黄金時代をつくったのであった。

耳からきくお話

ＢＢＣ放送で話され、のちに作品集として出版されたものの中で、まとまって翻訳されているものに、ドロシー・エドワーズの『きかんぼのちいちゃいいもうと』（一九五二、渡辺茂男訳、世界傑作童話シリーズ、福音館書店）がある。「わたしが、まだ小さくて、いもうとが、とても小さかったときのことでした」というはじまりで姉が妹のいたずらから生じた身近な事件を語るという型をとっている。さかなとりにいってずぶぬれになった話、病気になったときや歯がはえかわる時期の話など、聞き手の子どもにとって、かつての大事件であった身に覚えのありそうなエピソードがつづられている。「何かお話して！」という子どもの要求にぴったりあった、一つの幼年童話の語り方が成立していて、子どもにお話をせがまれる立場の大人にとっても参考になる作品集でもある。

ルース・エインワースの作品は、まとまって紹介されていないが、絵本の『こすずめのぼうけん』（一九五一、*Listen with Mother Tales* の中の一篇、石井桃子訳、《こどものとも》二四一号　福音館書店）として、幼児の間で定着している。こすずめが飛び方を覚え、夢中でとぶうちに疲れてしまい、帰ることもできず途方にくれているとき、お母さんすずめがさがしにきてくれて、その背中にのって帰るという単純なプロットの中にもられた普遍性のあるテーマが聞き手の心に深くのこる話である。

アニタ・ヒューエットは、昔話のもつ型——くりかえしや語り口——をふまえた上で独創的な着想を加えた作品によって、お話の楽しさ、おもしろさを満喫させてくれる。『ギターねずみ』（一九六六、清水真砂子訳、子ども図書館、大日本図書）に入っている「クルミの木の下のオウシ」を例にとると、耳できいて、お話を頭の中でイメージとして描くことができれば、おもしろさが何倍にもなる作品であろう。

なぜなぜ物語の系列

ラディヤード・キップリングがつくった「ラクダにコブができたわけ」や、「ゾウに長い鼻ができたわけ」など、いわゆるなぜなぜ話集は、古典の一冊として（一九〇二、『キップリングのなぜなぜ物語』、城宝栄作訳、児童図書館文学の部屋、評論社）今も、ストーリー・テリングに使われ、愛好者の絶えない作品であるが、そこに、新たに加わったのが、テッド・ヒューズの『クジラがクジラになったわけ』（一九六一、河野一郎訳、旺文社ジュニア図書館）である。「フクロウがフクロウになったわけ」「カメがカメになったわけ」はじめ、北極グマ、ミツバチ、ネコ、ウサギ、ゾウと、よく知っている動物が、どのようにしてこの世にあらわれてきたか、その発生を物語っている。詩人であるヒューズの言葉の美しさと、オリジナリティーあふれた物語づくりの巧みさに引きこまれ、大人から幼児まで幅広い読者を魅了している。

ルーマ・ゴッデンとP・ピアス――次のステップへ

ルーマ・ゴッデンというと『人形の家』の作家として印象づけられているが、幼年文学と、長編の物語をつなぐ作家としても重要な位置にいるのである。『ねずみ女房』『台所のマリアさま』『元気なポケット人形』『木馬のひみつ』とあげていくと、そこにはゴッデンの世界――人形、ねずみ、手づくりのもの、幼い男の子、女の子、異国人や異国の文化、疎外された人やおもちゃなど――といえるものが成立していて、そのやさしくもデリケートな国へ誘い込まれる。ここでは、『木馬のひみつ』（一九七七、猪熊葉子訳、世界のどうわ、大日本図書）を取りあげてみたい。

『木馬のひみつ』は、ゴッデンが七〇歳で発表した作品である。社会的には忘れられていっている広大な屋敷で働くメイドを母親にもつ女の子の物語で、子ども部屋に放置されたままになっている木馬と出会ったことから、年老いた女主人とも出会い、意外な結末に至るまでに、少しずつ少しずつ、「秘密」があきらかにされる。過去・現在・未来という時間がそこに凝縮しており、木馬というものいわぬ存在が、時の永続性を暗示しつつ、「人生」という小さい子どもにとっては途方もないはるけきものをかいま見せてくれる。

幼年童話から次のステップへの作品として、もう一篇、フィリッパ・ピアスの『おばあさん空をとぶ』（一九六一、前田三恵子訳、文研児童読書館⑨、文研出版）がある。ピアスは、寡作ながら、文章が美しく、リズムがあり、作品の構成が完璧なことで定評のある作家である。『おばあさん空をとぶ』は、「ロンドンの町の、高い高い家のてっぺんのへや」にすんでいる風船売りのおばあさんの物語で、一人ぐらしの老女の大変さや、ささやかな喜びであるネコの存在が一点のゆるぎもない描かれ方で提示される。ネコがいなくなったために、やせてしまったおばあさんは、風の日、風船とともに空に舞い上がってしまう。大冒険の末、ネコとの再会と新しい生活へと導かれる結末の温かさが、後味のよい作品となっているが、ここにも、「人生」がきちんと顔を見せている。

昔話のパロディー『ポリーとはらぺこオオカミ』

伝承文学の型を受けつぎ発展してきた幼年童話の中で、もう一つ特筆すべき点は、そのユーモア性であろう。「おもしろいお話して!」の「おもしろい」という言葉は、様々の要素を含んでいるとはいえ、第一の要素は、おもしろく笑えることであろう。

その点で、キャサリン・ストーのつくった、『ポリーとはらぺこオオカミ』『はらぺこオオカミがんばる』(一九五五、一九五七、掛川恭子訳、岩波ようねんぶんこ③・⑦、岩波書店)は、幼年向きとはいえ、昔話を下敷きとした一種のパロディーとなっているので、非常に、高度な文学といえよう。つまり、もとの話がしっかり頭に入っている子どもが読めばおもしろいし、笑えてくるが、そうでない読者にとっては、それほどでもないという文学体験がものをいう作品なのである。

まず、「オオカミがこわい」というのは、ある種の教養のなせるわざで、どこそこの暗闇に、オオカミが潜んでいるかもしれないという怯えを持つということ自体が、想像力の働きであり、「おばけがこわい」などと同質のものである。著者であるストーは、子どもの心の病気を専門とする小児科医であるところから、昔話の大切さを知りぬいた上で、こわい存在であるオオカミを笑いの対象として取りあげ、お話の遊びをやってくれる。「オオカミの豆の木」「ポリーずきん」「れんがづくりの家」……と、親子で物語づくりを楽しむさまが彷彿としてくる。

児童文学の黄金期をつくったイギリスも、最近になって様がわりが感じられ、むしろ、ほかの英語圏の国から新しい作家が輩出しているようである。中でも数少ない幼年文学の書き方の一人として、ニュージーランドのマーガレット・マーヒー（わが国では『海賊の大パーティ』猪熊葉子訳、「世界のどうわ」、大日本図書、が翻訳されている）に熱い期待が寄せられている。

※本稿に入っている年代はすべて原著出版年

イギリス児童文学史研究ノート1

ドロシー・キルナー『あるネズミの生涯と遍歴』論

――動物物語および動物ファンタジーの萌芽

現実には話をすることのできない動物や、おもちゃ・ものが、言葉を話し、大活躍する児童文学は、今日では何の疑問もなく、子どもはもちろんのこと、大人の読者にも受け入れられている。しかし、歴史的にみると、一九世紀の初頭までは、それらの生涯を自ら語るという型をとった物語だけが、例外的に認知されているにすぎず、それも、教訓物語をおもしろく語るための方便と考えられていた。

この論では、一八世紀末の教訓物語でありながらも、読者に支持され、一九世紀の後半に誕生する動物文学や動物ファンタジー作品の先駆けとなったドロシー・キルナーの『あるネズミの生涯と遍歴』(2巻、一七八三―一七八四)に焦点をあわせて考察する。

身近にあるものを擬人化した作品群

一八世紀という理性を重要視していた時代にあって、想像力を飛翔させて想像しうる範囲はかなり限定されたものであったが、一七八〇年前後から急速に、針刺しや針、ピン、コマやコインなどの無生物を擬人化した作品が姿をあらわすようになる。その契機となった作品がメアリー・アン・キルナー Mary Ann Kilner(一七五三―一八三一)の『針刺しの冒険』*The Adventures of a Pin Cushion*(一七八〇年ころ)である。その人気をうけて、『コマの伝記』*Memoirs of a Peg-Top*(一七八二)が出版された。メアリー・アン・キルナーの作品としては、あと三作（*Familiar Dialogues for the Instruction and Amusement of Children Four and Five Years of Age, Jemina Placid or The Adventure of Good Nature : Exemplified in a Variety of Familiar Incidents, William Sedley:or The Evil Day Deferred*）が確認されているが[*1]、いずれも教訓物語の範疇の作品である。

メアリーは、『針刺しの冒険』で、Ｉとして針刺しが語り始める構成をとりながらも、時には作者であるＩになって、無生物が口をきくということはないと断っている。


…, I shall take the liberty to speak for myself, and tell you what I saw and heard in the character of a Pincushion. Perhaps you never thought that such things as are inanimate, could be sensible of anything which happens, as they can neither hear, see, nor understand; and as I would not willingly mislead your judgment, I would, previous to your reading this work, inform you, that it is to be understood as an imaginary tale ; in the same manner as when you are at play, you sometimes call yourselves gentlemen and ladies, though you know you are only little boys and girls. So, when you read of birds and beasts speaking and thinking, you know it is not so in reality, any more than your amusements, which you frequently call making believe.[*2]

つまり、針刺しが話をしたり、しゃべったりすることは、絶対にないのだが、私がなりかわってそのふりをして（“make believe”）お話をしているのだと、念を押しているのである。

女の子がこうあるべきだという考えを表現していく上で、針刺しの持ち主を順にかえて物語るのは都合がよかったし、女の子の心理描写に近い文章を入れこむことも可能となった。ネコのために本棚の下に入ったまま出られなくなるなど、針刺しの属性を活かしてもいる。

次作のコマがその生涯を語る作品では、男の子の遊びの世界を描くことになり、物語に変化がつき、よりおもしろい作品となった。教訓を語る方便としてコマが語るという枠組みをとるという以上の、文学としての意味が出てきたのである。また、物語が、女の子むき、男の子むきと書きわけられているのも興味をひく。

この形式は、子ども読者に迎えられ、リチャード・ジョンソンの『シルバー・ペニーの冒険』*The Adventures of a Silver Penny*（一七八七年ころ）をはじめとして長短の同種の物語が輩出した。一例をあげれば、エリザベス・フランシス・ダグレー Elizabeth Frances Dagley の『妖精の親切などの物語集』*Fairy Favours and Other Tales*（一八二五）に入っている十篇の短編のうち、「ある針の冒険」'The Adventures of a Needle'と、「あるピンの抗議」'The Remonstrance of a Pin'がこの種の物語である。針の遍歴を通じて当時の労働問題を提出したり、ピンも使い方で貧しい人に役立つなど、社会思想を盛る器として使われた。

無生物が語る物語のなかで、隆盛となるのは、一八一六年のメアリー・ミスター Mary Mister『ある人形の冒険』*The Adventures of a Doll* をはじめとした人形を主人公とする物語群である。そして、それらは人形ファンタジー作品となって一九世紀後半以後の子どもの本棚で一つの場を占めるようになっていく。

ドロシー・キルナーと動物が語る作品

メアリー・アン・キルナーの義妹であるドロシー・キルナー Dorothy Kilner（一七五五―一八三六）も同時期に、子どものための本を書き、その作品は姉の作品と同じ出版者ジョン・マーシャル John Marshall の手で出版されている。ジョン・マーシャルは、ジョン・ニューベリーの成功の影響をうけたと考えられ、一七八〇年ごろから一八二八年までの間に、多数の子どもの本を出版しているが、その全容は未詳である。ハンナ・モアとキルナー姉妹の作品を出版したことで児童文学史に記録されているのである。ドロシーの作品は、マイケル・H・プラトの確認しているところによると、一九作あるが、推定も入れるともう少し作品数が増加すると思われる。

キルナーに関する評伝は出版されていない上に、作品はすべてペンネームで発表されているため、全容を解明することは現時点では困難である。しかし、ドロシーの作品のなかで、『村の学校』*The Village School : or A Collection of Entertaining Histories* と『あるネズミの伝記と遍歴』*The Life and Perambulations of a Mouse*（いずれも二巻本）は、繰り返し出版されており、初版は前者は一七八三年、後者は一七八三年と一七八四年に出されたと考えられており、多少の考察は可能である。

『村の学校』（図1）は、ベル夫人の経営する生徒数二〇人ばかりの小さい村の学校にやってくる生徒一人一人のエピソードを語りながら、大切な教えを学んでいくという『くつ二つちゃん』の系譜の物語である。一人一人の子どもが個性をもって描かれている部分もあり、悪い子の物語もいきいきと語っている。教訓のなかでは、警告物語系列がすぐれており、ロジャーという悪い子が幼いジェミーをおどかし、あやまって井戸でおぼれ死なせてしまう話（図2）や、ベル先生が誤ってロウソクで火事をおこし、焼死することで物語の結末をつけているなど印象に強く残る。また、この作品で強調されているのは、よい子は、本を読むという点である（… be good, and mind your books, …）（二六頁）。おもしろいから読むだけではなく、よい子になることを勉強するために読むのである。よい子のごほうびは本で（図3）、それを読むことでさらによい子にみがきがかかるのである。

この作品で、ドロシーは、よい子と悪い子を具体的な物語として語っており、いわば、失敗やいたずらの結果がどのようになるのかのケース・スタディーのような作品となっている。しかし、先生や親、牧師が前面に出ているため、子どもを主人公とした悪童物語まではまだ距離はある。子ども読者にどう語れば、受容されるかを作者が充分に意識していることがうかがえる点で一歩先へ出たといえる。

こうした教訓物語につらなる作品を書き続けてきたドロシーが、どのようにしてネズミがその口から、四兄弟のサバイバルをテーマとした物語を語るという着想をえたのかは不明である。義姉の針刺しとコマが語る物語から影響をうけたであろうことは想像に難くない。しかし、当時、イソップ寓話の再話やそこから発想をえた教訓

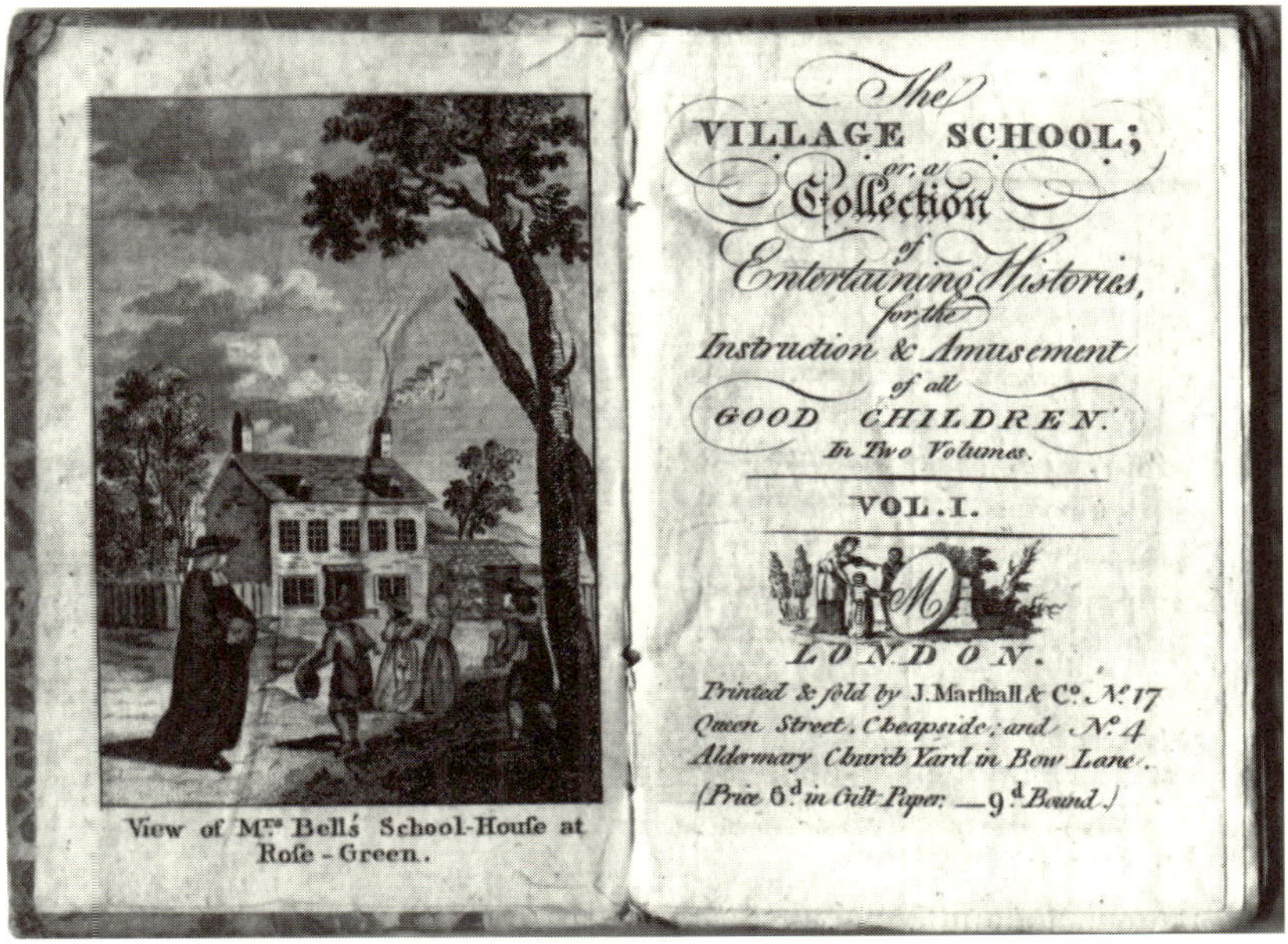

図1◆『村の学校』第一巻の扉絵とタイトル・ページ

図3◆村の牧師ライトさんより本をごほうびをもらうよい子ジェイコブ君(vol.2、59頁)

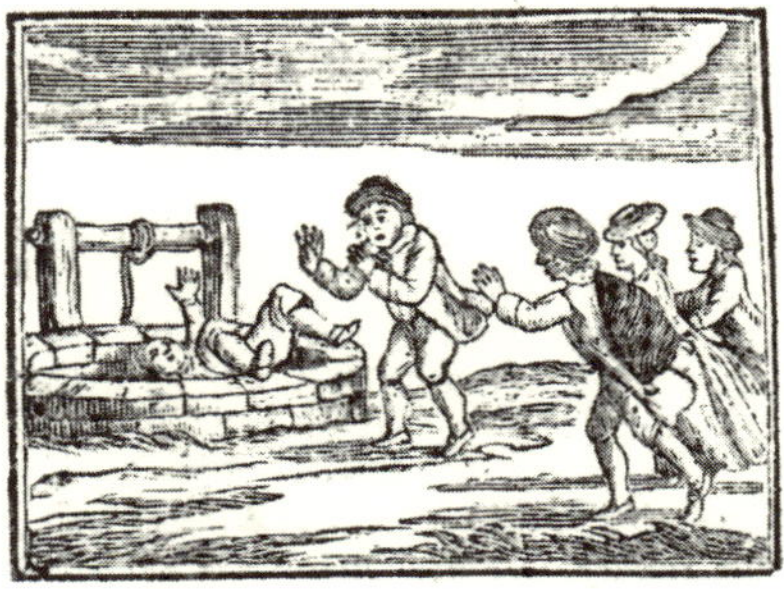
図2◆悪い子のロジャーに押されて井戸に落ちるジェミーちゃん(vol.1、80頁)

物語が輩出しており、また、毎日のくらしのなかで、もっとも人間の近くにいて、人間との智恵くらべを展開していたネズミを話の主人公にすえる物語は、遅かれ早かれ、誰かが着手したであろうと考えられる。

動物がその口から、一人称で自らの生涯を語るという物語形式は、一八一五年のアラベラ・アーガスArabella Argusの『あるロバの冒険』*The Adventures of a Donkey*を経て、一八七七年のアンナ・シューエルAnna Sewellの『黒馬物語』*Black Beauty*で一応の完成を見、以後、さまざまの亜流の作品を生んでいく。また、ドロシーの制作したネズミの語る物語は、ものいう動物たちの登場するファンタジー作品へも発展していく。ハーヴェイ・ダートンはその『英国の子どもの本』のなかで次のように高く評価している。*3

Her best story for children, *The Life and Perambulation of a Mouse* (2vols., 1783-4?), begins with an easy freshness hardly seen until Alice appeared eighty years or so later.

語り出しが大変新鮮でひきつけられる点を指摘しており、作品の導入のうまさが、ネズミがその生涯を語るという作品に読者を誘い込む重要なポイントになっているのである。

『あるネズミの生涯と遍歴』論

『あるネズミの生涯と遍歴』は、一七八三と八四年に出版された二巻本で、M・P・という著者名を入れ、ジョン・マーシャル社から出版された。M・P・は、ドロシーの住んでいた村の名前Maryland Pointからつけられたと考えられている。オズボーン・コレクション所蔵本では、第一巻が、x、一〇八頁、11.4×7.4㎝、第二巻は、xi、八四頁、11.5×7.6㎝である。一七九二年の出版と考えらえる筆者所蔵本では、序のxii頁を含めて九一頁、12.0×8.0㎝の大きさである。タイトル・ページ(図4)に著者名がなく、また、第一巻であるにもかかわらず第二

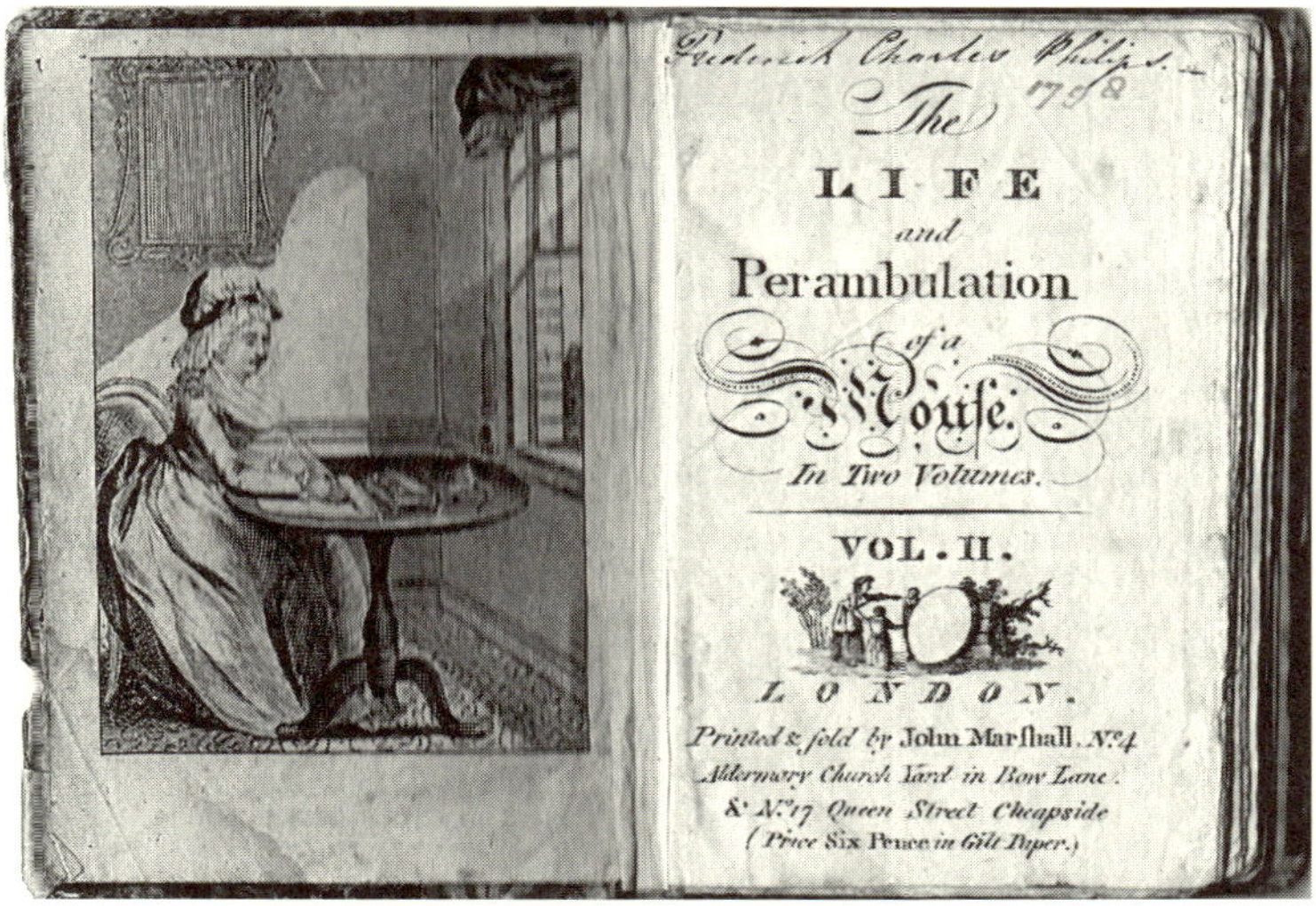

図4◆『あるネズミの生涯と遍歴』タイトル・ページ(推定1792年版)

巻と書かれている。口絵が一葉と、4.7×6.0㎝のさし絵が本文中に二四葉入っている。

物語は、冬、悪天候のため館に閉じ込められた人がみんなで物語を創作することになり、困っていた作者のもとにネズミが顔を出し、"Will you write my history?"*4 (p. xi) とよびかけてくれ、ネズミ自らがその生まれてからの生涯を語ることになるというところまでが、「序」になっている。「序」の終りで、作者はネズミは人間の言葉をしゃべるのをきいたことがないという次のような断り書きをつけている。

But before I proceed to relate my new little companion's history, I must beg leave to assure my readers, that, in *earnest*, I never heard a Mouse speak in all my life, and only wrote the following narrative as being far more entertaining, and not less instructive, than my own life would have been ; and as it met with the high approbation of those for whom it was written, I have sent it to Mr. *Marshall*, for him to publish it, if he pleases, for the equal amusement of his little customers.（p. xii）

そして、ニンブルというネズミ穴から顔を出したネズミがIという一人称で物語を語りはじめるが、必ずしもその視点が一貫せず、作者が顔を出したり、作者が読者に呼びかけて、長々と教訓話をしたりするところも入っている。視点が、作者、読者、語り手と動いているところを一例出しておく。

—— And here the writer cannot forbear observing how just were the reflections of the mouse on the crime which they had been guilty of ; and begs every reader will be careful to remember the fatal consequences that attended their disobedience of their mother's advice, since they may be assured that equal, if not the same misfortune, will always attend those who refuse to pay attention to the advice of their parents. —— But to return to the history ——（p. 39-40）

語り手 Nimble には、Longtail、Softdown、Brighteyes の三兄弟がいて、生きるための冒険の日々が綴られている。第一巻の巻末にネズミの人生哲学ともいえるものがみられる。

…and the life of a mouse was never designed for *perfect* happiness. Such enjoyment was never intended for our lot : it is the portion only of beings whose capacities are far superior to ours. We ought then to have been *contented*;
…, what a life of hazard is ours! to what innumerable accidents are we hourly exposed! and how is every meal that we eat at the risk of our very existence.（p. 79）

図5◆ネズミが等身大で描かれている（15頁）

図6◆貧しくとも正直者のベティ（59頁）

語り手のニンブルが、ネズミは幸せにはなれないと述べたのに対して、兄のロングテイルが、生きていくために、数々の出来事に出会うのが、われわれの人生だと答えており、生きのびていくために毎日の食事を確保する危険にさらされるくらしが語られているのである。

語り手ニンブルは、自分たち兄弟が、広い世の中に出ていく場面から語りはじめる。母親は子どもたちを自立させるとき、“; only let me give you this one caution, nevcr (whatever the temptation maybe) appear often in the same place.”（一四頁）と教える。広い世界に出たネズミ兄弟は、さし絵（図5）では、人間の視座で描かれ、その後も決してネズミの側に立って描かれることはない。行動や人間に対して無力な点も、属性そのままであり、それを逸脱することはない。母親の教えにもかかわらず同じところに住み、おいしいチーズの匂いに誘われて先頭にたったソフトダウンが走りよると、ネズミ取りで捕まってしまう。ソフトダウンが捕まってから残酷な取扱いをうけるさまを詳述していく。ついて、ブライトアイと、語り手ニンブルが男の子につかまる。ロングテイルは逃げる。ブライトアイは、シッポをひもでしばられ振り回されるが、その悪戯を叱った父親に放してやるようにいわれ、ひもを放したところ、下で待っていたネコに食べられてしまう。父親は、“I am not condemning people for killing vermin and animals, provided they do it expeditiously, and put them to death with as little pain as possible ; but it is putting them to needless torment and misery that I say is wicked.”（四七頁）と教える。ニンブルは間一髪逃れる。ニンブルは体験に学びながら一つ一つと冒険を重ねる。ニンブルの行く先々で、読者にも教訓が語られる。例えば、お屋敷で働いたベティ（図6）は、“Happiness, Master George, depends greatly upon people's own tempers and dispositions.”（五七頁）とお金では幸せは買えないとその人生哲学を述べる。ネズミの兄弟はそれを聞いていることになるのだが、勿論、作者は読者に語っていているのである。サムという悪戯者が登場したり、ネコに追われたり相変わらず危険とあいながら、納屋に隠れる。そこでやっと安穏な七ヶ月を過ごす。同じところで同じものを食べていたため退屈してくる。そこで新しいレンガの家に移動する。賢くくらせるようになっている。ある日、隠れていた戸棚のびんが下ろされたため、兄弟はあわてふためき逃げ出す。ニンブルは、兄とはぐれたものの空いていたドアから逃げ出し、すきまにもぐり込む。毎日兄を探していると語っていると、作者のいる部屋のドアが開き、召使いが入ってきたため、第一巻は、唐突に閉じる。次巻への興味をつなぐという意味では、巧妙といえる。

第二巻は、第一巻の語り手ニンブルが、壺に閉じ込められてあわやという時に、作者に発見され、“for a little while longer *making believe* the Mouse once more came and talked to me.”ということになり、それまでの遍歴を語る構成を取っている。相変わらず危険に満ちたニンブルの状況を、ネコ、駆者、雪と次々と語っているものの、人生哲学を箇条書き風に述べるのに多くのページが割かれ、ネズミが自らの危険な冒険を語るおもしろさは後退している。作者の意図を抜書きしてみる。

人の幸せ…*contented, cheerful* and *good-humoured*（p. 253）

マナー…*kind, civil,* and *thankful*（p. 254）

every body ought to speak *civilly* and *good-humouredly*（p. 255）

作中の教訓話は、それなりに実話風に描かれてあり、お題目の教訓を並べるだけのものからストーリーを通して語ることに移行してはいる。しかし、ネズミの眼から語られているのではないので、“But it is time I should return to the history of my little *make-believe* companion, who went on, saying ——"（二六二頁）と著者自身がネズミが語っていることを忘れていたことを認めるような場面も入ってくる。

悪戯っ子がいきいきと登場してき、いくつものいたずらを重ねる場面が活写されていたり、小さい悪事が、悪人をつくっていくという恐い話も入っており、"the *meanness*, the *baseness*, the *dishonour*"（二六七頁）が入り込んでくると説いている。一度悪いことをすると、潔白を信じてもらえなくなるとも語っていく。その話では、ネズミが空腹のためピンクッションをかじったにもかかわらず、ウソをついた子が疑われたということで、やっと、語り手のネズミに戻り、幾多の困難を経たすえ、親切な作者のところに帰ってきて、思わず事件に出会うことで話が終わる。語り手のニンブルがここの家に戻り、おいしいイチジクのにおいに誘われて、つぼに入ったところへ、誰かがやってきてフタを閉めてしまう。三日三晩食べ物がなく空腹の苦しみにぐったりしていると、作者が助け出してくれる。結末では、作者がIとして出てくる。

> "That most gladly," interrupted I, "I will do : you will live in this large green-flowered tin canister, and run in and out when you please, and I will keep you constantly supplied with food. But I must now shut you in, for cat has this moment entered the room."
> And now I cannot take leave of all my little readers, without once more begging them, for their own sakes, to endeavour to follow all the good advice the *Mouse* has been giving them : and likewise warning them to shun all those vices and follies, the practice of which renders children so *contemptible* and *wicked*.（p. 270）

ニンブルの安全と食べ物を、聞き手の作者が保障することで、物語は、ハッピー・エンディングとなる。第二

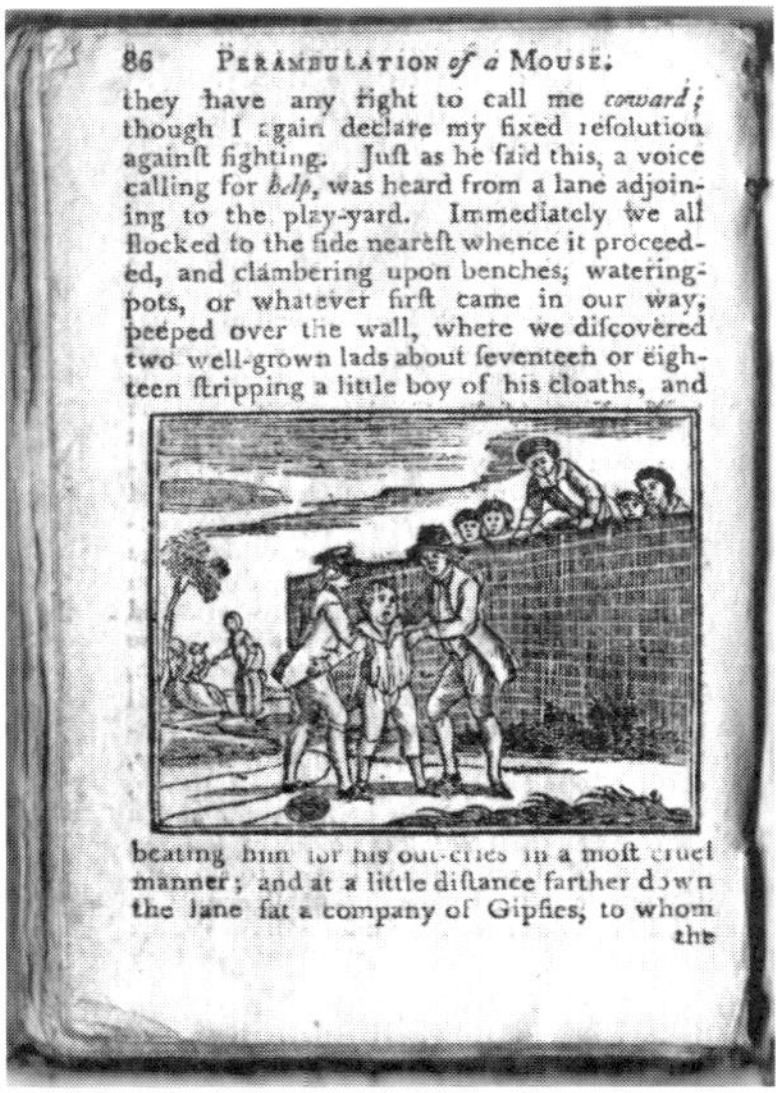
86 PERAMBULATION of a MOUSE.

they have any fight to call me *coward*; though I again declare my fixed reſolution againſt fighting. Juſt as he ſaid this, a voice calling for *help*, was heard from a lane adjoining to the play-yard. Immediately we all flocked to the ſide neareſt whence it proceeded, and clambering upon benches, wateringpots, or whatever firſt came in our way, peeped over the wall, where we diſcovered two well-grown lads about ſeventeen or eighteen ſtripping a little boy of his cloaths, and

beating him for his out-cries in a moſt cruel manner; and at a little diſtance farther down the lane ſat a company of Gipſies, to whom the

図8◆子どもを集団で描いている（86頁）

図7◆ネズミが逃げ込んだ納屋（73頁）

巻の始まりと、結末は見事に合致している。
この作品が、一九世紀の半ばまで、繰り返し出版されロングセラーとなった理由をまとめてみる。
1．ネズミの視点から物事を見る面白さ……ネズミを恐がる女の子を、ネズミが批判しているところや、人間にとっては、ただのいたずらでも、ネズミにとっては、命にかかわる大事件であることなど。
2．ネズミの属性を活かした物語づくり……毎日を生存を賭けた食物獲得ですごしていること、猫への恐怖、壁穴や納屋（図7）などネズミの住みついているところの描写など。
3．いろいろな家庭が活写されている点……子どもの姿を多様に描写（図8）しており、各家庭の父母の立場や召使の眼からみた家の様子、子ども部屋や台所の様子など。
ドロシー以前にも、動物を殺すときには、苦しみを与えてはいけないということを述べた作者はいたが、この作品では、大人・子ども・動物のそれぞれの立場と考えが立体的に述べられていくので、作者が一方的に教える教条主義的な物語とは違って、読者が自分の思想として受け入れやすくなっている。また、読者が一旦、ネズミの眼を獲得すると、人間の平凡な日常生活も興味深いものに転換し、自分たちの営みに、客観的な眼を持つことができるようになる。この着想は、後世、例えば、メアリー・ノートンMary Nortonが『床下の小人たち』*The Borrowers*（一九五二）をはじめとする借り暮らしの小人のシリーズで描きだしたことと本質において違いはない。何の魔力も持たない小人たちがその生存をかけて安定した暮らしの場を求めて遍歴していくのは、ニンブル兄弟の冒険と同質なのである。

『あるネズミの生涯と遍歴』は、動物が「一人称で自分の生涯を語る」という『黒馬物語』の系譜へと結がっていく。また、ネズミが話をすることができ、人間との交流も可能だという点で、動物を主人公としたファンタジー作品へも分化していく面をもっている。

『理性ある獣、あるいはものいう動物』

ドロシーには、もう一冊、ものいう動物の物語がある。一七九九年刊の『理性ある獣、あるいはものいう動物たち』（図9）*The Rational Brutes ; or, Talking Animals.* である。

物語は、ある母親が子どもたちを喜ばせようと、自分が昔読んだ「ものいえない動物の井戸端会議」"The Gossiping Assembly of Dumb Animals"（六頁）を見つけてきて読んであげるという枠組みをとっている。母親は、「この話は、うそっこなのだということを覚えておきなさい」"You must remember that it is only make believe."（八、九頁）と釘をさしてから読みはじめる。馬、驢馬、豚、鳩、牛、梟、猫、犬、雀、鸚鵡、魚と、それぞれの立場から人間にどのようにひどく扱われたかの体験を語っていく。母親は、本のページが破れてしまっているといって物語を読み終えるが、自分の子どものころの記憶では、そのあとに、小羊、家鴨、栗鼠の話があったと思うという。子どもの一人だ、いろんな動物や小鳥はどのようにして一同に会したのかと質問すると、母親は、自分も子どものころそのことでは戸惑ったと答えている場面も描かれている。そして、命ある動物をい

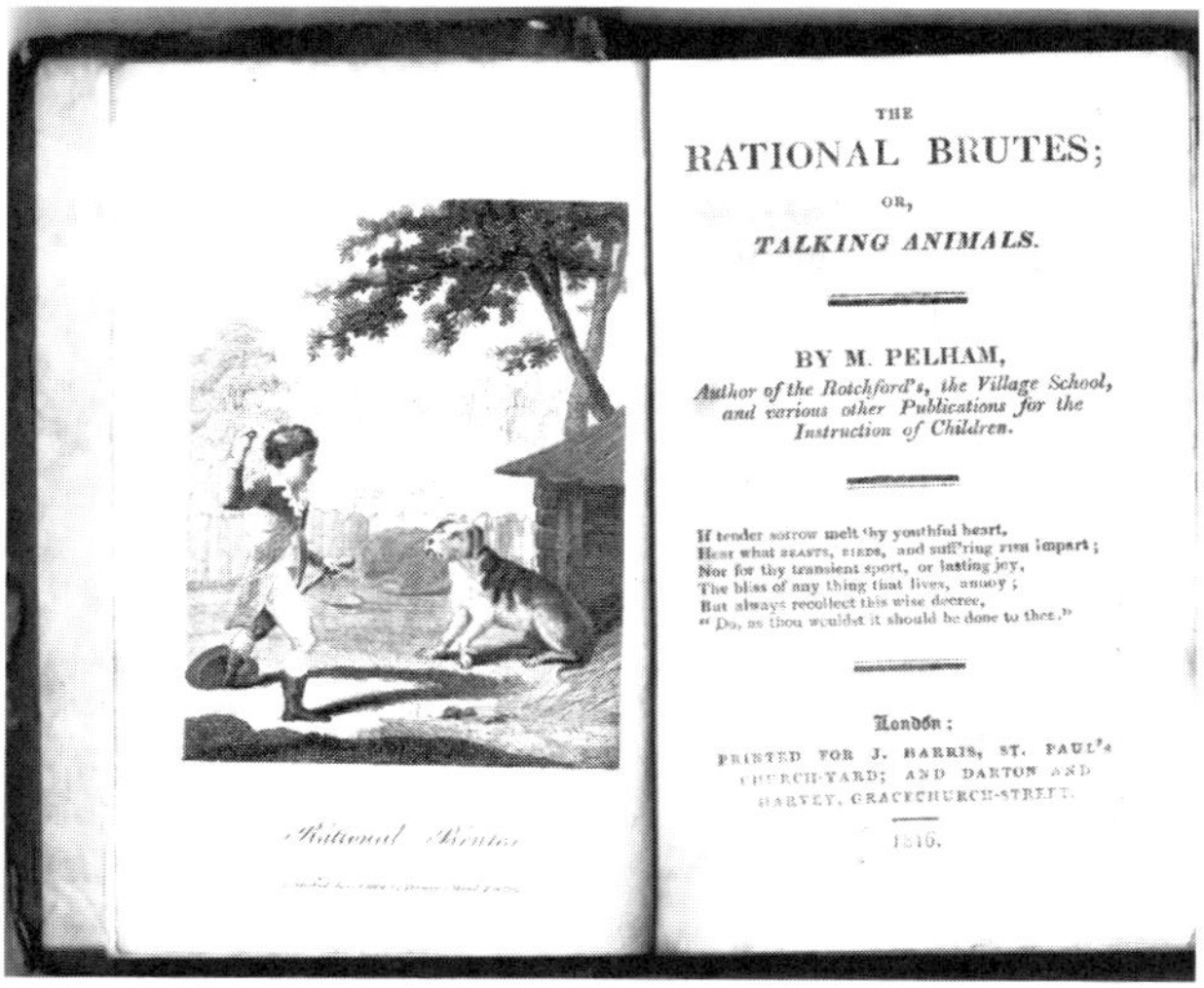

図9◆『理性ある獣、あるいはものいう動物』（1816年版）口絵とタイトル・ページ

じめたり、苦しめたりしてはいけないといって物語の結びとしている。

それぞれの動物が、その口から人間の非道さを語ると、その体験談を通じて、人間にとっては単なる悪戯が相手の動物にとっては、命にかかわる深刻な問題になることが了解される。また、生態を無視して無理に食物を与えたり、服を着せたりすることが拷問に等しいことも納得がいくように語られている。

語りかたが率直で、自然なため、動物の視点に立つことができ、動物の側の論理で世界を見直すことができる。現代の分類では、一応フィクションといえるが、それぞれの動物の生態をきちんとふまえているので、ノン・フィクションとしても機能することができる物語である。

ドロシーの動物物語は、無生物を主人公とした義姉メアリー・アンの物語群と比較すると、擬人化物語の魅力である立場の逆転のおもしろさを、一層進めるものとなった。身近にいる動物の世界を描くことで、子ども読者の理解可能な一つの世界を構築することが可能となった。生きるためのサバイバルを軸とした冒険物語は、永遠のテーマであり、今日いうところの、共生社会への方向性を示している。ドロシーがネズミのニンブルに、食物を保障し、ネコの恐怖を取りのぞくということで、結末としたのは、単なる思いつき以上の意味を持っていたのである。動物物語を通して、人間の諸悪を語るというのも、人間との共生への方向性を持っているといえる。

ドロシー・キルナーのネズミがその生涯を語るという物語が誕生して以後、この系譜の物語は、『あるロバの冒険』『黒馬物語』へと続き、さらに多くの名犬物語や名馬物語へと発展していった。そして、ものいう動物という観点からは、動物の個性を描くようになり、教訓を伝えるというドロシーをしばっていた大きい命題が後退していくにつれ、作者の想像力を飛翔させることができるようになり、動物ファンタジーの隆盛へとつながっていくのである。

使用テキスト

The Life and Perambulation of a Mouse, In Two Volumes. Vol.〔I〕London : John Marshall,〔c.1792〕xii, 91pp. 12.0 × 8.0cm

The Life and Perambulation of a Mouse, by M.P. In Two Volumes. Vol. II London : John Marshall〔c.1805〕(Robert Bator, ed.: *Masterworks of Children's Literature* vol.3 p.249-270 New York: The Stonehill Publishing Co.1983)

The Village School ; or, a Collection of Entertaining Histories, for the Instruction & Amusement of all Good Children. In Two Volumes. London : J.Marshall〔c.1795〕vol.I 92,2p.（19 Woodcuts）vol. II 106pp.（21 Woodcuts）12.0 × 8.0cm

The Rational Brutes ; or, Talking Animals. By M. Pelham. London : J. Harris. 1816 143pp. 14.6 × 9.1cm

注

＊1　キルナー姉妹については、Michael H. Platt の研究を参照。（*Classics of Children's Literature* 1621-1932〔New York : Garland Publishing, Inc., 1977〕の *Memoirs of a Peg-Top* につけられた解説（v-xiip.））

＊2　Robert Bator, ed : *Masterworks of Children's Literature* vol.3（New York: The Stonehill Publishing Co., 1983）p.186

＊3　F.J.Harvey Darton: *Children's Books in England : Five Centuries of Social Life* 3rd ed.（Cambridge: Cambridge University Press, 1982）p.161.

＊4　本文の頁数は、第一巻は、筆者所蔵本、第二巻は、一八〇五年頃の版とされる *Masterworks of Children's Literature* による。

イギリス児童文学史研究ノート2

『あるロンドンの人形の思い出の記』論

――人形ファンタジーの起源を求めて

児童文学作品のファンタジーという範疇に分類されているもののなかに、伝承文学から派生してきたものでなく、リアリズム小説の手法によって成立してきた作品の系譜として辿ることのできるものがある。無生物を主人公として、擬人化したメアリー・アン・キルナーの『ある針刺しの冒険』(c一七八〇)や『あるコマの思い出の記』(c一七八二)、ものいえぬ小動物を主人公としたドロシー・キルナーの『あるネズミの生涯と遍歴』(一七八三―一七八四)などである。いずれも主人公の口を通してその生涯が語られるという共通点をもっている。そのため、日常生活が人間の眼とは違った視点で描かれ、その異化作用により、物語をおもしろくすることができる。

この流れは、一八世紀末になるとオモチャや人形を主人公とした物語群を生み出していく。特に子ども部屋の成立とともに、人形の物語は隆盛となり、絵本や物語に数多くの人形の主人公があらわれてくる。これらの物語群は、例えば、マーク・レモンによる『魔法をかけられた人形』*The Enchanted Doll*(一八四九)が、伝承文学の要素を借用し、妖精や魔法を駆使しているのとは、別の系譜といえよう。

人形を主人公とした物語の萌芽は、『誕生日の贈物――新しいお人形の喜び』(一七九〇)にみられる。ジュディス・セント・ジョンの解説によると[*1]、レディー・エリザベス・テンプルタウンの切り絵を色紙に貼りつけ、P・W・トムキンズが彫刻・印刷した絵本である。ジョージ三世の末娘アミーリアに献じられている。この絵本は、七場面あり、それぞれの絵の下に、一行の説明文が入っている。(1)(女の子が)人形を発見 (2)人形の朝食 (3)人形を歩かせる (4)私の可愛い人形を見て (5)寝る支度をするから人形をだいていて (6)人形をベッドに入れる（7）こもりうたとなっている。つまり、人形の一日を絵で語っているのである。

一九世紀に入ると人形があちこち冒険したり、持ち主がかわったりと長編化していく。一八一七年のメアリー・ミスターの『ある人形の冒険』（ダートン・ハーヴェイ・ダートン社、一九一頁）では、人形が一人称で自分の冒険を語る構成となっている。こうした作品群のなかで、人形ファンタジーとでも名づけうるジャンルを成立させたものとして、一八四六年の『あるロンドン人形の思い出の記』*Memoirs of a London Doll* があげられる。この作品は、筆者所蔵本によると一九二七年まで出版されており、[*2] 以後、同種のものが続き、レイチェル・フィールドの『ヒティー』（一九二九）やルーマ・ゴッデンの『人形の家』（一九四七）などへと発展していく。この論では、成立期の三つの人形物語を取り出し、その歴史的意義を明らかにしていきたい。

『あるロンドン人形の思い出の記』について

作者のリチャード・ヘンリー・ホーンについて

『あるロンドン人形の思い出の記』のタイトル・ページでは、（図1）[*3] にみられるように、作者として、「人形が書いた」ことになっており、その編者にフェアスター夫人をあげている。人形自身の回想録であるというノン・フィクション仕立てのフィクションであり、この表題紙も物語の重要な一部なのである（表紙は、真っ赤なクロス装で、金文字でタイトルが入っている。手彩色のさし絵四葉が入り、一二六頁、大きさは19.4×13.3㎝である）。本当の作者は、Richard Henry Horne（一八〇三―一八八四）である。ホーンは当時、多彩に活躍した文人であった。まず海軍に入り、数々の冒険をしたのち帰国、一八二八年に詩を発表し文学とかかわる。雑誌の編集やエッセイストとして活躍し、一八三九年から四六年までの手紙のやりとりを『エリザベス・バレット・ブラウニング書簡集』（全二巻、一八七七）としてまとめたり、『ナポレオン伝』（全二巻、一八四一）や劇なども刊行したりしている。一八四三年叙事詩の『オライオン』（*Orion, an Epic Poem, in Ten Books*）が代表作とされ、子どもの本としては、『気立てのよいクマ』*The Good-natured Bear*（一八四六）を残している。一八五二年オーストラリアに渡り、一八六九年まで滞在。帰国後も精力的に作品を発表しているが、成功作はなかった。[*4]

『あるロンドン人形の思い出の記』への影響としては、一八四一年、鉱山や工場における児童労働の実態を調査する政府のアシスタント・コミッショナー二〇名のなかの一人としてホーンが任命されたことがあげられる。後述するように、人形が、働く子どもの手に渡り、その生活ぶりが活写されているのである。一八三〇年代から四〇年代にかけてロンドンで活躍していた文人の殆どと交流があったといってもいいすぎではないほど好奇心の盛んなホーンであったが、特に、メアリー・ホウィットやチャールズ・ディッケンズからは、子どもの本を執筆する何らかの影響をうけたものと考えられる。

ディケンズの発行した週刊誌 *Household Words* の一八五一年九月二〇日号に、ホーンが寄稿した巻頭エッセイ“A Witch in the Nursery”をよむと、ハリウェルが刊行した伝承童謡集（*The Nursery Rhymes of England*, 1842 *Popular Rhymes and Nursery Tales*, 1849）の意義をよく理解しており、なぜ子どもが盗みや殺人、死を扱ったものを好むのか、例をあげて説明している。“The nursery literature may be said to be quite steeped in imaginary blood”（六〇三頁）なのは、それが純粋におもしろいからであると看破している。子どもの要求と親や保護者の意識の差を鋭く指摘したうえで、子どもの本についての改善策を提案している。ホーンが何故児童文学を書いたのかよくわかる論である。

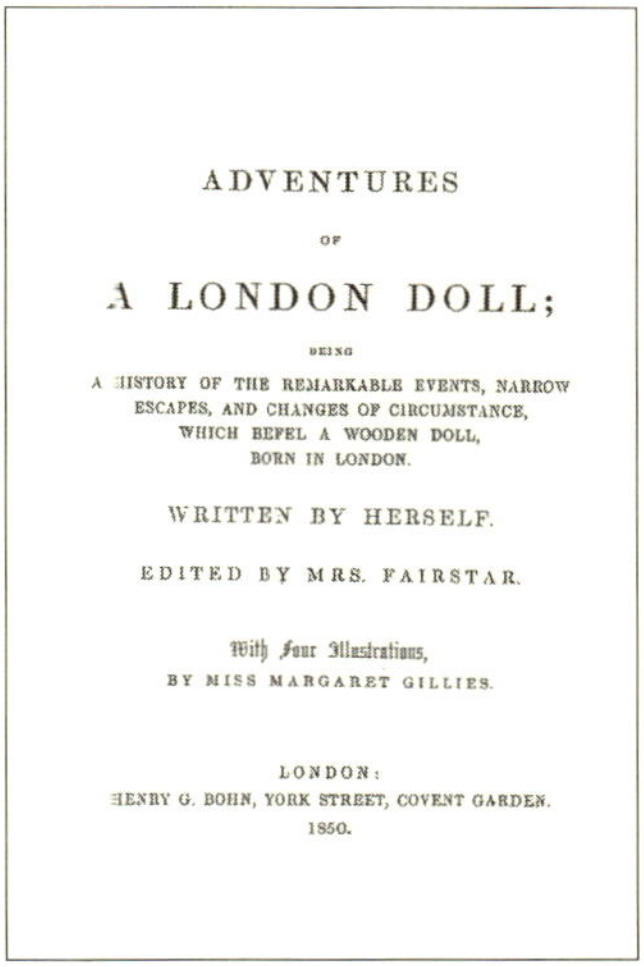
ADVENTURES
OF
A LONDON DOLL;
BEING
A HISTORY OF THE REMARKABLE EVENTS, NARROW ESCAPES, AND CHANGES OF CIRCUMSTANCE, WHICH BEFEL A WOODEN DOLL, BORN IN LONDON.
WRITTEN BY HERSELF.
EDITED BY MRS. FAIRSTAR.
With Four Illustrations,
BY MISS MARGARET GILLIES.
LONDON:
HENRY G. BOHN, YORK STREET, COVENT GARDEN.
1850.

図1◆『あるロンドン人形の思い出の記』（1850年版）タイトル・ページ

『あるロンドン人形の思い出の記』の出版者[*5]

『あるロンドン人形の思い出の記』という当時として

は画期的な作品を最初に出版したのは、ジョセフ・カンドル Joseph Cundall（一八一八―一八九五）である。カンドルは、ヘンリー・コール Henry Cole（一八〇八―一八八二）の編集した「家庭宝典」'Felix-Summerly's Home Treasury'（一八四三―一八四七）シリーズの出版社として著名であるが、その他にも 'Gummer Gurton's Story Books' のシリーズ（一八四六年の広告ページによると一二冊まで出ている）や 'The Myrtle Story Books' のシリーズ（五巻）や、その他子どものための物語やロビンソン・クルーソーなどの古典を集めたものなど質の高い作品を少なくとも三〇作以上出版している。

ヘンリー・コール「家庭宝典」シリーズは、〝～the Home Treasury series had the most distinguished design treatment ever given to children's books up to this time〟[*6]と美しい本として評価が高く、また、当時流行していた実利的な知識中心主義のピーター・パーレー本に対して、空想的な伝承物語に高い価値を認めたものとしても時代を拓いたものであった。物語が、子どもに教訓を与える目的を一義的とするものから、子ども読者の喜ぶものへと、ゆっくりと変化していった時代ともいえる。

『あるロンドン人形の思い出の記』の第二章においてエミーという女の子が愛読した本を、お姉さんに読んであげる場面がある。

She read pretty stories of little boys and girls, and affectionate mammas and aunts, and kind old nurses, and birds in the fields and woods, and flowers in the gardens and hedges; and then such beautiful fairy tales; and also pretty stories in verse; all of which gave me great pleasure, and were indeed my earliest education. There was the lovely book called 'Birds and Flowers,' by Mary Howitt; the nice stories about 'Willie,' by Mrs Marcett; the delightful little books of Mrs Harriet Myrtle,——-in which I did *so* like to hear about old Mr Dove, the village carpenter, and little Mary, and the account of May Day, and Day in

the Woods, ―― and besides other books, there was oh! such a story-book called 'The Good-natured Bear!'
(p.9)

ここであげられているメアリー・ホウィット（一七九九―一八八八）は、アンデルセンの童話を最初にイギリスに紹介した訳者（*Wonderful Stories for Children*、一八四六）として知られているが、詩人としても、また物語作者としても当時を代表する児童文学者であり、ホーンとは家族ぐるみの交流があった。マーセット夫人は、ウィリーを主人公とした知識の本のシリーズの作者としてよく知られていた。"The Harriet Myrtle Books" というのは、小型本で、おそらくは、ホーン自身の手になるものが含まれていたと考えられる。[*7] メイ・ディの物語と、『気立てのよいクマ』は、ホーン自身の作品である。この引用のあとは、"But I never heard any stories about dolls, and what they thought, or what happened to them! This rather disappointed me." と続く。ホーンは、自分の人形の物語を新機軸の作品と自負していたことがわかる。

こうした作品をみると、マージェリー・フィッシャーが "But by the '40's instruction was easier, the prevailing manner more relaxed, the moral less intrusive, the aim to touch the imagination more than the reason" [*8] とまとめているのはうなづける。

カンドルは、一八四九年に破産したとみられており、その後は他の出版人と共同で、また、編集者として出版にかかわっていく。

『あるロンドン人形の思い出の記』の分析

この作品は、手足の動く木の人形が人形師のところで誕生し、六人の女の子をママとして、どのように暮らしたか、その人生を語る物語となっている。人形という視点から語るという手法によって、大人、子ども、動物の姿をそれまでの作品とは違った観点から描き出すことができた。作品の構成については、次ページの表にまとめ

表◆『あるロンドン人形の思い出の記』の構成

章	章のタイトル	登場人物・要素	特記事項
1	私が生まれるまで	人形師 Sprat の家・家族 貧しい暮らしぶり、人形づくりの工程	人形が「私」という語り手で登場、木の人形
2	最初のママ	「私」は、人形店へ。十二夜のケーキとひきかえに、ケーキ屋へ	「私」は店主の娘のよむ本で学ぶ
3	十二夜	最初のママ、エレンは祖父・兄とケーキ屋 'Moria Poppet' と名付け可愛がる	ケーキ屋の明るい様子
4	幼い婦人帽子屋	エレン（七歳）は、おばシャープシィンズの仕立て屋に徒弟奉公に	児童労働の実態
5	はじめての洋服	エレンと友だちナニーが端布で人形の洋服づくり	病気になってはじめて自由時間ができる
6	小さなレディー	おばさんと散歩にいった公園で、レディー・フローラに好かれ、その手にわたる	第二のママに渡される
7	ウエスト・エンド	ロンドンの町で買い物	富裕階層の暮らし
8	危機一髪	動物園でインコやサルにつつかれる イタリア・オペラ中に居眠りをしたフローラが下に「私」を落とす 紳士の帽子に	毎日が遊びの暮らし
9	人形の手紙	エレンから「私」に手紙がきて、その返事を大臣がかく	権威のこっけいさの表現
10	火遊び	ダンスの練習中うすい布の衣装に暖炉の火がもえうつる。「私」は焦げ、窓から下に。犬がくわえる。	警告物語の系譜
11	肖像画家	肖像画家Ｊ．Ｃ．ジョンソンが、モデルになっているブラウン夫人の姪メアリー・ホープのために「私」を修復	第三のママ 第一と第二のママの中間の階層
12	パンチとジュディ	ロンドン観光中、犬のネプチューンが興奮し、「私」は群衆のなかに。人形劇の赤ちゃんと間違えられる	街のにぎわい
13	シティー	ユダヤ人の古着屋の手から、イタリア人の街頭芸人オルガンひきの兄妹に	第四のママ
14	ロンドン市長就任行列	兄妹が見物	大人の不親切を描く
15	なくした腕輪	妹ブリジッタは、親切にしてもらった家で「私」をプレゼント。そこへユダヤ人が、金の腕輪を売りにくる	第五のママ　リディア
16	クリスマスのパントマイム	劇場で「私」は、これまでの知り合いにすべて出会う（第三のママを省いて）	パントマイムのすばらしさの表現
17	結末	リディアの手から舞台におちた「私」は子役にひろわれ、田舎へ。レディ・アッシュボーンに渡される	第六のママ

てみた。作品の魅力は、読み手によって多層的に用意されているが、まず、目につくのはロンドンという繁栄をきわめる町そのものの観光的な気分が味わえる点である。次に、異なる階層のママとの暮らしを描きわけることによって、「私」の暮らしも変化し、社会勉強をすることになる。また、人形の視点をとることで大人の身勝手や不親切をあばくことができ、大人を笑いの対象にできる。作者のホーンが文壇人であったことから、当時の書物の受容状況や大がかりなパントマイム劇の様子がよくわかることも興味深い。文人の眼を通してみた社会の矛盾や権威へのあてこすりなどの描写も、読み飛ばしてもよいところではあるが、多層的な読みを許容するところである。

ロンドンの観光スポット巡り

十二夜のケーキを売るお店の光や匂いも含めた描写、フローラとともに訪れるオモチャ屋や豪華なお店、街での大道芸や、劇場でのオペラやパントマイム、ロンドン市長の就任行列などが活写されている。最終章でロンドン人形は、田舎の館ですごし、近くに住む人形と知り合い、“～, and I hope at a future time that these ‘Memoirs of a Country Doll' will be made public, as mine have been.”（一二六頁）と物語を閉じている。つまり、ホーンの構想としては、次作は、田舎暮らしの魅力を語ろうとしていたことがわかる。この考え方は一九世紀末に排出するさまざまの外国を訪れる人形物語ともつながっていく。物語によって、最新の情報を、知識を伝えるのである。

第十二章に次のような場面がある。お天気がよく、おばさんが姪を子どもの喜ぶスポットに案内しようと提案し、犬のネプチューンも大喜びしている。

“Now Mary,” said her aunt, as we drove along, “shall we go to the Exhibition of Pictures at the Royal Academy in Trafalgar Square? (Neptune, *do* not poke your great nose so upon my knees ——) or shall we go to the Diorama in the Regent's Park?（Neptune, your paws are not clean —— you will soil my silk gown ——）or shall we go to the Panorama in Leicester Square?（Neptune, your nose is *so* cold ——）or shall we go to the British Museum?（p.77）

迷ったあげくメアリーは大英博物館に決めるが、その途中で、パンチとジュディの人形劇をみる群衆で馬車が動けなくなってしまうのである。メアリーは仕立て屋奉公のエレンのように働かなくてもよいし、貴族の娘フローラのように、買い物や劇に熱中することもなく、教養を身に付ける場所に行こうとしている。作者は読者としてこのメアリーのような階層を想定していたのかもしれない。

階層の描きわけ

物語の巻頭は、"In a large dusky room at the top of a dusky house in one of the dusky streets of High Holborn, there lived a poor doll-maker, whose name was Sprat"とはじまる。一室で家族五人が暮らしており、"dusky"という単語を繰り返すことで貧しさが印象づけられる。製造業の貧しさということでは、エレンの奉公する仕立て業の場合、ホーンが政府の委員として実態調査したことでもあり、具体的に描かれる。朝六時から夜八時まで、食事休憩が三〇分許される以外は働きづめであり、働きながら居眠ってしまい、イスからころがり落ちた子どもには、罰としてパンと水だけの食事が出されるとしている。人形師のところの人形のつくり方や、エレンによる洋服のつくり方などには触れているが、具体的な修業のやり方には言及がない。製造業と比較すると、小売業のケーキ屋や人形店は、明るく照明されており、にぎやかな雰囲気をかもし出している。オルガンひきの大道芸人の兄妹は、その日暮らしで、寒さやひもじさを、かろうじて親切な人の情けでしのいでいると描かれている。しかし、作者は、エレンやブリジッタをかわいそうな子どもとは描かず、誇り高い自立した女の子に描出しているところに特徴がある。親切なリディアから暖かいウールのショールをもらったブリジッタは、

図2◆第8章　フローラの服に火がつく
（原本手彩色版）

図3◆第5章　人形の洋服をつくるエレンとナニー
（原本手彩色版）

"Dear, kind little lady, take this doll from me; it is such a great pleasure to me to have something to give you."（九九、一〇〇頁）とのべる。ホーンが新しい時代の作者である理由である。

人形店主の娘エミーやブラウン夫人の姪のメリー・ホウブは、新しく台頭してくる中産階層とみなされる。この階層が読者層と一致するためか、詳しくは描かれていない。

上流階層としては、第六章から第十章までの主人公、大臣の娘のフローラが配置されている。フローラは、個性的に描かれず、高価な買い物に熱中し、イタリア・オペラでは居眠りをして「私」を危ない目にあわせ、薄い布地でできた舞踏服に火がつき燃える（図2）など、明らかに批判的に描かれている。フローラが洋服のできるのをイライラしながら待っている場面でホーンは、"How happy were they over the work, and how impatient and cross was Lady Flora, who had no work to do."（六四頁）と人形に感想をのべさせる。この"they"は、エレンとナニーのこと（図3）で、労働をしている子どもの方がハッピーであるといっている。また、第九章で、娘・家庭教師・母親が人形にかわってエレンへの返事に困っているのを知って、父親の大臣が返信を書き、それを母親がよむ場面がある。

When the countess had concluded this letter she hastily put a cambric handkerchief up to her face, and particularly over her mouth, and laughed to herself for at least a minute. I also laughed to myself. What a polite, unfeeling, stupid replay to a kind, tender-hearted little girl like Ellen Plummy. Whatever knowledge the minister might have had of grown-up men and women, and the world, and the affairs of state, it was certain he was not equal to enter into the mind of a doll who had a heart like mine. (p. 16)

権威ある者の尊大さに対して、笑っており、女・子ども（ここでは人形）の眼の高さで、権威者を笑いの対象に仕立てている。

もう一場面、権威ある者に対して、人形が〝〜I also saw the principal dolls of this wonderful show—I mean the Lord Mayor in his coach, 〜〟（九四頁）と語っているのが目についた。

人形の視点

人形のマリア・パペットは、いろんな場面で人形である自分を意識した言及をする。ここにこの作品のおもしろさが現出してくる。

人形は、語り手「私」として、自分の物語を語っていく。「私」が作られ語りはじめた時の描写に次のような場面がある。

It was the little girl who was painting me a pair of rosy cheeks and lips; and her face, as she bent over me, was the first object of life that my eyes distinctly saw. The face was a smiling one, and as I looked up at it I tried to smile too, but I felt some hard material over the outside of my face, which my smile did not seem to be able to get through, so I do not think the little girl perceived it.（p.4）

“I never heard any stories about dolls.”（九頁）など「私」の物語のユニークさもアピールする。第二章の十二夜で店が忙しいため、箱に入れられて長い時間待ち、ママが来てくれ、店につれ出してくれる場合には、“Oh how delighted I felt! I tried to jump out of mamma's arms, I was so pleased ── but I could not; ～”（一九頁）と書かれている。人形であるという制約を逆手にとったおもしろさが出ている。また、“～; and I also believed that if I was amiable, and could become clever, I should never be without someone to love me.”（四六頁）では、マリアが人形としての哲学をもっていることを描いている。後半では“I could have cried bitterly at the change, but I was able to restrain myself.”（八五頁）といった、ユダヤの古着屋にヤットコで金の腕輪をはずされる場面での苦しみの吐露はあるものの、めまぐるしく動くプロットのため、人形の内面が語られることは少なくなる。ちなみに、マリアには味覚以外の感覚が与えられている。

最終章で、“Here I feel that I am settled for life.”（一二五頁）とあり、“I have also had the happiness to become acquainted with another doll, who lives in a country-house near ours.”（一二六頁）と語っており、人形には人形の社会があることを提示している。

子どもの視点

人形とともに時をすごす子どもの喜びの感情があちこちに描かれ、浮き立つような気分が出ている。ロンドン市長の行列を見物に出かけた兄妹は、不親切な大人たちのため、“for we can see nothing here through these tall bodies.”（九〇頁）と、見物できない。しかし、賢兄のおかげでいい席をみつけ見物すると、喜びは倍加するのである。

クリスマスのパントマイムを長い間楽しみにしていたリディアの様子を次のように描写している。

All the morning long, Lydia was so restless, she was unable to remain quiet for two minutes together. If she sat down to work, she was often obliged to get up and dance, and then to run and look out at the window, —— then to run down stairs singing, —— then to hop up again upon one leg, —— then to run and look at the play-bill, and read it all through aloud, —— then to try and read it topsy-turvy, and ask me to help her, —— then to dance me up in the air, —— then to run and roll over and over with me on the sofa, crying out, Oh, Maria! Oh, Maria! we're going to see the New Grand Christmas Pantomime! (p. 104)

どんな逆境にあっても楽しむ時には楽しむという子ども像は、読者を心よくさせるだろう。

こうした点から、この作品が二〇世紀に入っても、版を重ねることができたと考えられる。

『人形とその友だち』について

『人形とその友だち』*The Doll and Her Friends; or Memorirs of the Lady Seraphina* は、一八五二年にグラント&グリフィス社から出版された五〇年代にはよく読まれた作品と考えられる。作者は、ジュリア・シャーロット・メイトランド Julia Charlotte Maitland で、四葉の手彩色のさし絵の入った五一頁、17×12㎝と小ぶりながら、装丁などは『あるロンドン人形の思い出の記』とそっくりに出来ている。物語は教訓臭の強い家庭物語に近く、『あるロンドン人形の思い出の記』と比べると平板である。

物語は、三章で構成されており、(1)人形店で自分が人形であると自覚し、悩むところ(2)やっとローズに買ってもらい、レディ・セラフィナと名付けられ、ローズの病弱な兄と大食漢のいとこジェフリーなどで織りなす数々の出来事を見る(3)ローズは成長し、人形は召使の姪スーザンにプレゼントされ、その妹のものとなる。最初の家庭の子どもたちが大人になるまでを人形の語りで追っている。

一頁から三頁まで「私」という語り手は、"I belong to a race the sole end of whose existence is to give pleasure to others."(一頁)とか"Pain, sickness, or fatigue I never know."(二頁)など、自分の属性について語り、四頁になって"I am, as you guess, a Doll."(四頁)と立場を明らかにするが、題名に人形が入っているので、あまり効果のある導入とはいいがたい。人形が目覚めたバザーに母娘が訪れ、自分が"It was the first time I had heard the word Doll"(七頁)とよばれることを知る。娘は人形をほしがるが兄の誕生日の贈物をかう。いとこのジェフリーは、お菓子を山ほど買う。一二頁には、その値段と数量が十行にわたって続く。人形は"I could not be sure that I had any use at all, and still less what, or to whom."(一九頁)と悩む。やっとのことで最初に出会った女の子ローズが買ってくれる。

図4◆『人形とその友だち』(52頁)いたずらされたセラフィナ(原本手彩色版)

ローズの家に買われた人形は、レディ・セラフィナと名付けられ、ローズには"Every day she spent some hours in study with her mother or sister; and she would fly to me for relief between her lessons, and return to them with more vigour after passing a little time in my refreshing company."(二九頁)という状態ながら、可愛がられ、人形の望むものすべてをもつに至

る。家、家具、馬車等々である。人形にサンダルをはかせようと足にキリで穴をあける場面では、"the existence of a doll has its limits."(四一頁)を「私」が感じることとなる。そのあとは、いとこのいたずらの場面が続く。ジェフリーは、人形のかつらをとり、首に糸をまきつけ、壁にぶら下げてしまう(図4)。姉のマーガレットがいとこに善悪を教える。子どもたちが大きくなり、誰も「私」をかまわなくなり、メイドの姪のスーザンのところにおくられる。

スーザンに愛され、いつも棚のすみのトランクの上にすわっている。その隣にインクスタンドに立っているペンがいて、知り合いになり、お互いの冒険を話すうち、そのペンが、「私」の回想記を書いてくれることになる。勤勉で清潔なスーザンは針子としていい腕をもち、成長して私を妹にプレゼントする。「私」は、年をとり衰えてくる。もう一度、引退前に、旧友に会いたいと願っていると、ローズの一家が帰国する。車椅子にのっていた兄が歩けるようになり、姉の結婚衣装をスーザンが縫い、人形はローズとの再会も果たす。

Rose started and exclaimed, "Is it possible? It really *is* my poor old Seraphina. Who would have thought of her being still in existence? What a good, useful doll she has been! I really must give her a kiss once more for old friendship's sake." (p. 90)

人形が人間とかかわることの意味をうまく引き出し、それぞれの生涯の重みを感じさせることで、教訓物語に深みをましている。

ペニー本で出版された人形物語の一例

人形物語は、安価に大量に販売されたペニー本にも数多くみられる。ここでは、前二作とほぼ同時代の

A DOLL'S STORY. 15

far from happy though, as she took me up stairs, hugging me tenderly, and she could scarcely help crying when she placed me on

Rosa's pillow. 'Good night, Rosa,' she said, 'you may have Fanny for your own. I hope you will take care of her, and don't lay her on her face; dolls don't like it. I don't wish to see her any more, so please don't let me see her to-morrow before you go. Good night, Rosa dear.' And so she left me, and

図5◆ペニー本『人形の物語』（15頁）人形をいとこに譲る主人公

図6◆1926年版『あるロンドン人形の思い出の記』のさし絵（第8章）

一八五二年から五五年にかけて出された"Buds & Blossoms"シリーズ（出版社 Groombridge and Sons 二四頁、11.0×8.1㎝）のなかに入っている『人形の物語』*A Doll's Story* をとりあげる。万博博覧会で飾られた人形ファニーが自分の運命を語る物語である。

　ファニーはもともとエイダのものであったが、わがままで粗野ないとこローザが病気で苦しんでいるのを知り、迷ったあげく、"It is not easy to me to gve up Fanny, but I want very much to leave off being selfish!"（一四頁）と決意して、譲る（図5）。

　しかし、ファニーは大切にされず、ついに、カリスブルックの城にいったとき置き去りにされてしまう。親切な子どもに発見され、最後にエイダのもとに戻る。"～and I have had a rough life of it ever since."（一三三頁）というローザのもとでのつらい暮らしは終わるのである。人間にその意志を伝えることのできない人形の思いがよく伝わる。

　万国博覧会という当時のイベント、お城への観光、持ち主の性格によって物言えぬ人形が危険な状況になるなど、『あるロンドン人形の思い出の記』での手法が短編のなかにうまく取り入れており、人形の物語のあるパターンが成立していったことがわかる好例といえる。

人形のファンタジーは、ホーンの『あるロンドン人形の思い出の記』という卓越した作品によって、いわゆる教訓物語から一歩でて、新しい作品群を生み出すことができた。人形という、子どもでなく、大人でもなく、意志を伝えることはできないものの、人間を支配する時間を超越できる存在を中心にすえることで、日常生活を人形の視点から見つめ直すことができる。三作に共通して、人形に名前がつけられていることで、コマやネズミと違い、個性をもった語り手となっていることがわかる。また、持ち主をかえることで、さまざまの家庭や子どもの間を遍歴するという横の広がりと、子どもが成長して次の世代の子どもにゆずれるという縦の時間の広がりをもつことができることにも気付いていった。

また、『あるロンドン人形の思い出の記』の二〇世紀に出た版でみると、エマ・L・ブロックのさし絵に構図として工夫されたものがあり、（図6）にみられるように、危険物語にもつながっていく可能性をもっていたことも判明した。

注

＊1 *The Birthday Gift : or the Joy of a New Doll* オズボーン・コレクション所蔵本。一九六八年に復刻されたFriends of the Osborne and Lillian H.smith Collections, Tronto Public Library, Tronto, Canada 版による。のちに、ほるぷ出版の「世界の絵本館」（一九九三）で復刻されている。

＊2 *Memoirs of a London Doll* Written by Herself Edited by Mrs. Fairstar With Introduction by Marion St. John Webb and Illustrations by Emma L. Brock. George G. Harrap & Co. Published July 1923 Reprinted: January 1926: July 1927. xv, 175p.p. 16.3 × 11.0 ㎝　一九六七年にも刊行されているが、その版は子ども読者のためではなく、研究の資料として出版された。

＊3　今回のテキストとして使ったのは Henry G. Bohn（126p.p 19.4×13.3㎝）の一八五〇年版である。手彩色の入った四葉のさし絵も含めて、物語は初版と同じものとみられるが、タイトルは"Memoirs"が"Adventures"と変更されている。人形の語る自叙伝が女の子の冒険物語になっていることがわかる変更である。

＊4　伝記事項は、*National Biography* を典拠とした。

＊5　この出版人については、Ruari Mclean: *Joseph Cundall : A Victorian Publisher*（Pinner: Private Libraries Association, 1976）によっている。

＊6　＊5 四頁、一二頁

＊7　Margery Fisher の解説による。Andre Deutsch 版（一九六七）

＊8　＊7 xvi頁

イギリス児童文学史研究ノート3

あべこべの系譜――ノンセンスを楽しむ第一歩

幼い子どもが言葉を覚えはじめたころ、まわりにいる大人たちが、「これ、なーに？」と指さし、正しくいえると、「いえた、いえた」と喜んでくれるので、いった子どももうれしい時期がある。その時期から、少したつと、その幼い子は、指さされたものの名をよく知っているにもかかわらず、違う言葉で答え、いかにも得意そうに、ニタッと笑うようになる。明らかに、誤ったことをいっているという認識をもって、そのことを楽しんでいるのである。

次の段階になると、常識というものを身につけはじめていることもあって、絶対にそうはならない「イスが歩く」とか、「豚がとぶ」などのノンセンスを楽しむようになってくる。筆者の遠い記憶のなかでも、何人かの子どもたちとくる日もくる日も大声で唱えては、何故、こんなにおもしろいのかと思いながらも、くつくつ、くつくつ、笑いあったノンセンス唄がある。

三つ、四つのばあさんが、
七十五、六の孫つれて、
水のない川、じゃぼじゃぼと
豆腐のかけらで足きって
……コッケイな薬で治療したようだが、思い出せない……

あした、つけたら、今日なおる。[*1]

子どもの「さかさ唄」好みに注目し、子どもの論理をその発言を記録して、その価値について研究したものにコルネイ・チュコフスキーの『2歳から5歳まで』の「第四章　すばらしいナンセンス」がある。チュコフスキーは、教育の場で無視されてきた言葉のノンセンスの意義に早くから価値をおき、まとめている。[*2] ノンセンスが子どもの知識の整理と体系化に寄与していると考えたのだ。こうした遊びは、各国にあるが、それがどのように創作作品に結びついていくのか、イギリスの場合をみていこう。

伝承童謡の世界から

いわゆるマザーグースのなかには、この「あべこべ」「さかさま」は数多く見出だされる。[*3]
もっともわかりやすい「あべこべ唄」は、「月に住んでいる男」'The man in the moon' である。

月に住んでいる男
すばやく下りてきて、
ノリッジにいく道をきき、
南にいっちゃった
そして、冷たいお粥《ポリッジ》すすって
口をやけどした。

The man in the moon
Came down too soon,
And asked his way to Norwich;
He went by the south,
And burnt his mouth
With supping cold plum porridge.

韻（AABCCB）を楽しみながら、出かける方向が逆、冷たい食物で火傷するといったさかさまを笑う。

次のものになると、賢いおかあさんのいいそうなことで、理屈が通っているようで通っていないおかしさがある。

おかあさん、泳ぎにいってもいい？
いいですとも。
むこうの木に、洋服をかけなさい、
でも水の近くにいったらダメよ。

Mother may I go and bathe?
Yes, my darling daughter.
Hang your clothes on yonder tree,
But don't go near the water.

同じような例に、次の悲しいようなおかしな唄がある。

ある夏の日に、
　三人の子どもが氷のうえですべってた。
ところがたまたま、三人とも水におち、
　のこった子どもは逃げてった。

Three children sliding on the ice,
　Upon a summer's day.
As it fell out, they all fell in,
　The rest they ran away.

さてさて、三人の子どもが家にいたら、
　あるいは、かわいた地面ですべってたら、
一ペニーに一万ポンドかけたっていい、
　みんなはおぼれなくてもよかったのに。

Now had these children been at home,
　Or sliding on dry ground,
Ten thousand pounds to one penny
　They had not all been drowned.

子どものいるおやごさんたち、
　子どものいないおやごさんたち、
子どもを、安全に、外で遊ばせたければ、
　どうか、安全に、家にとじこめておきなさい。

You parents all that children have,
　And you that have got none,
If you would have them safe abroad,
　Pray keep them safe at home.

とんち問答を一つ。

荒れ野で男がきいてきた。
海に、いくつイチゴがなっている？
わたしはうまく答えたよ、
森に、ニシンがなっているのと同じだけ。

A man in the wilderness asked me,
How many strawberries grow in the sea?
I answered him, as I thought good,
As many as red herrings grow in the wood.

「ゴーダムの三賢人」になると、もう少し、手がこんでくる。おろか者という言葉も出ないし、おわんの船も沈んだとは述べていない。

ゴーダムの三人の利口者
おわんにのって海に出ていった。
もし、おわんが、丈夫だったら
この歌も、長く続いたのに。

Three wise men of Gotham,
They went to sea in a bowl,
And if the bowl had been stronger
My song had been longer.

ここの利口者は、もちろん、反語なのだが、長い航海は絶対に出来そうにないおわんの船がどうなったかを、仮定法で述べるのがおかしみをます。

二十と四人の仕立屋さんが、
　かたつむり、殺しに出かけたが
なかで一番の男でも
　かたつむりのしっぽにさわれない。
かたつむりは、つのを出す
　小さいカイロー牛のように、
にげろ、にげろ、仕立屋さん
　にげないと、いまにもかたつむりにみな殺し。

Four and twenty tailors
　Went to kill a snail,
The best man among them
　Dust not touch her tail;
She put out her horns
　Like a little Kyloe cow,
Run, tailors, run,
　Or she'll kill you all e'en now.

伝統的に臆病者とされている仕立屋の臆病ぶりを思いきり、誇張してうたっている。

　こうしたノンセンスの唄の数々が、トミー・タッカー君とシンプル・サイモン君という二人の人気キャラクターを生み出している。

トミー・タッカーくん、
　ごはんほしいと歌います。
何をあげましょうか
　バターつきの白いパン？

Little Tommy Tucker,
　Sings for his supper:
What shall we give him?
　White bread and butter.

でも、ナイフがなくって
　どうやって切るの？
おくさんいなくて
　どうやって結婚するの？

How shall he cut it
　Without a knife?
How will he be married
　Without a wife?

シンプル・サイモンは、市にいく途中、パイ売りにあって、味見したいというと、お金をお見せといわれ、もってないと答える四行二連のあと、次の四行三連が続く。（最後の連の water を海とか湖と解釈するとふるいの船が沈んでしまったとも読めて、あわれな最後となる）

シンプル・サイモン釣りにいった
くじらをつるために。
ありったけの水をあつめて、
かあさんのバケツのなかで。

Simple Simon went a-fishing,
For to catch a whale;
All the water he had got
Was in his mother's pail.

シンプル・サイモン見にいった
アザミにスモモがなっていないかと。
指をしこたまさされ、
かわいそうなサイモンひあっーといった。
ふるいをもって水くみに、
でも、全部もれちゃった。

Simple Simon went to look
If plums grew on a thistle;
He pricked his finger very much,
Which made poor Simon whistle.
He went for water in a sieve
But soon it all fell through;

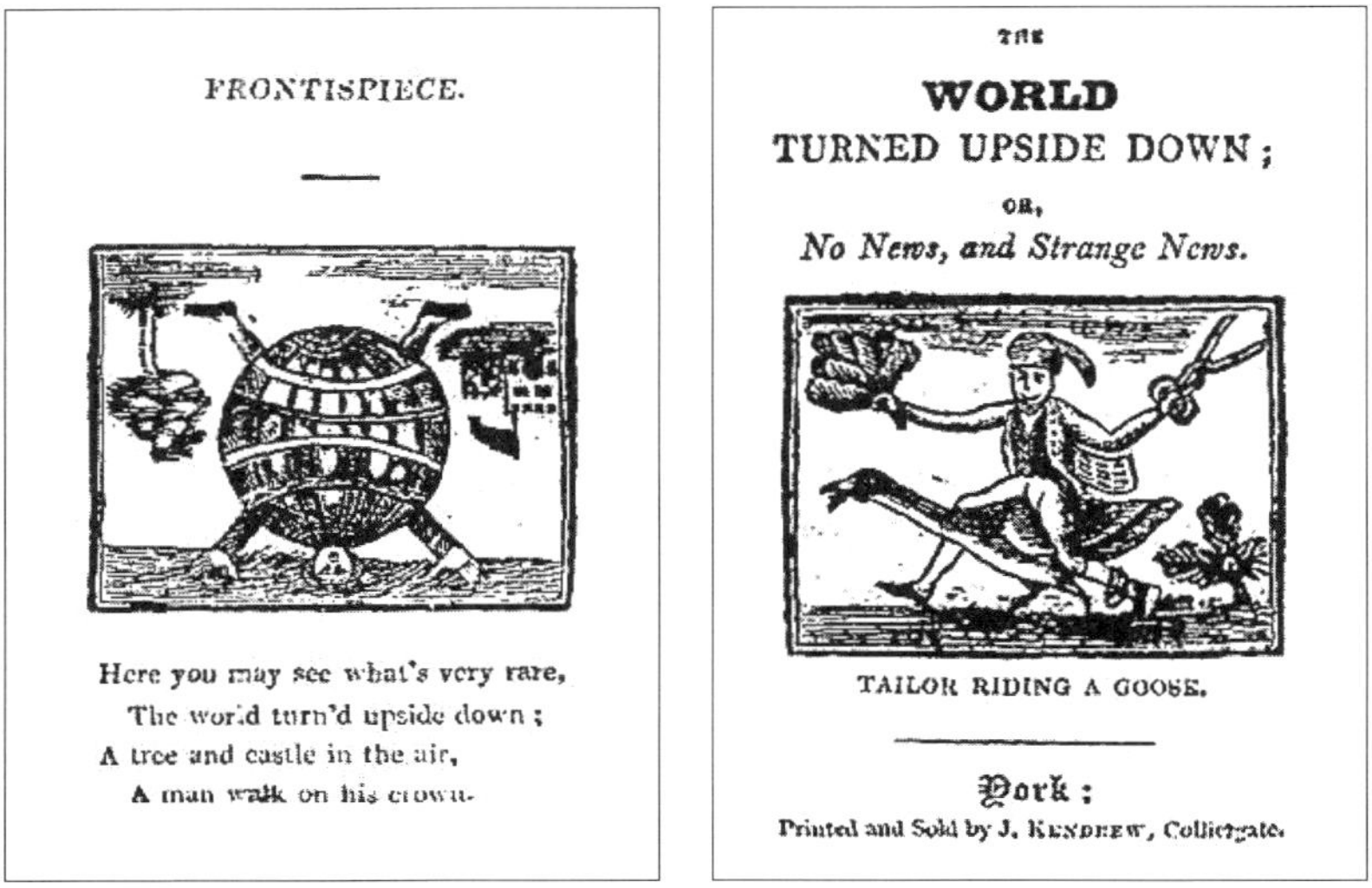
FRONTISPIECE.

Here you may see what's very rare,
The world turn'd upside down ;
A tree and castle in the air,
A man walk on his crown.

THE
WORLD
TURNED UPSIDE DOWN ;
OR,
No News, and Strange News.

TAILOR RIDING A GOOSE.

York :
Printed and Sold by J. KENDREW, Colliergate.

図1◆『さかさまの世界』口絵・タイトルページ

さてさて、かわいそうなシンプル・サイモンに、
　　And now poor Simple Simon
これでさよならいいましょう。
　　Bids you all adieu.

以上八例をあげたが、いずれも、幼児から低学年の子どもたちに、特に楽しまれ、口から口へと伝わり、「シンプル・サイモン」のようにキャラクターとなった唄は、絵本のなかで人気を得、連の数も増え、さし絵にはおわんにのったり、ふるいにのって航海に出かける姿が描かれるようになり、現代まで伝えられてきている。

チャップブック『さかさまの世界』の例

口を通して伝えられてきたこうしたことば遊びが、文字を通して多くの読者に共有されてきたのは、一八世紀の終りから、一九世紀初頭に出版されたとみられるチャップブックの『トム・タッカーのお話』*The History of Little Tom Tucher*や『さかさまの世界』*The World Turned Upside Down*などでわかる。

ここでは、『さかさまの世界』を例示してみる。（図1）

・口絵……タイトルをそのまま図と詩にしたものでＡＢＡＢと韻をふむ四行詩がついている。
・タイトル・ページ……ガチョウに乗った仕立屋の絵が入っている。
・４ページ……ＡＢＣの大文字、小文字（チャップブックでは、一頁をＡＢＣに使う例が多い。）
・５―30ページ……いずれのページにもまん中に図版が入り、上に四行、下に上と関連のある問答などの四行詩が入っている。

いずれも逆転のおもしろさにあふれたものばかりである。口承されていたものを収集、整理し、恐らくは、収集した人の加筆も大幅に入っているものと推測される。特に、絵の下に説明のようにつけられている詩は、加筆と考えられる。

（例１）

肉屋が豚を殺すのは、
　ニューズじゃない。
でも、ウサギが犬を追いかけるなんて
　とてもへんてこ。
このウサギは犬を狩っている
　みなさんご存じのように
たいていは、犬がウサギを狩るのに
　ここでは、そうじゃない。
To see a butcher kill a hog,
　is no news;
But to see a hare run after a dog,
　Is strange indeed!
This hare hunts the dog,
　Tho'all of you know,
Most dogs hunt the hare-
　But here it's not so.（p.5）

6

TO see a butcher kill a hog,
is no news ;
But to see a hare run after a dog,
is strange indeed !

This hare hunts the dog,
Tho' all of you know,
Most dogs hunt the hare—
But here it's not so.

例1

7

To see a cat catching a mouse,
is no news ;
But to see a rat building a house,
is strange indeed !

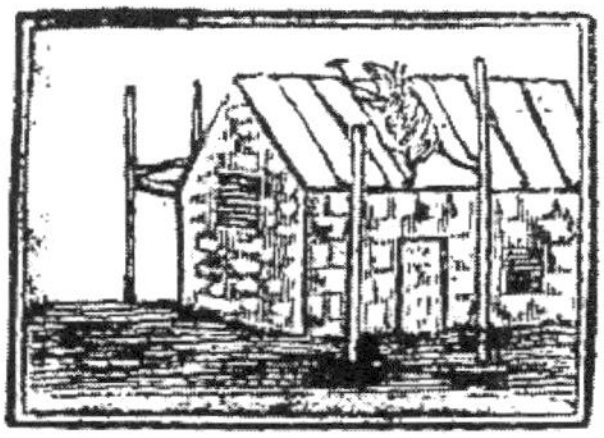

Some rats take delight to gnaw
Houses down—
I want to build a good
House of my own.

例2

20

To see a good boy read his book,
is no news ;
But to see a goose roasting a cook,
is strange indeed !

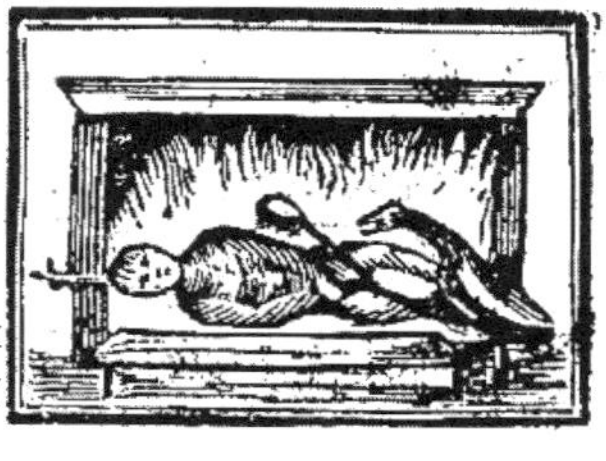

I'll roast ye, and baste ye,
But who will may taste ye.

例3

24

To see a boy swim in a brook,
is no news ;
But to see a fish catch a man with a
book, is strange indeed !

Spare me, good Mr. Fish,
I didn't molest you.
I'll spare you no longer
Than till I dress you.

例4

（例2）

ネコがネズミをつかまえるのは
　ニューズじゃない。
でも、ネズミが家をたてるなんて
　とてもへんてこ。

To see a cat catching a mouse,
　is no news;
But to see a rat building a house,
　is strange indeed!

ネズミのなかには、家をかんで
　たおして喜ぶのもいるが、
わたしゃ、自分の家は、
　いいのを建てたい。

Some rats take delight to gnaw
　Houses down ——
I want to build a good
　House of my own.（p.7）

（例3）

よい子が、本をよむのは
　ニューズじゃない。
でも、ガチョウが、コックをむし焼きにするなんて
　とてもへんてこ。

お前をむし焼きにし、バターをかけるよ、
でも、誰が味見するのかな。

To see a good boy read his book,
is no news;
But to see a goose roasing a cook,
is strange indeed!

I'll roast ye, and baste ye,
But who will may taste ye.（p.20）

（例4）

男の子が小川で泳いでいても
　ニューズじゃない。
でも、魚が釣り針で男をつるなんて
　とてもへんてこ。

To see a boy swim in a brook,
　is no news;
But to see a fish catch a man with a hook,
　is strange indeed!

どうか、お魚さま、助けて下さい
　もうあなたをいじめません。
あなたを大事にします。
　お料理したりはいたしません。

Spare me, good Mr. Fish,
　I didn't molest you.
I'll spare you no longer
　Than till I dress you.（p.24）

（例1）は、常識を逆にし、あまり必要とも思われない、コメントをつけている。（例2）では、小さいネズミが大きい家を建てているというおかしみが加味され、コメントもとぼけている。（例3）になると、ガチョウがコックをむし焼き、バターのたれをかけるというグロテスクな味付けがなされ、誰が食べるのか、というさらなる味付けがされている。（例4）では、魚に吊り上げられた男が、「グッド・ミスター・フィッシュ」と懇願しているのがおかしく、さし絵も逆転のおかしさをよく表現している。
チャップブックのなかでも人気の出た由縁である。

リアとキャロル

こうしたノンセンスのおもしろさを継承しながら、より多層なおかしさを表現したのがエドワード・リアの詩と、ルイス・キャロルの「アリス」二作である。この二人については、研究も数多く出されているので、簡単にふれるにとどめたい。

リアのふるいに乗って海に出かけていく「ジャンブリーズ」'The Jumblies'や、テーブルがイスに話しかけて散歩に出かけていく「テーブルとイス」"The Table and the Chair"（いづれも『ノンセンス唄他』より *Nonsense Songs, Stories, Botany and Alphabets,* 1871）などは、伝承の強い流れのなかから、わき出たものであるといえよう。

キャロルの場合は、もっとわかりやすい例として『鏡の国のアリス』*Through the Looking-Glass,*（一八七二）の第6章、ハンプティ・ダンプティとアリスの対話をあげてみよう。二人は、確かに、お互いに話をしているものの全くかみあうことがない。ハンプティ・ダンプティは、「一日は何日ありますか」「一年に誕生日は何日ありますか」と当たり前と思われる問をアリスにする。しかし、ここから、一年に一日の誕生日では、一年に一度しか誕生日プレゼントがもらえないので、365－1=364という計算をして、非誕生日プレゼントをもらえばいいという提案が導き出される。

笑いだけを残して消えるネコやまがいウミガメなどのキャラクターも含め、逆転の論理を駆使した作品であり、子どもの喜ぶ「あべこべ」をうまく使っている。現在でもこれ以上のノンセンス作品はないといっても過言ではない。

アンスティの『あべこべ物語』

一八八二年刊のアンスティ A. Anstey（一八五六—一九三四）の『あべこべ物語』*Vice Versa, or A Lesson to Fathers* は、これまでのべてきたノンセンスを楽しむ唄とは遠い長編の学校物語である。C・S・ルイスが、その著『喜びのおとずれ』*Surprised by Joy,*（一九五五）で「ただ一冊、真実の学校物語」"the only truthful school story in existence"と、思い出して語っているように、刊行以来、学校に苦しめ続けられている男の子たちに、

図2◆ニューエルの『さかさま』より

喜びを与えてきた物語で、二〇世紀前半まで版を重ねている。

物語は、親が子どもと入れかわって寄宿学校生活を送るというもので、魔法の石の力が働いて、父親が息子のいっている寄宿舎学校に入ったために生じるさまざまのずれが冗舌に語られていく。入れかわったためのドタバタ、年齢や経験の違いによるズレなどを描き、視点の入れかえによっておもしろく読者をひきつける。父親の権威がしっかりしていた時代という背景を考えてみると、この入れかえるという装置によって、そこが逆転する痛快さがある。

同時代の学校物語は、教訓臭が強く、C・S・ルイスは自らの体験もあって、あべこべによる異化作用を楽しんだものと考えられる。

この作品の影響は大きく、人物が入れかわる作品群を生み出していき、現在につながっている。

この流れとの関連は薄いが、アメリカのピーター・ニューエル Peter Newell（一八六二―一九二四）の『さかさま』2巻 *Topsys & Turvys, Topsys and Turvys-Number 2*（一八九三、一八九四）にふれておく。世紀末に出、ロング・セラーとなった作品である。この絵本は、同じ絵が、最初に見、読んだものと、逆にした時に見、読むものとは違ってみえるというふしぎとおかしさをねらったもの（図2）で、仕掛け絵本の一種とも考えられる。

現代児童文学のなかで

アンスティの『あべこべ物語』をもっと低年齢化したものに、ドイツのマンクレート・マイの人気シリーズ「おとぼけアンナ」四巻（一九八七―一九九一）がある。小学二年生のアンナはパパとママと暮らしており、第一巻では、仕事が大変とぼやくパパに「学校だっておしごととおなじくらいたいへんなのよ。うそと思うんなら、いちど、じぶんでいってみればいいんだわ」と挑発し、役割交替するのが、第一巻『パパ、とりかえっこしない？』である。第二巻『ママはお休み』では、時間の使い方が下手だとなじられたママが休日をとり、パパがママの役割で奮闘する。日常のなかでみえなくなっていることが交替することでよくみえ、また、大人がとまどう姿を読者の子どもは楽しむ。

この大人と子どもや、男女の入れかわりをおおいに楽しんで描き、作品をおもしろくする一つの技術として使っている作者に、アン・ファインがいる。この技術は小学校の中・低学年の読者を意識した作品によく使われている。

『クラミー・マミーと私』*Crummy Mummy and Me*（一九八八）では、主人公ミナが、「時々、わたし、小さい子ども二人といっしょに住んでるって思うわ、本当に」“At times it's like living with two small children, honestly it is.”（Puffin, 1989 p.71）という、小さい二人の子どもは、母親とそのボーイフレンドのことである。この作品は、「入れかわる」とか「役割交替」という描き方をしているのではなく、ミナが語るある家庭として提出されているので、子どもが大人以上にしっかりした大人である点が、共感を誘うということになる。ミナは妹を母親以上にめんどうをみているし、母の母、祖母に対しても母以上に共感的に接している。アンスティが「あべこべ」という型で描いたものが、アン・ファインまでくると、魔法の石の力をかりることなく、日常として、描くところに到達している。

一九八九年の『ビルの新しいドレス』*Bill's New Frock* は、いきなり次のようにはじまる。

月曜日の朝、ビル・シンプソンが目をさますと、自分が女の子であるのがわかった。

When Bill Simpson woke up on Monday morning, he found he was a girl.（Mommoth Books, p.7）

まるでカフカ『変身』のパロディーかと思わせる書き出しであるが、実のところ、母親に、ピンクのドレスを着せられ、学校にいってしまったビルの身に生じるドタバタ劇で、たった一つ「男の子がピンクのドレスを着る」ということから連鎖的におこるおかしなことを、ビルの当惑とともに、軽快に描いている。一九九四年の『キラーキャットの日記』*The Diary of a Killer Cat* は、飼いネコが一家に生じた事件を語る形で物語を進展していく。ネコはネコであって人間には理解されないという立場から人間のおかしさを浮かび上がらせていく。ものいえぬネコが、日記でそのことを語るというしかけも受け入れやすく、また、すべてを知っている立場にいたことが結末でわかり、日常の異化をたくみに行っている。

非常に簡単な伝承童謡から、『あべこべ物語』のような長編作品まで、非常にわかりやすいノンセンスから、多層構造をもった手のこんだノンセンスまで――さまざまの「あべこべ」を抽出してみた。リアとキャロルが突出した存在であるため、ノンセンスは、イギリス児童文学の特徴のように考える向きもあるが、そうではない。チェコフスキーが看破したように、この「あべこべ」の系譜は、いたるところにあり、子どものいるところどこでも楽しまれている。こうしたおもしろさに目を向けてみることで、従来の文学史のなかでは、非文学的として無視されてきた作品群も見いだされてくることだろう。

注

＊1 鈴木棠三編『新版ことば遊び辞典』（東京堂、昭和五六）一一一〇頁に、広島県比婆郡で採録された「逆唄《さか》」が出ている。筆者は大阪市阿倍野区で育っており、相当、広範囲に唱えられていたと思われる。

八十ばかりの姐さんが、水の無い川渉りかけ、豆腐の小角に蹴つまづき、蒟蒻小骨が足にたつ、擂木《デンギ》でほっても抜けもせず、杓子で掘っても抜けもせず、海に棲んだる松茸と、山に生えたる蛤と、水の黒焼を火で溶いて、明日つければ今日癒る

＊2 コルネイ・チェコフスキー著　樹下節訳『2歳から5歳まで』（理論社、一九七〇）二六五―三〇六頁

＊3 Iona and Peter Opie, ed.: *The Oxford Dictionary of Nursery Rhymes* Oxford at the Clarendon Press, 1951）をもとにしてる。

＊4 *The History of Little Tom Tucker* York; J Kendrew〔1830〕16pp 9.6 × 6.5cm

The World Turned Upside Down; or No News, and Strange News York: J.Kendrew〔1830〕32pp. 9.9 × 6.5cm

後者と同じ書名のものが、一八〇七年にダートン社から刊行されている。（*The Osborne Collection of Early Children's Books* vol. II　p.671）

マーク・レモンのファンタジー作品——その先駆性

はじめに

マーク・レモン Mark Lemon（一八〇九—一八七〇）は、イギリスの風刺雑誌「パンチ」の初代編集長（一八四一年の創刊から七〇年まで）として著名である。そのレモンが、身近にいる子どもに贈ったファンタジー作品を残しているという事実は知られているものの、タウンゼンドの『子どもの本の歴史』など児童文学史では等閑視され、現在では忘れられた作家となっている。しかし、一九世紀後半のイギリスにおけるファンタジーが成立していく歴史を系譜として考えるにあたっては、再評価されてよいと考え、本稿では、その先駆性を明らかにしたい。

マーク・レモンについて

「パンチ」の初代編集長としてのマーク・レモンに関しては、『マーク・レモン——「パンチ」初代編集長』*Mark Lemon: First Editor of Punch*（一九六六）をはじめ、多くの著作で取り上げてられているので、ここでは、編集長としての考え方が、どのように子どもおよび子どもの文学と通底するものであったかに、しぼって言及することとする。

マーク・レモンは裕福なホップ商人の息子に生まれたものの、八歳で父をなくし、一五歳でパブリック・スクールを出ると叔父のもとで徒弟となり、その後、酒場の経営者 tavern keeper になるなどを経て、まず劇作家として出発している。公演されたものだけでもその劇作品は八〇作以上あるといわれている。そこでの交友関係のなかから、ヘンリー・メイヒュー Henry Mayhew たちと「パンチ」をはじめることになり、創刊号には「パンチの教訓」"The Moral of Punch" というレモンによる「このばか笑い誌は、非常に貧しいウィットの避難所であり、何千もの孤児ジョークの収容所になることを意図している」"This Guffawgraph is intended to form a refuge for destitute wit - an asylum for the thousands of orphan jokes . . ." ではじまる辞がついている。ここに出てくる避難所（refuge）、収容所（asylum）、孤児（orphan）といった単語をみても、「パンチ」誌の方向性が、弱者の避難所となる、つまりは弱者の方に向いており、権力のある者に対して「笑い」——駄じゃれや皮肉、諷刺など——を武器にして対抗しようとしていることがわかる。いわば、マーク・レモンは、その様々の笑いの武器を品揃えし、有効に使う総指揮にあたっていたのである。

各週水曜日の夕方、スタッフ全員が集まり飲み食いしながら、編集のあれこれを論議するといういわゆる「パンチ・テーブル」"Punch Table" 方式を成立させたのもレモンであった。一八四三年のクリスマスに、トマス・フッドの "The Song of the Shirt" をスタッフの反対にもかかわらず掲載したところ、評判となり、「パンチ」の発行部数が飛躍的に伸びたことが、レモンの立場を確立することにもなった。

レモンの「パンチ」誌への寄稿は、連載では、一八四一年八月からの十回つづいた「アップルバイト家の相続人」"The Heir of Applebite"[*1] があるが、詩などを時おり出しているだけで作品としての貢献は少ない。子どもの本との関連ということでは、チャールズ・ディケンズ Charles Dickens,（一八一二—一八七〇）との交流についてふれておく必要があるだろう。ディケンズは、ダグラス・ジェロルドの友人であり、「パンチ」のスタッフとも交流が深かったが、M・H・スピールマン M. H. Spielmann[*2]（三五二頁）によると、ジョン・リーチ John Leech の手で一度だけ描かれた以外は「パンチ」への登場はなく、「とても変だが、一度だけ」"curiously enough, only once."（*Punch*, vol.17, 1849, p.176）ということになる。しかし、ディケンズの妻との関係が仲間もまきこみ、またレモンの作品を出しつづけていたブラッドベリー・エヴァンズ社 Bradbury & Evans とも争いが生じ、一八四五年ごろから続いていた親交が途絶えることになる。二人の関係は、『チャールズ・ディケンズからマーク・レモンへの未刊行手紙集』*The Unpublished Letters of Charles Dickens to Mark Lemon*（一九二七）に詳しい。レモンの刊行した児童書について研究した先行論文を見つけることができなかったが、子ども読者を意識している点や題材の先駆性、また、ファンタジーというジャンルを考察する上で欠くことのできない文学者である。

また、「パンチ」誌上では、毎号、伝承文学の物語や登場人物をもじることで、時代がかわっても、人間の本質的なところは同じであることを示したり、類似したものに仮託することで、対象となるものの意外な側面を浮かび上がらせたりするという常套的なやりかたがなされていた。編集長であったレモンは、妖精などの登場する伝承の物語を、単にノスタルジーとして消えてほしくないと願っていたのではなく、誰でも知っているような単純な物語が、使われるコンテクストによって思いもかけない深層を照射できることをよく認識していたと考えられる。本稿で取り上げる四作品とも伝承文学に深く関わっており、『タイニーキンの変身』に至って、レモンの伝承文学に対する認識が、近代的なファンタジー作品といえる作品に結実したのである。では、どのようにレモンの手法が発展したのかを、四作品の紹介と分析を通して探っていきたい。

『魔法の人形』[*3] *The Enchanted Doll*について

『魔法の人形』（図1）は、ディケンズの二人の娘メアリ Mary とケイト Kate への献辞がついて、一八四九年に刊行された。その時二人は一〇歳と九歳であった。リチャード・ドイル Richard Doyle の二四葉のさし絵がついており、人形師のジェイコブ・パウト Jacob Pout が主人公の新しいタイプの物語であるが、その空想的要素は、読者の子どもに、正しい生き方や道徳を教えるために使われており、その時代を抜けることができなかった。しかし、子どもの本のファンタジーの成立史からみると、伝承文学の要素を取り入れながら、リアリズム手法で描写する小説的な物語への移行期の特長がよく出ており、同時代のディケンズによる『クリスマス・キャロル』（一八四三）とは質の違った作品となっている。

まず、作品をつくるにあたってのレモンの問題意識が巻頭に出てくる。

The story I am about to tell you happened many years ago, long before the railroads had cut up the dancing-grounds of the Fairies, or the shrill whistle of the locomotive had frightened the "good people" from the green dells and quiet nooks wherein they are said to have held their merry-makings by the clear moonlight. We never see a fairy now-a-days: nevertheless we are glad to talk about them and their doings in the old time! What a pretty sight it must have been to have seen King Oberon's state balls! Let us imagine one of those elfin revels. (p. 1-2)

図1◆『魔法の人形』表題紙

これからお話ししようとしている物語は、もう何年も前のことです。鉄道が妖精の踊る場所を激減させ、緑の谷や人目につかないところにいる小人を驚かせたりするようになるずっと前のことで、妖精たちは、明るい月光のもとでお祭り騒ぎをするといわれていました。今日では、妖精と出会うことはありませんが、妖精のことや、妖精が昔やっていたことをお話するのはうれしいことです。オベロン王の立派な舞踏会を見ることができたら、さぞ美しい光景だったでしょう。妖精のどんちゃん騒ぎを想像してみましょう。

この文章に続いてシェイクスピアの『真夏の夜の夢』にふれ、シェイクスピアは、「エルフの国」“Elf-land”を「見て感じた」“saw and felt”と述べている。そして、鉄道が妖精を駆逐する以前の時代の話を語ろうと物語に入っていく。

　あらすじを追ってみよう。当時の子どもの本の水準や、考え方がよくあらわれているのである。

　腕のいい人形師ジェイコブ・パウト Jacob Pout が紹介され、その木製の人形のすばらしさが語られる。向いに金銀で人形をつくるアンソニー・スタブズ Anthony Stubbs が住んでいて、ジェイコブは、人形が高く売れるアンソニー（通称トニー）がうらやましく、森に出かけていっても鳥の声も耳に入らない。夕ぐれになり、小人の行列がやってくるのに出会ってしまう。行列のまん中に「東洋の目立つ衣装」“The picturesque fashion of the East”（一〇頁）に身をかためたブラック・フェアリー Black Fairy がいる。そのフェアリー・マリス Fairy Malice が、彼に魔法の人形 The Enchanted Doll をくれる。翌日、いわれていた一・五倍の値段でそれを売る。一方、トニーは、病気の父をかかえ、朝から晩まで働き、父の借金を返している。その完了の日、トニーが人々に祝福されているのをみて、羨み、家に帰ると、妖精たちが、前よりも百倍も大きい The Enchanted Doll を作っていたが、その人形は、「ぶかっこうでみにくい」“a clumsy — ugly —”（二九頁）ものとなっている。フェアリー・マリスによると、ジェイコブが「お前が嫉妬深いからできたのだよ」“such a dear envious creature that I could do anything for you.”（二八頁）といわれる。人を羨むということを止めない限り、この人形はジェイコブとともにあることになる。クリスマスの日、市の助役の家でパーティが開かれ、みんなが幸せそうなのをみてジェイコブは外に出る。外は雪がつもり月光に輝いている。家に帰ろうとし、歩いていると、フェアリー・マリスが出てきて人形をひどい目にあわせたので自分も傷ついたと語り、妖精たちから矢の攻撃をうける。フェアリーは、和解を申し出るがジェイコブは、「お前のひどい贈り物は、川に投げ入れる」"I will throw your horrible gift into the river."（六二頁）と断わる。帰り道を暗くしたり、こうもりにつきまとわれたりしながら家に帰ると、クリスマスの朝となっている。それでもジェイコブは「あいつさえいなかったら」とトニーを羨む考えに取りつかれている。そこで人形をもって（その時人形は軽くなる）、トニーの家に行き、人形を投げ入れて火をつける。

Jacob Pout was rejoicing in the success of his malice and wickedness, when to his great horror he saw Tony's door fly open and from it come the ENCHANTED DOLL, a glowing mass of fire, and make directly for his own booth - In a minute the room in which he was sitting became filled with smoke, and he heard the wood in his work-shop crackling with flames, . . . (p. 67)

ジェイコブ・パウトは、自分の恨みと悪意がうまくいって喜んでいましたが、トニーの家の戸があき、そこから火がついて真っ赤になっている「魔法の人形」が出てきて、びっくり仰天したことに、まっすぐ、自分の店に入ってきたのです。パウトのすわっていた部屋は煙がまんえんしました。仕事場の中で、木材が炎でパチリと割れる音が聞こえました。

最初の人形を売ったお金を取りに火の中にとびこむが、箱のなかにはゴミと石ころしかなく、動けなくなってしまう。そこへトニーが飛びこんで助けてくれる。それでもジェイコブの長い間の「妬み、憎しみ、恨み」"envy, hatred and malice"は、消えず、またブラック・フェアリーの登場となる。そこへ魔法の人形も戻ってくる。ジェイコブの容体は悪くなるが、女の人の祈る声がきこえ、意識は戻る。ジェイコブは正気に戻り、苦しい

図2◆『魔法の人形』57頁、ドイルの描いたThe Black Fairy

中で「アーメン！」という。すると、人形は、「アーメン！」の声で、小指ほどの大きさになる。散歩に森に出ると、今度は小鳥の声がきこえる。後にジェイコブは、ロンドン市長より注文を受け大きい木の人形――ゴグとマゴグ Gog & Magog と思われる――をつくる、めでたし、めでたし。pout には「ふくれつら」、malice には「恨み」という意味があり、キャラクターがそのまま作中の役割をあらわしている。The Black Fairy も名前の通り、心の邪悪さそのものの妖精として描かれている。

レモンが人間を皮肉な目でみていたのがわかるし、ジェイコブがトニーの勤勉と性格の良さをみず、ひたすら嫌悪し、そのたびに魔力をもった人形が肥大化していく構想は、気味悪く、男の執念のようなものが、背景の的確な描写のなかで息苦しく迫っている。少なくとも二〇世紀初頭までは版を重ねていたのも、この寓話風の物語が、迫力をもっていたためであろう。ここであらわれるブラック・フェアリーは、心理的な解釈を許容するし、心の深部を具象化したものといえる。リチャード・ドイルのいかにも妖精らしい妖精のもつイメージ（図2）とはかけ離れたもので、ジェイコブの心が悪くなると、元気になり、機嫌がよくなる。こうしたネガティブな性格だけの妖精が活躍するファンタジーとして特徴あるものとなっている。しかし、結末は邪悪な心が、祈りによって救い出されるというクリスマス物語になっているので読後感は悪くない。

超自然の生きもの（幽霊なども含めて）が物語に顔を出すのは、近代に入るシェイクスピアの作品などのあとであり、それが時代が経つにつれ、子ども部屋で生き延びることになる。この物語は、登場人物の見方も大人の、それも人生観察豊かな大人の人間理解を要求するが、レモンは、献辞からみても、明らかに「児童文学」として出版している。人間にひそむ邪悪さをテーマにした作品を子ども読者に向けて語るのは、レモンが、大人・子どもをあまり区別して考えていなかったことによると考えられる。

人間の心の闇を描いた作品と考えると、非常に先駆的な作品であり、児童文学という文学の未分化な状態のなかで、こうした作品が成立していた意味は大きい。

『ナンバー・ニップ伝説』*The Legends of Number Nip* と「三人姉妹年代記」"The Chronicles of the Three Sisters"

『ナンバー・ニップ伝説』*The Legends of Number Nip*（一八六四）は、「パンチ」を代表する画家の一人チャールズ・キーン Charles Keene のさし絵がついている。「序」によると、この著でも、「近年の諸状況は、小人や妖精、エルフやトロル、ドワーフといった民間伝承を滅ぼすことと結びついている」"Many circumstances of late years have combined to destroy the popular belief in Fairies, Fays, Elves, Trolls, and Dwarfs. . . ."とあり、「想像上のもの」"the Imaginative"への賛歌がつづく。ヨハン・カール・ミューゼウス Johann Karl Musseus の収集したドイツの伝説を翻訳したものから、五篇の作品を選んでこの書を編集している。選ばれたのは「ノームの王とサイリージア姫」"The Gnome King and the Princess of Silesia"「ノームと仕立て屋」"The Gnome and the Tailor"「ノームと債権者」"The Gnomes and Debtor"「ナンバー・ニップとガラス売り」"Number Nip

図3◆『ナンバー・ニップの伝説』56頁、「ノームと仕立て屋」よりチャールズ・キーンの挿絵

and the Glass-Seller”「首なし悪党と伯爵夫人」“The Headless Rogue and the Countess”で、いずれも重厚な凝った文体で語られている。五話ともナンバー・ニップにまつわる伝承である。短篇連作のような形をとっているものの、一篇ずつ独立して読めるので、ここでは第二話を例にあげる。王女を亡くし、人間に復讐をしようとナンバー・ニップが、ユダヤ人のサイフを仕立て屋のナップザックに入れ、罪におとし入れる。仕立て屋には恋人がいて、「判事さんの足下に身を投げ、私の抗議で通りをいっぱいにします。町中の娘たちに慈悲を懇願するようお願いします。治安判事さんは、無実のものに哀れみをかけて下さり、彼の命を助けて下さるでしょう。私が恥ずべき死からいとしい人を救えなかったら、よろこんで彼とともに死にます」“I will cast myself at the judge's feet, fill the streets with my outcries, and pray the daughters of the town to entreat mercy. The magistrates may take pity upon the innocent, and spare his life; but, if I do not succeed in saving my lover from a shameful death, I will cheerfully die with him.”（五〇頁）と訴える。これをきいてニップは、仕立て屋を解放し、金まで与える（図3）。一方、この訴えに牢獄では、「夜、激しい風が吹いて、やせっぽちの仕立て屋を絞首台からさらっていった」“a high wind in the night had wafted the slender tailor away from the gallows.”（五八頁）ということにする。伝説というよりも、ちょっとかわった人情話になっており、声高に朗読すると効果的であっただろう。

マーク・レモン自身が「序」で、この物語が異質で、不愉快なものであるので、人気は出ないだろうと述べているが、確かに、主人公のナンバー・ニップの気まぐれな性格に共感することはできないし、そのお気に入りのノームが、題名にもかかわらず、殆ど登場しないなど、もとになった作品の欠陥をそのまま移しているので、初版のみで終わった。

次に、一八六八年刊の『妖精物語』*Fairy Tales* についても触れておきたい。この著は、レモンの二作「三人姉妹年代記（ドイツより）」"The Chronicles of the Three Sisters"（From the German.）と「魔法の人形」"The Enchanted Doll" の合本である。「魔法の人形」は、字句に多少の変更はあるものの、さし絵もリチャード・ドイルのものを入れており、再録といえる。

「三人姉妹年代記」"The Chronicles of the Three Sisters" のさし絵は、チャールズ・H・ベネット Charles H. Bennett が担当している。ベネットは、一八六七年に亡くなっているので、死後刊行ということになるが、出版の経緯は不明である。表紙の金箔の絵もベネットのものを採用している。レモンが人々が語り伝えてきた昔話や伝説を、その時代にあわせて継承して行きたいと考えていたことは前述したが、この「三人姉妹年代記」もドイツの伝説の再話と考えられる。

あるところに男爵 Baron が住んでいて、森に狩りに出かけ、「巨大な熊」"a monstrous bear"（四頁）と遭遇する。熊は、「今すぐ、汝の長女ヴァルフィルダを妻にしてよいと約束しろ、さもないとお前を食べるぞ」"promise me thy eldest daughter, Wulfilda, to wife this instant, else I will eat you up."（五頁）という。七日経ち、馬車にのった王子がやってきて娘をさらい、銀のカギをおいて去ってゆく。そのカギで置いていった箱をあけると金の山であった。ある日、男爵は狩りに出ると大鷲がおそってきて、第二番の娘アーデルハイト Adelheid を要求する。七週目に「申し分のない騎士」"a finest knight" が行列をつくってやってきて、巨大な卵を二つおいてゆく。父は、喜ぶが、母は、「残忍な人でなし！　人殺し、父親じゃない！　汚いもうけのためにご自分の血肉をわけた子を犠牲にできるとでもいうのですか」"Thou unnatural monster! Thou murderer, and not father! Canst thou then sacrifice thy own flesh and blood for filthy gain?"（一八頁）となじる。三女バーサ Bertha は美しく多くの求婚者がいるが、結婚を決めないまま、また父親の財政が悪くなっていく。ある日、男爵が池でますをとっているとボートが動かなくなり、みるまに水がもりあがって巨大魚が出てくる。取引をして、「真珠は汝のもの、花嫁は私のもの！」"The pearls are thine, and the bride mine!" ということになり、七ヶ月がすぎると、一人の騎士がやってきて、水を所望し、バーサを連れ去る。あとには真珠があふれていた。（第一部）

悲しみにくれる男爵夫人は、侍女のすすめで隠者を訪ね、一年たって奇跡の息子リナルドー Rinaldo, the Son of Wonder とよばれることになる男の子が誕生する。リナルドーは成長して、熊とくらしている姉をみつける。危ないところを姉の機転で助かり、「一週間に一度、夜明けから次の日まで魔法がとかれる」"Once every week, from the dawn of one day to the next, he was released from his enchantment."（四八頁）ことを知る。魔法にかかっていないときは、アルバート Albert は素晴らしい夫であり父であることもあって、魔法をとくために、三本の熊の毛をもらい出てゆく。三日目に、鷲 Eagle と出会い、七週間ごとにエドガー Edgar としてもとに戻ることを知る。三本の羽をもらって出て、バーサ Bertha のいる水晶の島に泳ぎつく。巨魚のイルカのユーフォー Ufo, the Dolphin とあう。ここでもどうしたら魔法が解けるのかわからず、別れるとき、助けをよべる三枚の鱗をもらって「魔法の鍵を探し、強力な護符を消滅させる」"to seek the key of the enchantments, and destroy the powerful talisman;"（七四頁）ため、旅を続ける。（第二部）

何日も旅を続けるうち、はるかに、雄牛のいる建物がみえ、牛と戦い、危なくなったとき、熊をよびだす。牛がこなごなになると、体内からカモが出てきて飛び上がっていく。三本の羽で鷲をよび出し、カモを追ってこなごなにすると、なかから金の卵がとび出し、池に落ちる。あわてて、三枚の鱗で巨魚をよび出し、金の卵を割ると、中から小さい鍵が出てくる。その鍵で、建物のなかに入っていく。

He quickly descended into the dusky cavern which presented itself. Seven doors led to seven subterraneus apartments, all sumptuously furnished and gloriously illuminated with many-coloured lights. (p. 84)

すばやく下りていくと、薄暗い洞窟が姿をあらわした。七つの扉があって地下にある七つの部屋へと導いた。部屋はすべて豪華な家具がおいてあり、いろいろの色の明かりで壮麗に照らされていた。

最後に、「魔法をかけられソファーでねむっている若いレディー」"a young lady lying on a sofa in a magic sleep."（八五頁）の部屋に辿りつく。テーブルに魔法がかかっているのをみてとって、こなごなにこわす。目覚めた婦人は、ヒルデガード Hildegard といい、魔法使いであるセルビア人 Serbians の王ツォーネンボック Zornebock の求婚を断ったため、兄三人とも魔法にかけられてしまった経緯を話す。みんなで男爵のところに帰り、めでたしめでたし。Albert the Bear はバンブルグ Bernburg を、Edgar the Eagle はスイス Switzerland を、Ufo the Dolphin はバーガンディ Burgundy のドーフィーネイ Dauphine を治めるようになり、それぞれの国の王冠にその印がついている。（第三部）

国の成立にかかわる伝説となっており、単純で直線的なプロットで、森、空、池と空間の広がりもあり、楽しめる物語となっている。しかし、レモンの格調高い次の文体を読むと、レモンが想定していた年少の読者をとらえることは困難であっただろう。

At last they found egress into the open air, and the disenchanted lady joyously inhaled the scented gale, which the mild zephyrs bore from the blooming fields. She sat herself down on the grass, by the side of her deliverer, who had already conceived for her an ardent love, as she was fair as Venus. (p. 88)

とうとう彼らは戸外に出ていく出口を発見した。そして魔法をとかれたレディーはうれしそうに薫風を吸い込んだ。それは穏やかな西風が花盛りの野原から運んできたものであった。彼女は救助してくれた人のそばの草の上に腰を下ろした。その人は、すでに、彼女を燃えるように愛していた。彼女はヴィーナスのように美しかった。

この物語は版を重ねることなく消えたものであるが、長々とプロットの説明をしたのは、文学史の上では、非常に貴重であったと考えられるからである。それは、後に「ファンタジー」と名付けられる空想物語の先駆的作品であり、レモンの代表作となる『タイニーキンの変身』*Tinykin's Transformations* に先立つこと二十年、心の闇を描いた『魔法の人形』に比し、スケールが大きく、伝承文学のもっている要素を巧みに駆使している点である。伝承文学につきものの三姉妹、三回の繰り返しでプロットを盛上げていく手法、森に住む熊、空をとぶ鷲、海にいるイルカと、スケールの大きい背景、魔法を自在に使っていることなど、伝承文学から創作のファンタジーへ移行していく過程がよくわかる作品なのである。しかし、作品として『魔法の人形』ほどの人気を得なかったのは、主人公が男爵とすれば、欲張りなだけでまったく魅力のないキャラクターであり、あとの姉妹やその夫たちにしても、一面的な性格づけがなされているだけで、伝承文学のキャラクターと殆んど変わらない点にあった。姉たちを救う弟が主人公であるとも考えられるが、父との対比で持ち出されてきたので、多少不自然な使われ方をしてしまった。伝承文学は、耳から入れるので、文体はもっと単純でわかりやすかった。しかし、レモンの技巧を凝らした文体は、特に年少読者には、重苦しく感じられ、楽しい読み物にならなかったと思われる。難しい語彙も、適切に入っていれば作品の魅力にもなるのであるが、文語調のなかで使用されると、その言葉でつまづくことも生じる。この作品でも、レモンは、人間の持つ暗部、娘を売ってでも物欲に走る父親について語っており、テーマそのものは、大変現代的であった。

『タイニーキンの変身』*Tinykin's Transformations* の新しさ

『タイニーキンの変身』*Tinykin's Transformations*（一八六九）は、レモンの七人の孫アリス Alice、デイジー Daisy、エセル Ethel、マーチン Martin とレズリー Leslie、マーク Mark、ラルフ・ローマー Ralph Romer へ献呈されており、『魔法の人形』の刊行から二十年の歳月を経ている創作ファンタジーである。タイトルページにも「子どもの物語」"A Child's Story" と入っている。文体の硬さは残っているものの、読みやすくなっているのは、直接の読者として、孫を念頭において書かれたためであろう。伝承文学の枠組みやシェイクスピアの『真夏の夜の夢』の妖精界の描き方の影響（図4）を残しながらも、レモンの独自性が随所にあるその代表作であり、児童文学のファンタジーの歴史を検証する場合、その初期のものとして、再評価がなされるべき作品である。作品は五部構成、さし絵が五十四葉も入っており、『魔法の人形』より一行少ない組版を使い活字のポイントも大きくなり、一八三頁という厚さにもかかわらず、楽に読み進むことができる。一八六〇年代になって、子どもの本が、より子どもに近づいていった一つの例といえる。

TINYKIN'S
TRANSFORMATIONS.

PART ONE.

WHEN good King Horsa was Lord of the West Saxons, the Fairies were at the height of their power, and there was scarcely a pleasant glade or mountain side where the dark green rings, which

図4◆『タイニーキンの変身』1頁
作品の巻頭、妖精の女王タイターニアが描かれている。

作品は、まず、妖精が活躍していた時代のティルゲイト森 Tilgate Forest（レモンの住居があった実在の場所）の紹介からはじまり、その森の人の入ったことのないところに タイターニア Titania という妖精の女王がくらしている。森のはずれに御料林を管理するトーマスとマージェリーの小屋があり、二人には、日曜日に生まれたので、妖精がみえる男の子タイニーキン Tinykin（小さい＋名前につく指小辞の -kin）（六―七歳）がいる。その美しい男の子は次のように描写されている。

The child was very beautiful. His large blue eyes, now opened to their full extent, seemed like two cornflowers embedded in a mass of apple-blossom, so exquisitely mixed were the red and white of his plump little face! His hair was like gold-coloured silk – floss silk – so soft and light that a breath would stir it. (p. 13)

その子はとても美しかった。大きい目をぱっちりあけるとそれはたくさんのリンゴの花のなかに埋め込まれたヤグルマギクのようだった。丸々とした小さい顔は、白い色に赤い色が絶妙にまじりあっていた。髪の毛は、金色の絹、それもよっていない絹糸のようにやわらかくふんわりしており、ふっと息をかけるとゆれるほどであった。

その男の子を、タイターニアは気に入り、彼が小鳥のように空を飛びたいというと、キスをして小鳥（クロウタドリ）に変えてやる。はじめて小鳥になったタイニーキン は、エサをとることができず、タイターニアがもってきてくれた虫を食べると気分が悪くなったりする。タカに襲われ、小屋に逃げこむが、母親に自分とわかってもらえず、またタイターニアの世話で、もとの人間に戻ってくる。父親は激しく怒り、ムチうつ。

第二部では、魚に、第三部では、鹿に変身する。いずれも危険に出会い、タイターニアと母親がはらはらすることになる。しかし、タイニーキンは、変身していた時の記憶はなく、日常生活に戻っている。

第四部になって、父親トーマスは、酒をのみ狂暴になっていき、妻や子にあたる。母親は、「生涯でたった一度、夫の意思にさからっただけでなく、きついげんこつ一発を見舞った」"for once in her life she resisted the "will of her husband, and gave him a sound drubbing in the bargain."（一一〇頁）と、反撃するところまで追いつめられている。そして、王が狩りに、娘をつれてきて、その娘がふと消えてしまい、トーマスが牢獄に入れられるという事件がおこる。妻も息子もその乱暴な父親を助けたいと願い、タイニーキンは久しぶりにタイターニアに出会う。タイニーキンは、変身した時のことを覚えていないというと、タイニーキンに次のように語る。

"Because the time has not yet to come when you can profit by your experience. Your race can only acquire wisdom by degrees, and you learn many things when you least think you are doing so." She paused a moment, and then said, "And so you wish to be that pretty pink mole?" (p. 121)

「お前の体験が役に立つ時はいまだ来らず。お前の種族は僅かずつしか知恵を身につけることができない。学んでいるなどと思っていない折に、多くのことを学んでいるのですよ」ここでしばらくためらってから、「で、お前は、きれいなピンクのモグラになりたいのね」といった。

"TINYKIE SAW LYING ON A COUCH THE SLEEPING FORM OF A YOUNG AND BEAUTIFUL GIRL."
Page 132.
図5◆『タイニーキンの変身』133頁、地下で眠り続けている姫と出会う主人公

王の娘を助けることで、父親を助けたいと思い、タイニーキンは、モグラになってズーバーガール Zuberghal という「ノームの王」"the Gnome King"（一三七頁）が支配している地下の国にいく。そこではノーム gnome（地下の小人）は、すばらしい金の細工

“Poor Margery had a sharp box on the ear.”

図6◆『タイニーキンの変身』109頁、夫に殴られる妻

をしている。そして、地下の国に、魔法をかけられ眠りつづけている探しているプリンセスがいる（図5）。そのプリンセスは「ゆたかな茶色の髪」“rich brown hair”「赤いバラ色の唇」“red rosy lips”「ユリのように白いほお」“the lily whiteness of her cheek”として描かれている。彼女は、ズーバーガールの宿敵、魔女シカラックス Sycorax によって呪いをかけられていることがわかったタイニーキンは、プリンセスを救うべく地下の王に提案して、魔女と戦うことを決意する。

第五部は、小人たちの細工の技術で、とべるような羽をつくってもらい魔女のコウモリを負かし、鱗を送ってもらい怪魚を負かし、足をつくってもらい妖力のある馬に勝つ。すべて、かつて変身した時の冒険時の体験が生かされる。魔女の呪いから解かれたプリンセスは、地下の王をみて「大きな叫び声をあげて、枕でその美しい顔を隠した」“she uttered a loud scream, and hid her beautiful face on the pillow.”（一六八頁）と王を拒絶する。また、タイターニアの助けをかりてすばらしい装いをした人間に戻ったタイニーキンは、木のなかにとらえられているプリンセスを、木こりなどの助けをかりてすくい出し、彼女の父王は、タイニーキンの父を牢獄から出し、タイニーキンを気に入ったプリンセスを見て、二人を結婚させることになる。

こうしてプロットをしるしてみると、「妖精の女王」という常套手段を使いながら、小さい男の子が大人になるまでのプロセスを描くという成長物語を構想していたことがわかる。子どもの文学で、成長する物語が現出し

たのは、二〇世紀前後とこれまで考えられてきているが、レモンのファンタジーは文体、特に使っている語彙の難解さもあって、文学史の中で突出した作品としては評価されずにきた。しかし、成長を扱った初期のファンタジー作品として、再評価されるべきであろう。また、家庭物語としてみると、父親の暴力によって母親が痛めつけられ（図6）、息子もいじめられ、傷を負う場面も描かれており、二〇世紀後半になってリアリズムの小説で描かれていく問題の親が、丁寧に描かれていることに驚く。しかも、そうした父親を、母親は「虐待されているにもかかわらず、彼女は、彼女なりの荒っぽいやり方で、夫を、本当に愛していた」"for in spite of his ill-usage she really loved him in her rude way"（二一六頁）と述べられている。息子も嘆く母親をみて、父親を助けたいと、危険な冒険に出かけていく。よく読むと父親の暴力の根拠は、きちんと表現されている。一つは、彼の表現力の乏しさ、息子がいなくなって心配しているにもかかわらず、それをうまく表現できない不器用な性格であること、もう一つは、彼の立場が御料林の責任者として、不安定な立場にあり、森での不思議な出来事に悩まされ、また、仕えている王の問答無用の理不尽さからくることがわかるのである。子ども部屋のなかへ「子ども」を隔離し、世の荒波から守り、明るく楽しいイメージだけを送り届けるようになった中産階層的な作品とは、質的に違っており、この人物造形は、二〇世紀へと直結しているといえる。プロットが、プリンセスの救出という伝承文学の枠組みを使いながらも、近代的なキャラクター作りをなしとげ、時代を越えた斬新な作品となった。

作品の結末を、レモンは次のように締めくくっている。

（中略）

This was the last of Tinykin's transformations, as he never forgot that to be truly noble he must act nobly; and it was not until the great redistribution of the kingdoms of England took place, that his descendants ceased to reign over the West Saxons.

"With a bound she leaped over the stream."

図7◆『タイニーキンの変身』173頁、妖精が流れを飛び越える図。グリーンのペン画の典型例として

The fairies are said to have left us for good and aye; but there are some pretty creature as beautiful as the fairies could possibly have been, often to be seen haunting the margin of Katrine Lake in Tilgate Forest, and playing under the green oaks of Brantridge Park. (p. 182-3)

これが、タイニーキンの最後の変身でした。本当に立派になるためには、立派に行動しなくてはならないということを、イギリスの王国に大きい再構成が生じ、タイニーキンの子孫が西サクソンを統治しなくなるまでは忘れることはありませんでした。

（中略）

妖精は、永久に、人間のもとから去っていったといわれています。しかし、妖精かもしれない美しい生きものが、ティルゲイト森のカトリン湖のほとりに出てきてブラントリッジ公園の緑の樫の木の下で遊んでいるのをよく見かけますよ。

レモンは孫たちに、人として立派“noble”であることの意味を語り、今住んでいるあたりの森が、そこにいる妖精も含めてそのままで永続してほしいという願いを伝えている。人の入ることのできない妖精のいる場所に入っていく主人公を通して、現代にも通じるメッセージが語られたのであった。

さし絵について簡単にふれておく。絵はチャールズ・グリーン Charles Green（一八四〇―一八九八）がつけて

いる。グリーンは「グラフィック」*Graphic* 誌などで活躍していたさし絵画家で、労働者や町にうろついている人たちなどのスケッチを残しており、社会主義的な思想がレモンと共通していたと思われるがくわしいことは未詳である。グリーンの繊細なペン画が味わえる一葉をあげておく。(図7)

レモンの伝承文学をもとにした作品づくりは、子どもの読者にどのように受容されたかは、不明である。しかし、児童文学史にのせてみると、『魔法の人形』の人間の暗部をあえて子どもに物語ろうとしたことや、「三人姉妹年代記」のように、財宝に目がくらみ、自分のやったことを忘れようとする父親を明瞭に打ち出し、それに対して、あらゆる困難に打ち勝って、三人の姉を救っただけでなく、伴侶も得ることができた息子を対比させ、国造りの大きいスケールで語るなど、リアリズムでは表現できない分野に足を踏み入れていることは、評価される。また、『タイニーキンの変身』は、主人公が成長していく物語の先駆的な作品として再評価されるだろう。

レモン作品の先駆性

「パンチ」の編集長としてのレモンが、妖精など前近代的な存在として排除されかけていたものの復権をめざしたことは大きい貢献といえる。そうした復権運動が、同時代、「パンチ」で活躍した画家であるリチャード・ドイルやC・ベネットの活躍を支え、作家サッカレーの『ばらとゆびわ』(一八五五)のライト・ファンタジーの土壌を用意した。

レモンが何故、児童文学を創作したのかはわかっていない。評伝の著者エイドリアンは、「レモンが時々妖精物語を書いたのは、子どもが好きで、子どもを喜ばせたいと熱望していたからだろう」"His love of children and his eagerness to please them would explain why he occasionally wrote fairy tales."[*4] と推定している。レモンは、リアリズムの手法による小説が台頭した時代にあって、あえて、前近代的な伝承の文学の持つ物語性やキャラクターを生かそうとし、そのなかにある人間の想像の力を、子ども時代に身につけてほしいと願っていたのである。カレン・パトリシア・スミス Karen Patricia Smith は、レモンの作品を、「劇、詩、小説、妖精物語、軽い笑劇、エクストラバガンザ（奇抜なコミックオペラのようなもの）などの手段を使って行うリアリズムと想像力によるコミュニケーションが、レモンの生み出した多数なる作品の特徴となっていた」"The communication of realism and imagination via the vehicles of drama, poetry, novel, fairy tales, lighthearted farce, and extravaganza were to characterize Lemon's literary output."＊5 とまとめている。レモンの作品の間テクスト性 intertextuality を研究すれば、シェイクスピアをはじめとして、夥しいテクストの影響が指摘でき、ひいては、ファンタジー文学の成立過程が、明確に浮かび上がることだろう。「パンチ」の編集長として、妖精や妖精画を擁護し、「パンチ」誌上では、諷刺を行う武器として使い、自らも、妖精たちの活躍した時代を背景にした物語を子どもの読者に向かって残しているのは、レモンの大きい業績である。何故なら、二〇世紀の長編ファンタジーが、「ナルニア国」や「中つ国」など架空の世界をつくることで、現代世界を見通すもう一つの眼を、創り上げてきていることを考えると、レモンの作品群とのつながりを指摘できるからである。

引用作品

Lemon Mark. *The Enchanted Doll*. Bradbury and Evans, 1849. 77pp.（Garland Reprint, 1976）

——. *Tinykins Transformation*. Bradbury, Ecans & Co. 1869. 183pp.（Garland Reprint, 1976）

——. *The Legneds of Number Nip*. Macmillan, 1864. 140pp.

——. *Fairy Tales*. Illust. By Richard Doyle and C.H.Bennett. Bradbury, Ecans & Co. 1868.189pp.

注

＊1　一八五六年に、Bradbury & Evans より、*The Heir of Applebite and Our Lodgers* として刊行されている。

＊2　M.H.Spielman. *The History of Punch.*（Cassell, 1895）, p. 352

＊3　引用に使っているのは Garland Publishing のリプリント版の初版である。

＊4　Arthur A. Adrian. *Mark Lemon: First Editor of Punch*, p. 116.

＊5　Karen Patricia Smith, "Mark Lemon," DLB vol. 163, p. 178.

Ⅲ

作家・作品論

解題

『秘密の花園』論は、大学のゼミなどのテキストとして編纂された『英米児童文学ガイド　作品と理論』のなかの一編で、はじめて作品を論じようするとき、何を参考にして、どのように作品を論じていくのか、そのヒントになるように書いている。**F・H・バーネット論**の副題は「世界名作の未来を考えるヒント」で、本著で唯一の書き下ろし。どのような作品を未来に継承していくかを課題にして考えている過程で、バーネットの三作品を軸にすると「世界名作」の過去、現在、未来が見えてくるように感じて、一気に仕上げた試論である。

児童文学者としてのE・V・ルーカスは、「パンチ」誌を読む過程で、時代を拓いてきた児童文学作品誕生の背後に見え隠れする人物として興味を持ち、「いまは誰も知らない人」のことを調べる醍醐味を存分に味わうことができた。二〇世紀前半のイギリス児童文学のキー・パーソンであるといえる。

『砂』の重苦しさをぬけて、なぜ読まれているのか——アン・ファインとロバート・ウェストール——、**海はどこへ行った?——『のっぽのサラ』と『少年のはるかな海』——**の三編は、雑誌の依頼原稿として書いたものである。ウイリアム・メインの『**砂**』では、少数の読者をどう考えるのかを、逆に、**ファインとウェストール**ではその作品がよく読まれる理由に迫ろうとしている。児童文学の読者の問題は、もっときちんと論じる必要があるだろう。**海はどこへ行った?**は、「海と児童文学」特集号のテーマにあわせて、海洋冒険譚の末裔?探しをして興味深い「発見」をしているが、まだまだ他に海の児童文学については論じる余地が多く残っていると感じている。いずれも、新しい作品論の方向を探っていたころの思考回路がよくわかる論である。

『秘密の花園』論――自然の力とこころの癒し

児童文学の別名：秘密の花園

フランシス・ホジソン・バーネットFrances Hodgson Burnett（一八四九―一九二四）の代表作『秘密の花園』*Secret Garden*（一九一一）は、『小公子』*Little Lord Fauntleroy*（一八八六）や『小公女』*Sara Crewe or What Happened at Miss Minchin's*（一八八八）、*A Little Princess*（一九〇五増補版）と比べて日本での知名度は低い。しかし、『秘密の花園』は現代においても古くなっていない作品であり、今日的なテーマを予告していたという点で、むしろ『小公子』、『小公女』をしのぐ作品であるという評価を受けているのである。H・カーペンターが児童文学の黄金時代を扱った研究書に*Secret Gardens*というタイトルをつけているのは、バーネットの作品に内包している児童文学性と呼びうる特徴が普遍的であり、象徴としても読みうることを示唆している。

作者バーネットについて

バーネットは、イギリス、マンチェスターの金物商の娘としてうまれる。三歳で父が死去。母が家業をつぐが、うまくいかず一八六五年、母の弟を頼ってアメリカに移住する。子どものころから物語を書いて友だちを楽しませていたフランシスは、家計を助けるため雑誌の投稿をはじめ、しだいに認められるようになり、一八七〇年ころには通俗的なロマンスの注文をうけるようになった。一八七三年、スワン・バーネット医師と結婚。一八七七年、最初の小説を出版し、それが舞台化されるなど、作家として成功するものの、うつ病に悩むようになり結婚生活もうまくいかなくなる（一八九八年離婚）。数多くのラブ・ロマンスを刊行していったが、いずれも

「感傷的」という酷評を受けていた。一八八五年、児童雑誌「セント・ニコラス」誌に連載された『小公子』も、その範疇にありながら日本も含め世界的なロング・セラーとなり、作家としての転機となった。その主人公セドリックは、息子ヴィヴィアンをモデルとして造型されたと言われている。おそらくは、息子もその雑誌の読者であったことが、大人を対象とした作品とは違ったフランシスの資質を引き出し、長年ロマンスをつくることでみがいてきた技で、ひろい読者層を惹きつけることとなった。その後、多数の子ども読者に向けた作品を書くが、『小公子』、『小公女』以外は、現在読みつがれていない。両著には、当時の理想的な子どもが登場しており、しっかりした美しい子どもが大人と対等に存在し、大人に感化を与え、最後には幸せになるという結末で満足を与え、苦しさの向こうに未来があることを示唆した。フランシスは、アメリカとヨーロッパを往復するくらしをしていたが、イギリスのケントに借りたマナー・ハウスの庭が、『秘密の花園』という作品を生むヒントを与えたといわれている。『秘密の花園』は、一九一一年の出版であるが、最初から人気があったのではなく、少しずつ、読者から支持されていき、現在も新しい読者を増やしており、作品の評価という上で、特異な履歴をもっている作品である。一九二四年、アメリカの自宅で死去。

『秘密の花園』の設定

『秘密の花園』は、インドにいるイギリス政府派遣の軍人の一人娘メアリがコレラのため父母をなくし、召使たちもいなくなった家にひとり取り残される場面から始まる。子ども読者には、異文化を背景とした恐ろしい物語として導入される。また、主人公メアリも、『小公子』のセドリックや『小公女』のセイラのような見目麗しい天使のような子どもではなく、社交に忙しい母親の目にふれないように育てられ、召使を意のままに使い、気むずかしい嫌な子になっている（メアリの名前は、マザー・グースの「つむじまがりのメアリさん Mistress Mary, Quite contrary/How does your garden grow?…」から取られており、雑誌連載時のタイトルは *Mistress Mary* であった）。メアリは、イギリスのヨークシャーにあるおじの館に引き取られ、そこで庭に出て一人遊ぶことから、物語が次の展開にはいる。コマドリに導かれ、秘密に包まれた開かずの庭の鍵を手に入れるのである。コマドリは、メアリにとって生まれて初めての友だちとなり、館に勤めるヨークシャー育ちの女中のマーサと、庭師のベンに心を開いていくことから、少しずつ、健康になり子どもとして振舞うことができるようになる。マーサの弟ディコンは、ヨークシャー・ムーアを自在に駆け巡り，野生の動物と仲良しになり、草花のこともよく知っている自然と交感できる子どもとして登場する。メアリは、ディコンの助けを借りて，一〇年間人を入れなかった庭をよみがえらせる仕事に熱中する。

次の展開は、ある夜、遠くで泣き声がするので、その声の方にいくと、ベッドにいる少年コリンを発見することから始まる。コリンは、メアリの後見人の息子で、生まれて以後，病人として死の恐怖におびえながら，使用人に守られ、家に閉じ込められて暮らしてきたことを知る。コリンは発作を起こすと手がつけられない状態に陥る。コリンは、メアリの訪れを待ち望むようになり、やがて庭の秘密を共有したことから、ディコンの押す車椅子で庭に出かけるようになる。そこは、母親が木の枝が折れるという事故で亡くなった場所であった。コリンの父クレーヴン氏は、その現実を拒否、息子を認めず、旅に出かけているため、館はずっと暗い闇に閉ざされていたのだった。毎日庭に出かけていくことで、メアリは勿論のこと、コリンも内から意欲がわき、歩く練習をするようになる。

ラスト・シーンは、「父帰る」で、クレーヴン氏はヨーロッパを旅行中に不思議な声を聞き、ディコンの母親の手紙もあって、急遽、帰国し、三人がいる庭の前にくると、コリンが自分の足で走り、父親の胸に飛び込んできたのである。

メアリという「がんこでかわいくない女の子」が、もう一人の「死ぬものだと思いこんでいる病気の男の子」を、癒していくこの物語には、インドからヨークシャーへ、荒れた庭から花の咲きほこる庭へ変化する過程が、不健康な状態から自然のなかで健康を取り戻すことに、嫌なひとから普通のいいひとに変わっていく過程などが重なっており、物語の枠組としてのその多層構造が、いろいろの読みを許容することになる。

インド、ムーア、ガーデンの意味するもの

『秘密の花園』には、作品のキー・ワードとして、また、シンボルとして抽出して論じたい要素や言葉がいろいろそろっている。ここでは、「インド」「ムーア」「ガーデン」を取り上げるが、他にも「秘密」「館」「コマドリ」「バラ」などピック・アップできるものは多い。『秘密の花園』の目次（全二七章）の記述をみると、そこに、的確に章の核になる用語が表題として出ているので、参考にされたい。

「インド」のイメージ

作品の始まる舞台として登場するインドは、イギリスからみて遠い東洋にある植民地であった。後に、キプリングやルーマ・ゴッデンの作品の舞台として使われるが、この二人は、インドで子ども時代を送っており、バーネットの『秘密の花園』でのインドとは違っている。バーネットの場合は、あくまでもその時代の西洋のひとびとが認知していた植民地インドである。メアリの父親は、軍人であり、その妻は同国人とのパーティに明け暮れている。メアリのまわりにいるインド人は、アヤ（乳母）と使用人だけである。メアリが孤児になり、一時ひきとられるのは、イギリス人牧師の家庭であった。コレラが蔓延して使用人の逃げ出した家で、生きて動くものは、ヘビであり、暑くて耐えがたい気候のインドは、物語の発端をつくる道具として使われている。

ヨークシャーに舞台が移ってから、もう一度インドが出てくるのは第一四章で、使用人に傲慢に命令を下すコリンの姿をみて、メアリがインドの子どものラジャー（王様）を思い出すところである。召使を威圧する子どもを、作者は、そのまま、しっかりと書きとめている。ここでは、インドは支配、被支配の構造を保持している国としてあらわされているといえる。

「ムーア」という自然の癒し

『秘密の花園』では、イギリスに帰ったメアリは、館から外には一歩もでていない。すべてのことは、築六百年の館の中と庭でおこるのである。「ムーア」は、通常「荒野」と訳され、耕地に向かない何もない場所をいう。この作品の館のまわりは、ムーアである。バーネットは、そのムーアをメアリの心象風景として巧みに使う。家政婦のメロドックとはじめて館にやってきたメアリには、ごうごうと音をたてムーアから吹いてくる風は、不安をかきたてるものであった。しかし、女中のマーサは、今は何もないように見えるが、春になると、ムーアから新鮮な風が吹き、いい匂いであふれるようになると教えてくれる。外の大気にふれ、マーサの母親から贈られたなわとびで遊ぶうちにメアリは、食事もすすみ、頭の働きも活発になってくる。知り合いになったディコンは、毎日ムーアをかけまわっているので健康にすごせると信じている。コリンを発見した夜、その泣き声を「ムーアで道にまよったひと」が、泣きながらさまよい歩いているようだ、とメアリは感じる。ディコンのムーアの話に惹きつけられたコリンがはじめて外にでた日、ムーアから吹き渡ってきた風をコリンは胸をはって吸い込む。このようにみてくると、ムーアからの風は、メアリをよみがえらせ、コリンに生きていく力を与えている。館と庭だけが生活圏である二人にとって、ムーアは、嵐をおくり、野性の動物を育てている、いまだ到達できない場所でもある。実際には描かれていないムーアであるため、より強く読者の想像力に訴える力をもっている。ムーアのイメージは、多層をなしており、作品の根幹に存在している。

「ガーデン」の役割

『秘密の花園』の花園、つまりガーデンは、館とムーアの間にあって、特別の位置を占めている。メアリは、はじめて秘密のガーデンに入ったとき、四方を囲まれた空は、ムーアの上の空より、よりきらきらして暖かいように感じている。そして、コリンとディコンと花園に行くようになったメアリは、"I'm going to see everything grow here. I'm going to grow here myself."と述べるに至る。カーペンターの言い方を借りると、ガーデンは、前項のムーアと二重写しになっているのである。

メアリーが初めて目にする枯草とツタにおおわれた庭は、もう一つのシンボル、つまり「荒地」を思い出させないだろうか。枯れはてた庭の状態は、傷を負った一種の豊饒の神であるコリンの病いの状態を深く反映しているようである。だから、メアリーが草を抜き、下生えを取りはらうにつれて庭は甦り、その結果としてコリンの健康は回復する。（定松正訳『秘密の花園』三八六頁）

ガーデンは、パラダイスの連想から、幸福、救済、純真さなどをあらわすシンボルとしてよく知られている。秩序ある自然が、ムーアとは違った意味をもち、大人の牙城である館を出た子どもが自分を育てていく場所ともなったのである。この作品のガーデンは、「秘密」のものであり、大人を入れないことで、子ども時代のシンボルとしても読みうるのが了解されるだろう。

『秘密の花園』のなぞ――メアリは主人公か

『秘密の花園』を読了して、ハッピー・エンディングに満足しながらも、どこかで納得がいかない思いが残るのは、いつのまにか、メアリの存在感が薄れ、コリンの物語にすりかわっていることだろう。コリンは、インドのラジャーさながら物語を乗っ取ってしまったのである。この館は、一〇歳のコリンが成人すると彼のものとなり、その未来は、よく見える。しかし、メアリは、まだ、普通の暮らしが身につき始めたばかりで、その将来は、よく見えない。「つむじまがり」で嫌な子は、やっと、人との付き合いかたを覚え、賢く、自分で物事を決断できるよい性格をあらわしてきているところである。作者は、コリンが主人公になるきっかけを、第二〇章で“Shut in and morbid as his life had been, Colin had more imagination than she had, …”と記述している。閉じられた暮らしがコリンにイマジネーションという力を与えたのである。そして、主人公であったメアリのあいまいで不透明なままの見えない将来が、この作品を奥行きの深いものにしているという読み方もできる。唐突でロマンチックな結末から取り残されたメアリの姿は、現代性をもって迫る。

「家なき子」の系譜から

児童文学の歴史をひもとくと、いわゆる名作といわれている物語のほとんどが「家なき子」の物語であることに気づくだろう。孤児が自分の居場所を求めて奮闘する物語は、いつかは家を出て自分のいるべき場所をつくらねばならない子どもにとって永遠のテーマであると言える。自分探しの旅は、現代では「家出物語」としてかたちをかえて描かれていっている。『若草物語』や『大きな森の小さな家』のように安定した家庭がしっかり設定されて、そこを舞台とした物語は、むしろ例外的といえる。一九八〇年代以後、数多く刊行されている離婚をテーマとした家庭物語まで視野に入れると、子どもにとって、家庭はいつ危機にさらされるかもしれない場として、こころの奥底で感じとられているのかもしれない。

こうした点を考えると『秘密の花園』は特異な位置にある作品といえる。メアリは、孤児となるが、家は存在しているし、経済的な問題を一切かかえていない。問題は、誰一人として心を通わせたことがなく、コミュニケーションの方法を全く知らないということにあった。自分の固い心を少しずつ溶かしていく過程やディコンの動物と交感する能力を、メアリは「魔法」Magicという言葉で納得する。

There really was a sort of Magic about Dickon as Mary always privately believed.（Chap. 21）

'It was Magic which sent the robin,' said Mary secretly to Dickon afterwards.'（Chap. 21）

メアリの話を聞いて、自分のからをやぶっていったコリンも次のように自己の見方をのべている（第二十三章は、「魔法」という表題がついている）。

…Magic is always pushing and drawing and making things out of nothing. Everything is made out of Magic, leaves and trees, flowers and birds, badgers and foxes and squirrels and people.…

"Magic is in me! Magic is making me well. …" (Chap. 23)

二人の子どもに生じた変化を、作者バーネットは、「魔法が働いた」と書いているのである。「魔法」の働く文学は、現代では、ファンタジー系の作品として描かれるはずである。そして、実際に起こりえぬ事柄を扱うことになる。しかし、『秘密の花園』は、実際に起こりえた魔法を描いているのである。「閉じられたガーデン」をめぐる不思議の数々は、起こりえた魔法としてリアリティーをもって読み継がれてきている。『秘密の花園』は、自然の力と人間の内から生じてくる命、こころの癒しをロマンティックなプロットにのせて物語った稀有な作品といえる。

テキスト

原稿などの一次資料――プリンストン大学図書館所蔵

The Secret Garden Puffin Books など

翻訳――吉田勝江訳『秘密の花園』上、下　岩波少年文庫　ほか多数

参考文献

Almond, Barbara R. "*The Secret Garden: A Therapeutic Metaphor.*" *Psychoanalytic Study of the Child* 45, 1990: 477-94.

Bixler, Phyllis. *The Secret Garden: Nature's Magic.*（Twayne's Masterwork Studies No.161）. 1996.

H．カーペンター著　定松正訳『秘密の花園——英米児童文学の黄金時代——』こびあん書房、一九八八（Carpenter, Humphrey. *Secret Gardens: A Study of The Golden Age of Children's Literature.* Unwin & Hyman Ltd.1985）

Gunther, Adrian. "*The Secret Garden* Revisited." *Children's Literature in Education* 25（3）, 1994:159-68.

川端有子「『秘密の花園』における庭のイメージ」 *Tinker Bell* Vol.33. 日本イギリス児童文学会、一九八七

Thwaite, Ann, *Waiting for the Party: the Life of Frances Hodgson Burnett 1849-1924.* Scribners, 1974.

Keyser, Elizabeth Lennox, 'Quite Contrary': Frances Hodgson Burnett's *The Secret Garden.*" *Children's Literature,* 11（1983）. 1-13.

ニュー・ファンタジーの会『夢の狩り人——イギリス女流児童文学作家の系譜４』透土社、一九九四

Phillips, Jerry. "The Mem Sahib, the Worthy, the Rajah and His Minions: Some Reflections on the Class Politics of *The Secret Garden.*" *The Lion and the Unicorn* 17, 1993: 168-94.

F・H・バーネット論──世界名作の未来を考えるヒント

はじめに

子どもの本のなかで出版されて以後、百年を超えて読み続けられている作品は数少ない。また、出版当初は、ベストセラーとなって大勢の読者を獲得したとしても、殆どの作品は次世代まで生き延びることができない。では、どのような理由で、どのような作品が次世代に読み継がれていくのかだろうか。

この問題に正面から取り組んで、『子どもが選んだ子どもの本』（創元社、一九九九）を編集した鳥越信は、ブッククリストづくりをする絶対に間違いのない方法として、「生命の長さという物差しではかること」（二〇〇、二〇一頁）をあげている。その物差しを二五年に設定して、リストをつくっている時点で購入できた本のなかから一八八一冊の本を選んだ。そして、五年ごとに改訂版を出版すれば、より完璧なリストになると考えていた。

しかし、このリストが出版されて一五年後の眼でチェックしてみると、事はもう少し複雑であったことがわかる。一つは、「子どもが選ぶ」という基準そのものがかなりあいまいで、「子どもが選んだ本」という判定を、「初版出版後二五年以上経過していて出版されている本」としているが、そこには言うまでもなく、出版社の事情や販売価格、社会情勢や子ども観などのさまざまの要素が含まれていると思われる。もう一つは、二五年という物差しの妥当性である。これは子ども読者が残してきたという判定をすることとも関わるが、短すぎるようだ。五年ごとの改訂がなされなかったので、推測でしかいえないが、リストに選ばれた作品の年代の新しいものほど、読まれなくなる比率は、高かったのではないだろうか。

しかし、子どもの本の推薦リストの殆どは、いわゆる「良書主義」によっている。[*1] 一九六四年に翻訳された

『児童文学論』（一九五三）で、L・H・スミスは、よい作品には必ず備わっている特質があると考え、よい作品の資質を認識する道を具体的に示して、当時、手探りで運営していた日本の児童図書館や子ども文庫に関わる人々に大きい影響を与え、「すべての子どもによい本を」は、読書運動の共通のスローガンになった。スミスは、文学の古典とされるよい作品には、不朽の文学上の基準があるとして論をすすめたが、出版後半世紀以上を経た現在、「文学上の基準」とした作品の多くが、読まれなくなってきている。この事実は、子どもの読書推進には、「よい本」を選択する別の視座、別の考え方が求められる時代に入っていることを語っている。以下で論じようとしているバーネット作品は、スミスの文学論には、全く取り上げられていない。おそらくは、スミスの基準にあてはめて、文学性に問題がある作品という判定がなされて、排除されたものと推察される。

一九二七（昭和二）年に出版されはじめた「日本児童文庫」（全七六巻）と「小学生全集」（全八八巻）は、いわゆる「円本」時代の大量出版を背景に子どもの本の全体像を示そうとしたものであった。戦争での中断はあったが、こうした児童向けの全集などの出版は続き、一九六〇年代に、いわゆる「世界名作全集」としてその頂点に達した。そして、スミスの児童文学論には納まりきらないまま、「世界名作[*2]」は、TVアニメとして映像化がすすみ、見るものへと変貌をしていった。また、よい本をすすめる考え方から、翻訳は全訳を原則としたため、一九世紀の長編冒険物語などを原本とした再話本は、姿を消していくことに繋がっていった。

現在、多文化世界のなかで、子どもの読書も、あらかじめ「よい本」を設定するのではなく、読者のニーズの多様性に応えてこその「よい本」になるという「適書」の考え方が浸透してきていると思われる。こうして見ていくと「子どもの本」を評価するのは、何によってか、誰なのか、古典的な作品であるという認知はどうやってなされてきたのか、など、考えてみたい問が、多数湧き上がってくる。

ここで、バーネットの作品を取り上げ、ケース・スタディとして論じてみようとしているのは、『小公子』『小公女』『秘密の花園』が百年以上読み継がれてきているという実績と、しかしながら、三作品の評価が時代によって変化してきている事実へ着目してみることで、時代を超える「名作とは」という問いを具体的に考察できる可能性を見出したことによっている。

バーネット作品の日本における受容

F・H・バーネット（一八四九―一九二四）の三作品『小公子』（一八八六）、『小公女』（一九〇五）、『秘密の花園』（一九一一）は、佐藤宗子の調査[*3]によると、一九五〇年に創刊された「世界名作全集」一八〇冊（講談社）と「岩波少年文庫」（第I期一九三冊）のなかで、共通に取り上げられた三三作品のなかに入っており、訳題も同じで、かつ、『小公子』『小公女』は並び番号で、『秘密の花園』は、すこし遅れて収録されていると指摘されている。三三作の内、最初から子ども読者向けの作品として刊行されたのは一六作品にすぎないので、「世界名作」を論じるサンプルとしては、最適であるといえよう。

『小公子』については、若松賤子の初訳（「女学雑誌」一八九〇・八―一八九二・一）が明治期を代表する名訳として著名で、以後、賤子訳を含め多くの訳の刊行が続いている。『小公女』は、藤井白雲子によって「婦人くらぶ」（一九一〇・八―一二）に連載されたのが初訳、『秘密の花園』は、一九一七年、岩下小葉によって単行本出版されたのが初訳である。以後、三著とも何度も新しい翻訳が出版されて現在に至っている。

明治期に、『小公子』が読みやすい口語訳、それも全訳され、版を重ねていった理由としては、わかりやすいメロドラマとして、アメリカの近代化された都市育ちの主人公が封建制度の残るイギリスで貴族の祖父との暮らしを余儀なくされるというプロットに興味をひかれたことがあげられる。主人公が、そのやさしさと可愛さで、頑固な老人のこころを溶かし、まわりの人たちを幸せにしていく物語に、多くの読者は魅了され、セドリックは人気キャラクターとなっていった。

『小公子』の人気を受けて大正期に翻訳された『小公女』は、しかし、主人公の描かれ方が異なっており、メロドラマ的な要素は残っているものの『小公子』ほど多くの読者を獲得することはなかった。おそらく、もっとも多くの愛読者を得たのは、昭和三〇年代前後の時代で、自立した少女像が認知されていった経過があると考えられる。

『秘密の花園』は、初訳では主人公メアリを「毬子」と和名で訳しており、丁寧で読みやすい文体になっている。その後も新訳で出版されるものの親からネグレクトされて、異国インドで育った少女と前二作で形成された主人公像との差が大きく、大正期・昭和前期には人気作とはならなかった。

作品の背景は、英米両国にわたる『小公子』から、学校という枠のなかの『小公女』へ、そして、インドからイギリスへの旅はするものの館のなかを一歩も出ない『秘密の花園』へと変化している。子ども像も、母親に愛されて育った天使のような子どもから、母親が亡く愛してくれた父親も失くしたが自意識が強く誇り高い子どもへ、両親をインドで亡くし見知らぬ叔父のもとに送りこまれた愛情を受けたことのないためネガティブな面を持つ暗い主人公へと変化していく。『小公子』『小公女』より遅れて、昭和後期に「世界名作」入りをした『秘密の花園』では、誰からも愛されたことのない子どもが内なる生命力を伸ばして、成長していくさまが「閉ざされた庭」が開かれて花園になっていくと過程と呼応させて描かれている。その作品の持つ意味が認知されるには時間がかかったが、自然の治癒力や「癒し」をテーマにしている点で二一世紀に入って注目度がより高くなっている。

こうした日本における受容史を踏まえながら、バーネットの作品が「世界名作」のなかでも、もっとも認知度の高い作品になっていった過程とその理由について考察してみよう。

バーネットの作家歴と『わたしの一番よく知っている子ども』との関連

『小公子』が雑誌に連載されたのは一八八五年、『秘密の花園』の雑誌連載は一九一〇年、三五歳で人気作家と

松下宏子・三宅興子編・訳
『バーネット自伝　わたしの一番よく知っている子ども』（翰林書房　2013）

なったバーネットは六〇歳、その間に二五年が経っている。興味をひくおもしろい物語を語ることができるのが、自分の才能であるのをよく知っていたバーネットであるが、『小公子』の成功の二年後、同じ児童雑誌「セント・ニコラス」に、後に『小公女』となる「セイラ・クルー」を連載すると、その主人公は、小公子セドリックのイノセントな魅力を引き継ぐキャラクターではなく、きびしい現実と戦う少女であり、こころの葛藤も吐露している。大人読者に向かって作品を書いていたバーネットが、子ども読者に書いた『小公子』の大人気の成功をどのように考えていたかは不明である。しかし、一八九三年に刊行された『わたしの一番よく知っている子ども』[*4] *The One I Knew the Best of All* の序文を読むと、「子どものこころというものは、どんなに関心のあるひとでも、外側からうかがうことしかできませんが、わたしは以前からずっと、もっとしっかりと内側を見つめてみたいと願ってきました」（二頁）とあり、子どもの内面を描くというテーマを自分に課していたのではないかと思われる。その後には「子どもの内なる視点から書くことができ、しかも、確かによく知っている子どもがひとりいることに思い当たりました」（同右）と続いている。三歳から一七歳までの自分の子ども時代を主人公[*5]にした自伝的な物語を綴ったのである。三作品を考察するのにこの作品が重要視されるのは、多くの物語を書いてきたバーネットが、四二、三歳になって、作家の眼で、自分の過去を探り、楽しい思い出だけでなく、子どもの暗部にも迫っていて、「死」や「悪」にどのように出会い、どう受け止めていたかを克明に描写しており、また、華やかな結婚式やパーティのなかにいてもその場に浸りきれないでいる子どもの心象を描いたところにある。

『小公子』は、この作品よりも前に刊行されており、『わたしの一番よく知っている子ども』の自伝的な要素と共通しているのは、ホッブスさんの買った本が『ロンドン塔』、令嬢の眼の色がパンジーの花のような紫色だと記述しているところ、母エロル夫人が「いつでも、親切で、正直にしてさえいれば、それでいいのです」とセドリックに教えるのは、バーネットの母の口癖だったのを使っている三か所ほどに留まっている。*6 しかし、『小公女』と『秘密の花園』は、子どもの内面と関わるところで、共通しているところが多数指摘できるので、次項で詳述したい。

『小公女』の成立に関わった時間と『わたしの一番よく知っている子ども』

『小公女』が、最終形に落ち着くまでに、三つの作品がある。

1. *Sara Crewe: or, What Happened at Miss Minchin's*, 1888「セイラー、クルーの話」（若松賤子訳、「少年園」一八九三・九・三―一八九四・四・一八連載）
2. *A Little Unfairy Princess*, 1902「セーラの空想（児童劇）」（久保田万太郎訳、「赤い鳥」一九三六・七―九）
3. *A Little Princess*, 1905「小公女」（藤井白雲子訳、「婦人くらぶ」一九一〇・八―一二）

当時、アメリカだけではなく、多くの国に愛読者をもっていた児童雑誌「セント・ニコラス」で「小公子」を連載した二年後、同誌に連載されたのが最初の形である。最終形と比較すると四分の一ほどの長さの中編で、視座を主人公に据え、徹底してセイラの内面を描いていく。若松賤子訳を二〇一五年現在の眼で読んでみると、その先駆性に驚くところが多い。ミンチン先生が嫌いで、堂々と渡り合う、人形のエミリーに内面を吐露する、自分よりも貧しい少女にせっかく手に入れたパンをひとつだけ残して与える、屋根裏部屋に火が入りご馳走が並ぶ、などの場面は共通しているものの、核心となっているのは、「此児は非常に強い想像力をもつて居り升た」（第百十八號、一二）と簡潔に述べられているこころのなかの世界である。魚の眼をしたミンチン先生を最初から嫌いでその本質を見抜いているところやかんしゃくを起こして唯一の友である人形を投げつけて悪態をつく場面など、セドリックには全くなかった心の暗部が吐露されており、子どもも精神性において、おとなと対等であることを描ききっている。子どもの内面、こころの叫びが作品になることは稀有であったため、その先駆性は評価されなかったが、恐らく、バーネットは新しい子ども向けの作品を描けたという自信は持っていたと推察される。

そして、この「シンデレラ型」の物語は、一五年後、文字通り、ドラマチックな味つけをした劇となり、劇では、セイラの暗部や自我の強いところなどが薄められていて、キャラクターの強さは弱められている。その脚本をノベライズしたのが、最終形の『小公女』となった。最終形の『小公女』は、雑誌掲載時の物語の要素をすべて踏襲しており、それに、セイラとの違いを浮き上がらせる装置としてミンチン塾の級友たちが付加されており、教室内の出来事が、生徒の会話を通して具体的に伝わり、学校物語としての面白さが加わっている。雑誌掲載時の約四倍の長さになった。

最初の作品から最終形の作品まで、一八年間の年月が経過しているが、作者の意図を推察するのに一八九三年刊行の『わたしの一番よく知っている子ども』は、重要な位置にある作品である。以下で、『わたしの一番よく知っている子ども』（以後『自伝』と記す）が最終形の『小公女』にどのように反映しているかを検討していく。

『自伝』に描かれているのは、バーネットが聖書の物語に始まってごく幼いころから「物語」が好きで、本が読めるようになると「物語」好きが高じて、隠れて人形を相手にひとり何役にもなって演劇ごっこをしたり、帳面の余白などに自作の物語を書きつけたりする姿である。もうひとつ、『自伝』のなかで、重要だと思われる発見がある。それは、「思い出せるかぎり早くから、はっきりとした小さな「個性」があったことです」（八頁）と述べている場面で、「三歳児」であっても大人の嘘を見抜き、誇りを傷つけられたのを鮮明に覚えていることである。そして、おとなには対抗できないので、黙って順応する術を身につけていた。また、「成長する上で特別な年ごろなのでしょうか。それとも、ひとの生涯に影響を与え、人格形成にかかわるような興味深い出来事を呼び寄せる年ごろなのでしょうか」（九二頁）として「七歳」時に多くのはじめての経験をしたことを記している。それは、書き物机の本箱に大量の物語や詩の本を発見したり、労働者住宅に住む人たちを観察したり、「死んでいる友だち」と対面したり、初めての創作詩を書いたり、赤ちゃんをあげるといって騙されたりしたことであった。

『自伝』から読み取れる『小公女』への影響を箇条書きにしてみる。

1．主人公の年齢：「セント・ニコラス」版の一〇歳を七歳に引き下げている

三歳ですでに個性を持っており自己主張もあること気づき、七歳で人生におけるはじめての経験をきちんと受け止められることがわかったことを受けて、セイラの物語を「特別な」年齢である「七歳」からはじめている。

2．想像する力を持っている：人形との劇ごっこから「ふりをする」pretend

雑誌掲載時にも、暖炉に火があるつもりになる、自分が高貴な生まれの王女になるなど、「ふりをする」ことで、辛い状況を耐える場面はあった。『自伝』では、聞いたり読んだりした物語を、人形相手に一人何役にもなって演じる様子が描かれている。その源には、ずっと昔から語り継がれた「物語」があり、伝えられてきた歴史物語があり、創作の劇や作品があることが随所で明らかにされている。

3．物語作り：級友に語る

雑誌掲載時には、塾の級友とは親しくしていなかったという記述があって、ただ、アーメンガードの父親が送ってくる本を読みたいので、自分が本を読んでその話を語って聞かせる場面があるだけである。最終形では、人形に自分の内面を吐露する場面だけでなく、級友にもお話を語っている。また、母を亡くしたロッティの母親役を買って出る、セイラに意地悪する子を登場させるなど、劇化したときの名残りもあり、それ以上に、学校物語としての要素を付加して読者の興味をひきつけていくプロットに仕上げでいる。『自伝』では、誰にも知られずにひとり劇ごっこをするのに苦労しており、紙の余白があれば物語を書きつけていることを秘密にしているが、七歳の夏の夕方に「初めての創作」(一九〇頁)をし、その創作詩を母親に読んでもらったことが記されている。また、学校でひとりの友だちに乞われてこっそりと創作のお話を語り始め、その輪が四、五人になり、何週間も秘密結社のように続いたエピソード(第一二章「イーディス・サマヴィル」と生のカブ)で、よき聞き手に恵まれ、自作の話を楽しみにしてくれる心地よい感覚を再認識したことが、最終形のセイラ像の成立に大きい変化をもたらしたと考えられる。

4. 具体的で細部にわたる描写の付加

具体的で細かな描写が数多く付加されたが、『自伝』と一致する箇所が多い(ひとりで空を眺める、屋根裏からスズメを見る、下層階級がhを抜かして発音する、など)。人形についても、その付属の衣装などを詳しく描いており、初期形の根幹はそのままでありながら、興味をひく具体的な描写を多く入れたことによって、物語が多彩になり、例えば、下働きのベッキーとの場面を多く入れたことで、惨めな境遇をよりはっきりと浮かび上がらせる効果をあげている。

『小公女』の時代性についても述べておきたい。セイラが、昔話の人気キャラクターである「プリンセス」であることは、タイトルからも知りえる。逆境にあってもその誇りを持ち続けてこそ本物だというセイラの独白が効果を挙げるのもその前提が受け入れられているからである。いじわるな級友やミス・ミンチンを配置するのも昔話の型通りである。

バーネットが新しかったのは、『小公子』のセドリックは、生まれながらのプリンスであったが、セイラはそうではない。身分としてのプリンセスではなく、貧しい境遇でも「ふりをする」ことでプリンセスになれる、精神的に自立しており、ひとへの暖かい思いやり、親切な行い、やさしい言葉など女の子の理想像でいることができれば、それでプリンセスといえると描いたことである。

ミス・ミンチンとの対決場面は、『小公女』が百年の歳月を超えることが出来た理由のひとつである。子どもはいつも大人から理不尽な扱いを受けてきた。反論しても「反抗」とみなされて、多くの場合よい結果がえられない。どんなに脅かされても自分を失わず、大人に媚びることのないセイラは、ヒロインそのものであった。

また、学校という枠組みのなかの物語ではあるが場所はロンドンであり、そこにインドの紳士が登場して、ダイヤモンド鉱山の投資で大金持ちであるといった現実離れしたロマンチックな味付けがなされている。大英帝国の夢が語られているとも言えるだろう。その紳士の出現がセイラを何不自由のない暮らしを保証する。また、母親がフランス人であったため、セイラはフランス語ができるというエピソードもわかりやすくロマンチックである。

自我の確立した「可愛げのない一〇歳の女の子」の内面を語る物語を、主人公の年齢を下げ昔話の型にあわせるかのようないじめ役を配置し、当時のロマンチックな要素も入れ興味をひき、主人公をプリンセスとしての内面だけでなく、外面の振る舞いもそのイメージに合うように徹底したことで、読者がかけ離れた存在であるプリンセスを受容できる作品となったのである。

『秘密の花園』の本質と『わたしの一番よく知っている子ども』

『秘密の花園』は、バーネット六〇歳のとき、一般向けの雑誌「アメリカン・マガジン」に連載され、一九一一年に単行本として刊行された。出版された当時は、評価されることがなく、バーネットの死亡記事（一九二四年）で『秘密の花園』に触れたものがなかったことは、『秘密の花園』が出版後しばらく全く評価されていなかったことを語っている。バーネットは、『小公子』の作家として亡くなったのである。

その理由としては、主人公メアリの描かれ方にあるといえるだろう。メアリは、巻頭から誰からも「こんなに可愛げのない子はみたことがない」とレッテルを貼られ、不機嫌、不器量、病気がちといった暗い印象しか与えないキャラクターとして登場する。インドに生まれたという味付けはされているが、そこで、疫病のため両親はもとより周りの人びとが亡くなり、祖国イギリスの会ったこともない親戚のもとに送られる。全くの一人ぼっちという点ではセイラと共通しているが、メアリは、両親からネグレクトされ、人から愛されたことがない子どもとして描かれていく。送られた場所はヨークシャー、人里離れたムアからの風の吹きすさぶ古い館であった。そして、物語はその館という枠のなかで進行していく。

一人ぼっちのメアリは、遊び相手もなくひとり館の外で時間を過ごすうちに、コマドリと出会い、一〇年間閉ざされていた秘密の庭の鍵をみつけ、その庭に入る。物語の半ばで、寝たきりのコリンと出会い、ふたりで庭を蘇らせる作業をする過程で、少しずつ心身の健康を回復していく。

メアリの回復に寄り添ってくれたのが、その土地の農家の娘で下働きのマーサ、自分で着替えをする経験さえなかったメアリを、母親（縄跳びをプレゼントする）や弟ディコン（野生動物と話をすることができる）とともに、自立への援助をしていく。マーサは、明るい性格で、普段の暮らしの常識で物事を判断し、言葉をかけるのだが、対等な人間関係を持ったことのなかったメアリにとって、大きい力となった。結末には、庭で歩けるようになったコリンと父親の感動の場面が用意されている。主人公であったはずのメアリは、二人に寄り添っていて、大団円の中心ではなくなっている。多様な読みを許容するハッピー・エンドではある。

『秘密の花園』は、経済的には問題のない、むしろ恵まれている二人の子どもの極端な状況を設定して、ひとが何によって育つのかを描いた稀有な作品となっている。この作品と『自伝』との関連を箇条書きにしてみる。

1. ヨークシャー弁

『自伝』では、マンチェスターの労働者の子どもたちの話す方言に興味を持って、練習を積んですらすら話せるようになった（七七頁）と記している。『秘密の花園』では、メアリがディコンやマーサの話すヨークシャー弁をコリンにも教えるが、その土地の言葉を習得することがそこで暮らすことと繋がっていることに早くから気付いていたのである。

2. 空、雲、庭

『自伝』には、世界でも最初の公害都市であったマンチェスター時代のバーネットが、空に話しかける場面や「空に奇妙な親近感を持っていて、雲を見上げると仲間のように感じられた」（一一二頁）など、多くの記述がある。インドとは全く異なるヨークシャー・ムアに位置する館で、メアリは、第七章で、ムアに広がった深いブルーの青空に白い雲が浮かんでいるのを見て感動している。外に出てメアリを覚えてくれたコマドリと再会し、その導きで閉ざされた庭の鍵を見つける。「庭」は、『秘密の花園』の中核をなす場所であり、一〇年間閉ざされていた庭がメアリの発見で生き返り、芽が吹き、花が咲くようになるのだが、そこには、バーネットの煤の都マンチェスターにあった大邸宅の放置された荒れた庭に入って、そこで一輪の紅ハコベの花が咲いているのを見つけて興奮した体験が重なっている（二六四頁）。また、小鳥と交流し、その後をつけていく行動は、『自伝』第一四章のテネシーの森での鳥追い体験が活かされている。

3．ふりをしなくなる

セイラとメアリとを比較すると、セイラは「プリンセス」であるふりをすることで、厳しい現実を忘れ、自分を見失わなかったが、メアリには「ふりをする」場面が皆無である。『自伝』では、一五歳でアメリカに渡ってテネシーの山の中の家から毎日森のなかで過ごしはじめて、「それまで続けていた「ふり」をしなくなった」（二六九頁）と記されている。森に住むことで、それまでの物語が変化し、感情表現に取り組みはじめている。自分が森の一部であり、葉は感情の一部であると感じられるというのだ。この感覚が、小鳥や葉や花とメアリがこころの交流する場面と重なっている。

4．魔法、神秘体験

感情表現をするのは、近代文学では当然ではあるが、『秘密の花園』でいわゆるリアリズム文学とは違った魅力を発揮しているのが、第二三章の魔法と第二七章のコリンの父クレイヴン氏のアルプスでの神秘体験である。[*7] 秘密の庭に行くことでメアリとコリンの身に生じた変化を、奇跡と感じ、庭には魔法がかかっていると話し合っている。また、チロルの渓谷でクレイヴン氏は、深い静寂のなかで何か解き放たれたような感じを体験し、その後に遠くから亡くなった妻の呼び声を聴く。バーネットは『自伝』のなかで、宇宙の根底には人智を越えた神霊や無限の霊力が存在するという思想の「神智学」に何度か言及しており心霊主義などにも興味を持っていたので、こうした超常現象を信じていたと思われる。『自伝』の「第一四章　木の精の日々」では、テネシーの森のなかに自然をそのまま使った「あずまや」を作ってそこで長い時間を過ごし、小鳥やリスやウサギと知り合い、魂がからだから飛び立つような体験をしたり、肉体を持っていることを忘れて森を駆け巡ったりしている。特に、春や秋の森のなかの木や草や花の変化する美しさを陶酔したように描いている。この一五歳での森での神秘的な体験が、『秘密の花園』の随所に表現されている自然の持つ「魔法」や「神秘体験」の源流になっているといえるだろう。

『小公女』から『秘密の花園』へと主人公像は、決定的に違っていった。セアラが惨めな環境から抜けるのが、人の援助であり財力である。メアリが影響を受けるのは、自然である。おじさんとの初対面で、何か欲しいものがないかと問われたメアリは、「地面を少しいただきたい」（第一二章）と申し出ている。

一九世紀後半から二〇世紀初頭にかけて作家活動をしたバーネットは、実人生では、経済的に貧しくなった家族を助けようとお金を得るために物語を書き始めている（『自伝』第一五章）。また、長男の死、二度の離婚など自身の人生も波乱に満ちたものであった。売れる作品を書くということは、読者に受け入れられることを意識せざるを得なかっただろう。そうした中で、晩年の作となった『秘密の花園』[*8]で、自我の強さを持ちながらも、自然の呼吸を受け入れ、小さな動物の命に触れて感動を覚え、自分の内側にある太古から伝わる「命」を感じて、心身ともに健康を取り戻していく主人公を描いた。華やかなハッピー・エンドは、どちらかというとコリンに譲った結末になっている。それまでの読み物・児童文学の要素を後半から付加しながら、本当の主人公であるそれまでには主人公になりえなかったネガティブな面を持つメアリを自然のなかで解放して生きる姿を描くという離れ業を敢行したのである。二一世紀に入って「親によるネグレクト」の問題が表面にでるようになり、また、「自然による癒し」が心理療法として意識されるようになって、『秘密の花園』の読み方にも影響をもたらしており、現代的な問題を持つ子どもとしてメアリの先駆性が評価されている。

「世界名作」として

バーネットの『小公子』『小公女』『秘密の花園』は、二〇一五年時の日本において、「世界名作」の代表的な作品として知られているが、これまで見てきたように、時代によって注目される作品は異なってきている。また、読者の対象年齢は、作品毎に上がっている。

子どもの本は、推薦リストや必読リストを作成するにあたって、その選択基準がそれぞれの目的によって異なるのは当然であるが、成人向けのものと違っている。それは、純文学、中間小説、大衆小説という読者層の違いを意識した区分をしていないところにその特徴がある。文学と歴史や科学との区別もあいまいな領域もあり、「読み物」「お話」として、子ども読者の興味をひくことができるかどうかが、基準の根底にあるようである。

かつて、イギリス児童文学史を学んでいて、後世の文学史家が「教訓的」であるとして手短な記述に留まっている作品のなかにも、よく読まれた作品とそうでない作品があるのがわかり、さまざまの年代の異なった版を読んでみたことがある。一七六五年刊行の『くつ二つちゃん』は、小型本とはいえ一五〇頁もある当時としては本格的な物語であるが、一八二〇年代のチャップブックでは、作品の骨格をなす貧しく生まれ、苦労したが幸せになり結婚して終わる、という昔話の話型に納まっていた。ウォルター・クレインも百年後に昔話の絵本などと同じ扱いで絵本（一八七四年刊行）にしている。つまり、教訓物の中核をなすのは、「シンデレラ型」の昔話で、その骨格がしっかりしていたので、長期にわたり読まれたのだという発見があったのである。

一九八二年に刊行されたフレッド・イングリスの『幸福の約束』は、児童文学の本質として「ハッピー・エンド」を取り上げている。成人の文学との違いを、未来に生きていく子どもが読む文学として、読む楽しさや喜びに繋がり、生きる力を与える物語であることだと考える識者は多い。[*9] バーネットも恐らくそう考えていただろうと推測されるのは、一作毎に親との関係が希薄になり、それまでに描いたことのない「親から愛されないだけではなく、関心すら持たれていない子ども」を主人公にして、希望の見える結末を用意してみせたからである。児童文学の王道をいきながら、それまでにない新しい主人公像を創り上げたのはバーネットの物語の語り手としての卓越した才能であった。同じところに留まっていないで作品を深化させていく意志力の強さが読み取れる。

これまでの「世界名作」においても、主人公が「親のいない子」であることが多く、[*10] 一人ぼっちで生きていくという設定は、今後も「世界名作」の中心であるだろう。「世界名作」には、他に、昔話や神話など伝承文学群と、成人文学の古典的な作品の再話群（たとえば、「ロビンソン・クルーソー」「ガリバー旅行記」「西遊記」「シェイクスピア劇」など）があり、絶えず新しい再話者によって「新作」で読むことができる。

「世界名作」は、時代によって、その内容を変化させながら、今後も愛読されていくだろう。ロングセラー作品には、文学的な評価だけではなく、子どもの生きる力を引き出し、もしひとりきりになっても、何とかなるのだという確信を得られる作者の強い応援があるのだから。

参考文献

『明治翻訳文学全集《新聞雑誌編》21　バーネット集』（大空社、二〇〇〇）
『図説　児童文学翻訳大事典』第三巻【原作者と作品】（大空社、二〇〇七）

注

＊1 「ブック・エンド」第3号（絵本学会発行、二〇〇五・六）【特集2】絵本のブックリスト総点検　参照。ここで扱っているのは絵本のみであるが、多くのブックリストは、よい絵本を薦めるという選択基準で選ばれている。しかし、リストに選ばれた作品は、千差万別でどのリストにも必ず選ばれている作品は稀有であった。

＊2 「世界名作」という用語が、いつごろから使われたのかを調べてみたが、昭和初期に出版された春陽堂の「世界名作翻訳全集」（二〇〇巻）は、児童図書の全集を指すわけではなかった。児童図書としては、斎藤佐次郎の金の星社が、一九二四—一九二七年に「世界少年少女名著大系」を、「世界名作」を冠するシリーズとしては、一九三三—一九三八年の「少年少女世界名作物語」がある。その後、講談社が一九三七—一九四二年「世界名作物語」（全二〇巻）を刊行し、戦後になって一九五〇—一九六一年の「世界名作全集」（全百八〇巻）がある。「世界名作」と

いう用語を定着させた大きい要因として、テレビ・アニメのシリーズ「世界名作劇場」（一九六九―一九九七）があると考えられる。

＊3　佐藤宗子「選ばれた「名作」――「岩波少年文庫」と「世界名作全集」の共通書目――」（「千葉大学教育学部研究紀要」第四一六巻Ⅱ、一一七―一二六頁、一九九八）によっている。

＊4　引用はすべて、松下宏子・三宅興子編・訳『バーネット自伝　わたしの一番よく知っている子ども』（翰林書房、二〇一三）による。

＊5　作中では、作者で大人になったバーネットが、子ども時代の自分ことをSmall Personと呼んでおり、別の人格として描いている。

＊6　吉田甲子太郎訳『小公子』（岩波少年文庫73、一九五四）二八〇頁、二五三頁、一九四頁参照『バーネット自伝』六四頁、二一八頁、一八五頁　参照

＊7　超常現象の描写は、バーネットが愛読したシャーロット・ブロンテ『ジェーン・エア』（一八四七）と通底している。文学作品としては、妹エミリ・ブロンテ『嵐が丘』の評価が高いが、人気ということでは、『ジェーン・エア』である。『ジェーン・エア』は「シンデレラ型」の物語であり、『小公女』の方に近い。『秘密の花園』の愛読者と「メアリは将来コリンと結婚するだろうか」という議論をしたことがあるが、「しないだろう」という意見が多かった。

＊8　『秘密の花園』以後の最晩年の作品として一九一四年「セント・ニコラス」誌に連載された「消えた王子」がある。

＊9　今江祥智『幸福の擁護』（みすず書房、一九九六）など

＊10　早くは、鳥越信『児童文学入門　世界名作の子どもたち』（国土社、一九六二）で、世界名作の主人公像を紹介し、「欠損家庭」の子どもが多いことを指摘している。トム・ソーヤー、ハイジ、赤毛のアン、ジルシャー・アボットなど。

児童文学者としてのE・V・ルーカス

はじめに

イギリス児童文学の歴史に関心をもつと、その時代には、よく読まれながらも、文学史を記述する時点において興味を持たれることなく消えていったなかに、明らかに、次の時代を用意することに貢献し、技術や技法の面では、新しいものを持っていた作者や作品に出会うことがある。

E・V・ルーカス（一八六八―一九三八）は、一九世紀末から二〇世紀初頭にかけて、児童文学者としての活躍にみるべきものを残しているにもかかわらず、言及されなくなった一人である。しかも「パンチ」テーブルで活躍した人気作家だった。『文学者伝記事典』[*1]によると、エッセイストとして評価されている。

He wrote novels, biographies, art criticism, cricket history, humor and satire, books for children, books of verse, and travel books. He compiled several popular anthologies and, though his scholarship has since been largely superseded, was a recognized authority on Charles Lamb. Though he failed as a playwright, before and during the 1914-1918 war he wrote lyrics for successful London revues starring the celebrated music-hall comedian Harry Tate. It was as an essayist, however, that he was most admired.（*DLB* 98 p. 227）

多作・多分野にわたる業績を残しているため、ルーカスの全容を把握するのは困難であるが、この論考では児童文学者としてみることで、ルーカスが次の時代に残したものを探ってみたい。

E・V・ルーカスは、一九〇〇年から「パンチ」誌に寄稿をはじめ、一九〇四年に編集スタッフの一員（パンチ・テーブルにつくとして知られている）となり、A・A・ミルンとの交友もはじまっている。一九〇五年のクリスマスの贈り物の本として出版された *Mr. Punch's Children's Book* の編者となっているのは、こうした経緯からとみられる。Olga Morgan のさし絵が入っており、ルーカスの短篇 "Sir Franklin and the Little Mothers" をはじめ Alexandra Christian, Thomas Cobb の短篇、カラーの絵物語が二篇などわかりやすく、明るく、軽い調子の楽しい一冊に仕上っている。

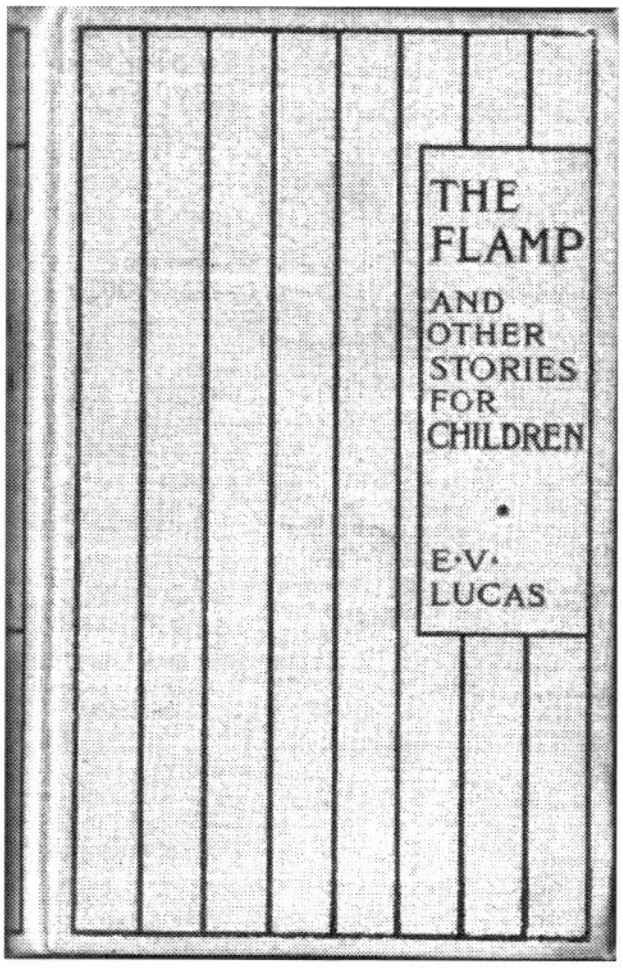

図1◆「子どものためのダンピー・ブックス」シリーズの第1巻

「子どものためのダンピー・ブックス」の編者として

ルーカスが子どもの本にかかわったのは、当時二四歳の若い出版者グラーント・リチャーズ（一八七二—一九四八）が、子どものためのアンソロジーを編集してほしいと熱心に説得したことからはじまっている。[2] 二人のコンビの初期に刊行されはじめたのが「子どものためのダンピー・ブックス」シリーズ[3]である。この小型本（「ダンピー」には、ずんぐりの意がある）は、クロース装丁で、定価は一シリング六ペンスであった。ルーカスの短編三作を入れた *The Flamp, The Ameliorator, and the Schoolboy's Apprentice*（図1）が第一巻として、天に金箔をほどこし13×7.5cmの一六〇頁で一八九七年に出版された。第二巻 *Mrs. Turner's Cautionary Stories*（一八九七）は、六九篇の警告詩集、第三巻 Mrs. Fenwick: *The Bad Family and Other Stories*（一八九八）は教訓物語集で、両書はいずれも一九世紀初頭に出版されたロングセラーを再録したもので、ルーカスの「はしがき」がついている。多少古くなっているのを認めつつ、子どもに喜ばれてきた点を評価している。この企画のなかに、持ち込み原稿として登場したのが、『ちびくろサンボ』という邦訳名で、日本でも、著名な絵本となった第四巻の Helen Bannerman: *The Story of Little Black Sambo*（一八九九）である。この作品が如何によく売れたかは、第五巻 Thomas Cobb: *The Bountiful Lady*（1900）に掲載されているシリーズのリストに"With Picture in Colours by the Author. (Eleventh Thousand.)"と特記されていることで、よくわかる。この作品が出版されて以降、シリーズでは、さし絵入りのものや、図鑑的なものが増えていき第十四巻を最後としてすべて絵入りの作品になっていく。

出版者が記述したデータなので、その信憑性については問題があるが、シリーズ初期のもの発売数のデータが入っているものを［表］にしてみた。

	第8巻の記述（1901）	第11巻の記述（1901）	第13巻の記述（1902）
第1巻※	7	7	7
第2巻※	5	5	8
第3巻※	3	3	5
第4巻	27	37	47
第5巻※	4	4	4
第6巻	8	8	8
第7巻	8	8	8
第8巻		8	8
第9巻※		記述なし	記述なし
第10巻		8	8

単位千、※は絵の入っていないもの

絵を入れることが、売れる大きい理由であったことがこの表から読み取れる。また、この絵本によってノンセンスな絵のもつ力を認識したことは、後の子ども絵本の制作を考える上で重要な意義をもっている。このシリーズ全体のコンセプトをもたないまま出発した出版者と編者にとって目のさめるような体験であっただろう。ルーカスは、第六巻 *A Cat Book* で"Portraits by H. Officer Smith"による白黒のネコの表情に特長ある絵本をつくっている。ネコの属性を Daintiness, Greediness, Cleanliness, Playfulness, Cruelty などを題とした詩で綴っており、絵のなかに細かい発見[*4]も用意した。編集者ルーカスの功績と考えられるのに、多くの新人を登場させたことがあげられる。ルーカスは、それまでにも、リーダー（出版社に持ち込まれる原稿を読み、判断する）の仕事を経験し、幅広い視野をもっており、詩と絵（後に映画も加わる）にかけては、目ききであった。“Rupert Bear” の作者として著名になる Mary Tourtel が子どもの本にはじめてかかわったのが第一〇巻 *A Horse Book*（一九〇二）であったし、『ちびくろサンボ』の影響が随所にみられるものの、とぼけた独自のおもしろさをもつ第八巻 *The Pink Knight*（一九〇一）は作者 John Robert Monsell の第一作であるが後にさし絵画家として大成している。また “Josephine” のシリーズを残した Honor Charlotte Appleton もこのシリーズで最初の作品、第一六巻 *The Bad Mrs. Ginger*（一九〇二）を出し、第二〇巻、第二四巻と初期作品を出している。

いわば、このシリーズは、一九世紀のものを、二〇世紀にどのように受け継ぎ、子ども読者がどのようなものを求めているのか、探っていく場になった。一九世紀後半の大型絵本の時代から、新しさを求めて、小型の本格製本のシリーズを発行し、そのなかで子どもが喜ぶ本には、細かな描写や発見がある、ノンセンスな展開を受け入れる、食べる場面に満足そうな反応がある、などのポイントをつかんでいった。いわゆる深刻なことを書かない、書けないルーカスにとって、子どもの本の世界は、軽いユーモアや文体が存分に力を発揮する場であったといえる。

このシリーズの影響から二〇世紀初頭には多数の小型本のシリーズが刊行されるようになり、ベアトリクス・ポターが自費出版で小型本の『ピーター・ラビットのおはなし』（一九〇一）を出版したのも、こうした流れと無関係ではなかった。

一九世紀の子どもの本の再評価の仕事

復刊

「子どものためのダンピー・ブックス」シリーズの第二、三巻は、内容が古くなっているもののまだ読まれてもよいと編者ルーカスが考えていたことの結実であったが、ルーカスは、これらの他にも、いわば、復刊といってよい仕事を残している。ルーカスの選定基準の中心といえるのは、第三巻の「はしがき」にあるように、「楽しみを与える」（"to provide entertainment", p.xi）ことであったが、おじいさん、おばあさんが子どもの時の読みものをみてほしいという文献資料保存的な面もあわせ持っていた。解説を書いているだけなので、ルーカスがどれだけの復刊の仕事にかかわったのかは、図書館の目録などに著者としては掲載されていないので、その全容を確かめることは困難であるが、次の三冊は、確認している。

▼Lamb, Charles & Mary: *Books for Children* Methuen 1903 xii, 506pp.

ルーカスには、ラム姉弟の全集の仕事、*The Works of Charles and Mary Lamb* 7 vols（Methuen 1903-1905）があり、また後に書簡集 *The Letters of Charles Lamb, To Which Are Added Those of His Sister Mary Lamb* 3 vols（1935）を編むなど、ライフ・ワークとしてラム姉弟に取り組んでいた。伝記 *The Life of Charles Lamb* 2 vols（Methuen 1905）は、ルーカスの作品ではもっともよく知られており、改訂版（一九二一）も出され、現在もラム研究の参考文献としてあげられている。この著には、二人の書いたと考えられる "all the stories and verses for children"（「はしがき」より）が入っている。*The King and Queen of Hearts* と *Prince Dorus* は絵入りで収録されており、ラム姉弟の児童文学のすべてが読める。

図2◆『ティラー姉妹の詩集』(1903)

▼Taylor, Ann & Jane and O'Keeffe, Adelaide: *The "Original Poems" and Others* Wells, Gardner, Parton & Co. 1903 xl, 415pp.（図2）

F・D・ベッドフォードのさし絵の入った美しい装丁の詩集である。四〇頁にもわたる解説では、一家をあげて子どもの本の書き手であったテイラー家の紹介がなされ、詩の特徴にふれている。

> *The Original Poems* stand at this day in no need of commendation, but it might be said that the secret of their longevity and acceptableness is probably their simplicity and truth. (p. xvii)

二つの詩集がそれぞれ初版一八〇四年と一八〇六年の版でなく、一八五四年版および一八三八年版を使ったことについて、ルーカスは次のように述べている。

> The text of the *Original Poems* and the *Rhymes for the Nursery* which has been followed in the present reprint, is that of a late revision by Ann Taylor, then Mrs. Gilbert. Mrs. Gilbert having decided upon the changed form of the verses, it seemed right to adhere to it; but I am doubtful if in every case her alterations were for the best, and, entertaining this feeling, I have placed in the Notes at the end of the book a few of the earlier versions of the poems, and have also placed in Appendix I. several pieces that were omitted from the later editions of both the *Original Poems* and *Rhymes for the Nursery*. (p. xxx)

子どもの本についてのテキストの是非について問題にしている例は珍らしく、注や付記で改版されたものと初版を比較している。この著は、研究への指向をもっているものとしても評価できる。

▼ *Mary Wollstonecrafts's Original Stories* with 5 illustrations by William Blake　Henry Frowde 1906

ここでは、メアリ・ウィルストンクラフトの簡単な生涯を語り、不幸な人生であったので、この作品のなかのMrs. Mason のようなキャラクターを生み出したのだと論じている。トリマー夫人の Mrs. Benson は "The self-confidence and rectitude" だが、Mrs. Mason は "a far higher power" ） iiip.）である比較した上で、次のように位置づけている。

> This little book is to my mind chiefly interesting for two reasons apart from its original purpose —— for the light it throws on the attitude of the nursery authors of that day towards children, and for the character of Mrs. Mason, a type of the dominant British character, in petticoats, here for the first time (so far as my reading goes) set on paper.（p. vii）

そして、最後にまた、Mrs. Mason 論に戻り、その特異性を、"She knows not only everything, but herself too: she has no doubts." と述べた上で、"she was, I fear, an accident;" と考えるに至っている。

> The awful reality of Mrs. Mason proves that Mary Wollstonecraft, had she known her own power and kept her mental serenity, might have been a great novelist. Mrs. Mason was the first and strongest British Matron. She came before Mrs. Prondie, and also, it is interesting to note, before Sir Willoughby Patterne. But she was, I fear, an accident; for there is nothing like her in our authors one experiment in adult fiction, *The Wrongs of Women*.（p. xiii）

ルーカスは、伝記から作者を考え、作品をよみ解こうとするので、『実生活物語』（一七八八）の家庭教師像は、子どもを生んだ後だったら、もっと違うものになったと考えたのである。作品の生硬さを利点と考えるのに苦しんでおり、楽しい作品でないものを扱うと困りはてているのが興味深い。

この三著は、テイラー姉妹のいくつかの詩を例外として、二〇世紀初頭においても、歴史的な扱いをするべき作品集であった。

編集もの

ルーカスの編集したアンソロジーとして、次の七作があげられる。

A Book of Verses for Children, 1897
The Little Blue Books for Children vols. 9 1901–1903
Old-Fashioned Tales, 1905
Mr. Punch's Children's Books, 1905
Forgotten Tales of Long Ago, 1906
Another Book of Verses for Children, 1907
Runaways and Castaways, 1908

Old-Fashioned Tales と、*Forgotten Tales of Long Ago* は、いわば、もう読まれなくなったものを集めているものの、過去をきちんと整理するというはっきりした意図をもっていないので、子ども読者にも、また、大人の愛好家や研究者にとって資料発掘の意味はあるものの、どのように読まれたか、現時点では判断するのはむずかしい。

読まれなくなった作品を集め、一冊のアンソロジーをつくっていくE．V．ルーカスの考えが、「はしがき」によく説明されている *Old Fashioned Tales* を取り上げてみよう。まず目次を、記載通りにあげてみる。

The History of Little Jack; by Thomas Day
The Good-natured Little Boy and the Ill-natured Little Boy; by Thomas Day.
The Purple Jar; by Maria Edgeworth
Little Robert and the Owl; by Mrs. Sherwood
Trial of a Complaint made against Sundry Persons for Breaking in the Windows of Dorothy Careful, Widow and Dealer in Gingerbread; by John Aikin and Anne Laetitia Barbauld
The Basket-Woman; by Maria Edgeworth
Limby Lumpy; Anon.
The Little Blue Bag; by Alicia Catherine Mant
The Oyster Patties; Anon.
The Changeling; by Mary Lamb
The Sea Voyage; by Charles Lamb
Embellishment; by Jacob Abbott
The Misses; by Anne Laetitia Barbauld
The Robbers' Cave; Anon.
The Inquisitive Girl; Anon.
Helen Holmes; or, the Villager Metamorphosed; by Caroline Barnard

Bob and Dog Quiz; Anon.
A Plot of Gunpowder; or, the History of an Old Lady Who Was Seized for a Guy; by Peter Parley
Uncle David's Nonsensical Story about Giants and Fairies; by Catherine Sinclair

過去形になった作品とアンソロジーが編まれた時代との差を、“The camaraderie, the good fellowship, the equality, that now subsists between children and so many of their elders, was then as unknown as electric light.”（p. v）と考え、それぞれの作品が古くなっているものの、どこに新しい流れがあったかを、解説していく。マライア・エッジワースの二作をあげ、知名度で入れた“The Purple Jar”より“The Basket Woman”の方を秀れた作品として“here she is something more —— a novelist for the nursery.”（p. ix）としている。また、'Limby Lumpy'については、“in one respect a new kind of story, for in it everyone is foolish ～ ”（p. x）であり、“to set the origin of the evil in the boy's parents“（p. xi）と続けている。前者は教訓主義を脱出したことで、後者は、それまで、否定的一面的にしか書かれなかったおろしかさや、親のもつ悪について踏み込んだことを評価しているのである。また、一八四七年の作品'Bob and Dog Quiz'については、“To-day we expect a certain amount of sympathy with mischief and revolt, but sixty years ago things were different, and the creator of Bob was among the innovators.”（p. xv）と述べている。ボブが生き生きと描写されていることを高く評価し、遊びの場面や子どもの会話がそれまでの作品にはなかった新鮮で臨場感あふれて描写されているので、“vigour and fun”のある作品としている。最後に、キャサリン・シンクレアにふれて、次のように記述する。

Miss Sinclair's *Holiday House* was the first children's book, so far as I know, in which the modern spirit manifests itself. Hitherto children had been meek and acceptive in the presence of their elders naughty enough, of course, on occasion, but never daring to dream that mistakes could come from those in authority. (p. xv)

彼女の描いた巨人が"the first comic giant in the modern manner"（p. xx）とも述べている。忘れられた作品のなかから、ルーカスが取り出したものを見ていくと、子どものいたずらなどおもしろいものを求めていく好みや、児童文学作品のなかからノンセンスの系譜を探し出そうとする姿勢がうかがえる。また、児童文学史の流れが教訓主義、特に大人を一面的な権威をもつ者として描くことから、子どもの現実的なありよう、特に能動的で主体的な姿を描くことに変化していくさまを、適確にとらえている。

二著と比べると、*The Little Blue Books for Children* は、14.2×10.2cmの小型のもので、表紙に暖炉の前で本を読んでいる女の子と、横向きにすわっている男の子のデザインがあり（F・D・ベッドフォードの絵）、明らかに書名からいっても子ども読者にむけて出版されている。[*5]

第1巻　Thomas Cobb: *The Castaways of Meadow Bank.*
第2巻　Jacob Abbot: *The Beechnut Book.*
第3巻　T. Hilbert: *The Air-Gun.*
第4巻　Roger Ashton: *The Peeles at the Capital.*
第5巻　Thomas Cobb: *The Treasure of Princegate Priory.*
第6巻　Netta Syrett: *A School Year.*
第7巻　W. Trego Webb: *A Book of Bad Children.*
第8巻　Thomas Cobb: *The Lost Ball.*

第9巻　Roger Ashton: *Mrs. Barkerry's General Shop.*

現在、刊行されているものはない。第2巻ではアボットの作品について解説し、三〇—五〇年前のアメリカでよく読まれたものであると述べて次のように語っている。

It is in the hope that many readers will be as glad to know Beachnut and Phonny and Madeline as I was when I first met them, that this book has been put together. (p. vii)

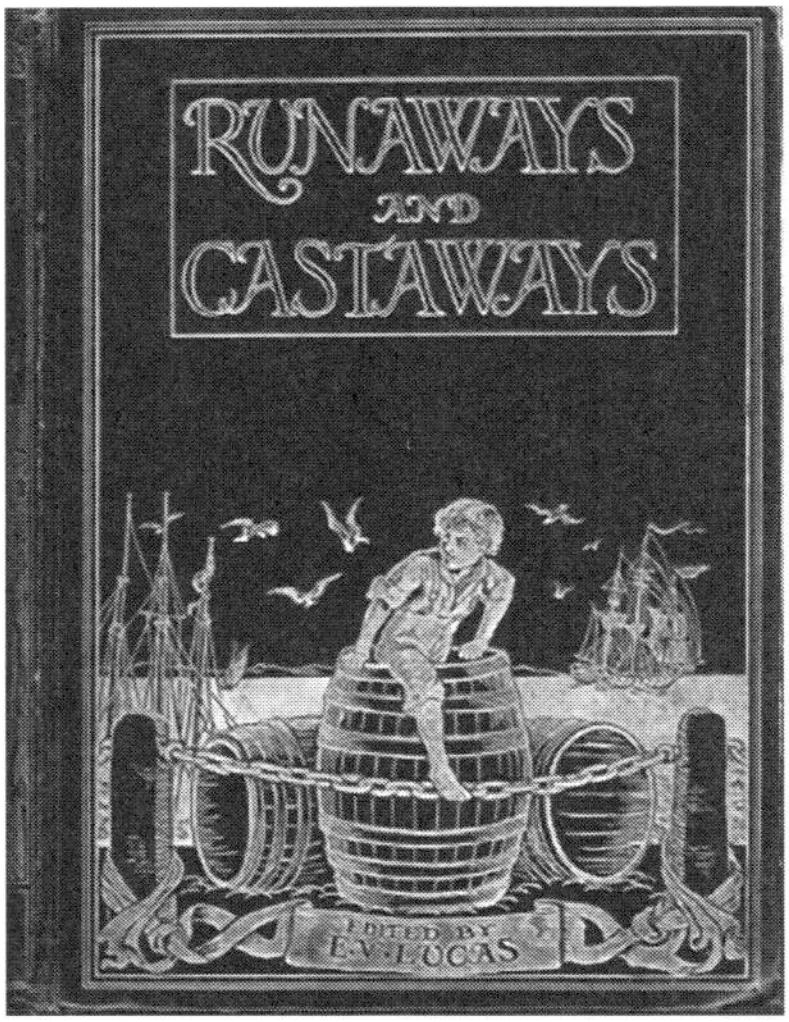

図3◆『冒険物語集』(1908)

ルーカスが何年か前に読んでおもしろかったものを入れており、こうした編纂術は、冒険物語のアンソロジー *Runaways and Castaways*（図3）にもっともわかりやすい形でみることができる。C・デッケンズ3、ブレッド・ハート2、キングズリー、アンスティ、ジョージ・エリオット、J・H・ユーイング、A・デュマ、マーク・トウェイン、ルーシー・ランドン訳のもの、各一篇計一二篇入っている。ここでも、もっとも長い（六八—一八〇頁）（約全体の三分の一）"Little Robinson of Paris"は、"a great favorite of mine when I was your age."（p. xvi）という理由で入っている。キングズリーは『水の子』の一部を使っており、また「はしがき」の巻頭で "The patron saint or sprite of this volume should, of course, be Peter Pan, who holds the record as a runaway by performing the feat on the day he was born. His adventures should have first place; but since they are told "not in a book, but a play, we cannot have them here."（p. v）と述べており、友人であったバリーのピーター・パン讃歌が続く。ファンタジー系列の作品も、同等に冒険物語とみていたことがわかる。

こうしたアンソロジーが出版当時から古めかしいものであったのに比し、詩のアンソロジーは、好評で版を重ねた（*A Book of Verses for Children* は、グラント・リチャーズとのコンビの第一作であり一九九五年にLeopard Booksから復刊されている）。これには短かい「序」がついている。

> You must understand that there is a kind of poetry that is finer far than anything here: poetry to which this books is, in the old-fashioned phrase, simply a "stepping stone." When you feel, as I hope some day you will feel, that these pages no longer satisfy, then you must turn to the better thing. E.V.L.

Another Book of Verses for Children（図4）でも"a preparation for the real thing."と述べられており、子どものために書かれた詩だけでなく、古謡や、シェイクスピア、ウィリアム・ブレイク、ワーズワース、ロバート・エリックなど幅広い選択をしている。そして"I might add that their fitness for being read aloud has always been present in my mind when choosing the contents."（p. vii）と述べているように、声に出して読むと楽しい詩という選択方針もあり、どこかには自分にぴったりの詩を見つけることができた。特に、『もじゃもじゃペーター』から一篇をとったり、エドワード・リア、ルイス・キャロルのものも収録しており、数は少ないものの、ノンセンス詩を評価しているのがわかる。自身のライト・ヴァースも随所に置かれている。

ブックリストの作成

ブックリストは、*Three Hundred Games and Pastimes; or, What Shall We Do Now?——A Book of Suggestions for Children's Games and Employments* 3rd ed.（図5）（妻エリザベスとの共著）に入っている。初版は

図5◆『遊びの参考書』(1903、第3版)

図4◆『子どもたちの詩集』(1907)

表紙はすべて、F.D.Bedfordによるもので金箔を使ったずっしりと重い豪華本(定価は6シリング)

一九〇〇年に出ており、その改訂増補版（三版）を元にして述べる。当時の子どものゲームや遊びについて具体的に語られており、児童文化史上の意味をもっているが、ここでは、巻末の"Reading"（三三一―三五二頁）についてのみ取り上げたい。

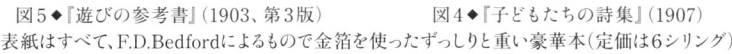

ルーカスはまず、本好きの子どものためでなく、あまり本を読まない子どもにこうしたものが必要だと述べた上で、"The books named are for the most part not new. But before children read new books they read old; the new ones come later. What is suggested here is a ground work."（p. 331～332）と、定評のある本を中心に選書していると述べている。

ブックリストは、一三のセクション（Fairy Tales, Legendary Tales, Verse and Poetry, Books about Children, Boy and Schoolboy Stories, Adventure Stories, Historical Stories for Boys, Historical Stories for Girls, Animal Books, History, Books of Travel, Practical Books, Miscellaneous Books）に分けられている。Fairy Tales と Verse and Poetry のところを例外として、百年を経過した今、一部の作品を省いて、読まれている作品は殆ど

ない。また、Books of Travel のように、子どものための旅行記などなくとも、すべての旅の本には学ぶところがあると書名をあげていないところもあり、セクション毎のばらつきは大きい。

Fairy Tales には、アンドリュー・ラング、ジョゼフ・ジェイコブズ、グリム、アラビアン・ナイトを並べ、"First favourites among new English fairy or whimsical tales are, of course," としてキャロルの二冊の『アリス』があがっている。『水の子』『黄金河の王様』『バラとゆびわ』をあげ、ジョージ・マクドナルドのファンタジー四作品をあげている。次いで、インジロー、ラング、ストックトン、ユーイング夫人のものがリストアップされており、現在でも通用する内容をもっている。詩のセクションで目をひくのは、まず、ケイト・グリナウェイの絵本四冊をあげていることである。次いで、ウォルター・クレインの二冊をあげ、他にも絵本の詩集は多数あるとしている。エドワード・リアの詩集を四冊、英訳された『もじゃもじゃペーター』、それに、テイラー姉妹の詩集やターナー夫人の警告詩集をあげている。その他として四冊あげている中に、きちんと、R・L・スティーヴンソン『子どもの詩の園』とクリスティーナ・ロゼッティ『シング・ソング』が含まれている。

伝承の物語と、創作のファンタジーが一つのセクションに、絵本が詩のなかに入っており、一九世紀の作品で残ったものが、二〇世紀にむけて、少しずつ姿を明らかにしていく途中のリストとして、興味はつきない。

創作

ルーカスの三〇年以上にわたる多彩な作家活動のなかで、子ども の本の占める割合は小さく、わずか一〇冊が独立した単行本の形として、あげられるにすぎない。

作品

The Flamp, the Ameliorater, and the Schoolboy's Apprentice, 1897

The Doll Doctor, 1907（The Lilliput Library for Children）
Anne's Terrible Good Nature, and Other Stories for Children, 1908
The Slowcoach:A Story of Roadside Adventures, 1910
If Dogs Could Write:A Second Canine Miscellany, 1927

詩集

Playtime & Company: A Book for Children, 1925

絵本

The Book of Shops, 1899
Four and Twenty Toilers, 1900
A Cat Book, 1900
The Visit to London, 1902
Swollen-Headed William, 1914

「子どものためのダンピー・ブックス」の編者として、子ども本にかかわったころから一九一〇年ごろまで、詩と短篇作品を中心に数多くの作品を残しているが、単行本としてまとめられたものの数は多くない。まず、*The Flamp and Other Stories for Children*（標題紙では *The Flamp, The Ameliorator, and The Schoolboy's Apprentice*）に収録されている三篇を読むと、一九世紀に出版された教訓物語の堅苦しさがなくなり、平明な語る文体で物語が、するすると楽に読み進められることに気付く。"The Flamp" のはじまりをみてみよう。

Once upon a time there dwelt in a far country two children, a sister and a brother, named Tilsa and

Tobene. Tilsa was twelve and Tobene was ten, and they had grown up, as it were, hand in hand. Their father died when Tobene was only a little piece of pink dimpled dough, and when their mother died too, a few years after, old Alison was told to pack up the things and journey with Tilsa and Tobene to the children's grandfather, the Liglid (or Lord Mayor) of Ule, whom they had never yet seen. (p. 5)

また、プロットも親のない子どもが主人公で一九世紀風であるのだが、遠く離れた祖父の国につくと、毎年クリスマスの夜、おそろしい怪獣Flampがやってきてその国の人々を恐怖におとし入れる、しかし、その怪獣は、実は、人恋しくてやってくる淋しがりのやさしい怪獣であることを姉弟で冒険してつきとめるという物語になっている。怪獣がやってくる'flob'という音を活字の大きさをかえて三回繰り返したり、怪獣が料理上手でおいしいご馳走をつくってくれることなど、幼年文学の常套手段をうまく使って効果をあげている。また、第三話"The Schoolboy's Apprentice"では、無人島に流れついた男の子チンプが島の隠者と出会い、隠者が自分の体験できなかった学校体験をしたいというので、チンプが先生となって、教える話で軽い思いつきのプロットであるが、大人と子どもが「あべこべ」の立場というおもしろさを存分に生かしている。

こうした作品に流れる、子どもはものごとの真実にふれることができる、というルーカスの子ども観は、エッセイでも度々描かれている。一例として、"A Little Child"(*Urbanities: Essays New and Old*, 1921)をあげる。ここには大人と子ども関係が多少の苦さを加味して描かれている。年老いたポニーを他の人に売ろうとして、都合の悪いことは述べない売り手に、近くに住むそのポニーを大好きな男の子が、買い手に本当のことをすべて無邪気にいったため買いたたかれるという小品である。結末が微苦笑を誘う。

The moral is: when your husband is in Mesopotamia and time comes to sell the pony, lock your cherubic offspring in the nursery.（p. 36）

その後、絵に造形の深いルーカスは、今なら絵本と名付ける詩集を三冊たて続けに刊行している（出版社は、Grant Richards）。*The Book of Shops* と *Four and Twenty Toilers* は、22.8×21.0cmの横長の大型絵本で、絵はずっとコンビを組むことになるF・D・ベッドフォードが担当している。絵も文も片面印刷のため、一〇六頁ある。ベッドフォードの絵は、建物や室内の描き方が緻密で、一枚一枚ゆっくりとすみずみまで見ることができる。**口絵28**は、本屋、パン屋の次に出てくるお菓子屋さんであるが、よだれのこぼれそうなケーキの数々を描き、客と店内を外からのぞいている男の子の姿など、たっぷり楽しめる要素が入っている。ルーカスの詩は、店によって違った詩形を工夫しているが、ここでは、二行八連を使っている。

With ices 'tis equally wrongful to haste:
One ought to go slowly and dwell on each taste.

Large mouthfuls are painful as well as unwise,
For they lead to an ache at the back of the eyes,

And the delicate sip is e'en better, on finds,
If the ice is a mixture of different kinds.

アイスクリームを口いっぱい入れた経験のある子どもたちを、そうそうとうなずかせる内容で口調のよい楽しさがあふれている。

続篇ともいえる *Four and Twenty Toilers*（口絵29）は、子どものあこがれる職人などの世界が繰り広げられる。同じコンセプトであり、発見もあるが、多少、単調になった。終りの方に「公園管理人」が登場するが、変化をつける工夫をしている。池にヨットが浮かび小鳥がいる絵に解放感がある。

「子どものためのダンピー・ブックス」の第6巻 *A Cat Book* は、ネコの性質やいろいろの姿を、詩と、H. Officer Smith の絵で語っていく。白黒のさし絵には、表情と動きがあり、楽しめる。一例として、The Cat's Sleeplessness をあげる（図6）。

By Nature's laws
　The dog bow-wows,
The ass hee-hams,
　The Cat miaous

The worst miaous
　occur at night
When cats carouse
　With all their might.

A cat miaous
　Upon the tiles,

図6◆*A Cat Book*、113頁

In twenty thous-
and different styles.　(p. 112)

四冊目の *The Visit to London* も、文ルーカス、絵ベッドフォードのコンビであるが、出版社は Methen で、大きさが24.8×18.8cm（一二〇頁）と、タテ長版である。Dorothy と Theodore のところへいとこ Winifred から手紙の招待状がきて、ロンドンへ行くという設定になっている。詩によって場面が進行し、ロンドンの主な名所旧跡を巡っていく。建物の絵が得意なベッドフォードの魅力が存分にいかされる。ルーカスの軽妙な詩と劇場の内部や消防馬車、霧がたちこめる場面などの技巧を凝らした絵が楽しい。

Swollen-Headed William は、"Painful Stories and Funny Pictures After the German!" という副題が示しているように、ナチドイツを風刺したもので、ハインリヒ・ホフマン『もじゃもじゃペーター』*Struwwelpeter*（一八四五）のパロディー本である。一八四八年に英語版が出版されて以来、イギリスの子ども部屋で人気の絵本を借りてヒットラーを大胆にいじめている。「パンチ」できたえた風刺がよくきいている。絵は Geo. Morrow（一八六九―一九五五）、一九〇六年から「パンチ」で活躍した画家で、ユーモアのある歴史のエピソード画で著名となった。一九二四年よりパンチテーブルに入り、死の直前まで活躍している。

The Doll Doctor は、一九世紀末から二〇世紀初頭にかけて、素材として流行した人形を巡る物語で、15.1×10.1cm（六四頁）の小型本である。父がパリから送った人形の眼がとれて悲しむクリスティーナのために、ロイが人形の病院を探し出し、無事に直してもらい、そこの人たちと "all fast friends"（六三頁）になってめでたしの物語である。

Anne's Terrible Good Nature and Other Stories for Children は、F・D・ベッドフォードの装丁で、Chatto & Windus から刊行されている。一一篇の作品集であるが、内七篇は書き下ろしている。家庭のよくある話を、

誇張して語っており、エピソード集のような趣きの物語が多い。第一話にはルーカスの特長――深刻な話をおもしろい話に変える、いくつものエピソードを重ねて語る、大失敗や恐いことも結局は、よい方へと向かうわかりやすい文体――がよく出ている。

第一話は、書名にもなっている"Anne's Terrible Good Nature"という話で、主人公アンは、母が窓から外をみて花がなくてさみしいというと、次の早朝、温室から花を持ち出し、窓の下に並べてあげる。しかし、時は冬なので、こっぴどく叱られ、"It shows how perfectly absurd Anne's good nature could be."（八頁）と家族の悩みの種となっている。いとこの結婚式に行く列車は満員、そこへ貧しい物売りの老婆がのってくると、みんなのイヤな顔にもかかわらずアンは、つめてあげる。下りる時お礼といって"a halfpenny row of pins"をくれる。結婚式でいとこの衣装が踏まれて破れ、そのピンが役立つ。次いで"now I come to the worst adventure into which her terrible good nature has ever led her."（一六頁）に至る。ピクニックにいく馬車が通りかかり、カップを積み忘れていることを知ったアンは家のものを貸してあげる。しかし、カップが貴重なCrown Derbyであったため、家の人を紹介することになり、別のカップと差しかえて、アンもピクニックに招待され、二つの家族は以後仲良くなる。長々とプロットを連ねたが、これが多忙であったいルーカスの物語作りの基本であった。

唯一の長編 *The Slowcoach* も作中に物語を入れたり、馬車の旅のそれぞれの場面をつないでいくものである。七人の子どもたちが匿名の人から二週間の馬車の旅のプレゼントをもらい、出発し、帰るまでの物語で、ランサムの休暇物語へとつながる。ルーカスは、子どもの時、キャプテン・マリアットの『ニューフォレストの子どもたち』（一八四七）を愛読[*6]しており、子どもたちだけで冒険するという物語にあこがれをもっていたという。この長編の発想に関係があるかもしれない。19.1×13.0cm、本文二八四頁でM. V. Wheelhouseのカラーさし絵が一六枚、旅をした行程の地図が見開き二頁に入っている。

各エピソードが盛り上がらないままに次に進むのでプロットとしての緊迫感は乏しいが、例えば"and you

may guess who asked them"（七六頁）といって、次のページから、誰がいったということを書かずに、ただ短かい発言内容が一頁半にわたって羅列されたり、旅の途中で出会った児童文学作家が子どもたちに語ってくれる"Barbara's Fugitive"（一二九―一七九）など、スローコーチの旅ゆえの楽しみを用意してくれる。また、匿名の方のプレゼントの旅が実は、間違いだったことがわかる結末も含め、ちょっとした楽しみを随所に見つけることのできる工夫がなされている。

図7◆ルーカスの詩の選集、E.H.シェパード絵

If Dogs Could Write は、「パンチ」誌に連載された作品で子ども向きに書かれたものではない。犬を愛する人に、犬が文章を書いたという設定で、アバディーン犬が書いた第一話"The Book of Aberdeen"の手法も内容も児童文学作品と同じレベルにあり、児童文学作品として読むこともできよう。

一九二五年に、Methuen 社から出された *Playtime & Company*（図7）は、アーネスト・H・シェパードの絵入りのものでルーカスの詩の選集の決定版ともいえるものである。21.6×16.8 cm、九六頁、四六篇の代表作が集められている。A・A・ミルンの二冊の子どもの詩集と同時期のものであり、同じ「パンチ」系の作者として比較してみるのも一興である。

児童文学者としてのE・V・ルーカス

児童文学者としてのルーカスの仕事ぶりをいくつかに分類して辿ってきた。その軌跡は、時代の要求をよく知り、新しい、しかし新しすぎない、時代を批判する、しかし革新になることはない「パンチ」系の作家たちの歩みと重なっており、のびやかな常識の範囲のなかのユーモアの発露が、楽しいことの大好きな子どもたちに受容される文学と結びついていったのであった。身近な出来事やこれまでに読んだ物語をルーカス流の味つけをし、作品や編纂ものとして発表していった。

マーク・レモンが拓いた「パンチ」系の作家の余技としての児童文学は、ルーカスに至り、より子どもの読者に受容されやすい技術をみがくこととなった。

語りの文体、リズム、同じ言葉の効果的な繰り返し、子どもを子ども固有の価値観の持ち主として認め、特におもしろいこと、ノンセンスを好むことを認識したこと、……など、二〇世紀の児童文学としての底流を確実に用意したのであった。

ルーカスの死を悼んでA・A・ミルンが「タイムズ」にのせた文章を引用しておく。

He could not be called 'the writers' writer,' as – was it Spenser? E. V. would know: why can't I ask him? – as Spenser was called the poet's poet, but he was the writer most loved as a man by other writers; in part because he was free from the unlovable vanities and jealousies which other writers indulge. Nobody was so instantly appreciative of the work of his fellow-craftsmen, nobody was so little cumbered about his own. Listening to him among his contemporaries, the conversation all of books, a stranger on the outskirts of his company would still wonder why the wittiest and the best-informed of them all did not himself try authorship. In fact, his writing, though so necessary to him, was in no way an expression of himself. No essayist of his quality has had so little to say of the world within him, so much to say of the world around him. To pass from a knowledge of his books to a knowledge of the man was to find oneself neither on familiar ground nor on treacherous ground; it was to explore a new county, as exhilarating and as firm of outline as his own beloved Downs.*6

ミルンも述べているように、ルーカスは偉大な作家とはいえない。リーダーとして、他の人の作品の良さを発見し、よいところをほめる技術をもっていたので、知人、友人に恵まれて、人を楽しませること、喜ばせるコツを知っている作家となった。軽いユーモア、あっけらかんとした感傷性のなさは、第一次大戦前後の時代にあって、時代の要求する精神でもあった。バリーやA・A・ミルンの近くにいた人物として二〇世紀をひらいていく児童文学作品を生み出す土壌をつくった人物であったといえるだろう。

注

＊1 *Dictionary of Literary Biography* の九八巻はエッセイスト、一四九巻は伝記作家、一五三巻は小説家として、それぞれルーカスを取り上げている。

＊2 グラーント・リチャーズについては、George Sims, "Grant Richards: Publisher" *Antiquarian Book Monthly Review* vol. xvi no. 1 (Jan. 1989) p.14～27を参照している。

＊3 "Dumpy Books for Children" 全リスト

第1巻 Lucas, E. V. *The Flamp, The Ameliorator, and the Schoolboy's Apprentice*. 1897

第2巻 [Turner, Elizabeth] *Mrs. Turner's Cautionary Stories*. 1897

第3巻 Fenwick, Mrs. *The Bad Family; and Other Stories* 1898

第4巻 Bannerman, Helen *The Story of Little Black Sambo*. 1899

第5巻 Cobb, Thomas. *The Bountiful Lady or, How Mary was Changed from a Very Miserable Little Girl to a Very Happy One*. 1900

第6巻 Lucas, E. V. *A Cat Book*. "Portraits by H. Officer Smith." 1900

第7巻 Coybee, Eden. *A Flower Book*. 1901

第8巻 Monsell, J. R. *The Pink Knight*. 1901

第9巻 Cobb, Thomas. *The Little Clown*. 1901

第10巻 Tourtel, Mary. *A Horse 'Book*. 1901

第11巻 Crosland, T. W. H. *Little People: An Alphabet*. 1901

第12巻 Bicknell, Ethel. *A Dog Book*. Pictures by Carton Moore Park. 1902

第13巻 Archer, Jean C. *The Adventures of Samuel and Selina*. 1902

第14巻 Raper, Eleanor. *The Little Girl Lost; A Tale for Little Girls*. 1902

第15巻 Hunter, Richard. *Dollies* Illustrated by Ruth Cobb. 1902

第16巻 Appleton, Honor C. *The Bad Mrs. Ginger*. 1902

第17巻 *Peter Piper's Practical Principles of Plain and Perfect Pronunciation* 1902

第18巻 March, Eleanor S. *Little White Barbara*. 1902

第19巻 Markino, Yoshio. *The Japanese Dumpy Book*. 1902

第20巻 Appleton, Alice M. *Towlocks and His Wooden Horse*. With pictures by Honor C. Appleton. 1903

第21巻 Tourtel, Mary. *The Three Little Foxes*. 1903

第22巻 Crosland, T. W. H. *The Old Man's Bag*. Pictures by J. R. Monsell. 1903

第23巻 Taggart, Mabel G. *The Story of the Three Goblins*. 1903

第24巻 Appleton, Honor C. *Dumpy Proverbs*. 1903

第25巻　Hunter, Richard. *More Dollies.* Illustrated by Ruth Cobb. 1903
第26巻　Bell, M. C. *Little Yellow Wang-Lo.* 1903
第27巻　George, G. M.. *Plain Jane.* Illustrated by M. C. Fry. 1903
第28巻　Coybee, Eden. *The Sooty Man.* Illustrations by Esther MacKinnon. 1903
第29巻　Archer, Jean C. *Fishy-Winkle.* 1903
第30巻　Archer, Jean C. *Rosalina.* 1904
第31巻　Ault, Lena and Norman. *Sammy and the Snarlywink.* 1904
第32巻　Crosland, T. W. H. *The Motor Car Dumpy Book.* Illustrated by J. R. Monsell. 1904
第33巻　Hunter, Richard. *Irene's Christmas Party.* Illustarated by Ruth Cobb. 1904
第34巻　Pope, Jessie. *The Little Soldier Book.* Illustrated by Henry Mayer. 1907
第35巻　Moore, C. Aubrey. *The Dutch Doll's Ditties.* 1907
第36巻　Case. Nora. *Ten Little Nigger Boys.* 1907
第37巻　Cross, Helen R[eid]. *Humpty Dumpty's Little Son.* 1907
第38巻　Cross, Helen Reid. *Simple Simon.* 1908
第39巻　Coybee, Eden. *The Little Frenchman.* Illustrated by Kate J. Fricero. 1908
第40巻　Schofield, Lily. *The Story of an Irish Potato.* 1908

なお、第34巻以降、グラーント・リチャーズが破産したため、出版社名がChatto & Windusとなる。

図8◆*A Cat Book*、121頁

＊4　ネコがメガネをかけて立派なイスに腰掛け、*The Cat Times* という新聞をよんでいる（一二一頁）（図8）など。

＊5　第8巻まで現物確認しているが、第9巻はブックリストの記載からとっており、第10巻以後は、"Others in Preparation" とあるので、出版されたかもしれないが、確認できなかった。

＊6　A・A・ミルンは、この文章のあと、三十年間にわたっていつも自分の作品を評価してくれた人物として感謝の念を述べている。

『砂』の重苦しさをぬけて

ウィリアム・メイン（一九二八年－二〇一〇）は、再読されるべき作品を書き続けた作家である。これまでに百冊をこえる作品を出しているが、その殆んどが、「大人の評論家に高い評価をうけながら、子ども読者には受容されない」ことで定評（！）を得ている作家でもある。それは、子ども読者に圧倒的な支持をうけながら、大人の読み手からは、酷評をうけ続けてきたロアルド・ダールと対極に位置しているといえる。ダールの方は、イギリスＢＢＣの読書調査（一九九七）で、『マチルダはちいさな大天才』が人気第一位に入ったことで、何故、子どもがダール作品に熱中するのかに注目が集まり再評価されてきている。しかし、メインの方は、子どもの識字率が下がっている現状を何とか改善したいというところに衆目が集まっていることもあって、子ども読者がついていないということで、新作を出版することが困難となり、本屋や図書館でその作品にふれることがなくなってきているのが現状である。

児童文学を専門にしているというと、よく人から「夢があっていいですね」といわれる。この「夢がある」を、「未来がある」と読みかえるとこの通説は、案外児童文学作品の核心にふれているといえそうである。『マチルダ』では、親から「かさぶた」扱いをうけている女の子がその持てる力で、親だけでなくいやな校長にもリベンジをやりとげて幸せになる「夢のある」物語である。しかるにメインはというと、あくまでも、現実を書くので、いわゆる「夢のある」物語にはならないのである。

では、何故「再読されるべき」作品と感じられるのだろうか。『砂』（林克己訳、岩波書店）が出たのは一九六四年、イギリス児童文学にも、中産階級でない子どもが登場しはじめていた。イーヴ・ガーネット『ふくろ小路一番地』（一九三七）のような、いかにも、上から下をみて、「貧乏も楽しいわよね」的な労働者階層の描き方でない作品群である。ジョン・ロウ・タウンゼンドをなつかしく思い出す。思いかえせば、労働者階級出身の児童文学者というだけで、新しかった時代である。メインは、開業医の息子であったから、その意味では、新しくなかった。メインが新しかったのは一貫してヨークシャーの自分の熟知している土地と、そこにいる子どもたちを取りあげたところにあった。

『砂』は、北海から吹きつける風にのって運ばれてくる砂がつもって教会をこわしそうになる場面からはじまる。ヨークシャー東海岸の小さな町に住む主人公エインズリーが日曜日の朝、ベッドで起きるシーンが巻頭にある。

シャツは、冷たい布と、凍ったボタンでできていた。
The shirt was made of cold cloth and frozen buttons.

楽しい物語、夢のある物語とは全く違う位相にあることがこの一行目でわかる。文章は難しい単語を使わず、読みやすい。しかも、直喩などを駆使した文章は、書き写したくなる名文である。冬の寒さのなかで、砂のつもっていく土地にあって、学校がおもしろくない「問題児」三人組の行動を追っていくプロットから、砂のザラザラ感覚や、大学へ進学できない生徒のいく中学校の校長の説教の空疎さから無力感がしみ出してくる。近くの女子のグラマースクール（エインズリーの姉が通っている）に興味を持っているものの校庭を通り抜けようとするぐらいしか何もできない。

その三人組が、砂の山の下に、かつて、砂採取のため引かれたトロッコの鉄道線路をみつけたことから、線路を掘り出す作業に熱中し、やがて、砂のなかから巨大な骨格をみつけ出す。他の友だちもやってきて、化石と信じて骨を発掘し、夜中に女子校のグランドに運び出す。TVの取材を受けたり評判となるが、その骨は、百年ぐらい前のクジラの骨であることがわかり、苦労はむくいられることがなかった――で、物語は終わる。しかし、読後には、作業のプロセスで男の子たちがどんなにいきいきしていたか、また、作業をやったことで女の子との距離が少しだけ縮まってよかったかな……という気分は残る。そして季節は春にむかう。

学校物語としては、登校までと、放課後しか書かれていないし、冒険物語としては、化石の発見はできなかった、つまり宝探しテーマをくずしているし、毎日のくらしを書いた家庭物語と読むにしては、家庭や親子関係は少ししか描かれていない。つまり『砂』は、どこにでもいそうな子ども群像を描きながら、それまでの子どもの文学の系譜にあてはまらないのである。

砂に埋もれていく町は、この少年たちの未来を暗示していて重苦しい。鉄道の駅で働いている人やゴルフ場などその辺の土地を所有しているメリオット氏など周辺の大人には元気がない。やりきれない毎日が確実に続いていく。男の子たちは、何の意味もなくても家を出て集う。そして興味の持てるものを探していく。その行為そのものが、生きていくこと、砂山に埋っていたクジラの骨を女子校の校庭に運びこむことが、日常の異化作用になっている――三〇年の時間差をおいて再読してみて、『砂』は、そしてメインは新鮮さを保っていた。その重苦しさを受け入れる用意の整っている読者を今も待っている――と思った。

なぜ、読まれているのか——アン・ファインとロバート・ウェストール

子ども、特に中学生や高校生が本を読まなくなってきているという。長年、家庭文庫を通して子どもと本を結ぶ仕事をしている人たちからも、年齢の小さい子どもが中心で、これから本格的な長編にとりかかろうとする年齢がくると、文庫に姿を見せなくなるという実態が報告されている。

イギリスではどうなのだろうか。町の本屋に行くと、いわゆる古典的な児童文学は殆どなく、ペーパーバックのホラーやオカルトばかりが目につく。しかし、よく見てみると、なかに、カーネギー賞の受賞作家などの作品も入っており、大衆文学であるとともに、純文学として読みうる作品を輩出している国の伝統が子どもの本の世界でも通用していることがわかる。多数の読者に支持されている作家として本屋の棚でよくみかける二人の作家アン・ファイン Anne Fine（一九四七― ）とロバート・ウェストール Robert Westall（一九二九―一九九三）を取りあげて、その読ませる技を考えてみよう。二人の作品が読まれるのは、おもしろいからであるが、そのおもしろさの質は、全く異なっている。二人を取り出した理由でもある。

アン・ファインは、離婚した夫が、家政婦に女装して子どものくらしている家庭に入ることからくるドタバタを描いた映画「ミセス・ダウト」の原作者である。彼女の作品は、わかりやすい行動と会話で、物語が進み、ヴィジュアルな世界をみるのに慣れている子ども読者に入りやすくできている。内面描写がなく、深刻な問題をもコミカルに、パワフルに描いていくので、明るく悩みを共有することができるようにつくられている。

まず、幼年文学（小学校二・三年生ぐらいまでの対象）を例にあげると、"When Bill Simpson woke up on Monday morning, he found he was a girl." とはじまるのは、*Bill's New Frock*（一九八九）である。カフカもどきではあり

ませんか。男の子が女の子になってしまうことで、なんでもない日常がすっかり変化し、思わぬ異化作用が生じ、今の問題が浮かび上がってくる。*The Diary of a Killer Cat*（一九九四）では、ネコがナレーターとなってネコの一週間の日記が公開されていく。小鳥やネズミをとるワルガキ風のネコの語り口がおもしろく、人間のおかしさもしっかり書きとめられ、意外なプロットの展開も楽しめ、暖かい結末も用意されている。このネコは、言いたいことがあるのにいえず、誤解ばかりされている子どもの姿がだぶる。*The Worst Child I Ever Had*（一九九一）は、幼い子どもの世話をしている三人の子守りが公園で、これまで世話をしていたなかで、「一番悪い子」についておしゃべりしていくという語りが中心の物語である。一人の子守りが語った「一番悪い子」は、実は、公園の木に登ってその話をきいているというもう一つの視座があり、大人からみると最悪という行為が子どもからふりかえると、もっとも楽しい思い出であるという、隠してあった子どもの視点へと大逆転する。

三作ともに、視点が複数あり、常識をあざやかにひっくりかえすエネルギーがあふれている。

Crummy Mummy and Me（一九八八）は、パフィン文庫で百頁足らず、さしずめ小学校中学年向きといった体裁のある離婚家庭の物語である。主人公ミナが、どんな人だった？　と聞いたら「まずまず」と答えが返ってくる“your own, real, original, biological father”が遠くにいて、母（Mummy）とそのボーイフレンド（Crusher）、赤ん坊の妹（Crummy Dummy）とくらしている。近くに祖母がいる。この物語の仕掛けは、“At times it's like living with two small children, honestly it is.”と主人公がため息をついている文章ですべて語っているのだが、大人二人が、子どものように自由にくらしていて、ごく普通のくらしを大切にし、赤ん坊の健康にも気を配る主人公をやきもきさせる点にある。「らしく」という役割が逆転しているのである。しかも、一人一人がバラバラであるにもかかわらず一つの家族として機能しているように運ばれていく。赤ん坊も家族の一員としてしっかりした位置を占めており、冗談のように気楽に読みながら、新しい家族の像がしっかりと伝わってくる。

日本では、中学生向きとして翻訳されている『ぎょろ目のジェラルド』*Goggle-Eyes*（原著一九八九、翻訳一九九一）と『妖怪バンシーの本』*The Book of the Banshee*（原著一九九一、翻訳一九九三）の両書は、どちらも、主人公が母親のボーイフレンドのことを友人に語る、自分の家庭の荒れたさまを物語に書いているという設定で、ナレーターが、自分の体験を語るという型をとっている。

『ぎょろ目のジェラルド』は、ママに恋人ができ家にやってくるのだが、受け入れられなくて意地悪くする主人公が、その一部始終を同じような状況下にある友人に語って行く。その語りに誇張表現が多く小気味よく明るく進行する。特に比喩やおおげさな言い回しに特徴がある（岡本浜江訳、講談社）。

ママはびしゃりというと、いい教育は人生の投資だということをまくしたてた。ママのいうのを聞いていると、なんだかあたしは物価スライド型の年金かなんかになったみたいだった。（一三頁）

「これほど文学がちらかせる人は世界じゅうさがしてもないよ！」（注：主人公の部屋の本が散らかっているさま）（六七頁）

あたしはママの血液循環がわるくなって、壊疽にならないうちにとひざからすべりおちた。（九四頁）

こうしたユーモアの味つけがよくきき、自分のことを、距離をおいて表現することで、喜劇的な色合いが生まれる。そして、嫌がっていた価値観の違うさえない「ぎょろ目」にも「ぎょろ目」なりのよさがあることを認められるようになっていく。

『妖怪バンシーの本』は、先生や学校を訪問した作家に触発された主人公が、腰を据えて、自分の家庭におこっていること——妹が家のなかで荒れ狂い、父、母、妹とともに、追いつめられている——をしっかりと書いていくという型をとっている。十代の子どものいる家庭に大なり小なり生じている親子のいさかいを、少し年上の兄の距離をおいた語りで描写する。そのときも、妹の内面に入ることなく、どのような髪をし、服を着、何を言ったかを報告する。自分の学校生活、特に友人とのやりとりをまじえ、また、読んでいる少年の戦記の書き方をコメントしながら、家庭内暴力という現代の戦争をレポートしてくれる。深刻な問題を深刻ぶらないで書くというのではなく、ありのままの深刻な状況をみせてくれるのだが、「ありのまま」を表現する文体に工夫があり、人間のおかしさ、いとおしさを浮かび上がらせる。

アン・ファインは、作品のどこかで「この緑の惑星の将来」、「核反対」、「飢えに苦しむ子ども」の問題について誰かの口をかりて発言しており、今を生きる読者に、多層な世界を提示している。次にどんなしかけを考えているのか——いつも次の作品が待たれる作家である。

もう一人のウェストールは、第一作『〝機関銃要塞〟の少年たち』*The Machine-Gunners*（原著一九七五、翻訳一九八一）から、「戦争」を描くことに終始した作家で、「家族」を描くアン・ファインと並べると、そのよって立つところの違いが際立つ。ウェストールには、幼年文学が殆どなく、いわゆるＹＡ（ヤング・アダルト向き）というレッテルを貼られている作品が中心である。なかでも短編には、切れ味がよく余韻の残るものが多い。たったの二篇（金原瑞人訳で「ブラッカムの爆撃機」一九八二、「チャス・マッギルの幽霊」一九八一、翻訳一九九〇）しか翻訳されていないのが残念である。[*1] 彼の短編はいわゆる ghost story が多い。一九八〇年の〝The Night Out〟は、暴走族の友人たちと一夜の冒険に、幽霊の出るという寺院に出かける、次の日、仲間の一人がバイクの事故で死に、バイク野郎らしい葬儀を行うという単純な話なのだが、その仲間との夜を一人一人の個性を浮かび上がらせる技法、夜そのものの不思議さを体験できる描写力、子どもと大人の間にある年代特有のものの見方や感じ方の提示など、見事というほかはない。一九九四年の〝Rosie〟では、戦時中の空襲のとき、町を守る警防団（warden）の任務についているロジーの防空壕体験が語られる。入った防空壕にいた人たちは幽霊だったのだが、ウェストールの作品では、戦争で心ならずも死なざるをえなかった人々が、幽霊としてあちこちで生かされており、恐い恐い物語の底にある恐い真実に触れることで、次作も読みたくなるのだ。短編形式をとることで、それぞれ違う相にいる個性ある幽霊を描くことができたのである。

『〝機関銃要塞〟の少年たち』は、ウェストールの体験を息子に伝えるために書かれた作品であるが、チャスという少年の行動を一つの地域に密着して、その周辺の地図が描けるほど細部まできちんと追っており、歩いていける狭い範囲であるにもかかわらず、一つの世界になっている。家庭、学校という二つの規範の上に戦争中であるというもう一つの制限が加わり子どもたちを圧迫している。チャスは、そのなかをかいくぐり、知恵を働かせて子どもたちだけの基地をつくる。子どもの基地づくりは遊びの筈なのが、生きることと切り離せない大きいものになっていき、そこにドイツ兵を入れ込んだことで「国家」とも対立する存在になってくる。ドイツを憎んでいた子どもたちも変化していく。大人と子どもとの間の年齢の少年少女の考え方や生き方が共感を呼び、戦時下という状況がより鮮明にこの世界にある諸々の欺瞞をあぶり出していく。

この構図は、『海辺の王国』*The Kingdom by the Sea*（原著一九九〇、翻訳一九九四）にもつながる。空襲で、家と家族を失った主人公が、自分のサバイバルをかけて放浪する物語で、犬とともに、さまざまの人と自然（雨や波や風景）に出会っていく。「パパはいつも嘘をつくな、と言っていた。それに、泣くなんてのは赤んぼのすることだって。だけど、涙と、嘘だけがいまのところ役に立っているんだ」（坂崎麻子訳、四五頁）という言葉に表現されているように、それまでに教えられてきたことや信じていたことがはずれてしまい、自分の考えと力だけで生きのびる方策をたてねばならない。この遍歴は、場当たり的で、スリルにとむ。巻末に息子を亡くした親切な人が学校の手続きに行き、家族が生きていることがわかり再会する場面をもってきている。

「逃げやがって」パパが吐きすてるように言った。「おまえみたいな大きながきが逃げてどうすんだ?」

「逃げるなんて」ママが言った。「毎晩、ママは泣き寝入りしてたのよ。おまえはどうしてるかって」

「逃げるなんて」ダルシーが言った。「ひっかき傷もないくせに。防空壕にいたんでしょ、ひきょうもの。よわむし」（二四九頁）

だが、ハリーは、三人の顔をながめて考えていた。これからさき、どんなに長いあいだ、本心を見せずにすごさなければならないか…（二五四頁）

一二歳にして味わうこの苦しさはどうだろう。真実を語ってくれる作品への共感は深い。

この苦味が、だんだんと深まり、主人公へもむけられるようになっていく。『弟の戦争』*Gulf*（原著一九九二、翻訳一九九五）と*Harvest*（一九九六）である。『弟の戦争』の巻頭と*Harvest*の巻末には、同じイタリック体の"used"が出てくる。「うまく利用する」という意味をもって使われている。

I loved my brother. Right from the start. But did I love him enough? I *used* him. You shouldn't use people you love. Maybe what happened to him was all my fault…（p. 1）

That brought a flurry of conscience. Had she used him? She supposed she had. Like she had used the sun and the fields. To rebuild herself; to crawl out of her dead skin, like the larvae of a caddis-fly, into the sun?（p. 137）

兄弟関係と、恋人関係ということで多少のニュアンスの違いはあるものの、前者は、一九九〇年の湾岸戦争、後者は一九五二年のケニアのマウマウの反乱の後遺症をテーマにした作品である。

記憶に新しい湾岸戦争ではあるが、その体験は多くの人たちにとってTVというメディアを通したはじめての戦争体験であった。ずっと第二次世界大戦をイギリスのなかのある一つの場所の体験から考え続けてきたウェストールにとっても衝撃的な日々となったであろうことは想像される。語り手トムの弟フィギスは、テレパシー能力のある子どもで、時々とりつかれたようになって、家族をふりまわす。兄はそんな弟の理解者であったが、ある時、フィギスが夢の中に深く入って奇妙な言葉をしゃべるようになったのに気付く。兄は、そんな弟からいろいろの話をきき出す。弟は、ラティーフというイラク軍の少年兵になっており、しらみ退治の話などをする。そのラティーフが強くなり、弟は完全にむこうにいった状態になってしまう。ラティーフの死とともに、危険な状態にあったフィギスは自分を取り戻す。その間、父親も母親も無力感におしつぶされ何もできない。TVを通して伝えられた戦争と、フィギスにとりついたラティーフの戦争との落差、こちらにいて、無傷でフィギスのつらい体験をきき出す兄のあり方が強く読者に迫る。*Harvest* では、年齢がずっと上なのでいたましい感じはないものの、戦争——人の死からうけるショック——とその癒しの大変さが描かれる。

ウェストール作品には、人が隠そうとする真実が、適確に表現されている。それも、幽霊やテレパシーやスーパーナチュラルな手段を使っているので、若い読者に受け入れられやすい。

二人の読者をひきつける技は、そのテーマの追求の深さが要求するところと大きくかかわっているのがよくわかる。

注

＊1　二〇一五年五月現在では、ウェストール短編集『真夜中の電話』、『遠い日の叫び声』（徳間書店）の二冊が翻訳出版されている。

海はどこへ行った?――『のっぽのサラ』と『少年のはるかな海』

小島敦夫編著『世界の海洋文学総解説』(自由国民社、一九八三)を眺めながら、ため息が出る。「海を舞台に繰り広げられる冒険とロマンの名作366篇の展望」というコピーがまぶしい。頁をくると、「海外海洋小説」(ちなみにリストは、『ロビンソン・クルーソー』からはじまる)のパートの解説が目に入る。

まさに豊饒な文学の大洋である。

近代・現代世界文学の中に確固とした地歩を占めてゆるぎない作品が並ぶ。ここでは、海と人間とが、等価の意味をもって読む者に迫る。

(中略)

その文学的な重味を支えているのが、作家たちの多くが持っている「本もの」の海上体験である。

ここでも、ため息。そう、長い間、本ものの海上体験をともに出来る作品と出会っていないのだ。記憶を繰ってオーストラリアの児童文学で、マグロ漁をめぐって父と子の葛藤を描いたコリン・シール『青いひれ』(一九六九)が一番新しい海洋児童文学だったかなと思い出す。同じオーストラリアの作品でも、ライリス・ノーマンとなると、『海がよぶ』(一九七八)の海は、男の子とオットセイのふれ合いが、心象風景として描かれ、骨太の海洋物語でなくなっていたか。

そういえばと、はたと思い当たったのは、今から思えばそうなのかといった話になるが、「最後の海」を描いたとでもいえる作品が、二作、同じころ出版されていたということである。共時性とでもいうのだろうか、これまで並べて考えたことのない『フィオナの海』（一九五七）と、『青いイルカの島』（一九六〇）である。

『フィオナの海』は、昨年、映画が公開され、海の美しい映像がやきついた作品である。映画は新しいのだけれど作品は、四〇年も前に、ロザリー・K・フライという人が書いていたのだ。過疎のため離島して、町に住むことになった少女が、海に消えた行方不明の弟をみつけ、また、もとの島に戻ってくるという単純な物語である。島の暮らしにあこがれる少女の思いが、奇蹟の発見をよぶ。文明からとり残されたところに、真の豊かさと美しさがあるという、今日的なテーマなのだが、やっと一つの家族が戻った島の未来を考えるのはむずかしい。いわば、亡びるものへの光、夕陽の美しさに似た作品となった。

一方、スコット・オデルが描いたのは、一つの事実に基づいた物語であった。西海岸にある離島から一族が移動する時、船から海にとびこんでその島に一八年生きて発見された女の人がいたということに創作意欲をつき動かされてつくったといわれている。『青いイルカの島』では、一人の少女が犬とともに一人でサバイバルしている姿を描き出している。しかし、少女は、ロビンソン・クルーソーとして存在しているのではなく、むしろ、島をとりまく海にいるラッコやイルカの美しさ、すばらしさが主人公のような物語となってしまった。「海と人間とが、等価の意味をもって読む者に迫る」という意味では、海のもつ美しさ底知れぬ豊かさを表現している二作は、海洋文学の流れのなかの末っ子という位置にあったようだ。この末っ子たちは、海を忘れていく人たちへの最後の警鐘であったのだ。

時がたち、人間へとバランスがくずれる。今、海は重油でよごれ、テレビの映像はムツゴロウの瀕死の姿を送ってくる。『フィオナの海』は、静かに、静かに、海の挽歌を歌っていたのだ。『青いイルカの島』は、刊行した当初ネイティブ・アメリカンの不当に追い詰められた姿を、一人サバイバルしていく少女に託した作品として高い評価が与えられた。が、今、読めば、その少女の描き方は、マイノリティを正当に描いたものとはいえないことがわかる。むしろ、少女をとりまく海と海の生きものの方に、作者の力量が発揮されており、少女は、海に圧倒されている。

それでは、今、海と人間を等価に表現することが可能なのか。海はどこにいったのか。

海は、人間のイメージのなかに「あった」。

海が「あった」作品、パトリシア・マクラクラン作、金原瑞人訳『のっぽのサラ』（原著一九八五、福武書店、翻訳一九八七）と、ヘニング・マンケル作、菱木晃子訳『少年のはるかな海』（原著一九九〇、偕成社、翻訳一九九六）の二作を取り出し、詳述してみよう。

『のっぽのサラ』の場合

『のっぽのサラ』は、単純で、中編というかとても短い作品である。妻をなくした男――その男には、二人の子どもアンナと、自分を生んだ直後に母をなくしたケイレブがいる――が、新聞に、妻募集を出し、一人の女、「のっぽでぶさいくな」サラが、応募してき、その家庭にいることになるハッピーエンディングの物語である。

一家が住んでいるのは、大草原のまんなかにある農園、サラは、メイン州の海のそばからやってくる。そのサラは、海が大好きと手紙に書いてくる。姉弟は、新しい母への期待と不安の毎日を送る。そこで出てくるのが、「海」。作品に出てくる海をページを追って出してみる。

サラは海が好きで好きで、たまらないのです。海からはなれて、畑と草原と空のほかになにもないようなところに、きてくれるでしょうか。（語り手、アンナの弁）（二八頁）

「メイン州って、どれくらい遠くにあるの?」

「知ってるでしょ。ずっと遠くよ。海に面しているの」

「海をもってきてくれるかなあ」

「ばかねえ。海はもってこられないわよ」(アンナとケイレブの対話)(四一頁)

サラがやってくる。ケイレブは、「海、もってきてくれた?」とたずねる。サラは、二人に、おみやげとして貝がらと、海の石をくれる。海の一部が、二人の家にやってきたのだ。牛が水をのむ池で、サラが泳ぎを教えてくれる場面がある。池からあがって身体をかわかしながらアンナは夢をみる。

ここの草原がぜんぶ海にかわって、日光を反射しているガラスみたいにかがやいていました。そして、サラは、とってもとってもうれしそうでした。(八六頁)

現実のサラは、遠くから結婚のためやってきた隣人のマギーに、「わたしは海がこいしいわ」(九二頁)ともらす。草原に嵐がやってくる。四人は家畜小屋に避難している。


「あらしのときの海は、どんな色なの?」ケイレブがサラにたずねました。

「青よ」サラは、ぬれた髪を指でかきあげながら答えました。「それから緑と灰色」

ケイレブは、にっこりうなずきました。

「ほうみてよ、サラ。このまえ絵をかいたとき、たりないっていったものが、あるよ」(一一一―一一二頁)

一夜明け、ひょうが朝の光に輝き、あたり一面、「日光を反射しているガラスみたいで、まるで海のようでした」（二一五頁）となる。サラが、自分の海をこの大草原にもってくることができるのかという一貫した子どもたちの問は、嵐の前にあった干し草の山を砂浜にみたてて、すべりおりる遊びを通して、答が出たのだ。

サラは、馬ののり方を教えてもらい、町へ行って、色鉛筆を三本買ってくる。青・緑・灰色。そして結末。

サラの海、青と緑と灰色の海が、壁にかかることでしょう。それから歌。古い歌も新しい歌も。黄色の目をしたアザラシちゃん（注・ネコの名前）もここにいることでしょう。

そしてもちろん、のっぽでぶさいくなサラも……。（一三四頁）

この作品には、真実、海がある。

文学のなかで形象化された海が。海はもう、「本もの」の海上体験をもつ男たちの物語の主人公ではなくなっているようだ——と考えている時、「本もの」の海上体験をしてきた父親をもつ男の子の物語に出会った。『少年のはるかな海』である。

『少年のはるかな海』の場合

主人公の少年の名はヨエル。スウェーデン産の物語である。船乗りだった父は、妻の蒸発という事件から逃げ、海のない、小さい北の町に、息子を連れてやって来て、森業に従事している。朝五時父が仕事に出かけてしまうと、ヨエルの一人ぼっちの時間がやってくる。ヨエルは、心の秘密の世界で、遠くへの旅をしていく。川の鉄橋の近くの岩のわれめの中に入って、その旅をする。

ヨエルには、父さんのふきげんの理由がつかめないし、どうすることもできない。でも、心の中で思っている。うちに母さんがいて、そばに海があれば、父さんはきっとふきげんにはならないと。父さんが捨てた海と、父さんをすてた母さん……。

海――。（一七頁）

ヨエルが夜中に、出窓に座っている時、犬が窓の下を通りかかった。犬の恐れを感じとったヨエルの犬の探索がはじまる。ヨエルは岩にかくれようと急いでいる。

走りながら、川を海だと想像することが日に日にむずかしくなるのはなぜなのか、考えようとした。でも走りながら考えるのは、これもまたむずかしい。（六九頁）

その岩で、新任の判事の息子だと名乗るトゥーレに出会う。トゥーレは、「あと一週間と三日と七時間と九分したら、ぼくは家出する。わかった？」（七七頁）といきなりいう。二人は、秘密クラブをつくり、夜の世界で、彷徨する。父にガールフレンドができ、ヨエルはトゥーレとの危険なあそびに深入りしていく。父の仕事仲間が死んだとき、そのあまりのあっけなさにヨエルはふるえる。

船の模型（セレスティーヌ号）をガラスケースから取り出し、ホコリを払うと、模型の船倉でハエが一ぴき、死んでいる。父への絶望から、森のなかでこごえ死のうとした自分の姿とだぶる。

頭の中のあらゆる思いをふりはらい、セレスティーヌ号をケースにもどすと、父さんの海図をテーブルにひろげた。船長のつもりになって、港の名前、水深を読みあげ、船の航路を考えてみる。

ぼくのすべては海にある。海がぼくを待っている。父さんがいっしょにきてくれなくとも、いつか、かならずいってみよう！（二〇九頁）

ヨエルは夜の世界で、ずっとトラックを走らせ続けて、心を落ち着けている人や、町の人々から気味悪がられている鼻のない女の人と出会い、偏見と実像を知ることになる。

クライマックスは、トゥーレとの諍いから「ふん。こんな橋ぐらい、あしたの夜、のぼってやる。アーチの上から、おまえの頭におしっこをかけてやる！」（二二三頁）と約束したことを実行にうつしたシーンである。

父との関係では、「おまえが卒業したら、どこか港のある町へひっこすとしよう。おれはつくづく暗い森がいやになった。ひろびろとした海がみたい」という言葉で光がみえはじめている時期であった。

深夜、ヨエルは、鉄橋にむかう。昔、船乗りがたよりにしたという北斗七星を眺めながら。鉄橋に登り、てっぺんまで登る。もうすぐ落ちて死ぬと思いながら。ヨエルは鉄柱にしがみついたまま、動けず、さけび声をあげる。

やがて、父がかけつけ、抱き下ろしてくれる。「なんとか事故にならずにすんだ」（二三六頁）のだ。

ヨエルはあたたかいものをのむと、すぐにねむくなったけれど、「海の話をして」と、父さんにたのんだ。

波のうねり。イルカ。インドからふいてくる、あたたかいモンスーンの風。

父さんの話をきいているうちに、まだ冷たい鉄柱をかかえているような気がしていた両うでを、ようやくときはなすことができた。

あとは、なにもかも夢になった。（二三六頁）

こうしてヨエルの心の危機も、とけていった。

ここでの海は、『青いひれ』の海ではなく、父親の話のなかから、息子の頭のなかにしみ渡っていった海である。しかし、父子の危機を乗り越える物語としては、何と枠組みが類似しているのだろう。

心の遍歴と海。

海を航海することが、即、命を賭けることであった時代の記憶、万物を包容してくれる豊かな海のイメージ——海洋文学の系譜は、続いているといってよいのだろうか。

命を賭ける旅として、今ある「宇宙」は、冒険とロマンの場ではなく、国と国の威容を示す合戦の場となってしまっている。しかし、心の宇宙は、人間のふるさとであり、サラやヨエルが命の源においた海と等価をもっている。このイメージと現実のギャップをうめること——それが、現在の作者の仕事になっているのだと思った。

Ⅳ

その他

解題

子どもの本のなかの戦争を考えるは、同時代人として作家ウェストールの作品に出会って以来、戦争児童文学についてあちこちに書くようになったが、この論はそのまとめのような位置にある。

英米児童文学に描かれた格差社会の考察は、制限字数のなかで、英と米とで異なる「格差」をどう論じるのか、難題であった。「子どもは社会的弱者である」という視座に立つと、児童文学論全体に関わってくるのは確認できた。

地球という風土、おとなも成長する、「岩波少年文庫」の改訳をめぐって、「ハリー・ポッター現象」とは何だったのか?の四編は、「日本児童文学」の特集号に掲載されたもの。**地球という風土**では、作品成立の背景が全地球規模に変化しており、エコロジーの問題をはらんでいるのを確かめた結果になった。**おとなも成長する**では、「成長したくない子ども」と「子どもっぽいおとな」を描いた作品群を取り出して論じている。児童文学はもはや「成長物語」ではなかった。**「岩波少年文庫」の改訳をめぐって**は、文庫創刊五〇年記念に装丁や字体、翻訳などが一新されたのを機に、新訳と旧訳の比較や、全訳ではない作品の問題などを取り上げている。**「ハリー・ポッター現象」**は、総括するには早すぎると感じながらまとめたもので一〇年後見直したいテーマである。

石井桃子さんは、一〇一歳で亡くなれたことを受けて、その生涯を偲んだ講演の記録である。児童文学研究を始めた以来、ずっと、その名前を見ながら歩んできたので、「大先輩」と呼んでしまった。

イギリス児童文学・絵本情報は、『児童文学アニュアル』という年鑑に連載されたもので、毎夏イギリスに行って図書館や本屋通いをしていた時代の記録である。その豪華な年鑑は、三巻で廃刊になった。一九八〇年代の一つの記録である。

日本における英語圏児童文学の歴史は、日本児童文学学会と日本イギリス児童文学会の学会史に書いたものである。両学会には、修業時代から関わっており、その歩みを共にしてきた。

子どもの本のなかの戦争を考える――ウェストール『弟の戦争』のもつ意味

はじめに

最近、自分が、無事老人になることができて生きているのは、信じられないような幸運に恵まれているのだと思うことが多くなりました。ほとんどの人が、戦争のない平和な世界を願っているのに、世界では、戦争が絶えることなく続いています。地震や水害に見舞われたり、突然、みえない放射能の渦中に陥っていたり、交通事故やあらゆる病気が降りかかってきたりと、危機的な状況が、あふれているのです。

大学で「児童文学」を講じる仕事を長年やって退職したとき、モットーとしてきた「未来を生きる子どもを支える力になる作品」と「自分で考える力がつく作品」を、子どもの近くに届ける仕事がどれほどできたのか、と自分に問いました。それまで、「いま」と「これから」で精一杯だったからか、過去を振り返ることがありませんでした。「戦争と子ども」というテーマをいただいて、幸運にも老年を生きている「いま」、自分の戦争児童文学に対する思いが、どこからきていたのか、これまで、どんな論を展開してきたのか、これから、子どもの本のなかでどんな戦争が展開されるのだろうか、などを綴ってみたいと思います。

わたしの戦争体験――幼稚園を中退して疎開

大阪で育ったのですが、「空襲」、「B29」、「疎開」という言葉が日常的に聞かれるようになったとき、三人の子ども（六歳、四歳、〇歳）をつれて母は、祖母の実家（和歌山県かつらぎ町）へ「縁故疎開」をしました。一九四四年六月から大都会の児童を対象とした集団疎開が組織的に始まっています。一九四五年一月、大阪が空爆され、三月には「大空襲」があったのでその頃疎開したのでしょう。大阪の家の防空壕の入口から、「空爆で真っ赤に焼けた空を見た」のをはっきり覚えています。「きれい！」だと思いました。祖母の実家は、山の上の一軒家だったので、里に家を借りて、近くの小学校に入学しました。そのころ、大阪へ空爆に行ったB29爆撃機が落とし損ねた爆弾を、帰路で見かけた人を狙って落とすという恐ろしい話を耳にしていました。ある日、弟を連れて道を歩いているところへ、そのB29があらわれ、低空飛行だったので、飛行士の顔が見えたことがありました。必死で弟を押し倒し、その上に身を投げ出して狙われまいとしました。姉として弟を守ろうとしたのは、六歳の幼児でも、事態を理解し、責任を負わされていることがわかっていたのだと思います。同時期に、日本赤十字病院の看護婦さんになって、傷ついた兵隊さんを助けたいといっていたようなので、愛国少女の卵でもありました。母が持参した着物や掛け軸が、食べものと「物々交換」（これも日常語でした）されるのをよく見ていましたし、空腹から弟たちが、食べている人をみると食べ物を欲しがって駄々をこねるのを懸命になだめる役をよくこなしていました。「疎開っ子」は、言葉や態度、着ているものが違うことを、いつも意識させられ、場に溶け込むのは大変でした。大柄だったわたしは、「落第生だ」と言われても、反論することなく、じっと耐えました。

こうした幼児としての疎開体験から、六歳の自分がそうであったように、幼児は、自分を幼児であるとすこしも思っていなくて、それなりの複雑な人生を生きている、体験しているという「子ども観」が自然に身に付いていきました。児童文学を学びはじめたころ、あまりに単純すぎて、子どもを尊重していない作品が多いことに驚きました。実際、後に、子どもたちと本を読み合う体験をしましたが、一見「明るい」「楽しい」人生を送りながらも、内面では「怖さ」や「惨めさ」を克服しようと葛藤している幼児に数多く出会いました。そして、その子たちが必要としている作品のあることもわかってきたのです。複雑な世界を、どのように切り取って、その核にある真実を伝えているかを見抜くことが仕事になったのです。特に、「戦争児童文学」の挑発力を、確かめずにはいられませんでした。

戦争を描いた子どもの本の変遷

「戦争児童文学」という括り方をすると、昭和前期までに発表された作品の殆どを占める愛国的で好戦的な作品は入ってこなくなります。一九六〇年代、わたしが児童文学と関わり始めたころ、反戦というテーマをはっきりさせた作品は、慣例的に「戦争児童文学」と呼ばれていたからです。そのため、戦争児童文学の歴史を書くならば、当然、好戦的な作品からはじめるべきですのに、そのような作品群を無視していた時代でした。反戦的な作品を刊行している同じ作者が、少し前には、好戦的な作品を書き、子どもを小国民に仕立てあげようとしていたことは、「なかったこと」にしたかったのか、あるいは、内心では、自分も被害者で、時代がそうさせたのだという自己弁護はあったのではないか、という見方ができるようです。[*1]

しかし、「反戦的な作品」も、時代によって、大きく変遷しています。一九八三年に、「戦争児童文学の深化にかかった年月の長さの意味するもの」[*2]というエッセイを書いているのですが、一〇年毎に見ていくと、「反戦」の立場が微妙に変化していくのがわかりました。

一九四〇年代、生々しい記憶が残っているので、事実そのものに重みがありすぎて、対象を捉え切れないか、あるいは、結果的に観念的に平和を叫ぶものや、希望を求めるあまり図式的な作品になりがちでした。五〇年代には、子どもに未来を託し、子ども自身が平和で豊かな暮らしを実現してくれるものとして信頼し、そうあってほしいと願う作品が描かれました。C・H・ビショップ『二十人と十人』[*3]（一九五二）やヤン・セレリヤー『銀のナイフ』[*4]（一九五六）は、ハッピー・エンディングで、希望に満ちた作品です。

しかし、六〇年代に入ると、終戦から二〇年近くの時間が経過し、描く対象をより深く冷静にみつめる眼を作家にもたらしました。なぜ、これまで、読者として、いわゆる「戦争児童文学」に共感できなかったかを自覚させてくれる作品が刊行されたのです。H・P・リヒター『あのころはフリードリヒがいた』[*5]（一九六九）には、戦争にまきこまれて「かわいそうなひどいめにあった自分」と、ユダヤ人の友人に対して「かわいそうなめにあわせた自分」という被害者でありながら加害者でもあった主人公が描かれていたからです。子どもといえども、戦争に加担したという責任を負っているという、それまでにない新しい視点が、読むものを動揺させずにはおきませんでした。

そして、七〇年代、後述するウェストールという一九二九年生まれの作家が登場して、好戦的な愛国少年であった自身を主人公にした作品『〝機関銃要塞〟の少年たち』[*6]（一九七五）で、カーネギー賞を受賞しました。「戦火の中の犬」という副題がついているシーラ・バンフォード『ベル・リア』[*7]（一九七七）のような動物の視点から描かれた作品も出てきました。

八〇年代になると、戦後三〇年以上の歳月を経て、実体験があまりに重くてそれまで語れなかった作品が刊行されるようになります（例：B・スパンヤード『地獄を見た少年』[*8]（一九八一）は著者の収容所体験に基づく）。また、戦勝国アメリカにも、マリアン・D・バウアー『ヒロシマから帰った兄』[*9]（一九八三）のような「PTSD心的外傷後ストレス障害」をテーマにした作品が登場してきました。近未来を描いて、現代に警告を発する作品も各国で出されました。そして、一九九〇年の「湾岸戦争」と、二〇〇一年の「9・11アメリカ同時多発テロ事件」は、従来の戦争のイメージをガラッと変える衝撃的な出来事として、子どもの本の世界にも、大きい影響を与えています。

二一世紀に入ると、戦争を背景とした作品を描く作家は、高齢になり、実体験に基づいた作品が減少するにつれて、調査や記録などを使って「想像力」で構築する作品が増加していきます。ナチのユダヤ人強制収容所の所長の家族の視点から描いたジョン・ボイン『縞模様のパジャマの少年』[*10]（二〇〇六）は、その一例です。

ウェストール作品との出会い

こうして、戦争児童文学作品の変遷を辿ってみると、少年時代の戦争体験を息子に語ることから、作家としてスタートしたロバート・ウェストール（一九二九—一九九三）のその後の歩みに、戦争児童文学を進化させて、二一世紀へと橋渡しししているのが読み取れました。生まれ育ったのはタインサイド（イギリスの北、ニューカッスルの東にある海沿いの町）、先祖も親戚縁者もすべて労働者階級で、一族ではじめて大学へ進学したウェストールは、その周辺を背景とした作品群を残している「地方作家」なのです。

その第一作である『〝機関銃要塞〟の少年たち』を「好戦的な愛国少年が主人公」と紹介しましたが、当時、図書館員が公開質問状で、受賞に疑問を出した作品でした。階級語と地方語が使われ、暴力シーンが多いのは問題であるし、プロットも、飛行機から墜落した敵方のドイツ兵をかくまう秘密基地などありえないという非難でした。ウェストールは、一九七〇年代の価値観からいかに暴力的、差別的と言われようとも、過去の歴史は変えられないという信念を貫いて、反論しました。

主人公チャスは、ドイツの空襲を受けている町に住んでおり、爆撃のあと、砲弾などのコレクションに精を出していて、警報が鳴り、防空壕にいく合間に学校にいくような状況下にいます。ある日、墜落したドイツ爆撃機の機銃を発見し、それを、親を亡くした友人の庭に要塞をつくることで隠ぺいし、怪我をしたドイツ兵を捕虜として仲間だけの秘密基地に匿うことになります。折からドイツ進攻のうわさが広まり、ドイツ兵を逃がそうとしたのですが、仲間の銃がドイツ兵を撃ってしまうという苦い結末に至ります。

実録でないドイツ兵を作中に取り込んで、要塞を築くという「装置」を入れたことで、巨大すぎて見えなかった戦争が、一つの家庭、仲間、学校、地域、国、敵国という多層でつながっていることがよく見える作品に仕上がっています。同時期、同地域を描いた異なった物語に、『海辺の王国』[*11]（一九九〇）と、未訳の『砲火のとき』（没後刊行、一九九四）があります。『海辺の王国』では、空爆で家と家族を失ったハリーが、自分のサバイバルをかけて放浪する物語で、現代版『天路歴程』のようなつくりになっています。目ざして辿りついたホーリー・アイランドが、楽園とは真逆の生命の危険を伴う場所であったことや、やっと見つけた安心できる親切な人との暮らしも、家族と再会できたことで、家に戻ることになり、ひとり旅で自分を鍛え、親よりも広い視野ももち、自分の王国を見つけていたハリーは、そこで自分を押し殺して生きるしかない結果になってしまいます。『砲火のとき』には、主人公ソニーが『海辺の王国』の犬を連れたハリーを見かける場面が入っています。ソニーの母親は、ソニーが頼まれたお使いを果たさなかったために、出先で爆撃死してしまい、そのショックから従軍した父も戦死して、祖父母と暮らしているという設定になっています。三部作として考えれば、主人公の年齢や境遇は違っているもののドイツによる「空爆」で、家族のもつ繋がりが、作品毎に希薄になっていき、家族の神話が暴かれて苦い結末に至る度合が深まっていきます。

ウェストールには、長編だけでなく、短編作品も多く、その中に、多くの幽霊物語が含まれています。「チャス・マッギルの幽霊」(一九八二)は、悲惨な塹壕暮らしに戻らず身を隠して亡くなった人が幽霊として、チャス(『機関銃要塞の少年たち』の主人公と同じ名前)のもとに姿をあらわして、自分の物語を語ります。最初は、建物や場所に固定された「地縛霊」が中心の物語を書いていたウェストールですが、しだいに、その範囲を超えて、幽霊という死者の顕現現象が解き放つ恐怖を描くことに変化していきました。その延長線上で『弟の戦争』(一九九二)が描かれ、戦争児童文学に新しい境地が拓かれたのでした。

『弟の戦争』論——テレビのなかの戦争が、ある家族にやってくる

一九九〇年八月に始まった湾岸戦争は、翌年からの多国籍軍によるハイテク兵器を駆使した空爆を、まるでスポーツの実況中継のように連日お茶の間のテレビにその映像を提供し、家庭でその様子を観戦したことで記憶されます。誘導ミサイルが目標に向かってすすみ、命中すると、死傷者を最低限に抑えた「きれいな戦争」なのだと説明されて、地上戦の様子はテレビでは消し去られ、イラクを悪、多国籍軍は善というわかりやすい公式を作り上げていきました。ウェストールが、湾岸戦争をテレビで見て、強い違和感と嫌悪感をもち、激しい怒りをバ

ネにして一気に書き上げたのが、『弟の戦争』（一九九二）でした。原題のGulfには、「ペルシャ湾、深い裂け目」などの意味があり、英語版のジャケット（図1）の絵に作品のテーマがはっきりと示されています。

この作品は、力強いスポーツマンで建築家の父、優しく有能で州議会議員として地域のひとに助力を惜しまない母、三歳下の弟アンディ、語り手トムの四人家族に生じた不思議な出来事という体裁を取りながら、戦争の本質をあばいていくと同時に、国家を支えている「よき家族」の解体が進行していく物語なのです。

語り手のトムには、アンディが生まれる前に、空想上の友だちフィギスがいたのですが、密かに弟をその名前で呼んでいます。フィギス（アンディ）は、ごく普通の明るい男の子だったのですが、何かに強迫観念を持つとテコでも動かない一面があらわれ、新聞記事で見たひとの名前を当てたり、エチオピアの飢饉で苦しむ母親と子どもの記事を見て動かなくなったりしましたが、一過性の現象として時が過ぎていきます。トムが一五歳、フィギスが一二歳の八月、夜、父の車の屋根で、弟が大声で外国語を叫びながら枝を振り回している光景を目撃して以後、異変が次々と起こってくるようになります。夜ごとに奇妙な世界にいってしまう弟に話しかけて、イラクにいる一三歳のラティーフという少年兵が憑依していることを聞き出したものの、弟は学校に行けなくなって、両親もなすすべもなく精神病院に入院させることになってしまいます。病院の主治医に、トムは自分の知っていることをすべて打ち明けたことで、先生の友人が、上官になってアラブ語で直接ラティーフに話しかけてくれ、何がフィギスに起こっているのかの真相がわかります。フィギスは、兵士となって塹壕のなかで暮らしており、

図1◆『弟の戦争』(1992)

地上戦がはじまると、病室のなかのテントにいる弟は、焼けただれた両手を振り上げ、アメリカをののしり、すさまじい様相を示します。無力なトムは、それでもフィギスを見守り続けていると、最後は、小さなかたまりになって部屋のすみに吹っ飛んでいったのです。死んでしまったのではないかとトムは動けなくなりますが、フィギスは、「ここは、どこ?」といって、目を覚まし、全く何も覚えていないのでした。唯一の証言者となったトムは、次のように考えます。

フィギスはぼくたちの良心だった。頭がおかしいんじゃないかと思う時もあったけど、それでもぼくらにはフィギスが必要だった。
ぼくらのまわりには、あちこちに、深く切れ込む湾がある。人と人の間には深い溝がある。ちょうどあの戦争の舞台となったペルシャ湾のような。フィギスは、その深い溝に橋をかけようとした子どもだった。
（原田勝訳『弟の戦争』一六四頁、徳間書店、一九九五）

おそらく、フィギスの主治医であるラシード先生の口を通して語られるアラブの文化や言語、状況は、その文化圏の読者には、ステレオタイプで欠点のあるものだろうと想像されます。ウェストールは、日本人をJapと書き、粗悪品を量産した国として笑の種にしたり、映画館で原爆投下のニュースを見て、みんなで拍手喝采して大喜びしたことも書いています。日本人から見ると、差別的で耐え難いのですが、同時に、「本当のことを伝えてくれる」作家だとも感じます。

『弟の戦争』*12のキー・パーソンは、弟ではなく、語り手トムです。弟を「使って」トムが知ったことは、忘れられないだけでなく、家族のなかでたったひとりその悩みをかかえて暮らさなければなりません。Gulf は国と国の溝であり、人と人の溝であり、家族の間の溝でもあるのです。そこに橋を架ける課題は、トムが背負っていかなければならないのです。

ウェストールは、子ども時代に空爆を体験したことで、戦争があぶりだした国家や大人や家族の実像を見抜く力を持ったのですが、その実像を作品として伝えながら、戦争は終わったものではない、幽霊は未だに戦争時代を生きているし、頼りになるはずの親も家族という装置が壊れると無力になってしまうことを語ってきた作家です。

テレビのなかにあった「きれいな」戦争では決して見えなかった、人が死に、子どもが犠牲になっている状況を、病室のなかのフィギスの肉体を通して、見えるようにしたのでした。

おわりに

二一世紀に入って、戦争体験のある作家から、直接体験がなくとも記録や調査・資料を駆使して、その時代では見えなかった戦争の実像に迫る作家の時代になり、そして、使いようによっては荒唐無稽にもなる幽霊や幽鬼など想像上のキャラクターも含めた全地球的な戦争を描くクリエーター（もちろん、映像メディアも含まれる）も出てきています。それを、次代にどう伝えることができるのか――この課題が頭をよぎるとき、『弟の戦争』が浮かんでくるのです。英文では、一〇〇頁にも満たない中編（翻訳書、四六版、一七二頁）ですが、ウェストールが、その戦争体験に基づいて作品化することのできたすべてを凝縮して語っているようにも感じます。作品の語り手トムが、弟アンディを「使って」体験した「事実」を述べていくという物語は、結末のトムの述懐そのままに、次世代の読者へ託されています。そして、そのことを伝えていくのが、ウェストールをはじめとして子ども時代に戦争体験を持ち、いま、老人として生き延びている世代の役目なのだと思います。

注

＊1　鳥越信さんの講演「当事者たちはなぜ語らなかったのか——占領下の日本児童文学」（二〇〇四年二月一五日、「戦後60＋1周年子どもの本・文化プロジェクト」のセミナー、於・大阪国際児童文学館）

＊2　初出「日本児童文学」一九八三年八月号、拙著『イギリス児童文学論』（翰林書房、一九九三）に収録。

＊3　日本語訳『二十人と十人』クレア・ユシェ・ビショプ作　山田純一訳　ポプラ社、一九六九

＊4　日本語訳　岩波少年文庫『銀のナイフ』ヤン・セレリヤー作　河野六郎訳　岩波書店、一九五九（現在入手不可）

＊5　日本語訳　新装版岩波少年文庫『あのころはフリードリヒがいた』ハンス・ペーター・リヒター作　上田真而子訳　岩波書店、二〇〇〇

＊6　日本語訳『〝機関銃要塞〟の少年たち』ロバート・ウェストール作　越智道雄訳　評論社、一九八〇

＊7　日本語訳『ベル・リア——戦火の中の犬——』シーラ・バンフォード作　中村妙子訳　評論社、一九七八

＊8　日本語訳『地獄を見た少年』バリー・スパンヤー著　大浦暁生・白石亜弥子訳　岩波書店、一九八六（現在入手不可）

＊9　日本語訳『ヒロシマから帰った兄』マリアン・D・バウアー作　久米譲訳　佑学社、一九九二

＊10　日本語訳『縞模様のパジャマの少年』ジョン・ボイン作　千葉茂樹訳　岩波書店、二〇〇八

＊11　日本語訳『海辺の王国』ロバート・ウェストール作　坂崎麻子訳　徳間書店、一九九四

＊12　日本語訳『弟の戦争』ロバート・ウェストール作　原田勝訳　徳間書店、一九九五

英米児童文学に描かれた格差社会の考察

はじめに

どの時代、どこの国においても、格差のない社会の実現にはいまだいたっていない。二一世紀の現在、さまざまの格差はむしろ広がり、社会不安が増している現状がある。そうした状況のなかで、「社会的弱者」である子どもを主な読者としてきた児童文学は、歴史的にどのように「格差社会」を描いてきたのかを考えてみたい。「格差社会」は、まず、経済的貧困の問題、階級性や宗教差別、男女差別など社会環境からくる問題、親の放任や遺棄など家族内の問題など、多重構造のなかで生じているので、さまざまなアプローチが可能であり、また、その時代、時代の作家の創作意欲ともつながっている。したがって、児童文学では、いつの時代においても、「格差社会」、特に、その中にいる子どもを描き続けてきたといえる。本論では、英米の児童文学史のなかから、「格差社会」を描いた作品を取り出し、最近の傾向を加えて論じていく。

イギリスでは、中産階層の子弟を主な読者として作品が制作されてきたので、「階級性」という面に焦点をあわせてみていくことになる。また、アメリカでは、イギリスのように固定的な階級がないと思われがちであるが、「プア・ホワイト」の問題をはじめとする階層による格差社会は厳然として存在することは、作品例に事欠かない。それに加えて、二〇世紀末から現在に至る「グローバル化」による格差拡大の世界的な広がりは、新たな「格差社会」を生じさせてきており、鋭敏な作家による格差社会を背景とした作品も刊行されている。

イギリス児童文学のなかの「格差社会」

ファンタジー成立期の中の「格差社会」

イギリスが「児童文学の王国」であるとして、高杉一郎はその成立条件を、多民族国家、想像力、児童観、大人・子どもの言語が同じであることを挙げた上で、最後に「イギリスの産業革命の過程における児童労働とその過激な搾取」とした。[*1] そして、イギリス児童文学の歴史は、「産業革命を批判し、働いている子どもの利益を守ろうとし、労働者の教育に関心をもっていた」[*2] ジョン・ラスキン John Ruskin（一八一九—一九〇〇）とチャールズ・キングズリー Charles Kingsley（一八一九—一八七五）によってはじめられたと述べている。ラスキンの作品『黄金の川の王さま』*The King of the Golden River*（一八五一）は、作者の社会主義的な思想を直接的に反映するものではなかったが、キングズリーは『水の子』*The Water-Babies*（一八六三）（図1）で、当時の格差社会が子どもをどのように悲惨な状況に追い込んでいるかを詳細に描いた。主人公トム Tom は煙突掃除の少年であるが、「煙突掃除の少年」は、社会問題としての子どもが「発見」されたヴィクトリア時代にあって繁栄の陰にある矛盾を照らすシンボル的な存在であった。煙突掃除は、孤児や捨て子が親方の搾取のもとで暮らし、五歳から一〇歳ぐらいまでの職業で、大きくなると煙突の中で「人間ブラシ」として働けなくなり失業し、また、多くの子どもは肺を痛めて死に至るため、その時代の矛盾や残酷性を語ることができた。『水の子』のなかに、親の遺棄や虐待、過酷な病気、親方や兵士による虐殺などによって、トムのような子どもは、何千、何万人も海底にいると描写されている場面がある（原典初版　一九九頁）。牧師であり、行動するキリスト教社会主義者としてキングズリーは、物言えぬ無数の子どもの抗議をトムに仮託している。

同じ時代のジョージ・マクドナルド George MacDonald（一八二四—一九〇五）は、『北風のうしろの国で』*At the Back of the North Wind*（一八七一）で、御者の息子ダイヤモンドを主人公にしている。ダイヤモンドは、貧困とそこから生じる病気で、悲惨な現実にいる一方で、寒風のなかを北風の背中に乗って、静かで平穏な別世界を訪れる。マクドナルドも牧師であったが、その救済への志向は、キングズリーとは対照的であった。既成のキリスト教にはない世界観をファンタジーとして提示することで、無垢でいたいけないダイヤモンドの姿を通して、時代を超えて「格差社会」への抗議をなしえたのである。

ヴィクトリア時代の児童文学の多くが、作品に濃厚に出ている教訓や価値観が古くなって、次の時代には読まれなくなったのに対して、トムとダイヤモンドを通して内在している人間らしく生きることへの願いが伝わってくる両作品は、時代を超えることができた。牧師は、ミドル・ロウ階級であって、人間を知るのによい立ち位置にあり、見えないもうひとつの世界を絶えず意識する職業であった。

図1◆『水の子』(1863) 口絵

二つの大戦の間で

イギリス児童文学が、中産階級的であるといわれる理由は、書き手も読み手もその階級に属しているからだけではなく、学校物語にしても、全寮制の私塾しか描かず、冒険物語やファンタジーで垣間見ることはできても、労働者階級を主人公とする作品がほとんどなかったからである。しかし、第一次世界大戦を経験した後、階級性からくる閉塞観や体制の不平等性などがより強く意識されてきた。

そうした中から、イーヴ・ガーネット Eve Garnett（一九〇〇—一九九一）の『ふくろ小路一番地』*The Family from One End Street*（一九三七）が出てくる。都会に住む労働者階級の家族をいきいきとくわしく描写した最初の作品としてカーネギー賞を受賞している。しかし、その評価は、作者と同じような中産階級の人々によってなされたものであった。作者は、いわゆる「貧乏人の子沢山」を上からの目線で、「おもしろおかしく」描いたものであって、「格差社会」の矛盾に切り込むどころか、格差を暗黙の了解であるかのように肯定し、笑いの対象にしている。

まず、一家の名前の「ラッグルズ」の rag は「ぼろきれ」、raggle-taggle で「寄せ集めの、身なりがだらしない」の意味がある。ヘレン・バナーマンが『ちびくろサンボ』において、母を Mumbo、父を Jumbo、その息子を Sambo とした感覚と同質であるのだ。Mumbo Jumbo には、スーダンで守護神である一方、「文明国」では、無意味で迷信的な崇拝物を意味し、ちんぷんかんぷん、わけのわからないものという意味に使われてきた言葉である。ガーネットは、七人の子どもの名前の由来を「おもしろ、おかしく」描写していく。長女は、テート美術館の絵のタイトルから「リリー・ローズ」と名付けられるが、赤毛で、でぶ、どんなユリともバラとも似ていないと書かれている。両親が美術館でデートし、絵をみながら、とんちんかんな感想を述べる場面も笑いの対象になっている。母親は洗濯屋、父親はくずあつめという職業の描き方にも、こうした笑いの取り方がみられる。全編、中産階級から見た労働者階級の暮らしや文化を揶揄し、滑稽と感じる優越意識を読み取ることができる。

ヒュー・ロフティング Hugh Lofting（一八八六―一九四七）の「ドリトル先生物語」シリーズ（一九二〇―一九五二）では、黒人の王子が肌を白くしようとする場面など、白人優越主義が露骨に出、それで、笑いを取ろうとするところが「黒人差別」を助長する作品として批判された。しかし、その優越主義は、作品全体を覆っているかというと、そうではなく、労働者階級のキャラクター（先生の助手で語り手の靴屋の息子トマス・スタビンズをはじめ、「ネコ肉屋」など）が活躍し、先生の紳士階級の友人も同等に扱われている。J・R・タウンゼンドの弁を借りると「ロフティングの時代のイギリス人の多くは、外国人だとみればみんなこっけいだと思い、ましてや皮膚の色のちがう外国人ともなれば、二重にこっけいだと思っていた」*3ので、その時代の社会通念をまぬがれなかったのである。

松浦嘉一『英国を視る』は、一九三〇年代の留学経験の報告であるが、アジア系外国人がふれたロンドンの労働者、中産階級の下層と上層の姿が活写されていて、外からの眼には、よく見えていた階級性からくる差別が、当事者には、みえていない時代であった。

第二次世界大戦後の労働者階級出身作家の活躍

◉タウンゼンドの場合

それまでのイギリス児童文学にあきたらず、社会的不平等や劣悪な環境のなかにいる子どもを意識的に描こうとしたのは、J・R・タウンゼンド John Rowe Townsend（一九二二―二〇一四）の『ぼくらのジャングル街』*Gumble's Yard*（一九六一）とその続編『さよならジャングル街』*Widdershins Cresent*（一九六五）である。両親を亡くした兄妹が、スラム地区で物心両面の貧困状況のなかで、犯罪にまきこまれながらも、誠実に、けなげに生き抜いていく物語で、ブルジョア的なガーネットの作品とは違う視座に立つとして評価を得た。しかし、八〇年代に入って、タウンセンドの描く労働者階級の子どもたちは、興味ある素材としてジャーナリスティックに外から眺めたものであり、労働者のなかのエリートづくりだったのではないかという批判にさらされるようになった。

◉ロバート・ウエストールの場合

ロバート・ウエストール Robert Westall（一九二九―一九九三）は、代々の労働者階級出身、一族ではじめて大学教育をうけた作家で、イギリスの北、ニューカッスルの東に位置する海沿いの町タインマスとその周辺を舞台とした作品群を残している。その第一作『〝機関銃要塞〟の少年たち』*The Machine-Gunners*（一九七五）（図2）は、ドイツ軍の空襲を受けた戦時下の体験を息子に読んでもらうために書いたもので、カネーギー賞を受賞し

図2◆『“機関銃要塞”の少年たち』(1975)

た。しかし、児童図書館員による、下品な言葉、暴力シーン、信じがたい展開のプロットの三点で認めがたい作品であるという酷評が公開され、論議をよんだ。「よい英語」ではなく、地方語と階級語を駆使した文章が槍玉にあがったのである。ウエストールは、口汚い表現は、一一歳ころがピークで、その年齢の男子は暴力についても強い興味を持っており、また、プロットについては、戦争中には、もっとすさまじい日常があり、自分の書いたことなど、牧師館のお茶の会のようなものだと反論している。

タウンゼンドは、スラムを取材して、架空の町をつくったのに比し、ウエストールは、記憶のなかから、息子に戦時下の真実を語ろうとした。そのためには、自分の使っている言葉をしゃべる登場人物が必要であったのである。しかし、実録ではなく、フィクションとしたのは、軍国主義者のドイツ軍の飛行射撃手を少年たちの秘密基地に入れて、巨大すぎてみえない戦争を、ひとつの家庭、仲間、学校、地域、国、敵国と多層で繋がっており、戦争という暴力と少年たちの暴力の関係性を浮かび上がらせるためであった。

◉ふたりの絵本画家の場合

いわゆるタブローの画家になるには、労働者階級出身の画家にとって、きびしい壁があったこともあって、力量のある意欲的な人材が、さし絵や絵本画家の道に進む成り行きがあった。チャールズ・キーピング *Charles Keeping*（一九二四—一九八八）の場合、絵本を自分の考えや体験を伝えるメディアと考え、かわいいぬいぐるみやにこにこして愛情溢れる母親などを描いたいわゆる「良書」を、売るための商業主義に堕している絵本とみなして嫌悪し、自己の表現をつらぬいた。『たそがれえきのひとびと』*Railway Passage*（一九七四）では、ロンドンの下町で開発から取り残された六軒長屋の住人たちの暮らしが宝くじをあてたことで変化するさまを描いている。キーピングは、ロンドンの露天商の周辺を好んで素材にしており、幼児向きと考えられていた絵本の世界に革命を起こしたのである。しかし、「子ども離れ」という批判をあび、子どもの手に渡る前に拒否されることも多かった。

レイモンド・ブリッグズ Raymond Briggs（一九三四― ）の場合は、代表作『さむがりやのサンタ』*Father Christmas*（一九七三）にみられるマンガのコマ割を使って、独自の絵本を制作しており、一つの特徴となっている。マンガは、牛乳配達夫の息子であったブリッグズの愛読書であった。『ふくろ小路一番地』の一家がロンドンに出かけるにあたって、子どもを車中でおとなしくさせる秘策として母さんがマンガを三冊周到に用意しているシーンがあるが、労働者階級の子どもたちにだけ許されている特権であった。そのマンガの手法を中産階級の文化である「絵本」の世界に持ち込んだのである。

こうしてみてくると、イギリスでは、一九七〇年代に、さまざまのチャンネルを通して、階級性の壁を意識化して、打破しようとする試みがなされていたことが了解される。

アメリカ児童文学のなかの格差社会

◉『ハックルベリー・フィンの冒険』の場合

多民族からなる国であるアメリカで、最初に強く意識されたのは、人種差別、特に、黒人差別の問題であった。マーク・トウェイン *Mark Twain*（一八三五―一九一〇）の『ハックルベリー・フィンの冒険』*The Adventures of Huckleberry Finn*（一八八四）では、プア・ホワイトである父親から虐待を受け、ネグレクトされているハックと奴隷の身分からの逃亡をはかる黒人ジムとのコンビのミシシッピー川を筏で下っていく過程が、アメリ

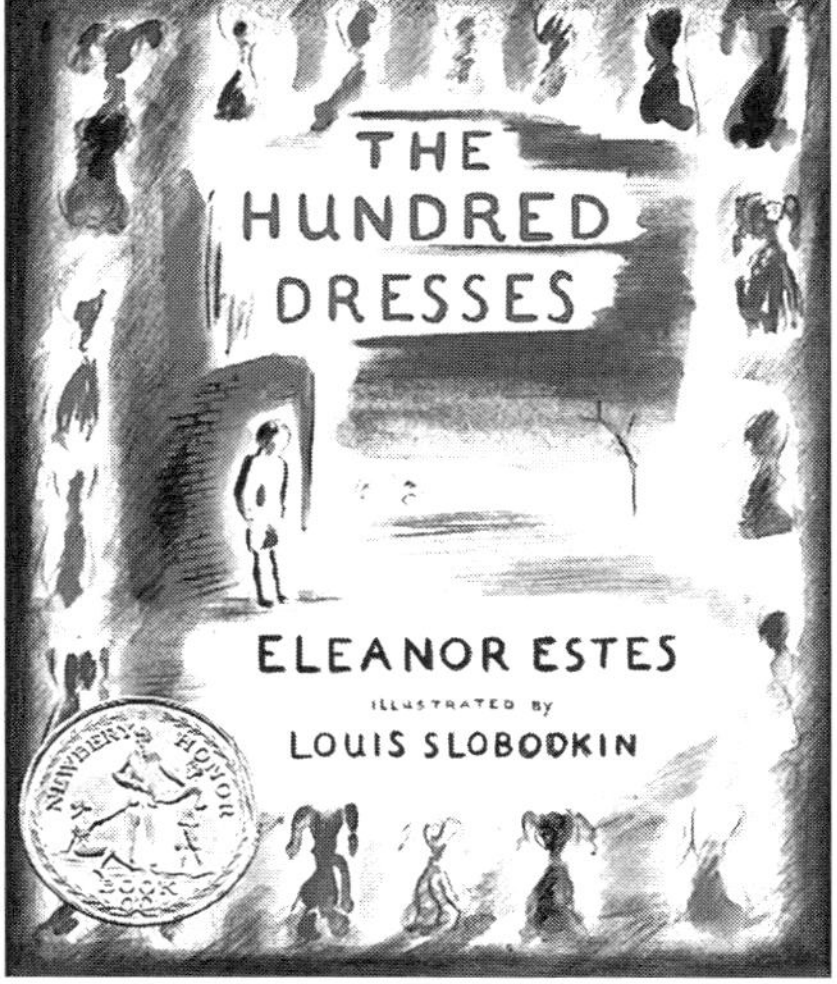

図3◆『百まいのドレス』(1944)

カ社会の構造からくるさまざまの格差をあぶりだしている。二人の「冒険」は、植民地支配の先触れとしての冒険を描いたイギリスの冒険小説とは違い、サバイバルするための逃亡であった。

◉『百まいのドレス』の場合

移民が受ける差別をテーマとしたエレナー・エスティス Eleanor Estes（一九〇六—一九八八）の『百まいのドレス』*The Hundred Dresses*（一九四四）（図3）が類書に比べロング・セラーとなっているのは、ポーランド移民である級友ワンダをいつも同じドレスを着ているといっていじめた側から語ったところにある。差別される側から差別する側を声高に告発するのではなく、ワンダが家には「百まいのドレス」があるといったのは「絵」であったという真相が明かされ、想像力でしか対抗できず、無言で引っ越していったワンダの姿が焼きつく結末になっている。

◉『レモネードを作ろう』と『はみだしインディアンのホントにホントの物語』

貧しさからの脱出を、大学進学という目標を立ててベビーシッターのバイトをはじめた少女が語り手の、ヴァージニア・ユウワー・ウルフ Virginia Euwer Wolff 作『レモネードを作ろう』*Make Lemonade*（一九九三）には、自分より貧しくバイト料もろくに払えないふたりの子どものいるシングル・マザーとの出会いによって、夢に向かう筈が、遠のいていくさまが語られている。六四室あるアパートにも、親戚にも、ひとりとして大学にいった人がいないという実態が背後にある。

といって、努力すれば成功するという「アメリカン・ドリーム」の物語の系譜が消えたわけではなく、多くの作品が刊行され続けている。例えば、先住民の居留地で生まれ育ったシャーマン・アレクシー Sherman Alexie の自伝的作品『はみだしインディアンのホントにホントの物語』*The Absolutely True Diary of a Part-Time Indian*（二〇〇七）は、タバコと酒の習慣によって無気力で退廃的な生活が支配する居留地がどんなにメチャクチャなのか、主人公が語っていく。主人公は学校にいき、スポーツで目立ち、居留地を脱出するので、典型的なサクセス・ストーリーであるのだが、ユーモア精神と自虐的にならない強靭な精神力で「貧困」問題の根底を暴いてみせることができた点で、成功だけを目的としたそれまでの作品群とは異なっている。

グローバル化のなかで

第一次世界大戦や世界恐慌（一九二九年）を体験し、世界の異なるところが密接に繋がっていることが顕在化し、格差の問題もグローバル化している。

バーリー・ドハーティ Berlie Doherty（一九四三―）は、イギリスのシェフィールドを背景として作品を描いているが、『シェフィールドを発つ日』*Granny was a Buffer Girl*（一九八六）と『ライオンとであった少女』*Abela*（二〇〇七）に、格差がグローバル化していく過程が活写されている。前者では、フランスに留学する孫に、祖母が研磨工で働いていた昔の生活を語っており、二世代の間で、特に、女性にもたらされた社会変化が浮かび上がる。後者では、タンザニアとイギリスの少女の物語を交互に語ることで、支配された国と支配した国、それぞれの問題が提出される。結末で、二人が出会うことで、現代の複雑な格差構造が見えてくる。

ドハーティも、児童文学がその歴史の最初から描いてきた「格差社会」のなかの子どもを描く作家の系譜に連なっているといえる。

参考文献

三宅興子「『水の子』――その世界を成立させている諸要素の分析」（『イギリス児童文学論』翰林書房、一九九三）八二―一四一頁

松浦嘉一『英国を視る　一九三〇年代の西洋事情』（講談社学術文庫一九八四、原著一九四〇）

注

＊１　高杉一郎編著『英米児童文学』（中教出版、一九七七）一四頁

＊２　＊１に同じ、一六頁

＊３　Ｊ・Ｒ・タウンゼンド著高杉一郎訳『子どもの本の歴史』上（岩波書店、一九八二）二五二頁

地球という風土

〈風土〉の変貌

ある作品が、ある特定の場所や時代の上に立って、しっかりと構築されているとき、その作品にリアリティーが出てくる――という問題のたて方は、はたして有効なのだろうか。児童文学と〈風土〉というテーマの前にして作品のよって立つところが、激しく変化していることが（世界が動いているから、それは当然であるのだが）あらためて知覚できてくる。

イギリスの児童文学を専攻しているというと、多くの方は「楽しくていいですね」と返して下さる。おそらくは、『たのしい川べ』やら『クマのプーさん』やら『ピーターラビット』といった作品群からくる印象にもとづいた感想であろうか。林望という魅力的な日本語を駆使できるエッセイストが『イギリスは愉快だ』（一九九一）『イギリスはおいしい』（同上）といった書物で、うっとりと描き出しているようなイギリスのイメージと重なっているところでもあろう。林望のイギリスは、あえて「いま」のイギリスの多層的な姿を見ないところで成立しており、それが彼のイギリスものの人気の秘密ではないか、と睨んでいるのだが。

その「楽しさ」は、物語の巧みさやキャラクターの魅力によるとともに、変わらずそこにある自然の背景――川や森や湖が大きくかかわっていると思われる。中産階層の余裕あるくらしから成立してきたイギリス児童文学の問題点を、今から一〇年前の「日本児童文学」（一九八六・二月号　世界児童文学の現在①）誌上で話題にしたことがあった。ジャン・ニードルが『人の住まない森』*Wild Wood*（一九八一）という『たのしい川べ』のパロディー本を刊行したころであった。ニードルは『たのしい川べ』で悪として排斥されてしまうイタチやテンの側に立つと、アナグマやヒキガエル、ネズミ、モグラは不当にも弱い立場のものを苦しめて、しかも何も感じないひどい存在であることを描いてみせたのである。このあたりからイギリス児童文学の風土を視る眼はあきらかに変通していった。

この論では、ランサムと湖水地方、ウィリアム・メインとヨークシャといった風土ではなく、「人のよって立つところ」といった意味での風土を問題としてとりあげてみたい。

記憶の保存所としての古い館から出て

この変通ぶりは、イギリス文学、特に、ミステリーと児童文学に舞台を提供している古い館によくうつし出されている。

アリソン・アトリーの『時の旅人』(一九三九)で病身の少女が訪れる荘園は人が住み、生き生きと描きだされる。それが、第二次大戦を経過すると老人が古い館に取り残されていっている姿が浮かび上がってくる。『床下の小人たち』(一九五二)では、小人たちの住んでいる「古い館」の判で押したような秩序ある暮らしが揺らいでしまい、第二作が、館から脱出した「野に出た小人たち」へと続くのである。小人が住める世界ということでは、B・Bの『灰色の小人たちと川の冒険』(一九四二)が思い出される。イギリスに住む最後のノーム(小人の一種族)の三兄弟が行方不明になっている兄を探して川をのぼる冒険物語で「B・Bランド」といってもよい自然空間(川や舟や釣り)で物語が進行する。小人もこの世にぽつりぽつりと取り残されており、トキやゴリラと運命をともにする仲間でもあるのだ。

ルーシー・M・ボストンが、「発見」し、その意義づけを行い二〇世紀に生きかえらせた館は、一一世紀に建ったイギリス最古のマナー・ハウスである。その館の語りを作品化したのが「グリーン・ノウ」のシリーズである。古い館は、人々の記憶の保存所であり、そこに集積している歴史的時間を読み取る機能をもっている。第一作『グリーン・ノウの子どもたち』（一九五四）で、大おばあさんを訪ねたトーリー少年が出会うのは三〇〇年前の子どもたち、第二作『グリーン・ノウの煙突』（一九五八）では、一五〇年前の子どもと出会い、第三作『グリーン・ノウの川』（一九五九）では、難民の子どもが館に招待される。第四作『グリーン・ノウのお客さま』（一九六一）では、ロンドン動物園からゴリラが逃げ出し館の庭で難民の子どもと出会い、第五作『グリーン・ノウの魔女』（一九六四）では、館を奪おうとする魔女がやってくる。つまり、グリーン・ノウという館を中心軸にすえ、過去の歴史、現代の状況、未来の危機が、物語として描出されているのだ。時間と空間の中心にあって、歴史の重層を保存してはいるもののその存在そのものがおびやかされていることを示唆している。一九五八年のフィリッパ・ピアス『トムは真夜中の庭で』となると、もう古い館は、トムが真夜中にめぐる過去の時に属してしまっている。J・ロビンソンの『思い出のマーニー』（一九六七）では、館にはもはや人は住んでいない。しかし、館は主人公の心に入り込み、作品の中核をなしていることには変わりはない。人々が賑やかに住んでいた時代から、老人が残され、ついに住み手のなくなる古い館となる。その存在そのものが、変わってほしくない価値やくらしを象徴し、守るべきもの、心をよせるべきところとしての役割をになってきたのである。

一九八〇―一九九〇年代になると「古い館」の危機に象徴される問題は、地球規模へと広がっていく。誰がどのように決めたわけでもなく、作家たちの筆は、地球環境という風土を問題にしはじめる。

エリック・キャンベルの『ライオンと歩いた少年』（原著一九九〇、さくまゆみこ訳、徳間書店、一九九六）は原題を *The Place of Lions* といい、ロンドンの移民や難民の数多く住む地域に住んでいた少年クリスが父の勤務のためタンザニアに行って、キリマンジェロ空港から単発機でムソマに向かう途中、飛んでくる鳥と激突した飛行機は墜落し、脚を骨折した父と瀕死の重傷を負ったパイロットを残して、救助を求めるために歩き出すという物語である。原題が語っているように、そこは、太古から動物たちの土地で、群れをなしたライオンのくらしの場・プレイスであった。

ロンドンの学校は、クリスにとって、「学校におさまっているには、おとなになりすぎていた。教室にすわって授業を聞いているのは、うんざりだった。何か行動を起こしたくてたまらなかった。ただ何をしたいのかが、まだ自分でもはっきりわかっていなかった」（三一四頁）というものであった。

こうしたプロットづくりを書くと、一時期、オーストラリアの児童文学、特に、アイバン・サウソールの書いた「危機」に直面した少年少女が、その危機をのりこえて成長するという物語と枠組みは同じであることがわかる。しかし、決定的に違うのは、その「場」を設定する作者の意識である。七〇年代までは「大自然の脅威」や「自然と人間」といった用語で自然の前に無力である人間をおき、その人間が全力をつくすことに尊厳をおいて書き進んでいった。そのとき、危機に面した人々には、安定し、帰っていく場としての日常生活が保障されていた。日常生活そのものは、問題にされていなかったのである。

> 一瞬クリスはふるえた。この小さな飛行機の中で、これまでの自分の人生がいかに危険から守られていたかを、とつぜん悟ったのだった。今、目の前にある土地は、何万年ものあいだ変わっていないのだ。
> この恐怖を言葉で表すことはできないが、心の奥底にひそむ人類の原初の記憶が、ここは危険だと語っていた。木のうしろ、岩のかげ、地面にあいた穴、水面のすぐ下をすべっていく影、丈の高い草、風……どこにでも危険はかくれている。アフリカで呼吸する空気は死のにおいを伝えている。そのにおいに注意をはらわない者は、生きのびることができないのだ、とクリスは思った。（五〇頁）

古い館における人間の記憶を書き留めたボストンは、環境保全に対していつも先鋭であった。『ライオンと歩いた少年』の作者、エリック・キャンベルもエコロジストである。「古い館の記憶」と「人類の原初の記憶」を同じ線上で並列においてみると、環境を定点的な一つの場でみるのか、太古といった時間の流れと、生態系（文明化した人間を中心において環境をみるのではなく、生きとし生けるものすべてが共有しているもの、ネイティブの人たちや動物植物などすべてを含むもの）を広く地球的にみるのかの相違が浮かび上がってくる。

ウィリアム・メインの『夏至祭の女王』（原著一九七七、森丘道訳、偕成社、一九九四）をもち出してみると、この相違は、もっとよく了解できる。メインは「定点」にあたるヨークシャーの谷に住んでその場が主人公であるような作品群を書き続けてきている。『夏至祭の女王』では、一九世紀紀末のイギリスの小さな村の伝統的な祭を軸に物語が展開される。両親をなくし、病気の身でベッドにいるマックスに、階層の違うお手伝いの少女が片思いの恋をする物語で、その少女がおばあさんになっていて昔の物語を語るという設定である。恋の場が「昔」でありながら、伝承の世界が生きているようで〈風土〉というテーマにぴったりの作品に出来上がっている。しかし、その〈風土〉をしっかりふまえた濃密な小さな世界が、熟達した表現で、非常にたくみに伝えられてくればくるほど、また、よい作品だと思えば思うほど、二〇世紀末の日本にいる読者の私に、世界は変わってしまったという思いを強く感じさせる作品でもあった。

戦争の〈風土〉

世界は変わってしまったという思いが決定的になったのは、ロバート・ウェストールの『弟の戦争』（原著一九九二、原田勝訳、徳間書店、一九九五）の余波が強く働いている。原題の *Gulf* が語っているように、一九九〇年の湾岸戦争がテーマとなっている作品である。ウェストールは、『〝機関銃要塞〟の少年たち』（評論社）や『ブラッカムの爆撃機』（ベネッセ）などで、戦争児童文学を、個人の体験に根ざしながらも、誰もが共有できるテーマとして物語体験できるように英知をしぼってきた作家である。

『弟の戦争』は、三歳違いの弟アンディのことを、兄トムが語るという枠組みをとっている。トムには幼いころ、想像上の弟「フィギス」がいたのが、現実に弟ができ、その弟を「フィギス」と呼んだ。弟は、いつもは

「ごく普通の、のんきで明るい男の子」（四七頁）であったが、時々、何かにひきつけられると他のことが考えられない状態になって家族をきりきり舞いさせる。六歳の時、新聞でアフリカのまじない師を見て、名前がわかり、手紙で交流したことをきっかけに、テレパシーの能力があらわれはじめる。常識の人である父母は、理解できないままにいる。ある時、スペインでホリディーを楽しんでいるとき、新聞でエチオピアの飢えに苦しむ母と子の写真を見、弟が動かなくなるという事件がおこった。父はかけまわって国際赤十字を通じて義援金を送り、母は母で付きっきりの世話をしたものの、弟の体重は減り、衰弱していく。しかし、この事件は、「ボサ（エチオピアの子どもの名前だと弟がいった）はしんじゃった」という一言で終わり、日常に戻る。

ところが、一九九〇年の八月が来て、語り手トムは一五歳、弟フィギスは一二歳になっていたとき、夜毎に、弟が一三歳の少年イラク兵ラティーフの人格と交信し、そちらの人格に憑依するという事件がおきた。ラティーフのねむっている間に、フィギスは、トムの問いに答えてラティーフの日常を細々と教えてくれる。兄は、そのことをゲームのように取扱い、夜毎に問いかけをする。しらみ退治に追われる暮らしが語られ、イギリスでのマス・メディアとの報道の差がここで浮ぼりにもされていく。一日一日とフィギスは後退し、ラティーフの力が強くなっていく。

ある日、床屋で奇妙な言葉で話し、理解できない行動をとったため弟は精神科に入院させられてしまう。弟の主治医はアラブ系のラシード先生で、手をつくして治療にあたり、弟のありようを、そのまま認めてくれる。兄トムは「ありのままのぜんぶを見るのが、ぼくの役目」（一四四頁）と考え、弟の病院に入る。もう少ししかフィギスに戻れなくなった弟から、アメリカを憎み、一人でもアメリカ兵を殺したいとがんばっているイラクの少年兵のことをきく。フィギスだけがどうしてこんな目にあわないといけないか不公平ではないかときく兄にフィギスは答える。

公平ってなに？　世界は公平にできていないんだよ。アクバルやアリーがこんなところにいたがっていると思う？　ぼくとすこしも変わらないよ。なにしたいかって言えば、家族のところへ帰りたい、それだけなんだもの……（一四三頁）

兄は、弟のありようをそのまま受け入れるものの、父は、全くの無力である。「父さんにとって世界はすべて目に見え、手でさわれるものでできていた。父さんは建設し、修理する人だ。なのに目の前には建てたりなおしたりできるものがなにもない。父さんは戦う人なのに、ここには戦う相手がいない」（一一七頁）という状態におかれる。母親も「今までなら母さんは必ずフィギスを助けてやれた。でも今度は、社会福祉の経験も、傷ついた動物を治す腕もいっさい役にたたず」（一一八頁）やはり無力であった。

フィギスの力がつきかけていた時、ラティーフの世界が空襲にやられ、全員殺されてしまう。病室の部屋でうずくまっていたフィギスの身体はふっとび、「部屋のすみに、小さなぐにゃりとしたかたまりが残った」フィギスも死んだと思ったら、「ここ、どこだい？」という力強い声がきこえ、弟は、弟にもどっていた。

弟は気が狂っていたのかという兄の問いに、ラシード先生は答える。

…きみの弟はあまりにも正気だったんだ。だれもが自分と同じ人間だ、っていう思いが強すぎたんだよ。狂っているのはまわりの世界の方さ。ただし、わたしがこんなことをしゃべったなんて、人には言わないでほしいがね。（一五九頁）

そうして、フィギスは、アンディという普通の男の子に戻ってしまう。兄はそれをさびしく感じはじめる。兄は、フィギスは「ぼくらの良心だった」と気づく。人と人の間にある深い溝に「橋をかけようとした子ども」

（一六四頁）だったと考えるにいたるからだ。

湾岸戦争の記憶が日々忘れられていく状況のなかで、ウェストールはフィギスを私たちに送り出して、その次の年、亡くなってしまった。

イギリスにいて、何不自由ない生活のなかに、突然入りこんでくる飢餓や戦争、それを感じとり、共有していくことこそが「いま」〈風土〉を語るときの根底にすえておくべきことであり、必須条件なのだということを、ウェストールの作品は語りかけてくる。

記憶を伝える者

ウェストールとは、全く異なる位相から、本質的には、同じような世界観が提示されたのは、ロイス・ローリーの『ザ・ギバー――記憶を伝える者』（原著一九九三、掛川恭子訳、講談社、一九九五）においてであった。アメリカでニューベリー賞をとった作品で、分類すれば近未来ＳＦに属する作品である。飢えもなく、病気も環境汚染もなく、老人や子どもが特別なケアをうけているユートピアが実現しているとして、あるコミュニティーが提示される。ジョーナスはもうすぐ一二歳、妹リリーがいて、思慮深い両親に恵まれて明るくくらしている。物語を読み進むうちに、「一家族ユニットに、子どもはふたり――男子一名、女子一名。規則にそうはっきりと書かれている」（二六頁）といった文章がはさまれ、このコミュニティーが高度に管理され、機能を中心とした管理社会であることが少しずつ明らかになっていく。ジョーナスの生活は、完璧であるにもかかわらず、読者は不安を感じはじめ、少しずつ疑問をもってくるように、作者はうまく物語を運んでいく。

例年と同じように、〈二歳〉〈三歳〉〈四歳〉と〈儀式〉の日がきて、儀式が進んでいく。年齢によって子どもはグループ別にわけられ、課題が与えられている。〈九歳〉では自転車をもらい自立への一歩をふみだす。児童心理学をふまえて、子どもの成長をとらえている。〈一二歳の儀式〉では、〈職業任命〉をうける。「〈配偶者組み合わせ〉や初年児〈名づけ〉や〈家庭決定〉と同じように、〈職業任命〉も〈長老会〉によって綿密に検討される」（七三頁）そして、ジョーナスは、コミュニティーにたった一人しかいない次代〈記憶を受けつぐ者〉に選抜される。

ジョーナスは、ザ・ギバー〈記憶を伝える者〉のところに通うことになる。つまり、ジョーナスの属していたコミュニティーには、機能本位をとるための画一化が進み、気候をコントロールしたため、雪や太陽の暖かさといったものを含め、多くのものをなくしているのである（これから読む方のために、これぐらいにしておきます）。暖かい家族団欒の記憶などとともに戦争や苦痛といったネガティブな記憶を受けつぎながらジョーナスは考えぬく。こうした事態を変える方策を模索し、行動に出る。苦しい逃避行のすえ、山の頂上に辿りつく。そこで見つけた橇で、最後目的の地だと感じていた方向へとすべり下りるところで物語は終わっている。そのあとを考えるのは、読者にまかせて。

苦痛や悲しみや矛盾にみちた現代世界を、機能だけを優先させ、画一化を成功させた完璧な管理社会から見るようにするという着想のもとは、作者が一一歳のとき住んだ日本の駐留軍の居住区での体験に根ざしているという。ニューベリー賞の受賞スピーチによると（「ホーンブック」一九八四・七・八月号、四一四―四二二頁）鉄条網にかこまれたワシントン・ハイツの住人は、外の日本の社会との交渉なくアメリカのなかでくらしていた。好奇心のさかんなローリーは、自転車で渋谷の町に出て、その騒音と活力、けばけばしいまでの明るさを楽しんだと語っている。衛生的で規律正しく、不便さや苦痛のないワシントン・ハイツのくらしと、戦後の雑然としており、混沌のなかにある渋谷の町での人々の営みのコントラストは、異文化体験として、ローリーに焼きついていたのである。

『ザ・ギバー』は、歴史をもたない社会、記憶をもたない社会を設定しているが、そこには〈風土〉という言葉で語られるものの入ってくる余地はない。ザ・ギバーが最初にジョーナスに伝達した記憶が雪の冷たさと、橇遊びの爽快さであったのは、よく考えられている。五感による記憶というのは、もっとも原初的でありながら、根源的で人間らしい記憶なのだ。個性を職業を選ぶときの選択基準として使う画一化社会というのも、作者の皮肉である。人間を適材適所に配置するというのは、肯定的に考えられている思想でありながら、そこに〈長老会〉という組織が入りこむと、どれほど恐ろしいことになるのか、実に淡々と表現されているからである。

このテーマを与えられて、あらためて、作品の〈風土〉が大きい変革をとげていたこと気付いていった。たとえ、小さい規模のコミュニティーや単一の家族という設定であったとしても、それが、ユニークで、独特の風土に根差したものであればあるほど、地球という風土、歴史を視る眼、個人のなかに流れる太古のときなどと無関係には成立しえないものであるのがわかっていった。このことに対する鋭敏な見通し能力が、「いま」作者（と、その作品を読む読者）に強く要求されている資質でもあるのだろう。

大人も成長する——外国児童文学で「成長」を考える

子どもは成長して大人になる
何か経験したり、行動することによって、子どもは、成長の階段を一段のぼる
子どもは大人から教えをうける

こうしたことを自明の理としてきた子どもの本の世界に、「成長したくない子ども」や「子どもっぽい大人」が描かれるようになったのは、そんなに昔々のことではない。一九六〇年代の終りから七〇年代のはじめにかけて少しずつ姿をみせはじめたように思われる。特に「離婚」をテーマとした物語のなかで、大人という支えをなくして成長せざるをえなくなっていく子どもや、大人役割をになうことを余儀なくされる子どもが描かれることで、大人・子どもの区別がつかなくなったこともそうした印象をもった理由であろう。

ジュディ・ブルームの『カレンの日記』(一九七二)とN・クラインの『私はちいさな小説家』(一九七五)をはじめて読んだ日のことが思い出されてくる。父母の離婚という子どもにとってその事実を認めたくない出来事を、作者たちは、主人公をしっかりした女の子にすえ、子どもには、事実を認める以外に方法がないことを納得させて、解決してみせた。そのことに、驚きとともに疑問をもったのである。『私はちいさな小説家』では、主人公のおばあさんがボーイフレンドとつきあっているエピソードを入れており、ついでに、青春＝恋愛の公式も破ってしまった。

一〇年ほど後、ドイツで出版されたエルフィー・ドネリーの『わたしはふたつにわれない』(一九八二)になる

と、主人公がしっかりした女の子であることは同じであるものの、大人の弱さ、だめさを積極的に描こうとしており、その意図を明瞭に出そうとして創作されたといえる。ティーネ、女の子、一一歳、母親アンゲーリカ、父親カレ、弟ティム七歳という家族構成で、別居していた父親が学校帰りのティーネをいきなり、外国旅行に連れ出し、帰国するまでの父親の物語である。

いままでカレは、むすめのほおをたたいたことは一度もなかった。そしていまもたたきはしない。でもカレの手はたしかにふるえている。ひどいやつだ、とカレは思う

（中略）

すべてがあべこべだ。ティーネがカレを思うままにしている。カレがティーネを、ではない。いやだいたい、だれかがだれかを思いどおりにするなんてことがあってはならない。だれもが自分以外の人間の主人ではない。（八五頁）

ふん、おとなか。カレは、自分がおとなだとは、これっぽっちも思っていない。ものごとをすべてきちんとわきまえ、自分のすすむ道をちゃんと知り、責任をりっぱに引きうける。これがおとなならカレはおとなでいたくない。おとなはばかげたことをしてはいけない。カレはばかげたことをしたい。おとなは、夜、まくらに顔をあてて泣いてはいけない。しかし、カレはときどき泣く。（一一三頁）

「おとなになればなったで、またちがったくだらないことをしでかすものよ」と、インゲ（註・旅行で知り合った女の人）がいう。「あのカレもあなたのお母さんも、まだ成長しつづけているの。背の高さじゃないわよ。頭の中と心の中。ねえ、ある日の朝、目がさめたらおとなになっていた、なんてこと考えられる？　考

えられないわよね。少しずつおとなになるのよ」(一五四―一五五頁)

(かんざきいわお訳、さ・え・ら書房、一九八五)

ドネリーの描いた父親カレは、大人でありたくない大人であり、娘よりも幼い心情を吐露している。また、自由な生き方をしているインゲの口から出るのは、人間は少しずつ成長していくのであって大人という完成品はないという考え方である。ここには、八〇年代から九〇年代にかけて変容をとげてきた児童文学思想の結論(!?)が出されている。大人役割、男女役割、子ども役割という「らしくなければならない」という規範の呪縛が、社会の変化、特に家族の変化によって、ゆるみ、もはや力をもちえない時代の到来である。規範が機能しなくなっているさまは、幼年文学にも及んでいる。やはりドイツのマンフレート・マイ作の「おとぼけアンナ」1~4(一九八七~一九九二)のシリーズである。

小学二年生のアンナはパパ、ママと暮している。第一巻『パパ、とりかえっこしない?』では、仕事が大変というパパに、アンナは、「学校だっておしごととおなじくらいたいへんなのよ。うそだと思うんなら、いちど、じぶんでいってみればいいんだわ」(一〇頁、ひらのきょうこ訳、リブリオ出版、一九九一)と挑発し、役割交替する物語である。想像がつくように、学校も会社も、楽しいこともあれば、大変なこともあり、傷みわけのような結末となっている。第二巻『ママはお休み』は、時間のつかいかたが下手だとなじるパパに反発して、ママが休日をとり、パパが奮闘する物語、第三巻は人間関係がテーマ。第四巻では、弟の誕生がテーマの物語と続いている。大阪府立夕陽丘図書館蔵書の裏に添付されている返却表の記録をみると、切れ目なく貸し出されており、人気シリーズであることがわかる。アンナは、どんなときにも率直にものをいう。生まれたばかりの弟をみて、「このこ、まるでさるみたいじゃない!」とはっきりいうし、いとこがくると、「男の子って、たいていばかよ。ばかでいばりや」と嫌悪をかくすことがない。もちろん、物語が進行するにつれて、アンナの断定が少しずつやわらいでいくことになるのだが、「おとぼけ」どころか、大人の権威や建て前をものともせず、自分の眼を信じ、行動する強いアンナに共感の拍手が送られているのであろう。小学二年生には、小学二年生のまぎれもない人生があり、どこかはるかな到達点を目指す途中の半人前以下の子どもではないことが描かれる。――アンナは、人間として日々生きているのである。

「等身大の人物像を描く」といった言い方が、書評等でよく使われるようになったのは、ここ一〇年位であろうか。大人になりたくない大人の数が増えたとして、「ピーターパン・シンドローム」なるレッテルが使われるようになった時期と同じころからかと思われる。また、「拒食症」という数としては多いとはいえない病気の名前が日常会話のなかで使われるといった状況も出てきた。成長して大人になることがプラス・イメージではなくなってきたのである。身近にいる子ども数人に大人になりたいと思っているかという質問をすると、二通りの答が返ってきた。イエスの場合、大人になると自分の好きなことができ、欲しいものが買えるといい、自由と経済的自立にあこがれていることがわかる。ノーの場合、大人はしんどい、責任があるからといい、子どもの方が楽ができると考えていることがわかる。どちらも本音であろう。

大人・子どもというのではなく、本音で生きていくことのできる家庭や社会を求めていくドイツの両作品は、非常に教育的であったといえる。同じような意図をもっているとしても、それをフィクションとしてロマンティックに構成したのは、スエーデンのウルフ・スタルクによる『おばかさんに乾杯』（一九八四）である。一二歳の少女シモーネは、母親がその恋人とくらすため引っ越しをし、はじめて登校した日に先生から男の子シモンとして扱われ、そのまま男の子として過ごすことになる。その日々のおかしな苦労と、老いのために母親のもとにやってきたその父親、つまりシモーネにとっては祖父との交流が描かれる。母親は画家で自由人として、祖父は、妻とくらした島の家を訪ね、その家でチェロをひき、いよいよとなると友人をよんでオーケストラの演奏をきくという生き方の達人として登場させている。母親の恋人イングベはどこか間が抜けているものの信頼できる大人で、はじめ無視しようとしたシモーネのくらしに不器用ながら入ってきてしまう。男の子になりすまして困りながらも、それを楽しんでしまうシモーネも含め、一人一人が、その人らしく生きることを賛美し、祖父の姿から自分の意志にしたがって自分らしく死ぬ準備をするのをすばらしいことであるように描出していく。

女の子にも、男の子のような面があること、どれだけ仲がよくても、ゆずれないことがあること、自由な母親というものは、子どもにとって手ごわい親でもあること、――作品にはさまざまのメッセージと読みとれば読みとれるものが含まれている。行きがかりから、級友のイサクと競泳をし、二人とも死にそうな体験をしたことから、女の子であることがわかり、女の子に戻ったシモーネを、六〇年代までの作品であれば、「成長した」と書いたであろうが、作者は、「今また、変装しているような気持ちだった。今度は女の子に変わるのだけれど」（二三六頁）と書く。「あとがき」では、主人公を「大人へと成長していく道をあゆんでいる」（二二六頁）と述べられている。確かにその通りであるのだが、女の子であるといって登学してきたシモーネをみて、打ちのめされている担任の先生にむかって発せられる次のようなシーンは、「大人への成長」と一般化するよりは、「シモーネという個体の成長」といってみたい気にさせられる。なぜだろうか。

> 「怒らないでくださいね」わたしはつけ加えた。「きっといい子になりますから」
> 自分がまるで子どもをなぐさめている大人のような感じがしてきた。
>
> （二一五頁、石井登志子訳、福武書店、一九九二）

シモーネは、どの大人たちとも対等の関係をもっており、もともと、「子ども」というレッテルでおさまるようなキャラクターではない。自らの判断と好奇心によって、行動し、日々を暮らしているのである。大人でも成長するのと同じように、シモーネも成長していく。

スーザン・テリスの『キルト――ある少女の物語』(一九八七)は、一八九九年から物語がはじまる歴史物語であることもあって、シモーネの環境とは全く違い、主人公ネルを閉塞状況におく。一八歳のネルは家庭の事情で大学進学ができず、親のすすめる結婚を決意するにいたるが、結婚の日が近づくにつれ、食欲をなくし、キルトを作るのに没頭しながら、衰弱していく。未来に希望をもつことのできないネルの病気は、今日いうところの拒食症そのものである。作者は、ネルをかたくなに心をひらくことのできない状況へと追い込んでいく。一針ずつ縫いこんでいったキルトの最後の一枚に自分の名前を刺繍したネルは、美しく仕上がった一年がかりのキルトを黒い塗料で染め、死のうとする。そのぎりぎりのところで、内なるエネルギーがこみあげ「死にたくない……」と叫ぶ。

母親の生活を見て育ったネルは、いつもいつも同じことを繰り返しているにすぎない母親の仕事や人生に否定的であった。親の決めた結婚が出来なかったネルにかわって妹がその結婚をすることになる。それも自分から希望してである。母親も、「母さんはボストンより、もっと楽で、苦労のすくない人生よりも、この人生を選んだの」(二〇七頁、堂浦恵美訳、晶文社、一九八〇)という。ネルは、大学や人のために働いたおばあちゃんへのあこがれを強くもっていた。家にいて安定を選ぶことと、外の世界に飛び出して冒険したいと欲することは、両者とも人間にとって基本的な欲求といえる。ネルがキルトのなかに閉じこめようと、身をけずって注入した負のエネルギーは、はかり知れないくらい大きいものであっただろう。

作者は、歴史物語の枠を組み、昔の少女の物語を語りながら、その実、現代においても普遍的なテーマである女の子の自己実現の困難さにとり組んでいるのである。どれだけ意識のうえで拒否しようと、内なるいのちは、たぎり、出番を待っているといわんばかりの結末であった。

これまでとりあげてきた作品群とアメリカの作家パトリシア・マクラクランの作品群とは微妙に違っている。大人と子どもを同一線上で描くことや、家族の問題を基礎において物語づくりをしていることは共通しているものの、思想として語られたものが、より人物の身についてきていることと、シンプルな文体から出てくる音や情景で織りなした世界がとても美しいことなどである。

『明日のまほうつかい』(一九八二)は、みんなの願いをかなえるためにこの世にいる明日のまほうつかいと、その弟子のマードックとかしこい馬の三人組の活躍する短編連作童話集である。たとえば、三作目の「あいうえおじいさん」では、「あくまのように、いやみで、うらみがましく、えこじで、おこりっぽい」(五三頁、金原瑞人訳、福武書店、一九八九)おじいさんと、ぐちばかりこぼしているモナのところに、その願いによってかわいくてやさしい女の子プリムローズがさずかる。かわいくてやさしいプリムローズはしかし、ネコのクリフォードにひっかかれたため、どなったり、なぐったり変貌する。

「こうでなくちゃな」あいうえおじいさんがいいました。

その日からというもの、プリムローズとあいうえおじいさんと、モナと、クリフォードは、どなりちらし、わめきちらし、ぐちをこぼしながら、いつまでもしあわせにくらしました。(六五頁)

五作目の「かんぺきなバイオリン」では、完璧なバイオリンづくりをしたいブリスは試行錯誤し悩みが深い。妻のモードは、明日のまほうつかいの助言で夫が、「おまえはいいつまだ。すばらしいつまだ」といったとき、「わたしはかんぺきなつまかしら?」と質問してみる。ブリスは、完璧な妻だったら二人の間にまずいことがおこるとすべて夫のせいになるじゃないか、と答えてハッとする。

「かんぺきなバイオリンをほしがる人間なんて」ブリスにゆっくりいいました。「いやしないんだな。ひどい音がでたら、ひいてる人間のせいになっちまうもの」

（中略）

その日からというもの、ブリスはもう、かんぺきなバイオリンなど作ろうとしなくなりました。そんなことは頭からおいだしてしまったのです。そして、バイオリンの先生がひどい音を出しても、にこにこしていました。そして二どと、みじめで、かなしくて、ふこうで、なんともやりきれない気もちになることはなくなったということです。（一〇三―一〇四頁）

このように、ひとのありようをそのまますばらしいものだとさらりと表現していて、さわやかである。マクラクランは、『わたしさがしのかくれんぼ』（一九八二）『のっぽのサラ』（一九八五）『ふたつめのほんと』（一九八八）と、家族とそこにいる子どもに焦点をあわせ、それぞれのありようを静かに、時に美しく表現した中長編を続々と刊行している。サラには絵、『わたしさがし』のキャシーには詩、『ふたつめ』のミナーにはチェロと、それぞれの主人公に自己表現するにふさわしい「伴侶」とでも名付けたいような道づれを設定している。「人生」というよりは、「暮らし」という言葉があてはまるような日々の出来事のなかで、手探りしながら、それぞれの構成員が、それぞれに、自分らしく暮らしていこうとする。それがいい、と語りかけてくる。

一九九一年の『おじいちゃんのカメラ』には、ジャーニーという名前の一一歳の男の子が、家を出ていった母親のことを思いながら、農業をしている祖父母とくらす毎日が綴られている。その生活のなかで、何かというと写真をとるおじいちゃんのカメラが、前作の詩や音楽にかわって登場してくる。おじいちゃんは、家族の写真をとる。

「写真はいっしゅん時をとめて、そのままとどめておいてくれる。すばらしい時にしろ、ひどいことがあった時にしろ。おまえのママは、パパが家をでていってしまったあとには、ふりかえって見たとき、すばらしかったといえるようなことが、なんにもおこらなかったと思っているんだよ。すばらしいことは、これからさきにあると思っている。おきるのをまちかまえている……ちょっとさきのかどをまがったところで、ってな。ママは写真がよくわかっていないんだ」
「ぼくたちにはわかっているよね」ぼくがいった。
（一一五頁、掛川恭子訳、偕成社、一九九四）

ジャーニーは、「ぼくはふりかえってみるのって、大好きさ」（一一六頁）という。おじいちゃんの撮る家族の記念写真は、過去をふりかえる大きい手がかりをジャーニーに残してくれている。「今」を止めてくれている写真は、過去に帰るというのではなく、今の今を生きる力となるのである。かつてのいい方である「未来への成長の夢」は、このような描き方で語られているのである。

『潮風のおくりもの』（一九九三）の家族は、生まれてすぐに死んでしまったベイビーのことを気にしながらも、触れないように、触れないように暮らしている。そこは、夏だけ、人々がやってくるリゾートの島で、最後の船の出たあとその家族の戸口に、ソフィーという一歳の子が置かれていたところから、物語がはじまる。ソフィーを預かったことで家族のダイナミックスは変化していく。イノセントなソフィーをめぐって、島の人々も心をなごませていく。冬がすぎ、一番の船でソフィーの実母がやってくる。ソフィーは、家族みんなに愛されたという実績をもって島を去る。亡くなった赤ん坊のことを事実として見られるようになることで一家はなごむ。

この作品でも、マクラクランは、小さい一人のソフィーの存在の重みを充分に伝える。これまでのレッテルを貼れば、「捨て子」であるソフィーをそのまま、それぞれの表現で愛し抜く。ネガティブとみえる状況を、そのまま受け入れることは、敗北主義（この言葉は、マクラクランを語るのに、ふさわしくないが）でもなんでもなく、負でもなんでもなく、そのままがそのもの、であることをうたいあげている。生きていくことには、悲しいことやつらいこともついてくる、うれしいことや、さまざまの発見もある——それが、暮らし。

大人の問題を、子どもの文学のなかで描きはじめた当初、作家は結果的に子どもの側に大きい負担をかけることで解決をはかろうとした。ダメな大人を強調するあまり、大人っぽくならざるをえない子どもを生み出してくることになった。一九九〇年代に入って、そこのところで無理をしなくてもいいのではないかと考えはじめたのである。

こうしてみてくると、いわゆる大冒険をして成長するという二〇世紀前半までの物語を、現代において発想し創作していくことが困難になったことがよくわかる。

子どもも大人も成長する
幸せは、未来にあるのではなくて、暮らしや、物の本質の見方にある
大人は子どもから教えられることが多い

「岩波少年文庫」の改訳をめぐって

「岩波少年文庫」は、一九五〇年に創刊されてから五〇年たち、二〇〇〇年には、それを記念して、字体をかえ、また、横幅を七ミリ広くしてリメークされ、多くの書店でこれまでになかった目に付く場所におかれ、その存在をアピールすることとなった。日本の翻訳児童文学がもっている諸問題を検証するのに、このシリーズほど適した素材はないだろう。翻訳の賞味期限、訳者の適否、既訳との関連、さし絵や装丁、対象年齢をどう考えるか（ルビや文体など）、文化の差異をどう処理するか、などなど提起する話題に事欠かないのである。

五〇年を記念して出された別冊の『なつかしい本の記憶』でも熱く語られているように、この文庫は、後に作家や学者になった人々の子ども時代の愛読書として強い影響力をもっていたし、戦後の日本児童文学の歴史に大きく寄与してきたといえる。その一方、「岩波少年文庫」は、子どもがほとんど近づいていないといった声も聞く。高踏的、あるいは「児童文学に対するある種の趣味によって制限され」[*1]ている、といった評価もなされている。周りに居る学生に聞くと、図書館にはあったと思うが、棚に固まっておかれていたので手にとったことはなかった、などと答える。敗戦の年に小学校に入学した戦後民主主義教育の実験台であった大阪育ちの私のまわりには、この文庫はなかった。中学生になり古書店で本を買うことを覚え「よりどり十円」のなかから、表紙の取れそうになっている何冊かを掘り出したのが初めての出会いであった。流通や、図書館の配架、まわりに本好きの大人がいたかどうか、などの問題をもっている文庫でもあった。

さて、岩波少年文庫は、本当に「うまれかわった」（文庫の帯にうたわれているフレーズ）のだろうか。

まず、横幅が広くなっただけでなく、行数・字数を変えずに、字体を大きくしているのが目につく。左ページの上に章などの見出しが入っているのといないのがあるのは理由がよくわからなかった。入っていると読みやすいように思うが。旧版にも表紙カバーには作品の特徴をあらわすカラーの絵が入り、作品の個別化がなされるよう配慮されるようになっていたが、新版では、文中のさし絵も含めて絵を重要視する意図が明確に伺える。『不思議の国のアリス』では、旧版でもジョン・テニエルの同じさし絵が使われているが、その絵の入っている位置がより物語の流れに沿うよう入れられ、絵の線もシャープになっており原作初版に近い。また、原作初版を踏襲し地図だけだった『宝島』の旧版を、新訳新版では、S・ファン・アベのさし絵を入れたものに変えている。手にとられるようにする方策としては、当然の改革であろう。

新版として出された一〇〇余冊のリストをみていくと、しかし、新訳で出版されたものは、意外に少数である。ケストナー、キャロル、ワイルダーなど一割ほどにとどまっている。旧訳のものも、部分的に、手を入れているのもあり、必ずしも、賞味期限切れとはなっていない訳も多い。訳者が亡くなっている場合、誰が、どのように誤訳などに手を入れているのか、明記されていなかった。『クマのプーさん』のように、刷りが変わるたびに手直しされ、ずっと鮮度が落ちていないロングセラーも含まれている。[*2]しかし、さまざまの要因があっての選択であったと想像できるものの、訳の適否と賞味期限の問題を考えると、この機会に新訳にしてもよかったものも新版で出されている。五〇年の節目にあたっても、いや、その歴史があるからこそ踏み切れなかったのであろうか。

翻訳ものの優位なのは、いつもその時代の文体や解釈を入れて読者に提供できるところにある。ケストナーの新訳を担当した池田香代子は、長田弘との対談で次のように述べている。

翻訳というのは、表記の問題もそうですが、その時代時代の、私の恣意だけでなく、みんなで獲得したいろいろなコンセンサスを、既存のもののなかから新たに盛り込んで、いわば新しい作品として差し出すことができる、そういうふうに思っています。[*3]

残念ながら、ケストナーを原文で読んでいないので、池田新訳を論じることができないが、訳者が「みんなで獲得したコンセンサス」という考えをもって、既存の訳や読者を捕えているのは卓見である。「岩波少年文庫」が、児童文学の古典を集めたものとして、より評価されるものとなるためには、この認識が要求されるだろう。

新訳されたものを取り上げ、具体的に、その生まれ変わりをみていこう。

まず、今度で、三度目の新訳となった唯一の作品『宝島』からはじめる。『宝島』は、五〇年前のシリーズ第一巻であった。訳者は、佐々木直次郎。岩波文庫訳（一九三五年初訳）から少年文庫用に手直しされたものであったようだ。漢字の多い、しかしリズムのよい訳で、海賊の唄の訳で「死人箱」に「しびとのはこ」とルビがふってあったのが頭のどこかにこびりついていたのか、一九六七年の改訂のとき、阿部知二訳が「亡者の箱」（もうじゃのはこ）となったのには違和感があったのを覚えている。もう一つの違和感は、ジム・ホーキンズが物語るのだが、語っている自分を「私」としていたのが「ぼく」に換えられたところにもあった。冒険をどれ位あとで思い出しているのか、「ぼく」とするとあまり時間がたっていないようで、腑に落ちなかったのである。また、なぜ『宝島』のみが、ここで新訳になったのか長い間疑問に思っていたが、いぬいとみこの証言[*4]で、初期のものは、漢字が「正字体」を使っており、略字体にするため見直して、『宝島』だけを新訳にし、あと使えるものはそれを使い、そこで版を絶つものもあった、ということが判明した。このたびの新訳を担当したのは海保真夫。海保は、「訳者あとがき」で、「『宝島』は明治以来、いろいろな形で紹介されていますが、今回あらたに翻訳するにあたり、佐々木直次郎、阿部知二、増田義郎の三氏の訳を参照させていただいたことを感謝とともに記しておきます」と述べている。このことは、池田のいう「いろいろのコンセンサス」とは違った言い方ではあるが、精神は同じものといえる。新訳が「死人の箱」となり、語り手も「わたし」となっているのは、熟慮の結果であると考えられる。海保は、スティーヴンスンの訳者としてだけでなく、ウィリアムソン『かわうそタルカ』や、ロンドン『荒野の呼び声』などの訳者でもある。地味な作品を「いま」に活かして伝えることのできる技をもっている。この訳者のものだったら読みたいという意欲をわかせる数少ない訳者のひとりである。新訳『宝島』は、読みやすいにもかかわらず、古い昔の物語であることが伝わってくる訳文になっているのである。

新訳の脇明子『不思議の国のアリス』は、言葉遊びという訳者にとって困難なものも日本語として楽しめるように工夫されており、注や説明をできるかぎり排して、新しい訳を成し遂げている。このことは、高く評価されることであるのだが、多少、トーンが落ちてしまうのは、旧訳の田中俊夫訳『ふしぎの国のアリス』（一九六〇年初訳）が隠れた名訳であったことによっている。数ある『アリス』訳のなかで、対象を大人読者ではなく、小学校低学年でも読めるようにという配慮が隅々までなされていたし、声にだして読むのにもふさわしいものであった。勿論、田中訳は時代によって古くなっているところもあり賞味期限が切れていることは確かなことだろう。しかし、「岩波少年文庫」が「小学生から」の分類に入れて新訳を試みるとき、旧訳の精神をどのように入れていくのか、の検討はなされたはずである。ここで出てくるのは、いわゆる「古典」作品を、その時代の読者層を意識して同じ年齢の、今日の読者が読むかどうかは別として、今日の読者に重ねていくかどうか、の課題である。

アリスは、よく少女といわれているが、幼児と少女の間の年齢に設定されている。そのアリスに「結んでさしあげる」「すぐかっとなさるんですもの」（新訳五四頁）と敬語を使わせている。同じところが、旧訳では、「あたしがつないであげましょう！」「すぐ怒るんだもの！」となっている。確かに、ヴィクトリア時代のアリスのような階層の子どもの大人との会話を考えると、日本語に移行するとき、敬語を完璧に使える子であるべきだという考えになるのも了解できる。次のような場面でも、日本語としてのうまさと、耳できいてわかりやすいかという問題はあるだろう。

〈新訳〉

「そのほうは、この事件《じけん》に関して、何を知っておる?」と、王さまがアリスに言いました。

「なんにも」と、アリスは言いました。

「まるっきり、なんにも?」と、王さまは納得《なっとく》せずにくりかえしました。

「まるっきり、なんにも」と、アリスは言いました。

「これは聞《き》き捨《ず》てならん」と、王さまは陪審員《ばいしんいん》たちのほうをむいて言いました。陪審員たちがそれを石板《せきばん》に書きつけようとしたとき、白ウサギが口をはさんで、「もちろん、陛下《へいか》がおっしゃられたのは、聞《き》き捨《す》てておけということでございましょうな」と言いました。その言葉はとても丁重《ていちょう》でしたが、白ウサギはそう言いながら王さまにむかって顔をしかめ、眉《まゆ》をひそめてみせました。

（二〇八—九頁）

〈旧訳〉

「この事件《じけん》について、おまえの存《ぞん》じておることは?」と王さまがアリスに申されました。

「何も存じません」

「少しも存ぜぬか」王さまは、あくまで問《と》いただそうとされます。

「少しも存じません」

「これは、はなはだ重要《じゅうよう》である」と王さまは陪審員《ばいしんいん》のほうをむいて申されました。そこで、陪審員がこのことを石板《せきばん》に書きとめようとしたらちょうどそのとき、白ウサギが口を出しました。

「念《ねん》のために申しますが、王さま『重要でない』と申されたのですね」とウサギは、うやうやしい口調《くちょう》で、しかし、顔をしかめながら王さまに言いました。

（第八刷　一九二、一九三頁）

従来からある訳の「重要である—重要でない—重要でない—重要である」を、「聞き捨てならん—聞き捨てておけ—聞き捨てておけ—聞き捨てならん」と訳している。ルビは「ききずてならん」と「ききすてておけ」となっており、なぜ、あえてこのような訳語を選んだのか、疑問をもった。名訳であった旧訳が対象年齢を低くしている点や、耳で聞いてもわかりやすいところなどを「コンセンサス」としなかったようである。新訳を試みるとき、『アリス』のような何人もの訳者が競い合っている場合、既訳をどう考えるかの訳者のスタンスは、いろいろありうるだろう。この文庫としては、新訳を試みるとき田中訳のよさをもう少し積極的に継承できなかったのかの思いは残った。

あと一作、ワイルダーの『長い冬』の新訳（谷口由美子訳）にふれておきたい。ワイルダーの「ローラ物語」シリーズは、第一巻から第五巻までは「インガルス一家の物語」として、福音館書店から出版されており、訳者が違うこともあって、第六巻から岩波少年文庫版に移るとき、読者を戸惑わせてきた。同じ訳者のもので、読みたいシリーズであったのだ。今回の新訳では、そのあたりのことをどう解決しているのか、興味をもった。実のところ、鈴木哲子訳の旧訳には、古くなっているところもありながら、作品の素朴な文体や雰囲気をよく伝えていて、いいところも多々あったのである。Pa、Maという原文の鈴木訳「父ちゃん」「母ちゃん」が「とうさん」「かあさん」に変わっているのが、まず目に付いた。福音館・恩地三保子訳と同じである。しかし、恩地訳の「ます」「ました」調はとっておらず、「いる」「いた」調であるのは、鈴木訳に近い。『長い冬』が上・下から、一巻本になったのはよかったし、さし絵がすこし大きくなったのも歓迎である。しかし、訳がうまれかわったかどうかとなると、どうだろうか。

〔新訳〕

それから三日三晩《みっかみばん》、雨はひっきりなしに降った。じめじめした雨がしとしと降りつづけ、窓《まど》ガラスを伝っ

て流れ、屋根をたたいた。（四四頁）

〔旧訳〕

三昼夜のあいだ、ゆるやかな、しのび泣《な》きをしているような雨が降りつづけた。雨は窓《まど》ガラスをつたわって流れ、屋根の上でポトポト音をたてていた。（二十六刷・改版　四二頁）

新しくなったのは、動物、植物などの名前を正確な訳語に直しているところである。多文化背景を伝える翻訳には必要な判断であったといえる。

『ドン・キホーテ』や『聊斎志異』などに続いて、新しく『モンテ・クリスト伯』が「編訳」として再話された。文化を継承していく文庫として、世界名作といわれてきた作品の「編訳」をより積極的に、もっと多数入れていってほしい。

日本以外の国において、子どもの本の翻訳がどのようになされているのかについては、あまりデータはない。英米の翻訳には、自国の子どもにわかるようにという配慮から主人公の名前を英語のもの変更したり自国にない文化習慣の場面を削除するようなケースもままあって驚くことがある。「岩波少年文庫」は、全訳を中心に、再話や抄訳も必要ならば入れていくという方針を最初から持っており、日本の翻訳児童文学を先導してきた。

今後、既訳の洗い直しは勿論のこと、二一世紀の古典とは、どういう作品なのかを、新訳で示していくという仕事が残っている。これまでになかった新訳の古典として『タイムマシン』が入っているが、今後、古典作品の全体像を示していくという方向性を果敢にとっていってほしいと願っている。

参考文献

「飛ぶ教室」第三七号、楡出版、一九九一
「図書」一九九〇年七月号、二〇〇〇年六月号、岩波書店

注

＊1　本田和子による（「飛ぶ教室」第三七号、一一二頁）
＊2　『クマのプーさん』のさし絵は、この新版からではなくかなり以前の版から、原著初版に近いものになっている。
＊3　「図書」二〇〇一年七月号、七頁、長田弘との対談
＊4　「飛ぶ教室」第三七号、一一九頁

「ハリー・ポッター現象」とは何だったのか？

こんなことがあるでしょうか。今日こそはハリー・ポッターの原稿を書かなくてはと思いながら、「資源ごみ」をマンションのごみ捨て場に出しにいったとき、ごみ箱近くの地面にペーパーバックの *Harry Potter and the Prisoner of Azkaban*（第三巻『ハリー・ポッターとアズカバンの囚人』イギリス版、一九九九）が待っていたように放置されているのが目に飛び込んできたのだ。ポケットに入れて持ち帰り、最初のページを読んで、「これだったのだ！」とあらためて、物語への導入のうまさと読みやすさに引きこまれた。

ポッターは変な男の子（Harry Potter was highly unusual boy in many ways.）と言ってから、その理由を「論理的に」夏休みが大嫌い、宿題が大好きなのに夜中に秘密にやらざるを得ない、それにたまたま魔法使いでもある（And he also happened to be a wizard.）と説明しており、ユーモアも感じられる文章で、読者に受け入れられる「価値の転倒」を巻頭から「かまして」いるのだ。

と、いうわけで、ゴミになったり、アマゾンの古書サイトでどれも「一円」で出ていたり、公共図書館の書庫で何十冊もの本が眠っていて、ブームは終わった感のある最終巻が刊行されて七年後の眼で、「ハリー・ポッター現象」を児童文学史の系譜、文学作品、社会現象の三つの視点から、二一世紀に引き継いだものが何だったのかを探ってみた。

二〇世紀の児童文学として俯瞰すると

二〇〇二年、ロンドンの国立肖像画美術館で開催された展覧会に「ベアトリクス・ポッターからハリー・ポッターまで」があった。二〇世紀に活躍したイギリスの児童文学者五〇人の肖像画・写真を並べたものであったが、「ピーターラビットの絵本」のポッターからはじめて、最後に「ハリー・ポッター」のＪ・Ｋ・ローリングを配置していた。百年が作家を通して、鮮やかに見えた。

「ピーターラビット」は、創作物語絵本で、美しいカラー印刷に成功し、幼年読者を開拓した記念碑的な作品であった。「ハリー・ポッター」は、ローリング自身が乱読・多読してきた物語から諸要素を組み合わせて長編のシリーズに仕立てあげた作品である。第一巻発売後、アメリカで人気が出たため、読者とマーケットを強く意識したビジネス戦略を駆使して世界中を市場とした。ファンタジーを認めていなかった中国でもディズニーという下地ができていたのでブームに火がつき、グローバルな販売に成功した話題作であった。

「ハリー・ポッター現象」以前の一九四〇～一九七〇年代「イーニッド・ブライトン現象」と呼ばれる現象があった。当時、ブライトンはイギリスの子ども読者にもっとも多く読まれた多作の作家であったが、文章や物語作りが安易すぎるとして、「文学として低級」とみなされ、図書館や学校では「敵対視」された作家であった。六百冊以上もあるブライトン作品が、なぜ、子ども読者に受け入れられるかの検討が始まったのは、識字の問題と取り組みはじめた八〇年代以後である。

「ブライトン現象」*1が、イギリス国内にとどまったのは、それらが「古き良きイギリスの姿」に忠実な作品群であったからだと思われる。ディズニーに始まった子ども文化のグローバル化が届いていない、というかグローバル化をよしとしない勢力の封じ込めが有効な時代であったともいえる。

しかし、「ハリー・ポッター」は、作家自身が労働者階級出身であり、社会問題にも関心があり、新しい時代変化に対応する要素を入れて、グローバル化した世界メディアに乗ることができたのである。

文学作品として

「ハリー・ポッター」は、さまざまな児童文学賞にノミネートされたが、第五巻以後は皆無になった。シリーズ全体としては評価されていないのである。[*2] 同時期のフィリップ・プルマン「ライラの冒険」三部作が、最終巻が出て、評価が高くなったのとは好対照をなしている。確かに、第四巻以降、二分冊になり、文章が冗長になって、戦いの場面を多くしたプロットも必然性が乏しくなっていった。

「ハリー・ポッター」を、児童文学の発展の歴史から分析していくと、まず、伝承文学、特に神話や昔話との関連が数多く見られ、英雄物語が大きい枠組みとして機能している。伝承文学から発展したゴシック・ロマンの怪奇的なキャラクターや要素、特に死者との交流や幽霊話が縦横に織り込まれている。勿論、一九世紀に盛んに出た冒険物語の要素は、自在に使われており、このファンタジー作品群を豊かにしている。

「学校物語」としてみると「ホグワーツ魔法学校」という装置は、このシリーズの中核だといえる。一一歳で、公立か私立か、私立の場合、伝統あるエリート校かどうか、を選択するイギリスの学校制度には複雑な要素があり「階級社会」の縮図である。ハリーは、両親が魔法使いだったので学校へ入学できる手筈が整っており、本人も知らないところで、超エリート魔法使いとして設定されていた。現行のエリート校の旧習を頭において、女子や魔法使いの家柄でなくとも普通人の家庭に育った優秀なマグルも入学できるとか、少しの手直しはされているが、この学校そのものが「魔法社会」の温存装置として働いているとしか読めないので、既成の「学校物語」の枠組み内にとどまっているといえよう。

「ハリー・ポッター」について論じたもののなかに、作者ローリングの弁を論拠に、イギリスの「階級社会」のもつ偏見や差別への憤りを描いたとしているものがあったが、その憤りが全体の構造に及んでいないのは明らかである。例えば、魔法社会の労働者階級である大男のハグリッドや「屋敷しもべ妖精」の描かれ方は、明らかに、労働者階級を面白おかしく情緒的に誇張して描かれており、作品の登場者のなかでヒエラルヒーの一番下に置かれている。

この「階級社会」の矛盾を超えるものとして、「家族」が使われた。ローリングが描いた理想の「家族物語」は、貧乏魔法使いのウィーズリー一家として描かれている。一家の六男坊ロンは、ハリーの親友であり、第一巻からハリーと血のつながる伯母のダーズリー一家とは対照的な位置に置かれている。ウィーズリー一家は、家族愛に満ちており、ひとりひとりは自立しながらも家族としての連帯意識が高く団結することもできるのである。また、ハリーの命を守っているのは母親の愛であり、その愛があって、いろんな困難を超えていけるし、闇の世界や邪悪なものに打ち勝つこともできた。二〇世紀末、家族のなかで子どもが孤立する危険のある世界になって、学校という共同体や家族の絆への信頼が根幹にあるこのシリーズが成立しているところに人気の秘密があった。しかし、そこには大きい課題が残ってしまった。家族愛では解決できないものとの戦いである。

こうしてみていくと、それまでの児童文学の蓄積があってこそ、このシリーズが構築できたことは確かだといえる。作者が、もっとも影響を受けた作品として挙げているのは、エリザベス・グージ作『まぼろしの白馬』(一九四六)である。父を失くして親族の古城にやってきた少女が城の塔に住みながら、奇妙な召使いや領地に秘められた謎をほぐしていく物語である。グージは、文学史上で、感傷的な作品を書く大衆作家扱いをされているが、この作品の枠組みを、パーツを補強し拡大すると、そのまま「ハリー・ポッター」に当てはまるので、シリーズの基本的な設計図は、『まぼろしの白馬』にあったことは確かである。この骨組みがあったので、シリーズを完結できたともいえるだろう。

第一巻で一一歳のハリーは、第七巻では一七歳になっているので、思春期特有の問題を扱うヤング・アダルト文学といえるのだろうか。いや、会話とアクション中心のスピードある物語展開は、低学年からおとなまでの読者を許容している。「何が起こっても、何が登場してもあり」という作品づくりで、二〇世紀までに児童文学が成し遂げてきた多様な要素を集めた作品になっているのである。

社会現象として

二〇一六年の夏は、「ポケモンGO」が社会現象として話題を独占している。ポケモンで育ったひとたちだけでなく、それ以外の多くのおとなもハントに参戦しているらしい。「ハリー・ポッター」にも、第七巻の「分霊箱」の探索のように、アイテムを集めて課題をクリアしていく場面があった。

日本の場合、幼児期の「アンパンマン」[*3]から始まって、TVゲームや本好きには「ずっこけ三人組」などで、「何でもあり」で、次から次へと繰り出される物語世界で育っており、「何でもありの物語」の上級編として「ハリー・ポッター」を受け入れる素地は十分にあった。長山靖生は、ここには「少年少女世界の名作」の黄金律が、ほとんど全て揃っているとして、子供にとっても大人にとっても、「新しさ」ではなく、「懐かしさ」を喚起するメタ名作」(『謎解き少年少女世界の名作』「あとがき」、二〇一一頁)であると看破している。悪と対決しても必ず正義が勝利した時代へ回帰できるのである。

読者のボーダーを無くし、「何でもありの物語」は、死者を呼び込み、霊界や超常現象を繰り出したが、すでに消費されつくしており、より不気味なキャラクターの跋扈する物語「ダーク・ファンタジー」の時代が始まっている。古城のような「ホグワーツ魔法学校」は、大阪にあるユニバーサル・スタジオ・ジャパンの一角で華々しく生き延びており、また、「ハリー・ポッター」シリーズは、映画の原作となって、これからも会えるのである。

注

＊1　日本ではかなり翻訳されている。「おちゃめなふたご」シリーズ（ポプラ社文庫）を読んで、女子寄宿学校にあこがれた日本の読者は多かったが、『ブック・リスト』で選ばれることはなかった。

＊2　まわりにいる10人ほどに、「ハリー・ポッター読んだ?」と聞くと、8人は読んだといい、但し三巻（ひとりは四

巻）までと答えてくれた。第四巻あたりから興味を失くしたのは受賞の記録と合致している。

＊3　「ハリー・ポッター」シリーズから、派生した関連本の「ハリー・ポッター魔法グッズ大図鑑」（ほかに「魔法生物」「魔法族」「魔法界名所」などがある）を眺めながら、人類が蓄積してきた物語という広大の海から、何かを「コレクション」し、それに耽りながら、新種を開発する楽しみのある「尽くし」の世界は、「アンパンマン」から、すでに始まっているものなのだ、と納得するものがあった。

石井 桃子さん——作家、翻訳者、編集者、子ども文庫の実践者、そして一〇〇歳まで現役だった大先輩

はじめに

石井桃子さんのお話をさせていただく機会をこうして与えていただきましたことを、ありがたく思っています。二〇〇八年四月二日に一〇一歳でお亡くなりになってから[*1]、わたしの中に、石井桃子さんの全集を読み直したい、やってこられたお仕事の跡を辿ってみたいという想いが募っていました。

石井桃子さんとの個人的な交流は、一九七〇から八〇年代にかけて、児童文学の国際的な集会に出席すると、必ず「モモコは元気にしているか」「よろしく言っておいて」という英米のかたにお会いしたことから始まりました。日本人といっても、全く面識のない大先輩ですから困ったのですが、そうした伝言をした方々は、「子どもの本」という絆で結ばれて、長年親しい仲間付き合いをしておられたので、当然、「モモコ」は知り合いであると思いこんでいたのです。そこで私は住所を調べ、「事務的に」伝言を記した手紙を出したのでした。そうしたことが重なり、車いすで講演されたミルドレッド・L・バッチェルダーさんや[*2]、酸素ボンベ持参で学会の基調講演をこなされたシーラ・イーゴフさん[*3]からの伝言には、なつかしく思われて丁寧な返信をいただいたことを覚えています。ご迷惑になるのではと恐れながら（なにしろ、直ぐにコメントのついた手紙をいただくので）、時々の論文なども送るようになりました。

二〇〇二年の夏に一度だけお会いしているのは、同じ年に亡くなられた高杉一郎さん[*4]のお引き合わせでした。信濃追分の別荘がご近所だったのです。石井さんは、開口一番「わたしも最近、年をとりましてね」といわれたのがとても印象に残っています。九五歳で現役、翻訳仕事を続けておられることや子どもの現況に対する強い危機

感を話されました。

これから、残されたお仕事を四つの面から話しますが、それらは、石井桃子さんのなかで必然的な関係をもっており、有機的につながっています。そこのところがうまく浮かび上がるといいのですが……。

編集者として

『石井桃子集』（第七巻、一九九九）の年譜を参考にして、編集の仕事をまとめてみると次のようになります。

一九二九—三三　文藝春秋社（日本女子大学校時代から菊池寛のもとでアルバイトを体験）
一九三四—三六　新潮社で「日本少国民文庫」の編集など
一九四〇—四一　出版社白林少年館を友人と立ち上げる
　　　　　　　中野好夫訳『たのしい川邊』、井伏鱒二訳『ドリトル先生「アフリカ行き」』を出版
一九五〇—五四　岩波書店入社、「岩波少年文庫」および「岩波子どもの本」の編集

石井さん自身も、一九四〇年に『熊のプーさん』の翻訳を岩波書店から刊行していますが、同年の『たのしい川邊』の翻訳とともに、さし絵も含めて一冊の本がまるごと全訳された記念すべき出版となりました。『熊のプーさん』の翻訳は、編集の仕事で犬養健さんと親しくなり、その家族との交流から始まったことはよく知られています。犬養家の子どもたちにせがまれて即興で翻訳しお話をしたことから、その面白さに石井さん自身が夢中になったのでした。言葉遊びの多いプーさんの翻訳は、以後、生涯にわたって何度も手が入れられています。

一九四〇年あたりから、本格的な児童書の翻訳が始まったのですが、戦争によって中断し、一九四五年には、食糧難を受けて、友人と宮城県で開拓を始め、農業と酪農を始めるという展開になります。敗戦後、岩波書店か

ら編集の仕事を勧められ、開拓の仕事の資金づくりもあって、上京、しばらくは両立させますが、やがて、編集の仕事に没頭することになり、現在でも継続出版されている「岩波少年文庫」が充実していくことになります。「岩波少年文庫」は第一巻目を、一九五〇年、佐々木直次郎訳のスティーヴンスン『寶島』で出発しました。教訓性のない完璧な娯楽作品です。左記の引用は、巻末の「岩波少年文庫発刊に際して」からです。石井さんの文章ではないのですが、子どもの未来への出版人の熱さを共有していたことでしょう。

……少数の例外的な出版者、翻訳者の良心的な試みを除けば、およそ出版部門のなかで、この部門ほど杜撰な翻訳が看過され、ほしいままの改刪が横行している部門はない。……翻訳は、あくまで原作の真の姿を伝えることを期すると共に、訳文は平明、どこまでも少年諸君に親しみ深いものとするつもりである。

子どもの本の翻訳では、それまで、日本の子ども読者にわかるように再話や翻案する方が「親切」だと考える向きも多かったのです。子ども読者を自立した読者と認めていなかったのです。ですから、この「少年文庫」の主張はなかなか普及せず、その読者は限られていました。五三年から年少者向けの「岩波の子どもの本」という絵本と幼年童話を編集するなかで、ロックフェラー財団から留学を勧められたとき、石井さんは、「先進国に学びたい」という想いで留学を決意しています。編集者として、アメリカの図書館などの視察を通して、読者が何を望み、どう読むのかという具体的に知りたいテーマがあったのです。

翻訳者として

『熊のプーさん』との出会いは、もっと翻訳したいというエネルギーにもつながりました。後年、カナダの国際会議で、『熊のプーさん』についての翻訳の困難さを講演されたとき、英米の方から、「プーさんが日本語を話すなんてありえない！」「想像できない！」と言われたそうです。子どもの本は、平易な言葉でできているので、それだけ文化の根っこが深く、日本語に移植するのは大変です。『石井桃子集』第七巻の翻訳の著作リストは一二頁にわたっており、その殆どが版を重ねて、現在でも読むことができます。その一端を列挙してみます。

戦前は、ミルンの『熊のプーさん』と、続編『プー横町にたった家』（一九四二）ですが、戦後になって、ユウイング『ティモジーの靴』（一九五〇）にはじまり、『ヒキガエルの冒険』（一九五〇、後に『たのしい川べ』と改題）と続き、「岩波少年文庫」ではじめて『小さい牛追い』（一九五〇）『牛追いの冬』（一九五一）を出し、『ゆかいなホーマ君』（一九五一）『トム・ソーヤーの冒険』（一九五二）『ハンス・ブリンカー』（一九五二、後に『銀のスケート』と改題）と続きます。一九五三年末と一九五四年は、「岩波子どもの本」の翻訳がずらりと並んでいます。一九五〇年代までは、岩波の二つのシリーズにかかりきりでしたが、留学を終えて以後、他社での仕事（『イギリス童話集』『砂の妖精』あかね書房、一九五九）、『シナの五にんきょうだい』『100まんびきのねこ』（福音館書店、一九六一）が入ってきます。一九五〇年代までの翻訳仕事は、的確で端正な読みやすい訳がされており、翻訳されるべくして翻訳されたものばかりですが、まだ、石井桃子色はそれほど出ていなくて目の前のものから手を付けているようなところがあります。一九六〇年前後になって「かつら文庫」を創立（一九五八）、『子どもと文学』（瀬田貞二、鈴木晋一、松居直、いぬいとみこ、渡辺茂男との共同研究の成果、一九六〇）で、これまでの日本児童文学の子ども読者との乖離を指摘するようになり、石井さんのなかで、訳しながら、読者の姿が見えるようになっていきました。

読者を意識していたことは、一九六〇年代になって、それまでの日本児童文学にはなかった幼年文学（絵本を含む）を集中的に翻訳したことからもわかります。ブルーナの「うさこちゃん」シリーズ、アリソン・アトリーの「チム・ラビット」シリーズ、知識絵本の『のうさぎのフルー』（リダ・フォッシュ文、ロジャンコフスキー絵）など五冊のシリーズ、バートンの『せいめいのれきし』などです。

一九七〇年代は、エリナー・ファージョンとビアトリクス・ポターの時代です。イギリスでは読まれなくなっているファージョンの作品集が、現在まで日本で読み継がれているのは、現地を旅し、その土地の伝承や様相を自らの身体に入れた訳の力であるといえます。『ピーターラビットのおはなし』（一九七一）にはじまる小型絵本のシリーズは、当時イギリスで刊行されていたものよりも印刷がよく美しい出来上がりで、ピーターは日本でも人気キャラクターになりました。この二つのシリーズは、ファンタジー系列につらなる作品で、石井さんの訳と呼吸があい、ぴたりとはまっています。

一九八〇─九〇年代には、それまでの訳業の手直し（それだけ再版が多いということですが）が続くなかに、中川李枝子さんとの共訳で「岩波少年文庫」に『グレイ・ラビットのおはなし』などアリソン・アトリーの作品集三冊を入れています。そして、最後の訳が、長い時間をかけて完成した『ミルン自伝　今からでは遅すぎる』（二〇〇三）です。熊のプーさんとの出会いが、その後の石井さんの生涯を決めたといっても言い過ぎではないでしょう。それにもかかわらず、その生みの親である作家ミルンについて等閑視しすぎていたというのが、九〇歳を過ぎて訳に取り掛かった理由だと「訳者あとがき」に記しておられます。ミルンの自伝は、他社から別のかたの訳で出ています（一九七五）ので、それに満足できず、このままでは、ミルンに申し訳ないといった気持ちを持ち続けておられたのではないかと、私は、勝手に推測しています。訳業にかかられてまもなく、ミルンが子ども時代に読んだ「ジュディおばさんのマガジン」を持っていないかという手紙をいただいたことがあります。そのころ私は、風刺雑誌『パンチ』と児童文学の関係をテーマにしていましたので、その雑誌を所蔵しており少しだけでもお役に立ててうれしく思いました。自伝のなかでわからないことがあると徹底的に調べ、納得がいくまで訳さないという方針のようでした。巻末に詳細な「訳注」が三四頁にわたって入っており、学術書のような仕上がりです。ミルン自伝は難解で、イングリッシュそのものの『パンチ』誌で鍛えた文章は日本語でわかるようにするのに難行なので、最後にとっておかれたのでしょうか。翻訳者として見事な幕引きになりました。

実践者として

石井さんの大切にしておられたことに、子どもと本を結びつけるという仕事があります。

一九三八　　犬養家の倉庫を借りて、児童図書館を始めるが挫折
一九五四―五五　一年間の海外留学
一九五六―五七　宮城県の小学五年生のクラスで本を読む
一九五八―　　自宅で「かつら文庫」をはじめる
一九六五　　「かつら文庫」七年間の記録を『子どもの図書館』（岩波新書）にまとめる

石井さんの「かつら文庫」[*5]の実践までに、二〇年という長い助走があったことに注目しておきたいと思います。戦争で中断を余儀なくされますが、その間も、友人や近くにいる子どもたちに、本を読んだり、自作を語ったりしていたのでした。

戦後は、実践活動と同時進行で、共著『子どもと文学』、共訳『児童文学論』が刊行されていますが、単著に『子どもの読書の導き方』（国土社、一九六〇）があります。この著は、当時の読書論が、大人目線で上から「本を与える」という立場であったのに比し、子どもが読みたいものは何なのかを語っていることで、先駆的なものでした。また、共訳のL・H・スミス『児童文学論』は、子どもの本についての理論書が全くなかった時代に、あるスタンダードをはっきりと提示した点で影響力の大きいものでした。石井さんのあまり知られていない業績として、『英米文学史講座　第八巻　一九世紀Ⅱ』（研究社、一九六一）の「児童文学」の項目の執筆があります。英米児童文学史研究の嚆矢でした。

理論的な基盤が整い、面白い作品が頻出している時代でしたから、「かつら文庫」の実践に刺激を受けて、全

国に「家庭文庫」が広がりました。石井さん本人も驚くほど普及のスピードは速く、全国的な組織もできていきました。この運動については、戦後の教育の空白部分や女性の生き方の問題とかかわってくるので、影響が大きかったという指摘に止めますが、子どもの本のことを語り、勧める行為には、子どもの未来を考える世直し的な側面が付随していました。

作家として

それほど多くの作品を残されたのではないのですが、作家・石井桃子は、すべての仕事の核であったと思います。

第一回文部大臣賞受賞作で、映画にもなった第一作目の『ノンちゃん雲に乗る』（初版一九四七）は、光文社創業六〇周年記念出版（一九五一年版の復刻、二〇〇五）に入っているので、現在でも、ベストセラーになった当時のままで読むことができます。年譜の一九四二年に「戦争中の息苦しさのなかで、創作をはじめる」と記されています。それが、『ノンちゃん』だったのです。光文社版の「あとがき」に、プラットフォームで電車を待っているとき、急に日がさして電車が輝きながら突進してきてその光のなかで、「さいしょにノンちゃんを見た」という記述があります。「それから、ときにつけ、おりにふれ、ノンちゃんは、わたくしのそばにあらわれて」ノンちゃんの話をしてくれたというのです。母と兄が東京にいってひとりきりになったノンちゃんが怒りのあまり高い木に登り、そこから、空のようにみえた池に落ち、雲の上にいるおじいさんと出会い、話をきいてもらうという現実から空想の世界に入るファンタジー作品です。ここには、おだやかで、つつましい一つの家族の日常生活が、ノンちゃんの口を通して語られています。書かれた当時は、友人（大人）が読者でした。なんということのないくらしの細部を丁寧に描写することで、大切なものがなんであるのかをかみしめていたことでしょう。「あとがき」には、「あの悲しい時世のなかで、ノンちゃんがわたくしたちをなぐさめてくれたことは、たしかです」

とあります。ノンちゃんは、石井さんの分身でしょうし、おじいさんは、石井さんのなかで生き続けていた四歳十ヶ月時に亡くなった祖父そのものであるでしょう。そして、なぜ、また新しい物語が生まれるのかをよく語ってくれる作品です。批評家の多くは、「エリート的」「温室育ち」と、この作品の弱さを指摘しています。しかし、なにげない日常の小さい世界の尊さをこれほどきちんと伝えた作品がそれまでにあったでしょうか。作品が多くの人の手に渡ったことは、戦前と戦後で、ガラッと価値が変わったのではなく、連続していることの証にもなりました。『迷子の天使』（一九五九）、『三月ひなのつき』（一九六三）は、リアリズムの作品ですが、日常の細部を描くことでは共通しています。

祖父や姉が語り聞かせてくれた昔話がもとになっている「岩波の子どもの本」の『ふしぎなたいこ』（「ふしぎなたいこ」、「かえるのえんそく」、「にげたにおうさん」、一九五四）と『おそばのくきはなぜあかい』（「おそばのくきはなぜあかい」、「おししのくびはなぜながい」、「うみのみずはなぜからい」、一九五四）は、それまで、絵本になったことのない話ばかりが選ばれています。幼いころに耳から入った昔話を語るという世代は、明治生まれまでで終焉を迎えたと思われます。石井さんは、口承から書承への変換を一人でやってしまったのでした。今となっては、貴重な記録です。昔話は、石井桃子ワールドの中核にあります。『やまのこどもたち』（一九五六）と『やまのたけちゃん』（一九五九）は、宮城県の山村暮らしから生まれた作品で、平和な村の四季や行事が「たけちゃん」を軸に語られています。ここでも「日常生活」が本当の主人公かもしれません。犬やネコとともに共生するくらしです。

一九六〇年代以後は、創作絵本の仕事が中心になっていきます。月刊予約絵本『こどものとも』では、「いぬとにわとり」（一九六〇）、「ちいさなねこ」（一九六三）、「ようちゃんともぐら」（一九六四）、「かえるのいえさがし」（六七）、『年少版こどものとも』では、「かずちゃんのおつかい」（一九七五）、「いろいろないぬ」（一九七九）があります。六〇年代、まだ、「あかちゃん絵本」という用語が使われていなかったときから、『ちいさなねこ』のような三歳前の幼児も楽しめる絵本を制作しています。翻訳で、「うさこちゃん」の仕事を続けた経験が活かされているということもありますが、石井さん自身がどんどん「進化」して、赤ちゃんともコミュニケーションがとれるようになっていかれたといえるかもしれません。

一九八一年の自身の幼年期を記憶から書き起こした『幼ものがたり』と、イギリスへの翻訳取材の旅を綴った『児童文学の旅』は、石井さんの人柄に触れることのできる稀有な作品です。石井さんは、恐らく、自身の苦労、編集の裏話、仕事で知りえたこと、人との交流などを「語るものではない」という確固たる信念を持っておられたのでしょう、自身のことを、殆ど書き残していないのです。『幼ものがたり』は、七〇歳代で雑誌連載(『子どもの館』一九七七・四―一九七八・五)されたものですが、姉兄がすべて亡くなって、急に鮮明に幼年期の記憶が蘇ったそうです。一九八二年に赤羽末吉さんの絵で『したきりすずめ』を刊行しているのですが、それは、『幼ものがたり』で、最初の本の記憶として出てきます。姉に読んでもらった「舌きり雀」ですが、「おじいさんがかえってきたのに雀がいない、この別れの悲しさを私はがまんできなかった」と述べて、この話を勧善懲悪でなく愛情物語だと断定しています。幼児期を身体のなかにもっているという特質は、得がたいものです。

おわりに

石井桃子さんをレントゲンをかけると、多層的な姿が見え、一番なかは赤ちゃんで、幼児、少女と続き、一番外は、厳しい大人の仕事人だったと思います。一九八四年、大阪国際児童文学館の開設を記念して、講演をしておられます(講演は苦手と殆ど断っておられるので、とても珍しい機会でした)。そのとき、人類がどのように現代のような姿になったのかを、ネアンデルタール人の脳は何gなどと、具体的な数字をあげてその進化のプロセスを語られたのが印象に残っています。現在の一四五〇gになるまでに六〇万年かかり、それが一〇万年前で、人間の赤ちゃんの脳の発達の速度と比較して話されました。時実利彦さん[*6]の脳科学を援用して、無文字社会で語られたであろう昔話が大切な理由、脳の発達と想像力や本との関係など、われわれが、七〇万年という時間のなかにいるのだというそのお話は、小柄な石井さんがとても大きく見えるものでした。
まだまだ、自伝的な小説『幻の朱い実』（一九九四）などがあり語りつくすことはできませんが、時間がまいりましたのでこの辺で、ページを閉じさせていただきます。ありがとうございました。

注

＊1　四月二日は、アンデルセンの誕生日で、「国際こどもの本の日」に制定されている。
＊2　その年出版された翻訳児童書のなかで、もっとも優れた本を出した出版社に贈られるバッチェルダー賞の創始者。
＊3　カナダの著名な子どもの本の研究者（一九一八―二〇〇五）。リリアン・H・スミスにトロント公共図書館で薫陶を受けた。ブリティッシュ・コロンビア大学での教え子が多数司書として活躍、『物語る力　英語圏のファンタジー文学』などの著作も残している。
＊4　ピアス『トムは真夜中の庭で』の翻訳（一九六七）、戦争捕虜の強制収容所体験『極光のかげに』（一九五〇）や『往きて還りし兵の記憶』（一九九六）などで著名。初代イギリス児童文学会会長。
＊5　二〇〇八年に小冊子「石井桃子さんがはじめた小さな子ども図書室　かつら文庫の五〇年記念行事報告」（『別冊こどもとしょかん』東京子ども図書館）が刊行されており、その後の「かつら文庫」の歴史を知ることができる。
＊6　大脳生理学者（一九〇九―一九七三）。『脳の話』（一九六二）、『人間であること』（一九七〇）（いずれも岩波新書）、その他『目で見る脳』など多数。

※本稿は、二〇〇八年九月二七日に大谷学園帝塚山学舎で行われた、日本図書館研究会の第二五六回研究例会「石井桃子さん――作家、翻訳者、編集者、子ども文庫の実践者、そして一〇〇歳まで現役だった大先輩」での講演内容を、録音テープをもとに、講演者自身が文章化したものです。

イギリス児童文学・絵本情報——『児童文学アニュアル』一九八二、八三、八四年から

一九八二年

最近、イギリスの子どもの本を買うと、ドキッとさせられることが多い。値段が、びっくりするようなスピードで高くなっていって、安いはずのパフィン文庫ですら、どれも一ポンド前後（洋書店で買うと七百円ぐらい）になってしまった。もちろん、これは、子どもの本にかぎったことではなく、活字文化全体の未来とも深くかかわっている現象で、これでは経済状態からいって、一般の読者が成立しなくなってしまうのではないかと、案じられてならない。イギリス経済の落ちこみは、今にはじまったことではないとはいえ、「定価が高くなる、売れない、より高くせざるをえない」「図書館など公的機関の予算がカットされていく」「新人が出られなくなってくる」等々、玉突きのように次から次へと影響が及んでいくのを見ると、社会の構造そのものが、大きく変化していく途上にあるようにも思われ、一人の本好きの手にあまる問題につきあたってしまう（もっとも、ハード・カバーで出版された本が、一、二年も待つとペーパーバック版になって出てくるようになって、やれやれといった面もある。ただ、予算カットにあえぐ図書館までも、それを待つ事態が出て来ているようで、ことは深刻である）。

イギリスの絵本といえば、毎年、変らず、ワイルドスミス、バーニンガム、キーピングという御三家が話題にあがり、またこの三人は、どこか新しいところを出して期待に答えてもくれる。無難で安定したものが多いので、よけい目につくということもあるのだが、三人を越える絵本作家はなかなか誕生しない。

八一年の新しい傾向とはいえないかもしれないが、赤ちゃん絵本が随分、揃ったという感じがする。ドロシー・パトラーの『赤ちゃん絵本の必要性』*Babies Need Books* という理論の裏付けもあってか、Methuen 社か

らだけでも“Chatterbooks”というシリーズの写真絵本が一二冊と、ヘレン・オクセンバリィの日常生活を描いた五冊などが出ているし、Blackie社のシリーズも数多い。Bodley Head社からは、中谷千代子の『おかあさんとあかちゃん』*Feeding Babies*、渡辺茂男・大友康夫のコンビのものが八〇年の『どうすればいいのかな?』*How Do I Put It On?*につづいて、『よーいどん!』*Ready, Steady, Go!*が出ている。翻訳ものを、なかなか入れない島国イギリスにおいて、日本の画家たちの活躍ぶりは、ますます盛んである。安野光雅を筆頭として、柿本幸造、三好碩也などの常連のものが、八一年にも出版されている。

もう一つ、目につくのは、不景気な時代に盛んになるともいわれている「しかけ絵本」(ポップ・アップ絵本、おもちゃ絵本などともよばれる)である。『おばけやしき』で、大人も子どもも、うれしがらせたジャン・ピャンコースキーが、またまた複雑でアッといわせる『ロボット』*Robot*(Heinemann社)を創り出している。エリック・ヒルのスポットという子イヌのシリーズ(*Where's Spot? Spot's First Walk* など)も、好調である。幼年文学はとり立てての傾向というのはわからないが、レオン・ガーフィールドがお得意のヴィクトリア朝ロンドンを背景にした作品を、幼年向きに出しているのが発見だった(*Fair's Fair*、Macdonald社)。

物語群では、どれから紹介しようか迷うほど、多彩である。不況にもかかわらず、いやそれだからこそ、どのジャンルでも力作が多く、作家予備軍の層の厚さも含めて、伝統の力を思い知らされた年でもあった。まず、ジョーン・エイキン。『バターシー城の悪者たち』でおなじみになったキャラクター、ダイドーが、大活躍の『ぬすまれた湖』*The Stolen Lake*(Cape社)が文句なしに楽しい。ドタバタのおもしろさを堪能させてくれる作品が少なくなっている今日、得がたい才筆である。ぐっと、内面に迫ったキャサリン・ストーの新作には『ヴィッキィー』*Vicky*(Faber社)で、揺れ動く主人公の性格描写がすばらしい。このところ、一年一作のベースを守っているJ・R・タウンゼンドの『島の民』*The Inlanders*(Oxford大学出版局)。選び抜いた背景づくりに注目といったところである。

イギリスにおいては児童文学だけを特に取りあげて、批評したり論評したりということは少なく、文学の一分野として、どこかに埋もれてしまっていたものが、ここ数年、心理学や社会学の学者たちが掘りおこして、さまざまの光をあて始めたこともあって、ようやくのことに、児童文学評論といってもよいものが出始めた。（一例として、アラン・ガーナー論、ロンドン大学に提出された博士論文をもとにしている。N.Philip:*A Fine Anger: A Critical Introduction To The Works of Alan Garner*、Collins 社)。大衆児童文学をまともにとりあげ始めたことも最近の傾向といえるだろう。

一九八三年

『メアリー・ポピンズ』と『床下の小人たち』の続篇が一九八二年に出たよ、といっても、あまり新しい情報のようには受けとれないだろう。なにしろ、『メアリー・ポピンズ』が最初に出たのが一九三四年であり、『公園のメアリー・ポピンズ』が出てから三〇年もたっているし、『床下の小人たち』の四作目『空をとぶ小人たち』が出たのは、一九六一年のことであった。今や、トラヴァースもノートンも優に七〇歳は超えていて、現役とは意識されていない作家になっている。しかし、それぞれに息の長いファンがいるので、結構注目されてはいるのである。*Mary Poppins in Cherry Tree Lane*（Collins 社）では、背景となるのは子ども部屋ではなく、真実の愛を求めている公園の管理人の世界にうつっていて、時の流れを感ぜざるをえない。*The Borrowers Avenged*（Kestrel 社）では、やっと見つけた終の住処の牧師館を舞台に、細かい日常生活と、適確な生活描写にのせて、おなじみの家族が描写される。小人たちの健在ぶりを、サバイバルとして喜ぶのか、時代錯誤と読みとるのか、こうした執拗さを、イギリス児童文学のよき伝統とみるのか、意見のわかれるところであろう。

安野光雅の『旅の絵本Ⅲ』が *Anno's Britain*（Bodley Head 社）として紹介されたが、この絵本について「イギリスというのは、こんなに風変りで、古風にみえるものだろうか」（*The Junior Bookshelf*, vol.46 no.5 p.178）と、イギリス人の書評子が書いているのを見て、思わずニヤリとした。『スーホの白い馬』が随分遅れて *Suho and the White Horse*（Dent社）として翻訳された。その書評には、地味だが、じっくりとすばらしい絵本だと書かれていた。

概して、最近の絵本界は、安定路線——わかりやすく、おもしろい絵と内容——をとっているが、そんな中で、活躍が目立つのは、Janet and Allan Ahlberg のコンビである。*The Ha Ha Bonk Book*（Kestrel社）のナンセンスぶりは、鮮やかであるし、最近の絵本の中で新しいキャラクターとなっている「赤ちゃん」の毎日のくらしの中から、親しみのあるものを並べた *The Baby's Catalogue*（Kestrel社）がユニークである。いわゆる認識絵本の「もの」を並べただけのものとは違い、題名をこえて、幅広い読者に愛される要素をもっている。一作ごとに、読者をあらたな楽しみに誘ってくれるパット・ハッチンスの新作は *I Hunter*（Bodley Head社）である。これもいわゆる「数の本」であるが、ただ数字を覚えるためのものではなく、数字を数えていくことが、即ち、ドラマを盛りあげていくことになるしかけが何ともハッチンスらしい。

よみものでは、相変らず、ウィリアム・メイン、K・M・ペイトン、レオン・ガーフィールド、ジョーン・エイキンなど、おなじみの作家がそれぞれ意欲作を発表しているし、『楽しい川べ』の作者グレアムが死んで五〇年たち版権が切れるので、さまざまの企画が立てられているしで、新人がなかなか出られない状況はかわらない。

おなじみの作家がものした中では、ジョン・ロウ・タウンゼンドの *A Foreign Affair*（Kestrel社）が、文句なくおもしろかった。現代史の中では、全くふれられることのない人口二千人ばかりのヨーロッパの王国の皇太子をめぐるドタバタ冒険話で、A・ホープの『ゼンダ城の虜』の流れをくむルリタニアン・ロマンスと銘打たれているが、それは看板だけで、中味は、やはり現代的な物語である。スピーディーな話の展開となめらかな語り口、行動とともに成長をみせる登場人物たちの描きわけなど、腕のたしかなプロ作家の仕事であって、活字離れ現象に何とか歯止めをかけたいタウンゼンドの古くて新しい実験作である。

やはり、古くて新しい作家の一人であるシャーリー・ヒューズの『チャーリー・ムーンズ大かつやく』の続編も楽しい。*Charlie Moon and the Big Bonnanza Bust Up*（Bodley Head社）である。筋運びが早く、達者なさし絵が類書をぬいていて、次作を期待させる。

『〝機関銃要塞〟の少年たち』一作で、日本でも注目されたロバート・ウェストールは、目下、もっとも進境著しい一人である。昨年の *Scarecrows* につづいて、今年も、一冊出版された。超自然界を背景とした短編を五編あつめた *Break of Dark*（Chatto & Windus社）である。ローズマリー・ハリスの *Zed*（Faber社）はテロリストを描いていて、冷たい緊張の走る特異な作品である。ファンタジーでは、今年も動物もの、特にネズミの活躍するものが大流行、W. J. Corbett : *The Song of Pentecost*（Methuen社）や George MacBeth : *The Rectory Mice*（Hutchinson社）などである。

子どもが社会学者たちの視野に入ってきたこともあって、イギリスでもっとも人気のあるイニド・ブライトンについての本格的な研究書や論文があらわれだしたことを書きそえておきたい。

一九八四年

イギリスの本屋さんに入ると、やたらとＴＶの人気番組の本があふれるようになってきていて、書き手もそうした関係の方が目につく。ＢＢＣでやっているＳＦ番組〝Dr. Who〟ものシリーズなど常に売れているといった状況である。一方、公共図書館において児童への貸出サービスがはじまってから丁度一〇〇年（ノッチンガム市立公共図書館において）を迎えるというのに、相変らず予算の削減が続いていて、明るい見通しがないようである。子ども向きのコンピューターの入門書などが隆盛なのをみるにつけ、世の中も、勿論イギリスも、子どもの本の世界も大きく変動していることが感じられる。

こうした側面を受けてかどうか、児童書に与えられる賞は一二を数え（*The Times Educational Supplement*（一九八三・九・三〇）、「まともな本」が店頭でみあたらないのでブック・リストや書評誌の必要も高まっている。ペンギン・ブックス社が出した *The Good Book Guide to Children's Books* は、従来の文字を連ねたブック・リストに比べて、写真入りイラスト入りで入手しやすい本をあつめた解説入りカタログになっていて、「今」の事態がまことによくうつしだされている。選書するにあたって、文学を基準として選ばれているものと、人気や読みやすさで選ばれているものと、両者が混在しており、「good book」の good の意味が様々にとれるようになっている。*The Signal Review of Children's Books 1* も、一九八二年に出版されたリストであるが、司書と教師によるアドバイザーをおいた上で、それぞれのパートの専門家が筆をとっており、読者の反応を意識した編集となっている。定評のあった年刊のブック・リスト *Children's Books of the Year* が主に経済的理由で一三冊目の一九八二年版で終刊するというのは惜しまれる。そのリストをもとにして実物を展示し、全国をまわって本の普及に務めるという運動の終焉でもある。

価値の揺れということでは、父親役割に対する議論が沸騰していて、大人の小説ではあるがピーター・プリンスの『よき父親』Peter Prince: *The Good Father.*（Jonathan Cape）が話題になった。新旧の父親像が一人の男の中でどうなっているのかに興味が集まった。こうした揺れは当然子どもの本にも大きく反映していて、父と子の関係を描いたものがよくみられる。アンソニー・ブラウンの絵本『ゴリラ』Anthony Browne：*Gorilla.* Julia MacRae はその好例であろう。父親が忙しくてかまってもらえない女の子が主人公で、夜、おもちゃのゴリラが父親にかわってその子の希望通りのことをしてくれるといったプロットにのせて、父親の不在の意味を追求している。両親のいる家庭ではあっても、親のいないところで遊びの世界を成立させていた児童文学のさまがわりである。J・ニードルや、ロバート・リーソンなどの作品群が、文学性というより社会的必要性から論議されていることとあわせて追求していきたい点である。

どこの国でも、低学年向きの作品が欲しいという事情を共通してもっているが、一九八二年度のカーネギー賞に、マーガレット・マーヒーの長編 *The Haunting*（Dent 社）が入って、あらためてその巧みさに驚かされたものである。今年も *A Pirate's Mixed-Up Voyage*（Dent 社）が出版された。低学年から年齢の高い読者まで、幅広く読まれる作品であろう。

読者の年齢があがると、力作がそろってくる。目下、歴史物語で乗りにのっているピーター・カーターの新作は一七世紀のトルコ軍によるウィーン攻囲を背景にした *Children of the Book*（Oxford Univ. Press）である。このところ、一年一作の確実なペースで、より高度なテーマとプロットに挑戦しているが、人物描写が今少し活写されたらという思いが残り、技巧をこらしすぎる点が日につく。ファンタジーの分野では、作品はあるにしても、これといったものが出ない状態が続いているが、ジェラルディン・ハリスの *The Children of the Wind*（Macmillan）はどうだろうか。王国の復興をなさんと、供をつれて旅に出る王子という設定は珍しくもないが、王子の遍歴から文明の進歩のあとが辿れるなど、おもしろいと感じる読者もいるだろう。

サトクリフもタウンゼンドもメインも新作を出しているが、何といっても、フィリッパ・ピアスの二五年ぶりの長篇発表という話題にはかなわない。その作品 *The Way to Sattin Shore*（Kestrel 社）は、書評で、『トムは真夜中の庭で』をしのぐほどではないと書かれているが、その点が、ピアスが次作をなかなか出せなかった理由の一つではあろう。自分が生まれた日に死んだという父の謎をめぐって、過去の影が現在に及ぼす微妙なところを明かしていく。ピアスの特徴であるリズムのある繊細な文体と、ネコまでも含めて性格描写がすばらしく、ミステリー仕立てのプロットが絶妙であって、新作でありながら、早くも古典の趣きを感じさせている。

日本における英語圏児童文学研究の歴史

英語圏児童文学研究のあゆみ

イギリスやアメリカの児童文学がいつから研究の対象となったのかを特定することは難しい。例えば、R・L・スティーブンソンやジェームズ・バリー、R・キプリングの評伝は、「研究社英米文学評伝叢書」として一九三〇年代に発刊されており、個別の作家研究としては成立していた。しかし、それらは、あくまでも英米文学の範疇にあり、児童文学作家として採り上げられてはいない。英米文学研究の世界で、「児童文学」という用語が明確に打ち出されたのは、「英米文学史講座　第八巻　一九世紀Ⅱ」（研究社）で、石井桃子が「児童文学」の項目を担当したころからであろうか。昭和三六年、一九七一年であった。

石井桃子は、二四頁にわたって、簡潔にイギリスとアメリカの児童文学史を記述している。附加されている「参考書目」には、Harvey Darton: *Children's Books in England*,1958, Frank Eyre: *20th Century Children's Books*,1952, Meigs and Others: *A Critical History of Children's Literature*, 1953, L. H. Smith: *The Unreluctant Years*, 1953, ポール・アザール『本・子ども・大人』の五冊とイギリスとアメリカの書評雑誌 *The Junior Bookshelf*, *The Horn Book* が挙げられており、それらをもとにして構成されたと推察できる。当時、入手できる最良の資料にもとずいており、「児童文学」という研究分野のあることを、多くの英米文学を志すものに知らせ、何を参考にしたらよいのかの情報を提供した意味は大きかった。

一九六〇年代に、日本英文学会で、ルイス・キャロルやA・A・ミルンの研究発表をはじめていた原昌は、英詩や英語教育の分野に入れられ、「児童文学」という分野の必要性を痛感しはじめていたところ、一九七〇年

「日本英文学会第四十二回大会」で、「イギリス児童文学の特質」というシンポジウムが行われ、イギリス児童文学の学会設立の機運が盛り上がった。静岡大学にあって、日本の学会の閉鎖性をよしとしない高杉一郎、鈴木実、安永義夫が呼び掛け人となって、「イギリス児童文学を愛好，研究する人なら誰でも入れます」という規約を定め、猪熊葉子、井村君江、神宮輝夫、蜂谷昭雄、原昌、渡辺茂男などを理事として同年、一二月にあえて「イギリス児童文学学会」でなく「イギリス児童文学会」を発足させた。会はその後、「日本イギリス児童文学会」と名称を替え、研究範囲を英語圏の児童文学研究と広げ、今日まで順調にその活動をしており、紀要 *Tinker Bell* を年刊で、一九七一年より出している。一般向きの「児童文学世界」も一九八八年より年刊の特集号として発刊するも六号で終刊された。

「イギリス児童文学会」を発足させる基盤となった要因としては、大学、特に女子大学の大衆化による文学部人口の増加や、一九五〇―一九六〇年代の新しい作家の作品が次々と翻訳され、閉塞状況にあった大人の文学から「逃避」してきた読者が興味をもったこと、図書館や子ども文庫の普及による子ども読者への目配りなどが考えられる。

それに加えて、一九六四年のリリアン・H・スミス『児童文学論』の翻訳出版の力も大きかった。石井桃子、瀬田貞二、渡辺茂男の共訳である。この三人は、新しい作品の翻訳だけでなく、読者を啓蒙するようなエッセイや論考を発表し、児童文学についての考え方の問い直しを鋭く迫っていた。例えば、瀬田貞二が「日本児童文学」誌上に発表した「空想物語が必要なこと」（一九五八・七・八月合併号）は、「ファンタジー」というジャンルが児童文学のなかで、重要な意義をもっていることをわかりやすく説いた先駆的なものであった。『児童文学論』の「あとがき」に、次のように記されている。

これまでの日本の児童文学批評が、客観的な、信服にたる基準によって、子どもたちのよい本を選び、すすめるものではないことを不満に思っていました。そしてまた、一面には、厳密な批評に値する作品がまれであることも、認めなければなりませんでした。それについては、作家も、出版関係者も、批評家も、読者としての子どもの実体を知らず、じっさいの子どもが享受できる文学の根底にふれずに仕事をしてきたのではなかろうか、という疑いをもっていました。

（中略）

スミス女史のこの本は、子どもと文学との、特別で緊密なかかわりあいのなかで、子どものための文学の質的な基準とは何かを、純粋に、具体的に、全力をかたむけて説きあかしている、もっとも本質的な概論であるといえましょう。

そして、一九六〇年に出版され、日本児童文学史の再構築を迫った『子どもと文学』という共同研究の成果に、スミスが『児童文学論』で展開した理論が大きく影響していたことに言及している。この著は、英米児童文学を研究しようとする学徒の入門書としても定着していった。しかし、日本における英米児童文学の研究は、スミスの児童図書館員として蓄積してきたデータをもとにした読者論的な方向をとることはなく、英文学研究の手法をそのまま援用した「作家論」や「作品論」が主流であり、それは、現在においても続いているといえる。

一九七一年、瀬田貞二、猪熊葉子、神宮輝夫の共著として、はじめての体系的な『英米児童文学史』（研究社）が刊行されている。ただ、巻頭を飾る瀬田貞二による「英米児童文学を日本はどうとりいれたか」を別にして、石井桃子が「参考書目」とした既刊の英米児童文学史の価値をそのまま受け継いでおり、研究の成果とはいいがたかった。日本イギリス児童文学会による高杉一郎編『英米児童文学』（一九七七）、それを発展させた『ジャンル別・テーマ別　英米児童文学』（一九八七）も、研究者の裾野を広げるのに寄与したものの入門書であった。

入門書、概論書の多いなかで、研究の視点をもったものが刊行されはじめたのは、一九八〇年前後からであった。七年にわたる論稿をあつめた吉田新一『イギリス児童文学論』(中教出版)が一九七八年に出されている。このなかには、「ビアトリクス・ポターの世界」が含まれ、後に、ポター研究者として世界的に認められるものとなる考察がすでにみられる。また、一九七九年の杉山洋子『ファンタジーの系譜——妖精物語から夢想小説へ』(中教出版)は、ファンタジーの源から説き起こし、「C・S・ルイスと異界ファンタジー」で締め括られている。この二著は、英米の研究からの借り物でない研究のはじまりとなった。牟田おりえ『ブッシュに消えた子どもたち——オーストラリア児童文学』(中教出版、一九八九)は、英米以外の児童文学についてのはじめての本格的な紹介となった。イギリス児童文学会の西日本支部の「セント・ニコラス」研究会が、その成果として『アメリカの児童雑誌「セント・ニコラス」の研究』を刊行したのは、一九八七年であった。外国の児童雑誌の総合的な研究は、アメリカ本国も含め皆無であったことと、共同研究であったことが認められ、日本児童文学学会の奨励賞を受賞している。

八〇年から九〇年代になると、「円」が強くなり外国に出かけやすくなり、資料の入手における困難さも軽減されてきており、研究も多彩になってくる。原昌の『比較児童文学論』(大日本図書)がまとめられたのは、一九九一年であるが、七〇年代から続けてきた研究の成果である。やはりあちこちで発表されたものをあつめた三宅興子『イギリス児童文学論』(翰林書房、一九九三)、『イギリス絵本論』(翰林書房、一九九四)がある。九〇年代になると、梅花女子大学文学部児童文学科や白百合女子大学児童文化学科に博士課程が設置され研究の場が整ってきた。また、吉田純子、川端有子、赤松佳子など、アメリカなどの学会で発表したり、論稿が採用されるなど、日本以外での研究活動も盛んになってきている。研究の広がりを示す成果として、内藤里永子『イギリス童謡の星座』(大日本図書、一九九〇)、脇明子『ファンタジーの秘密』(沖積舎、一九九一)、猪熊葉子『ものいうウサギとヒキガエル——評伝ビアトリクス・ポターとケニス・グレアム——』(偕成社、一九九二)などがあげられる。二〇〇一年に刊行された日本イギリス児童文学会編『英米児童文学ガイド——作品と理論』は、児童文学理論に力を入れており、長い間、続いてきた作家・作品中心の研究方法がかわろうとしていることがわかる。ここには、良くも悪くも、英語圏児童文学研究の「いま」がみえる。

最後に、日本児童文学学会と英米児童文学とのかかわりにふれておく。紀要「児童文学研究」の一九七一年創刊号に白木茂「ロフティングについて――『ドリトル先生物語』の作者――」が掲載され、その後も、英米児童文学に関する論稿は散見している。また、一九七九年の第一〇号から三宅興子による「英語圏児童文学研究文献目録」（「紹介」「解題」と表題はかわっていくが）は、現在まで続いている。日本児童文学学会賞を受賞した英語圏の研究書としては、三宅興子『イギリスの絵本の歴史』（岩崎美術社、一九九五）がある。日本児童文学学会奨励賞は、落合幸二『ロビンソン・クルソーの世界』（自費出版・岩波ブックサービスセンター信山社、一九八三）、「セント・ニコラス」研究会『アメリカの児童雑誌「セント・ニコラス」の研究』（前出）、ニュー・ファンタジーの会『翔くロビン――イギリス女流児童文学作家の系譜1』（透土社、一九九〇）、横川寿美子『「赤毛のアン」の挑戦』（宝島社、一九九四）、師岡愛子編『ルイザ・メイ・オルコット――『若草物語』への道――』（表現社、一九九五年）、楠本君恵『翻訳の国の「アリス」――ルイス・キャロル翻訳史・翻訳論――』（未知谷、二〇〇一）の六冊に、日本児童文学学会特別賞が上野美子『ロビン・フッド伝説』（研究社出版、一九八八）に授与されている。

一九七〇―八〇年代の英語圏児童文学研究について

日本イギリス児童文学会のこの二〇年の歩みを思い起こすことは、私にとって、即、私の児童文学研究の歴史を辿ることにもつながる。私が大学で卒業論文に「イギリスのファンタジー児童文学」について何か書きたいと思い立った一九六三年の夏、私の手元にあった頼りになる参考書は、次の四冊であった。

May Hill Arbuthnot: *Children and Books* (Scott Foresman & Co., 1947)

F.J.Harvey Darton : *Children's Books in England* 2nd ed.（Cambridge University Prees,1958）
Cornelia Meigs and Others : *A Critical History of Children's Literature*（Macmillan, 1953）
L.H.Smith : *The Unreluctant Years ; A Critical Approach to Children's Literature*（A.L.A., 1953）

Arbuthnot からは、幅広い概論を学び、読まないといけないらしい本が山とあることを知り、Darton の文学史からは、児童文学は文学だけれど、出版史や教育や社会の状況やその他もろもろの要素もあわせて取組むことの必要性を学び、Meigs からは児童文学を考えるとき、これほどの広い視野を要求されるのだと覚悟を迫られ、スミスからは、理論の構築の大変さ（落ちこぼれ英文科学生には、スミスの文体がむずかしかったこともあった）を思いしらされた。

卒業してから"The Bodley Head Monographs"というハンディな作家の評伝が順次出版されていること（一九六〇―一九七〇、一三冊）を知り、*The Osborne Collection of Early Children's Books 1566―1910 : A Catalogue*（Tronto Public Library）が再版（一九六六）されて、研究への可能性がぐーんと広がったという印象をもつことができた。丁度そのころ、University Microfilms 社から、"A Legacy Library Facsimile" というアメリカ児童文学の古典を中心とした四〇冊の復刻版が出版され（一九六六―一九六七）、印刷インクの色がオリジナル版とは違っていて奇妙に趣味的なものではあったが、一九七〇年代に入って盛んになる資料の復刻の先駆けとなった。また、*The Horn Book Magazine* のバックナンバーのリプリント版が出、アメリカの国会図書館所蔵の児童文学参考図書目録（Virginia Haviland, ed. : *Children's Literature : A Guide to Reference Sources*, Library of Congress, 1966）が的確な解題つきで出版されるに至り、一九七〇年代に飛躍的に進展する研究への基盤が整っていった。コンパクトな文学史として、J.R.Townsend : *Written for Children*（Garnet Millar, 1965）もその明解な切り口によって大いに参考になった。一九六九年になって、それまでの児童文学論の代表的なもの四二編を集めた Sheila Egoff,

G.T.Stubbs & L.F. Ashley, eds.: *Only Connect: Readings on Children's Literature*（Oxford University Press）が出され、一九六〇年代までの評論・研究の総括がなされた。

一九七〇年代になると、Modern Language Association に児童文学の部門ができ、アメリカではそれまで図書館学との関連のみでなされていた研究が、学際領域の歴史・社会・教育・心理・文学などでもなされるようになり、児童文学の研究が、あちこちで本格的にはじまっていった。日本の大学でも児童文学の講義がはじまっていって、一九七〇年一二月にイギリス児童文学会が誕生することになる。

そこで、個人体験をふまえて、英米の研究書から学んだことを列挙してみる。七〇年代以降の研究成果を、参考文献、文学史、作家・作品研究、児童文学論、雑誌、絵本などにわけて追っていこう。

書誌研究と事典

イギリスの文学研究のなかで定評のある文献学的な研究については、児童文学でも、一九世紀からそれなりの成果の積み上げがなされていたが、John Newbery の great-great-grandson にあたる Sydney Roscoe の業績は、精度においてとび抜けている。*John Newbery and His Successors 174-1814: A Bibliography*（Five Owls Press, 1973）である。七五年間に出版されて Roscoe が確認したものすべて、子ども向きに出されたもの三九七点、その他六四四点のリストで、詳細な書誌事項は勿論のこと、異版をも示し、資料の所蔵も明記してあり、この書によって、どれほど多くの研究者が Roscoe の学恩を受けているか、計り知れない。引き続き、*John Harris's Books for Youth, 1801-1843* が Marjorie Moon と A.J.P.Spilman によって一九七六年に出版された。その後、Marjorie Moon の手によって一九八三年に Supplement が出され、一九八七年には、注を書き加えて合冊したものが St.Paul's Bibliographies から再出版されており、出版後もやむことなくより正確な書誌に近づこうとする学者としての義務感には、頭が下がる。こうした出版物は、発行部数が限られていることもあって、全容を把握することが困難であり、外国にいる研究者にとって、どのように情報を入手するかが問題となる。

事典類では、一九七一年より現在まで継続出版（一九九〇年現在でvol.62）されている、*Something about the Author:Facts and Pictures about Contemporary Authors and Illustrators of Books for Young People*（Gale Research）がある。現代作家について知りたいことがあれば、まずこれにあたるという道すじが出来上がっている。二〇世紀の作家について知りたいときには、もう一冊、正確でしかも全著作をリスト・アップしている（つまり、児童文学だけではなく、他のものもわかる）*Twentieth-Century Children's Writers*（Macmillan, 1978）がある（一九八三年に改版が出され、情報量がぐっと増加している）。また、Humphrey CarpenterとMari Prichardによって*The Oxford Companion to Children's Literature*が一九八四年に出版されたが、誤記が散見するのでそろそろ改版が期待される。*Dictionary of Literary Biography*（Gale Research）のなかに、Vol.22 *American Writers for Children*（1983）, Vol.52 *American Writers for Children since 1960 : Fiction*（1986）, Vol.61 *American Writers For Children since 1960 : Poets, Illustrators and Non-Fiction Authors*（1987）の三冊が揃って、アメリカ児童文学の作家研究の手がかりが容易にえられるようになった。Elva S.Smithの仕事を改版した*The History of Children's Literature : A Syllabus with Selected Bibliographies*（A.L.A. 1980）も便利である。

文学史

Harvey Dartonの重厚な研究をうけて、そこでは詳述されていない雑誌や、ジャンル別の文学史が、次々と出版されていった。

まず、年表として使える便利な編年体児童文学史Jane Bingham & Grayce Scholt : *Fifteen Centuries of Children's Literature : An Annotated Chronology of British and American Works in Historical Context*（Greenwood Press, 1980）がある。ある年をみると、その年に出版された書目を著者と書名をあげて並べており、その著者の他の作品にもふれているため、使い方がいろいろ考えられる。

時代で区切ったものは、数多い。Warren W. Wooden : *Children's Literature of the English Renaissance*（The

University Press of Kentucky, 1986）, J.S.Bratton : *The Impact of Victorian Children's Fiction*（Croom Helm, 1981）や Geoffrey Summerfield : *Fantasy and Reason : Children's Literature in the Eighteenth Century*（Methuen, 1984）, Mary V. Jackson : *Engines of Instruction, Mischief, and Magic : Children's Literature in England from Its Beginnings to 1839*（Scolar Press, 1989）等々、それぞれの切り口で一歩踏み込んだ文学史となっている。

また、ジャンル別の切り口で迫ったものも数多い。学校物語の衰退していくさまを追った Isabel Quigly: *The Heirs of Tom Brown—The English School Story*（Chatto & Windus, 1982）、ファンタジーに焦点をあてた C.N.Manlove : *Modern Fantasy : Five Studies*（Cambridge University Press, 1975）や Brian Attebery : *The Fantasy Tradition in American Literature:From Irving to Le Guin*（Indiana University Press,c. 1980）, Sheila A.Egoff : *Worlds Within : Children's Fantasy from the Middle Ages to Today*（A.L.A.,1988）, 冒険物語を論じた Margery Fisher : *The Bright Face of Danger*（Hodder, 1986）等々である。

雑誌の研究も、緒についた。アメリカにおける児童雑誌約一〇〇種の詳細がわかる R.Gordon Kelly, ed : *Children's Periodicals of the United States*（Greenwood,1984）, イギリスの雑誌の通史でアメリカで出版されている Kirsten Drotner : *English Children and Their Magazines 1751-1945*（Yale University Press, 1988）がある。各々の雑誌の研究は、まだ数少ないが、Wendy Forrester : *Great Grandmama's Weekly*（Lutterworth Press, 1980）は、The Religious Tract Society から出ていた少女向けの *Girl's Own Paper*（1890 創刊）の研究で、この雑誌がヴィクトリア朝後期の家庭観や女性観を知る材料として宝庫であることがわかる。同じ Society の少年向きの *Boy's Own Paper*（1879-1967）については論文が先行しており、研究も少しリードしていたが、*Great Grandmama's Weekly* と対にして出版された Jack Cox : *Take a Cold Tub, Sir : The Story of the Boy's Own Paper*（Lutterworth Press, 1983）はこの雑誌の最後の編集者の手になる歴史でもある。

通史としても、カナダ、オーストラリア、ニュージーランドのものもまとまり、研究水準も英米と肩を並べるようになっていった。

カナダでは、Sheila Egoff の文学史 *The Republic of Childhood* の改版（一九七五、初版一九六七、一九九〇年には *The New Republic of Childhood* 刊）、Judith Saltman の *Modern Canadian Children's Books*（Oxford University Press,1987）がエーゴフに続いている。

オーストラリアでは、H.M.Saxby : *A History of Australian Children's Literrature*, 2 vols.（Wentworth Books, 1969, 1971）があり、Marcie Muir の基本文献 *A Bibliography of Australian Children's Books*, 2 vols.（Andre Deutsch）が揃っている。

ニュージーランドでは初の児童文学史 Betty Gilderdale : *A Sea Change : 145 Years of New Zealand Junior Fiction*（Longman Paul, 1984）が出ている。

文学史が成立しているということは、それだけ、児童文学作品を自国から出していることでもあり、英米のものとは違った独自のものが盛況であることの裏打ちとなっている。

理論書・論集・作家論・作品論

児童文学とは何か、という論議は古くからあるし、絶えず最新のものが出版されてもいる。

Wallace Hildick : *Children and Fiction : A Critical Study in Depth of the Artistic and Psychological Factors Involved in Writing Fiction for and about Children*（Evans, 1970）

Fred Inglis : *The Promise of Happiness : Value and Meaning in Children's Fiction*（Cambridge University Press, 1981）

Nicholas Tucker : *The Child and the Book : A Psychological and Literary Exploration*（Cambridge University Press, 1982）

Robert Leeson : *Reading and Righting : The Past, Present and Future of Fiction for The Young*（Collins, 1985）

Humphrey Carpenter : *Secret Gardens : The Golden Age of Children's Literature*（Allen and Unwin, 1985）

Juliet Dusinberre : *Alice to the Lighthouse : Children's Books and Radical Experiments in Art*（Macmillan, 1987）

Margaret & Michael Rustin : *Narratives of Love and Loss: Studies in Modern Children's Fiction*（Verso, 1988）

Winifred Whitehead : *Different Faces : Growing up with Books in a Multi-Cultural Society*（Pluto Press, 1988）

印象に残っている書目を列記してみると、サブタイトルでわかるように児童文学へのアプローチが、文学理論はもちろんのこと、教育学、心理学、特に精神分析学、社会学、フェミニズム、異文化論などとそれぞれに関係深いことがわかり、研究者として、文学とのスタンスをどうとるか問われ続けている。

論集は数多いが、Lance Salway の選んだ *A Peculiar Gift : Nineteeth Century Writings on Books for Children*（Kestrel Books, 1976）は一九世紀の児童文学研究に寄与することの多いありがたい論文集で、この書からの引用がよくみられ、得るところの大きいものである。定期刊行物である *The Horn Book Magazine* や *Signal*, *Children's Literature in Education*, *Children's Literature*（年刊）などが、掲載されたエッセイを集めて論集を刊行していて、それぞれの成果がよくわかる。Loughborough 大学で毎年行われた講演を集めた Margaret Fearn,ed. : *Only the Best is Good Enough:The Woodfield Lectures on Children's Literature 1978-1985*（Rossendale, 1986）などの講演集は、毎年のように出版されている。

個人研究に関しては、自叙伝や書簡集、日記などの出版があれば、それにともなって、本格的な評伝も出版されていくことになり、基礎になる資料の所在がキーになる。そうした意味では、フェミニズム文学論による再評価のなされたオルコットやモンゴメリーの研究には、熱気があふれて出ている。

オルコットについていえば、『若草物語』の作家としてというよりは、フェミニズム文学の先駆者として、それまでかえりみられなかったものまで発掘し、作品集をつくり、読み直しがなされたり、「家庭」という枠組みを考察する材料として使ったり、女性史の材料としたりしている。資料として一つあげておくと、Madeleine B.Stern,ed.:*Critical Essays on Louisa May Alcott*（G.K.Hall, 1984）がオルコットに関する書評や作品論を集めている。読まれ方の変遷がよくわかる。

評伝についていえば、二〇世紀前半までに活躍した大きい存在の作家についてはほぼ出そろった感がある。相変わらず、ルイス・キャロルに関するものは多いし、マイナーな作家と長い間考えられていたG・マクドナルドのものも何種類か出ている。G・A・ヘンティ、ケネス・グレアム、J・バリー、E・ネズビット、A・ランサム、A・A・ミルン、J・R・R・トールキン、C・S・ルイス、E・ファージョン、ノエル・ストリットフィールド等、成果としてあげられる。

研究に必要な作品のリプリント類の出版は外国にいる研究者にはありがたい。特にマイクロフィルムによって主な児童雑誌（但、アメリカだけ）にアプローチすることができる。また、ゼミの教科書などに最適なのは、Patricia Demers & Gordon Moyles, eds.：*From Instruction to Delight：An Anthology of Children's Literature to 1850*と*A Garland from the Golden Age：An Anthology of Children's Literature from 1850-1900*（Oxford University Press, 1982,83）で、こうしたものが刊行される背景として、体系的、学問的に児童文学を学びたいという要求が高くなっていることがある。より大部なものに、Fancelia Butlerなどの編集による*Masterworks of Children's Literature*, vols.8（The Stonehill Publishing, 1983-1986）があり、文学史に出てくる作者の主なものを一部なりとも容易によむことができる時代になった。

絵本・マンガ

ケイト・グリーナウェイ、レズリー・ブルック、E・H・シェパード、エドワード・アーディゾーニなどの評伝が出、待望していた英語圏のイラストレーションの通史、Joyce Irene Whalley & Tessa Rose Chester : *A History of Children's Book Illustration*（John Murray, 1988）が出て、研究の眼が、子どもの本にとって不可欠のさし絵や絵本にもむけられるようになってきた。特に、ポター関係のものは、学会ができ、数々の資料が刊行されており、愛好者向きのものも含めて、Warne社ではポター関係のものだけを集めた目録を用意しているなどの活況を呈している。センダックとマーシャ・ブラウンがおりにふれて発表していたものが単行本としてまとまっており、ワンダ・ガアグの日記の出版もなされ、ユーリ・シュルヴィッツによる絵本のつくり方を論じた *Writing with Pictures : The Narratice Art of Picture Books*（University of Georgia Press, 1988）あたりから、絵本関係の理論書出版が本格化してきている。

マンガについては、「古典」のリプリントをはじめ、資料は数多く出され、文化史的なアプローチの研究も出始めている。イギリスのマンガについては、Denis Gifford の仕事が目立っている（一例：*Encyclopedia of Comic Characters*（Longman,1987）など）。

一九九〇年代に入って

一九九〇年代の研究がどのような方向をとるのか楽しみであるが、いくつかの新しい流れが感じられるのでその点について、結論がわりに触れてみる。

一つは、英語で書かれたグリムやベルヌなどの本格的な研究成果が出ている点である。異なった文化を背負っている研究者にはさまざまの可能性が考えられる。もともと、読者としての子どもは、翻訳を通して国の壁などやすやすと越えているわけで、比較文化論も含めて、今後さまざまの国のものが出てくるだろう。

第二は、国際学会や国際的なシンポジウムなどの記録集が発刊されてきている点にある。欧米中心だった子どもの本の国際会議が、オーストラリアや日本などの参加によって様相をかえ、さまざまな問題点を浮かび上がらせている。まだ、それぞれの状況をぶつけあう基盤は出来ていないようだが、情報交換の時代を経て、次なるステップに足をふみ入れることだろう。（一例：Stella Lees, ed.:*A Track to Unknown Water : Proceedings of the Second Pacific Rim Conference on Children's Literature*（Melbourne State College, 1979）など）

第三に、一九八八年にイギリスの Reading 大学と Manchester Polytechnic の図書館がそれぞれ自館の児童書蔵書目録を刊行したことがあげられる。これまで大学では等閑視されてきた児童書への関心の強さがわかり、それぞれの資料の所在の把握がこうした目録の公刊により、容易になり、また、他の大学へも影響されていくだろう。

第四は、コンピューターによる研究の可能性である。例えば、Carolyn W. Lima,ed.:*A to Zoo : Subject Access to Children's Picture Books*（Bowker, 1985）では、九〇〇〇冊近い絵本を、六〇〇程度の主題から検索できるようになっている。コンピューターが身近になるにつれて、こうした試みは、さまざまなレベルでなされていくだろう。

外国の研究者が、研究資料を得る上で不利である状況が今もあることにはかわりはないが、それでも二〇年前と比較すると、入手できる情報の量は圧倒的に増加し、研究の条件は整備されてきたといえる。日本にいて、英語圏児童文学についてのオリジナリティーのある研究がどうすれば可能なのか、これからも問い続けていきたい。

初出一覧

Ⅰ　文化史的研究

子どもの本と五〇年――イギリス児童文学史再構築論への道程――最終講義より◈二〇〇六年一二月二日（土）梅花女子大学（『児童文学研究を拓く』翰林書房、二〇〇七　収録）

他国のイメージはどのようにつくられたか――イギリスの子どもの本のなかの日本および日本人を中心に◈「梅花女子大学文学部紀要37（児童文学編20）」二〇〇三年一二月

パーキンズの『日本のふたご』を読む――多文化理解と子どもの本1◈「梅花女子大学　文学部紀要30（児童文学編13）」梅花女子大学文学部　一九九六年一二月

The"Nursery Series"と「世界の子供叢書」の場合――多文化理解と子どもの本2◈「梅花女子大学　文学部紀要32（児童文学編15）」梅花女子大学文学部　一九九八年一二月

児童文学にみる今日の〈子ども〉――日独シンポジウム・報告書から◈『日独シンポジウム――児童文学にみる今日の〈子ども〉報告書』（財）大阪国際児童文学館　一九八九年三月

Ⅱ　ファンタジー

ファンタジーを「整理整頓」する◈「こどもの図書館」二〇〇六年一月号

イギリス幼年童話入門◈こどもの本編集委員会／編「こどもの本」一九八四年六月号、七月号（入門シリーズ「海外児童文学――イギリス編・幼年童話①②」第十巻第六、第七号）日本児童図書出版会

ドロシー・キルナー『あるネズミの生涯と遍歴』論――動物物語および動物ファンタジーの萌芽◈イギリス児童文学研究ノート1「梅花児童文学」第3号　梅花女子大学大学院児童文学会　一九九五年七月

『あるロンドン人形の思い出の記』論――人形ファンタジーの起源を求めて◆イギリス児童文学研究ノート2「梅花児童文学」第4号　梅花女子大学大学院児童文学会　一九九六年七月

あべこべの系譜――ノンセンスを楽しむ第一歩◆イギリス児童文学研究ノート3「梅花児童文学」第5号　梅花女子大学大学院児童文学会　一九九七年七月

マーク・レモンのファンタジー作品――その先駆性◆「梅花女子大学文学部紀要36（児童文学篇19）」梅花女子大学文学部　二〇〇二年一二月

Ⅲ　作家・作品論

『秘密の花園』論――自然の力とこころの癒し◆『英米児童文学ガイド　作品と理論』日本イギリス児童文学会編　研究社出版　二〇〇一年四月

F・H・バーネット論――世界名作の未来を考えるヒント◆（書き下ろし）

児童文学者としてのE・V・ルーカス◆「梅花女子大学文学部紀要33（児童文学篇16）」　梅花女子大学文学部一九九九年一二月

『砂』の重苦しさをぬけて◆「日本児童文学」第四六巻第六号（特集：20世紀の児童文学Ⅲ　世界の児童文学）　日本児童文学者協会　小峰書店　二〇〇〇年一二月

なぜ、読まれているのか――アン・ファインとロバート・ウェストール◆「英語青年」第百四十三巻第一号（特集：現代の英米児童文学）　研究社　一九九七年四月

海はどこへ行った?――『のっぽのサラ』と『少年のはるかな海』◆「日本児童文学」第四三巻第四号（特集：海と児童文学）日本児童文学者協会　小峰書店　一九九七年八月

Ⅳ　その他

子どもの本のなかの戦争を考える——ウェストール『弟の戦争』のもつ意味◆「カスチョール」第30号（特集「戦争と子ども」）「カスチョール」編集部　二〇一二年一二月

英米児童文学に描かれた格差社会の考察◆『英語圏諸国の児童文学Ⅱ　テーマと課題』日本イギリス児童文学会編　ミネルヴァ書房　二〇一一年三月

地球という風土◆「日本児童文学」第四二巻第五号（特集：〈風土〉と児童文学）　日本児童文学者協会　文渓堂　一九九六年五月

大人も成長する——外国児童文学で「成長」を考える◆「日本児童文学」第四一巻第九号（特集：〈成長テーマ〉を問い直す）日本児童文学者協会　文渓堂　一九九五年九月

「岩波少年文庫」の改訳をめぐって◆「日本児童文学」第四七巻第六号（特集：児童文学の翻訳を考える）　日本児童文学者協会　小峰書店　二〇〇一年一二月

「ハリー・ポッター現象」とは何だったのか？◆「日本児童文学」第六二巻第六号（特集：児童文学・新しい地平を探る）日本児童文学者協会　小峰書店　二〇一六年一二月

石井桃子さん——作家、翻訳者、編集者、こども文庫の実践者、そして一〇〇歳まで現役だった大先輩◆「図書館界」第六〇巻第六号（通巻三四五号）日本図書館研究会　二〇〇九年一月

イギリス児童文学・絵本情報——『児童文学アニュアル』一九八二・八三・八四年から◆『児童文学アニュアル』１９８２、１９８３、１９８４　今江祥智ほか編　偕成社　一九八二、一九八三、一九八四年

日本における英語圏児童文学研究の歴史◆⑴「英語圏児童文学研究・この20年」『日本イギリス児童文学学会20年記念誌』日本イギリス児童文学会　一九九二年一一月　⑵「英語圏児童文学研究のあゆみ」『児童文学研究の現代史』日本児童文学学会編　小峰書店　二〇〇四年四月（この二編を編集して記載）

あとがき

本書は、「〈子どもの本〉の研究」を集めた全三巻本の第一巻です。一九九三年刊行の『イギリス児童文学論』（翰林書房）以後の「イギリス児童文学」に関する論考（勤務校の「梅花女子大学文学部紀要」および「梅花児童文学」などの紀要論文）や「日本児童文学」など雑誌の依頼原稿などを収録しています。一九八九年から二〇一八年（書き下ろし原稿）までの三〇年間の仕事です。例外として、「イギリス児童文学・絵本事情一九八二・一九八三・一九八四」という短い記事を入れました。当時『児童文学アニュアル』（偕成社）という児童文学に関する情報を盛り込んだ大部な年鑑が出版されており、三巻で終刊になりましたが、日本における児童文学への関心がピークであった時代の「証言」のつもりです。

この三〇年の間に研究は、大きく変化しています。技術的には手書き原稿（悪筆です！）がパソコン入力になり、文献検索もパソコンの画面から容易にできるようになりました。作家・作品論が中心であった研究が「子どもの本研究」へ枠を拡げていきました。その記念碑的な論考が「他国のイメージはどのようにつくられたか――イギリスの子どもの本のなかの日本および日本人を中心に――」です。イギリス児童文学に特化した日本人の研究者であったわたしの目に、イギリスの子どもの本のなかの「日本」がごく自然に集まってきていたのです。一九世紀末に出来上がった日本のイメージは、守旧性が強く繰り返し表出しています。いつの間にか「カルチュラルスタディーズ」の領域に入っていたのでした。

また、一八〇〇年代の作品を実際に手に取ることで、「挿画」を抜きに子どもの本は語れないことがわかり、絵本研究も視野に入っていきました。その軌跡が、「〈子どもの本〉の研究」の第二巻「イギリスの絵本」と、第三巻「絵本をめぐる研究から」へと繋がっていきました。

本書の刊行までに、山本二三子さん、浅野法子さん、安藤明子さんをはじめ多くの方々に、長年にわたってご助力をいただき、やっとまとめることができました。ありがとうございました。

三巻本での刊行をご英断くださった翰林書房の今井肇さん静江さんご夫妻に　厚く御礼を申し上げます。

二〇一九年八月一七日

三宅興子

◆や行

◆ら行

◆わ行

◆ま行

◆な行

◆は行

◆さ行

◆た行

◆か行

索　引

【著者略歴】

三宅興子（みやけ　おきこ）
梅花女子大学名誉教授。
著書：『イギリス児童文学論』『イギリス絵本論』（翰林書房）、『イギリスの絵本の歴史』（岩崎美術出版社）、『ロバート・ウェストール』（KTC中央出版）など。

三宅興子〈子どもの本〉の研究 ❶
イギリスの子どもの本の歴史

発行日	2019年10月22日　初版第一刷
著　者	三宅興子
発行人	今井　肇
発行所	翰林書房
	〒151-0071 東京都渋谷区本町1-4-16
	電 話　(03)6276-0633
	FAX　(03)6276-0634
	http://www.kanrin.co.jp/
	Eメール●Kanrin@nifty.com
装　釘	須藤康子＋島津デザイン事務所
印刷・製本	メデューム

落丁・乱丁本はお取替えいたします

ISBN978-4-87737-441-9